Das Tor der Tränen

Roman

SALON LiteraturVERLAG

1. Auflage 2022

Lektorat: Wolfgang Weinkauf
Co-Lektorat: Franz Westner
Titelgestaltung / Titelbild: Fa-Ro Marketing
Bilder: gettyimages / commons.wikimedia.org, Oton Barros

Druck: Alfred Nordmann, Israel

SALON *Literatur*VERLAG
80634 München
Volkartstraße 2c
www.Salon*Literatur*Verlag.de
E-Mail: info@SALONLiteraturVERLAG.de

ISBN 978-3-947404-33-9

CARL MARIA EHRLICHER

Das Tor der Tränen

Roman

SALON *Literatur*VERLAG

Carl Maria Ehrlicher ist ein Pseudonym. Der Autor arbeitete über viele Jahre beim Bundesnachrichtendienst in Pullach, überwiegend im Außeneinsatz. Ganz eindeutig ist der Roman keine Abrechnung mit dem bundesdeutschen Geheimdienst und auch kein Enthüllungsbuch, sondern eine entwaffnend offene Darstellung aus dem Innenleben einer Behörde, die ebendieses am liebsten vor der Welt verbirgt – und bei allem Verknüpfen von realen Bezügen ist es immer auch ein Roman.

Für meinen Freund
und Lektor
Wolfgang Weinkauf

VORWORT

Dieser Roman ist ein literarischer Nachruf auf die Pullacher Ära des BND, die im Oktober 2018 mit dessen letztem „Teil-Umzug“ nach Berlin endete. Über 15 Jahre hat es gedauert, den im März 2003 hinter dem Rücken der Mitarbeiter*innen eingefädelten Beschluss umzusetzen. Durch die fragwürdige Art, wie die Entscheidung damals herbeigeführt, kommuniziert und in der Folge exekutiert wurde, verlor der Dienst zahlreiche gute Leute.

Die Verlegung der BND-Zentrale beendete nicht nur ein Kapitel deutscher Nachkriegsgeschichte, sie bedeutete auch den Verlust einer sehr speziellen „Behördenkultur“, die so in kaum einem anderen deutschen Amt zu finden gewesen sein dürfte. Herbert Rosendorfer hat diesem Phänomen Anfang der 90er Jahre in seinem Roman „Das Messingherz“ erstmals ein menschlich berührendes, literarisches Denkmal gesetzt; es wäre ein großer Wunsch des Autors, dass ihm mit diesem Buch annähernd Ähnliches gelingen möge.

Die Figuren, die das abgeschirmte Pullacher Behörden-Biotop der frühen 80er Jahre im Buch bevölkern, sind selbstverständlich frei erfunden; wenn es sie gäbe, würden sie in der sich permanent neu erfindenden Berliner Version des Bundesnachrichtendienstes wahrscheinlich nicht lange überleben. Auch der Plot ist ein Produkt der Phantasie des Autors – jede Ähnlichkeit mit tatsächlichen Personen oder Ereignissen wäre daher nicht beabsichtigt und rein zufällig.

Das Tor der Tränen

Ein Todesurteil (01. Dezember 1978)

Der Mann hinter dem monströsen Mahagoni-Schreibtisch fischte eine Zigarette aus dem silbernen Etui, klemmte sie zwischen die schmalen Lippen und zündete sie mit einem Tischfeuerzeug aus Elfenbein an. Er nahm einen tiefen Zug. Während er sich in seinem Bürosessel zurücklehnte, entließ er schnaubend einen Schwall bläulichen Rauchs durch die Nasenlöcher.

„Es ist soweit – wir haben grünes Licht von ganz oben. Der streunende Hund in Brüssel ist zum Abschuss freigegeben. Nächste Woche, nach seinem Treffen mit den anderen Kötern, kümmerst Du Dich um ihn. Bring′ ihn zum Schweigen, Walid – ein für alle Mal."

Der bullige Typ auf dem Besucherstuhl nickte mit dem kahlen Kopf.

„Amal in Brüssel hat alles vorbereitet. Wir kennen die Wege und Zeiten des Hundes. Wir werden ihn nicht verfehlen."

„Falls etwas schief geht, bist Du ganz allein auf Dich gestellt. Du weißt, dass wir Dir nicht helfen können. Es darf keinerlei Verbindung zu uns sichtbar werden."

„Es wird nichts schief gehen – Inshallah."

Der Mann hinter dem Schreibtisch zeigte eine Reihe gelb verfärbter Zähne.

„Allah ist mit den Gerechten. Ich weiß, dass ich mich auf Dich verlassen kann. Amal soll danach wie besprochen erst einmal in Süddeutschland untertauchen – er wird dort erwartet. Am besten, er nimmt den Nachtzug, kauft also vor der Ausführung des Befehls noch eine Fahrkarte. Danach wird keine Zeit mehr sein."

Das Telefon klingelte. Er drückte die Zigarette aus und nahm ab.

„Salaam Aleikuum ... ach, Sie sind es. Ja, kein Problem – ich kann Sie gut verstehen. Sicher – wir sind dabei. Einen Moment ..."

Mit einem Blick gebot er seinem Besucher, den Raum zu verlassen. Walid zog sich mit einer angedeuteten Verbeugung zurück. Er wusste, was er zu tun hatte.

Anfang einer Dienstfahrt (12. Dezember 1978)

So ein Mist! Eigentlich hatte ich nicht vorgehabt, dieses Jahr noch irgendwohin zu fahren – schon gar nicht ins Ruhrgebiet. Aber Stocker gab keine Ruhe. Ich müsse mich als Mieter meiner neuen Deckadresse in Oberhausen unbedingt noch vor Weihnachten bei den lokalen Behörden anmelden. Dann könne ich auch gleich noch in der Scheinfirma in Köln nach dem Rechten sehen – und außerdem passe der neue Wohnsitz doch sowieso viel besser zum Standort meiner beruflichen Legende.

Diese Nervensäge! Das hätte wirklich bis nach den Feiertagen warten können. Warum musste der nette Vermieter der Einliegerwohnung in Gauting, wo ich bislang unter meiner meistgenutzten falschen Identität gewohnt hatte, auch plötzlich sterben? Jetzt wollten die raffgierigen Erben das Haus verkaufen und ich – vielmehr „Paul Narvik" – musste umziehen. Angeblich gab es derzeit keine freie Wohn-Option für mein Alter Ego in München oder der näheren Umgebung. Die aktuell nächstgelegene Möglichkeit sei die Adresse in Oberhausen gewesen. Na großartig!

Erfolglos versuchte ich einige Blätter zusammen zu tackern – der Hefter war schon wieder leer. Missmutig munitionierte ich ihn mit neuen Kupferklammern und leerte auch gleich noch den übervollen Locher. Ein Konfettiregen ergoss sich aus dem Auffangbehälter in den Papierkorb.

Ich stand von meinem Schreibtisch auf und ging zu der Deutschlandkarte an der Wand gegenüber. Nach einigem Suchen fand ich Oberhausen. Zweifellos deutlich näher an Köln als München. Wenn Paul Narvik dorthin umzöge, würde es tatsächlich besser zu der Geschichte vom Unternehmensberater mit Sitz in Köln passen. Mein Blick wanderte nach links Richtung Belgien. Wenn ich schon in den Ruhrpott und nach Köln musste, könnte ich eigentlich auch gleich „Cohiba" an seinem neuen Standort in Brüssel treffen. Der Informant war vor einigen Monaten in die Vertretung seines Landes in Belgien versetzt worden. „Cohiba" reiste nicht gerne und wollte, dass unsere geschäftlichen Begegnungen immer da stattfanden, wo er gerade stationiert war. Zuvor war er fast vier Jahre in Rom gewesen. Da bin ich immer gerne hingefahren – jedenfalls deutlich lieber als künftig nach Brüssel.

Stocker würde sicher zustimmen, die beiden Reisen zusammen zu legen, wenn dadurch Kosten gespart würden. Also begründete ich den Dienstreiseantrag entsprechend und ging damit zum Vorzimmer. Die Tür zu Stockers Büro stand offen, zu meiner Überraschung winkte er mich jovial herein.

„Kommen Sie rein, Herr Schreiber – nur ein Dienstreise-Antrag? Das machen wir gleich."

Offenbar hatte er gerade weder etwas anderes zu erledigen noch Lust, so zu tun, als ob. Das war selten. Ich stand da und sah meinem Chef bei seiner Arbeit zu. Auch das war selten.

„Da sparen wir eine Menge Reisekosten", stellte er freudig fest, nachdem er sich minutenlang über das Formular gebeugt hatte, als ob sich irgendwelche Haken darin verstecken könnten. Schließlich unterschrieb er mit seiner krakeligen Handschrift und reichte mir den Antrag über den Schreibtisch zurück.

„Bitte schön – gute Reise."

Ich bedankte mich höflich und verließ das Chefbüro.

„... und nicht zu viel Geld ausgeben", rief er mir noch hinterher.

Die Augen verdrehend steuerte ich mit dem unterschriebenen Wisch Frau Wiesmayers Büro an. Sie verwaltete seit einer gefühlten Ewigkeit die Deckpapiere in der Sektion Nah/Mittelost-Nordafrika. Niemand hier erinnerte sich, dass dort jemals jemand anderer gesessen hätte. Über den Rand ihrer Brille hinweg, die an einer goldenen Kette um ihren Hals hing, musterte sie meinen Antrag, suchte nach Stockers Autogramm und händigte mir dann gegen Unterschrift den Reisepass und den Führerschein meiner Alias-Identität aus, die sie aus einem alten, abgegriffenen Holzkarteikasten heraussuchte.

„Gute Reise, Herr Schreiber."

„Danke, aber ich fahre ja erst nächste Woche. Erstmal muss ich ins Reisebüro und alles buchen."

„Na, dann halt gute Fahrt."

Ich dankte dem administrativen Urgestein in der groß geblümten Bluse und ging zurück in Stockers Vorzimmer, um mich in die Benutzer-Liste für die beiden Dienstwagen einzutragen. Mit dem potthässlichen, kackbraunen Kadett war gerade Kurz unterwegs, also holte ich den Schlüssel für den nicht ganz so scheußlichen Ford Escort aus dem Aktenordner. Ich verließ das tief verschneite Firmengelände, fuhr die Heilmannstraße nach Norden, hinunter zur Isar, folgte dem Fluß, vorbei an Floßlände und Heizkraftwerk Süd, durchquerte das Dreimühlen-Viertel – eine ziemlich herunter gekommene Gegend mit einigen wüsten Absturz-Kneipen, von denen ich die meisten auch von Innen kannte, passierte den Schlachthof und parkte schließlich am Anfang der Thalkirchner Straße gleich gegenüber des Pathologischen Instituts. Den Rest der Strecke würde ich zu Fuß zurücklegen. Mein Ziel war „Adler-Reisen" in der Sendlinger Straße, wo ich alle meine dienstlichen Reisen buchte, die ich als „Paul Narvik" unternahm. Mit meinen anderen beiden Pseudonymen ging ich natürlich zu anderen Reisebüros, eines war im Westend, das andere in Nord-Schwabing.

Yvonne hatte ich ungefähr ein halbes Jahr, nachdem wir ein Paar geworden waren, eingeweiht, von wem und wofür ich mein Gehalt bezog. Sie fand es weder gut noch schlecht. Jeder müsse selbst wissen, wie er sein Geld verdienen wolle. Für sie wäre das nichts, meinte sie, unter falschen Namen in der Weltgeschichte herum zu fahren und reihenweise Leute anzulügen. So konnte man es natürlich auch sehen.

Aus beruflichen Gründen immer wieder ein anderer sein zu müssen, war tatsächlich gewöhnungsbedürftig. Und wenn man einen Fehler machte und aufflog, gab es intern eine Menge Ärger und Schreiberei – viel schlimmer aber war, dass man dann nicht mehr im Außendienst arbeiten konnte. Das wollte ich auf keinen Fall – die Vorstellung, das Pullacher Gehege nicht mehr verlassen zu können und dort permanent an einen Schreibtisch gekettet zu sein, war mir ein Graus.

Da passte ich lieber auf.

Der beste Schutz vor unerwünschter Enttarnung war im Grunde gelebte Normalität. Man war nach außen ein Dutzendgesicht mit einem langweiligen Job in irgendeiner fiktiven Verwaltungs-Behörde und bewegte sich in der zweiten Identität wie in der tatsächlichen, nur dass man zum Schein woanders wohnte und nach Möglichkeit niemand erzählte, für wen man wirklich arbeitete. Für Yvonne hatte ich damals eine Ausnahme gemacht. Unerlaubterweise. Offiziell anmelden hätte ich die neue Liebschaft auch müssen, aber ich hatte zu Beginn dieser Beziehung einfach keine Lust gehabt, schon wieder amouröse Details meines Privatlebens mit den Berufsparanoikern unserer Sicherheits-Abteilung zu teilen. Die wussten schon mehr als genug über mich.

Und jetzt war es ohnehin egal.

Am Reisebüro angekommen, beobachtete ich unauffällig von der anderen Straßenseite die Passanten, die auf dem Trottoir vorüberzogen, und querte in einem geeigneten Moment die Sendlinger Straße. Um sicher zu gehen, dass nicht zufällig gerade jemand im Laden war, den ich vielleicht privat kannte, schlenderte ich noch am Schaufenster vorbei und warf einen Blick hinein. Dann betrat ich das Geschäft.

Die ausschließlich weiblichen Angestellten blickten von ihrer Arbeit hoch, als ich hereinkam, und nickten mir freundlich zu. Ich war ein guter Kunde, man kannte mich beim Namen. Auch ich wusste, wie die Damen hinter den Schreibtischen hießen. Frau Brunthaler winkte mich zu sich heran. Lächelnd bat sie mich, Platz zu nehmen.

„Tag, Herr Narvik. Na – wo soll´s denn diesmal hingehen? Wieder mal nach Rom?“

„Hallo, Frau Brunthaler. Nein, leider nicht. Ich muss nächste Woche am Dienstag nach Brüssel ... über Dortmund und Köln. Mit der Bahn. Erster Klasse, bitte, Raucher – am besten mit dem frühest möglichen Zug. Ach ja ... und in Brüssel bräuchte ich dann auch ein Hotel, wenn´s geht bitte in der Nähe des Bahnhofs.“

„Klingt einfach. Da finden wir bestimmt etwas.“

Sie schenkte mir ein Lächeln, bevor sie hinter sich in das Regal griff und einen Katalog aus einem der Fächer fischte. Nach einigem Blättern legte sie das Heft aufgeschlagen vor mich auf den Tisch und zeigte mit einem rot lackierten Fingernagel auf eine Seite.

„Hier – das ‘Leopold‘. Wie wär´s damit?“

Das „Leopold“ sah ziemlich gediegen aus und lag wie gewünscht in Bahnhofsnähe. Allerdings waren die Zimmerpreise deutlich über dem erlaubten finanziellen Rahmen. Für die Mehrausgaben müsste ich Stocker sicher eine dienstliche Begründung liefern. Aber darin hatte ich Übung.

„Sieht gut aus – ich denke, das passt.“

Frau Brunthaler begann ihre Tastatur zu bearbeiten.

„Soll ich den Zug nun nach Dortmund oder Köln buchen?“

„Nach Dortmund, muss dort was erledigen – nach Köln komme ich dann schon irgendwie.“

Danach reservierte ich auch gleich noch einen Platz für die Verbindung Köln – Brüssel. Es gab einen Zug um 19:30 – dann wäre ich noch vor Mitternacht in der belgischen Hauptstadt. Die Zeit davor sollte reichen, um die neue Deckadresse kurz zu inspizieren, mich bei der Stadt Oberhausen als neuer Bürger anzumelden und nach Köln zu fahren, um die Scheinfirma aufzusuchen, die unweit des Bahnhofs in einem hässlichen Bürogebäude lag.

„Cohiba“ würde ich dann für den nächsten Tag zum Abendessen einladen. Er wartete sicher schon auf meinen Anruf. Dass er verfügbar wäre, stand außer Frage, denn unser Treffen war überfällig. So kurz vor Weihnachten würde er das Geld sicher noch mehr brauchen als sonst. Gleich nach dem Teil hier im Reisebüro würde ich ihn aus einer Telefonzelle am Sendlinger-Tor-Platz anrufen und die Details unseres Treffens klären.

Mir fiel ein, dass ich anstelle einer zweiten Übernachtung im doch recht teuren „Leopold“ die Rückfahrt von Brüssel auch mit dem Nachtzug im Schlafwagen antreten könnte. So wäre ich auch schon am nächsten Tag wieder zuhause. In Rom wäre ich noch eine Nacht geblieben, nach dem Treffen mit „Cohiba“. Nicht aber in Brüssel.

Ich fragte nach und Frau Brunthaler klimperte wieder auf ihrer Tastatur herum.

„Der Nachtzug fährt um 23:30 ... und um 08:30 sind Sie dann wieder in München“, teilte sie mir freudestrahlend mit.

Das gab mir ausreichend Zeit für das geplante Abendessen mit „Cohiba“.

„Dann reservieren Sie mir da bitte auch einen Platz.“

„Das mit dem Schlafwagen ist übrigens eine gute Idee“, meinte sie.

„Da sparen Sie sich eine zweite, teure Übernachtung in Brüssel.“

Ich nickte – scheinbar überrascht.

„Daran hatte ich gar nicht gedacht. Umso besser!“

Während Frau Brunthaler die Reservierungen abschloss und die Reise-Unterlagen zusammenstellte, dachte ich wieder an Yvonne. Seit ich ihre Beschwerden, dass ich so oft weg sei, nicht mehr anhören musste, war ich wieder mehr zuhause. Vorige Woche hatte sie ihre letzten Sachen aus der Wohnung geholt. Nur ihr Geruch in der Bettwäsche war noch da. Ich hatte sie noch nicht gewechselt.

Knecht Ruprecht (06. Dezember 1978)

Mit jeder Stufe, die Walid die steile Steintreppe in den Keller der Botschaft hinabstieg, schien es kälter zu werden. Unten folgte er dem langen, niedrigen Gang bis zu einer grün lackierten Metalltür. Er schloss sie auf und machte einen Schritt in die modrig riechende Dunkelheit vor ihm. Seine Rechte tastete nach dem Drehschalter – eine Reihe von Neonröhren an der Decke flackerte auf.

Gegenüber an der Wand stand ein Regal, in dem Aktenordner, alte Bücher sowie diverse Kisten mit Kleinkram und Werkzeugen aufbewahrt wurden. Auf dem obersten Regalbrett lagen – sorgfältig gefaltet und gestapelt – Säcke aus grobem Leinen. Er griff sich einen davon und ließ ihn in einer adidas-Sporttasche aus Kunstleder verschwinden. Dann wandte er sich dem Tresor in der Ecke zu.

Es klickte leise, als die Rädchen des Kombinationsschlosses einrasteten. Langsam zog er die schwere Panzertür auf. Walid holte die silbern glänzende Beretta, den Schalldämpfer und das Magazin heraus. Dann verriegelte er den Safe wieder und verließ den Raum.

Mit wenigen Schritten erreichte er den Zugang zur Tiefgarage. Im diffusen Licht der Notbeleuchtung ging er zu einem dunkelblauen Mercedes. Die Tasche verstaute er im Kofferraum, die Beretta verbarg er in einer speziellen Aussparung unter dem Fahrersitz, Schalldämpfer und Magazin schob er auf der Beifahrerseite in den Spalt zwischen Lehne und Sitzfläche. Dann startete er den Wagen und rollte bis zu der von der Decke baumelnden Plastikkette. Er zog daran – langsam begann das Rolltor hoch zu fahren. Das Licht des frühen Morgens flutete die Rampe hinunter. Walid musste blinzeln. Wie ein hungriges Tier schlich der blaue Benz aus seiner Betonhöhle nach oben. Die Fahrt nach Brüssel würde knapp vier Stunden dauern. Walid würde nicht schneller fahren als erlaubt. Die Operation wegen einer Übertretung der Höchstgeschwindigkeit zu gefährden, wäre höchst unprofessionell.

Die Vollstreckung (07. Dezember 1978)

Hassan Tarbani verließ später als sonst das Treffen der Organisation, das in einer der stets wechselnden Wohnungen stattgefunden hatte. Die Vorbereitungen für die Kundgebung am Ende des Monats waren weitgehend abgeschlossen. Sie hofften auf einige tausend Teilnehmer. Bei der Station Rue de Chapelle verließ er die U-Bahn und trat ins Freie. Es war kalt geworden, ein frischer Wind ließ ihn frösteln. Er schaute sich um, aber die Straße war leer. Er beschleunigte seine Schritte, um rasch nach Hause zu kommen, und erreichte nach knapp zehn Minuten die Seitenstraße, an deren Ende das ungepflegte Mietshaus lag, in dem er wohnte. Dunkel lag die Sackgasse vor ihm, in dieser Gegend sparte die Brüsseler Stadtverwaltung mit der Straßenbeleuchtung.

Hassan zögerte kurz und lauschte – alles war still. Als er weiter ging, lösten sich drei Schatten aus einer Wand hinter ihm. Alles ging sehr schnell. Der einsame Passant wurde von einem eisernen Griff umklammert, jemand stülpte ihm einen Sack über den Kopf. Hassan wand sich, trat mit den Füßen um sich und schrie, aber die Hilferufe drangen nur gedämpft durch den dicken Leinen-Stoff. Etwas Hartes wurde gegen seine Schläfe gedrückt.

Schlagartig verstummten die Schreie. Der Körper des Führers der jemenitischen Exilopposition klatschte auf das vom Nebel feuchte Kopfsteinpflaster. Die drei Männer schauten einen Moment unbewegt auf den gekrümmten Körper, bevor einer von ihnen sich niederkniete und mehrmals wütend mit einem Schraubenzieher in die Brust des Opfers stach. Der Bullige mit dem kahlen Schädel zog ihn weg.

„Das reicht Amal, der Hund ist tot. Wir müssen weg ..."

Sie wandten sich ab und gingen ohne Hast zu dem gelben Citroen, den sie an der Hauptstraße abgestellt hatten. Bevor sie einstiegen, ließen sie den Schraubenzieher durch das Gitter eines Gullys fallen. Im Auto gab der Täter dem Kahlkopf die Waffe zurück, der sie im Inneren seiner Lederjacke verschwinden ließ. Der Mörder erhielt eine Zugfahrkarte und einen Reisepass. Zehn Minuten später setzten sie ihn in der Nähe des Bahnhofs ab, verließen das Zentrum und erreichten kurz vor Mitternacht das in tiefer Dunkelheit liegende Gelände eines arabischen Gebrauchtwagenhändlers. Der bullige Mann stieg aus und zog im Licht der Scheinwerfer des Citroen eine Plane von einem geparkten Wagen. Ein blauer Benz kam zum Vorschein. Er warf die Plane zusammen mit der leeren Sporttasche in den Kofferraum des Wagens und hob den Daumen in Richtung des Citroen; der Mann hinter dem Steuer nickte ihm kurz zu. Die Waffe ließ er wieder unter dem Fahrersitz verschwinden, bevor er den Motor startete – ein paar Kieselsteine spritzten beim Beschleunigen hoch. Die Limousine fädelte sich in den spärlichen nächtlichen Verkehr ein und entfernte sich rasch auf der Ausfallstraße in Richtung

Norden, wo der Zubringer für die Autobahn nach Paris verlief.

Nachtzug nach München (07. Dezember 1978)

Ich war erleichtert. Meine Anmeldung als neuer Einwohner der Stadt Oberhausen, der Kurzbesuch in der Scheinfirma in Köln und das erste Treffen mit „Cohiba" in Brüssel waren glatt über die Bühne gegangen. Natürlich hatte Cohiba Zeit gehabt. Ich kannte meine Pappenheimer, schließlich hatte ich den Diplomaten vor einigen Jahren selbst angeworben und mir auch den Decknamen für ihn ausgedacht – nach der von ihm bevorzugten Zigarrensorte. „Cohiba" belieferte uns seit einigen Jahren zuverlässig mit gutem Material zu Nordafrika. Wie üblich hatte er ein paar Dutzend Kopien von vertraulichen Dokumenten dabei gehabt und dafür einen Umschlag mit zweitausend Mark von mir bekommen – zusammen mit einer Kiste seiner Lieblings-Zigarren. Er verdiente eigentlich nicht schlecht in seinem Diplomatenjob, lebte aber stets leicht über seine Verhältnisse. Gut für uns.

Die Zeit bis zu meinem Treffen hatte ich bummelnd in der Stadt verbracht, mir eine aktuelle van Gogh-Ausstellung angesehen und anschließend bis zu meinem Termin ausgiebig in einem der schönen Brüsseler Cafés Zeitung gelesen. Nach dem ausgezeichneten Abendessen bestand mein langjähriger Informant noch darauf, dass ich eine seiner Zigarren mit ihm rauchte. Ich mochte die Dinger nicht besonders, willigte aber ein. So was stärkt die emotionale Bindung einer Quelle zu ihrem Kontaktmann. Das war aus professioneller Sicht durchaus gewünscht.

Nachdem ich die Rechnung beglichen hatte, vereinbarte ich mit „Cohiba“ noch einen Ort und eine Codierung für Tag und Uhrzeit für unser nächstes Treffen. Eine Routine-Maßnahme. So würden wir unliebsame Mithörer am Telefon in die Irre führen, wenn wir uns verabredeten. Danach machte ich mich auf den Rückweg zum Hotel. Irgendwo in der Nähe heulten Polizeisirenen, die dazugehörigen Autos blieben aber unsichtbar. Mir war von der Zigarre etwas flau im Magen, deshalb nahm ich noch einen Whisky an der Hotelbar, bevor ich mir mein Gepäck aushändigen ließ, das seit meinem check-out am Mittag in einem Verschlag hinter der Rezeption aufbewahrt wurde. Der Bahnhof lag gleich um die Ecke, nur wenige Gehminuten entfernt.

In der Bahnhofshalle suchte ich meinen Zug auf der Anzeigentafel – Gleis 11, Abfahrt 23:30 – pünktlich also.

An einer Imbissbude standen ein paar Weihnachtsmänner in voller Nikolaus-Montur an einem Stehtisch, darauf eine ansehnliche Batterie von leeren Bierflaschen. Offenbar hatten sie Feierabend. Ihre weißen Bärte waren in den Nacken geschoben. Es sah so aus, als hätten Sie vorne ein normales und hinten ein sehr haariges Gesicht. Mit dem vorderen rauchten und tranken sie. Gerade stimmte einer mit rauer Stimme auf flämisch ein Weihnachtslied an – die anderen fielen grölend ein. Sehr stimmungsvoll.

Mir fiel auf, dass mehr Polizei unterwegs war als sonst üblich. Vereinzelt wurden Reisende angehalten und kontrolliert. Ich kaufte mir noch eine Packung Zigaretten und wollte gerade weiter gehen, als mich plötzlich eine Stimme von hinten bat, stehen zu bleiben. Ich drehte mich um – ein breitschultriger Uniformierter stand da, neben ihm sein deutlich jüngerer und schmalschultriger Kollege.

„Ihre Papiere, Monsieur!"

Ich stellte den Koffer und die Aktentasche ab, holte meinen Reisepass aus der Innentasche des Jacketts und reichte ihn hinüber. Während der Beamte ihn sorgfältig prüfte, fragte ich höflich auf Französisch, was denn los sei, und erfuhr von seinem jüngeren Kollegen, dass offenbar nicht weit von hier ein jemenitischer Exil-Politiker ermordet worden war. Wegen seiner allzu detaillierten Auskunft zum Geschehen, fing er sich einen strafenden Blick des kontrollierenden Polizisten ein, der mir meinen Pass anstandslos zurückgab. Dass das Dokument kein Original war, hatte er nicht bemerkt. Und die heiklen, alle mit einem „secret"-Stempel versehenen Unterlagen von „Cohiba", waren in einem speziellen Fach meiner Aktentasche verborgen. Bei einer normalen Routinekontrolle kaum zu entdecken. Aber für mein Gepäck interessierten sich die Beamten ohnehin nicht – ich passte wohl nicht in ihr aktuelles Beuteschema.

Langsam ging ich am Zug entlang und suchte den richtigen Waggon. Als ich einstieg, kam mir der Schlafwagen-Schaffner bereits entgegen. Er begrüßte mich freundlich, prüfte Fahrkarte und Reservierung und führte mich zu meinem Abteil. Nachdem er meinen Pass an sich genommen hatte, hakte er meinen Namen auf seiner Liste ab. Ob ich für das Frühstück geweckt werden wolle, wollte er noch wissen. Ich lehnte dankend ab, da ich Schlafwagen-Frühstücke kannte. Als ich fragte, wo der andere Fahrgast bliebe, der das zweite Bett gebucht hatte, zuckte der Schaffner nur die Achseln.

„Je pas." Er wünschte mir noch eine gute Nacht und verließ das Abteil, um sich um andere Passagiere zu kümmern. Sah so aus, als hätte ich das Schlafwagenabteil für mich allein. Umso besser.

Mit einem sanften Ruck fuhr der Zug wenig später an. Ich begann mich auszuziehen, hängte Hose und Hemd über einen Bügel und legte mich dann in T-Shirt und Unterhose auf die Pritsche. Das Sakko mit Geld und Papieren sowie die Tasche mit den beschafften Dokumenten platzierte ich zwischen mich und die Abteilwand. Bevor ich mich in die Decke wickelte, stopfte ich mir zerkautes Tempo-Papier in die Ohren, gegen etwaigen nächtlichen Lärm auf dem Gang. Das gleichförmige Rattern der Räder und Schaukeln des Waggons, wenn er von den Weichen auf neue Gleise gehoben wurde, ließ mich schon bald wegdösen.

Irgendwann erwachte ich von Geräuschen an der Tür. Während ich noch überlegte, wo ich eigentlich war, ging die Tür des Abteils auf und der Schlafwagenschaffner ließ einen Mann herein. Flüsternd erklärte er ihm etwas auf Französisch und wünschte schließlich eine gute Nacht. Es handelte sich offenbar um meinen verspäteten Mitfahrer – war wohl zunächst im Restaurant-Wagen gewesen. Mit halb geschlossenen Augen linste ich im Halbdunkel der funzeligen Notbeleuchtung hinüber und sah zu, wie der Mann die Bettdecke auseinander faltete. Er hatte krauses, kurz geschnittenes Haar und wirkte irgendwie arabisch – vielleicht auch maghrebinisch. Jetzt holte er einen kleinen Reisewecker aus seiner Tasche und drückte auf einen Knopf – das Zifferblatt leuchtete auf. Er drehte an dem Ding herum, offenbar stellte er den Alarm ein. Im Licht des Weckers sah ich eine Tätowierung an seinem rechten Unterarm – sah aus wie ein gekrümmtes Schwert oder ein langer Dolch.

„Und so ein Prolet reist Erster Klasse“, dachte ich. Vorsichtig fühlte ich nach dem Jackett, das neben mir auf dem Bett lag und in dem ich Reisepass und Brieftasche aufbewahrte. Ich zog es unter der Decke näher zu mir. Dann schlief ich wieder ein.

Botschaft Südjemen in Paris – am nächsten Tag

Der Leiter der Pariser Sektion des südjemenitischen Geheimdienstes zündete sich eine Zigarette an und sah seinen Besucher auf der anderen Seite des Schreibtisches wohlwollend an.

„Das war gute Arbeit, Walid. Sehr gute Arbeit."

Der bullige Mann lächelte stolz, trotz seiner Müdigkeit. Er bedankte sich mehrmals bei seinem Chef für das Lob, dabei hielt er den kahlen Kopf leicht geneigt.

„Der plötzliche Tod ihres Führers in Belgien wird den anderen streunenden Hunden eine Lehre sein. Sie sollen wissen, dass sie nirgends sicher sind, wenn sie uns provozieren. Gab es irgendwelche Probleme?"

Walid schüttelte den massigen Schädel.

„Nein – keine Zeugen, keine Kontrollen. Ich bin glatt nach Paris durchgekommen."

„Und Amal?"

„Ist wie geplant mit dem Zug nach Ulm gefahren, um bei den dortigen Brüdern unterzutauchen. Man hat mir bereits mitgeteilt, dass er gut angekommen ist."

„Sehr gut. Ich denke, es schadet nicht, wenn Du auch für eine Weile abtauchst. Das Komitee hat beschlossen, Dir einen vierwöchigen Sonderurlaub in der Heimat zu gewähren."

Walid strahlte. „Das ist sehr großzügig. Nehmt meinen tief empfundenen Dank entgegen."

Der Mann im Nadelstreifenanzug zog an seiner Zigarette und lächelte sanft.

„Treue Dienste und bedingungslose Loyalität werden immer belohnt. Du kannst gehen."

Frühstück in München

Das metallene Quietschen der Zugbremse riss mich aus dem Schlaf. „Ein Unfall", dachte ich panisch und schützte den Kopf mit den Armen, aber der befürchtete Aufprall blieb aus. Ich warf einen Blick auf meine Uhr – es war kurz vor halb acht. Das zweite Bett war leer. Decken und Kissen lagen zerknüllt auf der Liegefläche, mein nächtlicher Begleiter war verschwunden. Wo er ausgestiegen war, hatte ich nicht mitbekommen. Draußen war es bis auf ein paar wenige, ferne Lichter stockdunkel. Der Lautsprecher kündigte seltsam gedämpft an, dass es nach dem unplanmäßigen Halt gleich weiterginge und wir München in wenigen Minuten erreichen würden. Mir fiel ein, dass ich immer noch die Papierkugeln in den Ohren hatte und popelte sie mit den Fingern heraus. Dann zog ich mich rasch an. Der Schaffner kam und gab mir meinen Pass zurück. Ich war gerade fertig, als der Zug unter der Hackerbrücke hindurch glitt und sich in langsamer Fahrt in die Halle des Hauptbahnhofs schob.

Auf dem Bahnsteig wurde ich vom Strom meiner Mitpassagiere erfasst und in die Haupthalle geschwemmt, wo die Ankömmlinge aus Brüssel sich mit anderen Passanten mischten – Schülern, die widerwillig zu ihren Schulen schlurften, Angestellte, die in ihre Büros eilten.

Mein Magen meldete sich mit leisem Knurren. Er hatte recht – ich sollte noch im „Größenwahn" frühstücken, bevor ich meine Sachen nach Hause brächte und ins Büro führe. Das Hauptquartier und Stocker konnten ruhig noch ein bisschen warten.

Am Nordausgang des Bahnhofs stieg ich in ein Taxi und nannte dem Fahrer mein Ziel. Im Wagen roch es nach kaltem Zigarettenrauch. Nur langsam kamen wir im dichten morgendlichen Berufsverkehr voran, im Radio lief Bayern 3, das übliche, morgendliche Gesabbel und Gedudel. Die Neun-Uhr-Nachrichten unterbrachen das Unterhaltungs-Programm: Krawalle im Iran, Chomeini bereite sich im Pariser Exil angeblich auf seine Rückkehr nach Teheran vor, Schicksal des Schah und seiner Gattin, Vorbereitung des Gründungsparteitags der neuen „Grünen Partei“, Großdemonstrationen gegen die geplante Pershing-Stationierung, Ministerpräsident Strauß im Originalton mit einem abfälligen Zitat zur Friedensbewegung – nichts wirklich Neues. Am Ende dann doch noch etwas Spannendes: eine Fahndungs-Durchsage der Polizei. Sie suchten einen Mann arabischen Aussehens, der des Mordes an einem ausländischen Politiker in Brüssel verdächtigt wurde. Er sei möglicherweise mit der Bahn in den Süden Deutschlands gereist – die Polizei bat um Hinweise. Ich dachte an meinen Mitfahrer im Zug. Hatte ich etwa neben diesem Killer geschlafen? Wäre ja ein Ding. Zur Polizei würde ich aber nicht gehen. Ich hätte mindestens die halbe Firma involvieren müssen, bevor ich dort eine Aussage hätte machen dürfen. Und was hätte ich der Polizei schon sagen können. Dass der Mann ungefähr vierzig Jahre alt war, eine Tätowierung hatte und irgendwo zwischen Brüssel und München ausgestiegen war? In meinem Bericht zu dem Treffen mit „Cohiba“ würde ich die Sache tunlichst auch unerwähnt lassen – die interne Hysterie, die ich damit auslösen würde, wollte ich mir lieber ersparen.

Plötzlich bremste der Fahrer scharf. Ich prallte mit dem Gesicht an die Rückenlehne des Beifahrersitzes. Er hupte und fluchte:

„Depp, damischer!“

Ohne sich umzusehen fragte er nach hinten:

„Wos bassiert?“

Ich ruckte meinen leicht schmerzenden Unterkiefer vorsichtig hin und her.

„Nein. Ich glaube nicht.“

Am Wagenfenster schob sich die Praterinsel vorbei, im Osten über dem Hochufer der Isar erhob sich die Morgensonne über die Silhouette Haidhausens. Wir bogen auf Höhe des Deutschen Museums links ab und überquerten den Fluss, der sich kalt und träge in seinem Kiesbett räkelte; wenig später hielt das Taxi in der Lothringer Straße vor dem „Größenwahn“. Ich zahlte und betrat das Lokal.

Es war angenehm warm im Gastraum, aber noch nicht viel los. Zum Frühstücken kamen die meisten Leute frühestens gegen zehn hierher. Außer mir waren erst vier Gäste im Cafe´: eine ältere Frau mit kurzen, blonden Haaren, ein Mann um die vierzig in einem Norwegerpullover, längeren roten Haaren und Vollbart, zwei Tische weiter ein junges Paar, das konzentriert seine Frühstückseier löffelte. Niemand, den ich kannte.

Der Typ mit dem Irokesenschnitt an der dampfenden Kaffeemaschine entdeckte mich und schenkte mir ein kurzes Lächeln.

„Servus. Früh dran heute. Cappuccino?“

Ich nickte freundlich zurück. „Gerne.“

Meinen Rollkoffer stellte ich in einer Nische bei der Garderobe ab. Ich nahm die Abendzeitung, die dort, eingeklemmt in einen hölzernen Lesebügel, an einem Haken hing und suchte mir einen Platz in einer Ecke.

In der neuen Haidhausener Kneipe gab es morgens frische Croissants und köstliche, selbstgemachte Marmeladen, mittags und am Abend gute, einfache Gerichte. Dazu ein recht illustres Publikum aus echten und Möchtegern-Intellektuellen, allen Arten von Künstlern und solchen, die es werden wollten.

Der bayerische Irokese brachte mir meinen Cappuccino.

„Bitt scheen – magst a wos zum Essen?"

Ich entschied mich für zwei Croissants mit Butter, dazu Kirschmarmelade.

Im Größenwahn verkehrten auffallend viele Artgenossen des Kellners. Sie nannten sich „Punks", eine neue Art von Protestbewegung, deren Vertreter sich gerne in schäbige Lederklamotten kleideten, die sie mit grell leuchtenden Lackfarben besprühten. Hals und Handgelenke zierten mit Stahlstacheln besetzte Lederbänder, manche hatten eine grell blond oder bunt gefärbte Irokesen-Frisur, bei anderen waren Wangen oder Lippen von Sicherheitsnadeln durchbohrt. Sie erinnerten ein bisschen an Indianer auf dem Kriegspfad, und so ähnlich verstanden sich die politischen Aktivisten wohl auch. Sie waren die Speerspitze einer Bewegung, die in Amsterdam und Zürich – Städten mit besonders großer Wohnungsnot – vor zwei Jahren begonnen hatte, leerstehende Häuser zu besetzen. Inzwischen gab es das auch in Berlin und Hamburg und selbst hier im gemütlichen München waren kürzlich zwei leerstehende Mietshäuser „instand besetzt" worden, wie es so schön hieß. Die wüstesten Prügeleien mit der Polizei, als Innenminister Zimmermann seine Schergen in die Schlacht schickte, um den hilflosen Immobilien-Spekulanten zu ihrem Recht zu verhelfen, hatten sich auch hier die Leute mit den originellen Frisuren geliefert. Ich war mit ein paar von diesen Vögeln bei meinen regelmäßigen Größenwahn-Besuchen ins Gespräch gekommen. Sie waren ziemlich reflektiert in dem, was sie taten, sahen sich in der Tradition des klassischen Anarchismus, weshalb sie jede Form von Zwang und

Kontrolle, die gegen das Individuum und dessen Freiheit gerichtet war, ablehnten. Das fand ich gut. Stocker, mit seinem krankhaften Kontrollzwang, hätte es wahrscheinlich weniger gefallen. Bestimmt fragte er sich auch jetzt schon, wo ich denn bliebe. Aber Züge hatten ja öfter mal Verspätung – mein Zuspätkommen wäre daher glaubhaft. Wie gut, dass es keine tragbaren Telefone gab, mit dem man überall erreichbar wäre. Nicht auszudenken, was Leute wie Stocker damit hätten anrichten können und wie ausgeliefert Leute wie ich damit gewesen wären.

Kleine Fluchten, wie das spontane Frühstück in Haidhausen, waren das einzige, was ich meinem stark reglementierten beruflichen Umfeld und den Launen meines kleinkarierten Vorgesetzten entgegensetzen konnte. Das machte das Ganze einigermaßen erträglich. Ich fand es noch immer manchmal merkwürdig, dass ich Staatsdiener geworden war. Noch dazu bei diesem seltsamen Verein. Vor fast sieben Jahren hatte mich mein damaliger Abteilungsleiter Fellner zusammen mit ein paar anderen Kandidaten sogar vom Angestellten in einen Beamten verwandelt, indem er uns den Eid auf die Verfassung ablegen ließ und die Urkunden aushändigte. Danach hatte es Faber-Sekt gegeben. Ich fand es dem Grundgesetz gegenüber etwas respektlos, auf die feierliche, hoheitliche Prozedur mit so billiger Plörre anzustoßen. Aber auf eine deutsche Verbeamtung mit Champagner anzustoßen wäre ja auch komisch gewesen.

Der Typ an der Theke deutete mit fragendem Blick auf eine Kaffeetasse in seiner Hand.

Ich nickte und hob den Daumen.

Kurz darauf servierte er mir den zweiten Cappuccino, zusammen mit meinem Frühstück.

„Fahrst heut noch wohin?“

„Nein. Bin gerade zurück. Hatte beruflich in Brüssel zu tun."

„Scheene Stadt, oder?"

„Geht so. Gibt schönere."

„München, zum Beispiel?", schmunzelte er.

„Ganz sicher", grinste ich.

„Die beiden Rathäuser sind allerdings identisch – architektonisch."

„Echt? Hab I gar ned gwusst."

„Ich weiß es auch erst seit gestern – war zum ersten Mal auf dem Rathausplatz in Brüssel. Leider muss man sagen, dass unser Rathaus nicht das Original, sondern die Kopie des Brüsseler Baus ist."

„Dafür hamm wir das Original-Hofbräuhaus", meinte der Kellner, wischte über meinen Tisch und nahm die benutzte Tasse mit zurück zur Theke.

Niemand in meiner neuen Stammkneipe ahnte, was ich beruflich tatsächlich tat. War auch besser so. Wahrscheinlich hätte ich nicht nur Lokalverbot, sondern von den Punk-Gästen auch eine gehörige Tracht Prügel bekommen. Mit meinem von der Schlafwagenreise leicht zerknitterten, dunkelgrauen Anzug, dem schwarzen Rollkragenpullover, den lockigen, längeren Haaren und dem buschigen Schnauzbart bildete ich mir ein, halbwegs unbeamtisch auszusehen. Wenn mich hier jemand fragte, was ich denn beruflich so machte, sagte ich, ich sei freiberuflich als Kunsthändler tätig, müsste oft zu Auktionen reisen – auch ins Ausland.

Dass ich das Anarchisten-Lokal so gerne mochte und hier Stammgast war, wusste im Hauptquartier nur Max. Unsere Sicherheits-Abteilung hatte keine Ahnung, dass ich hier regelmäßig mein Bier trank. Die Leute dort witterten hinter jedem, der nicht in der CSU war und nicht ausschließlich im Trachtenjanker in gutbürgerlichen Gaststätten verkehrte, einen potenziellen Staatsfeind. Das anarchisch gesonnene Volk hier im „Größenwahn" wäre ihnen mehr als suspekt gewesen. Anarchismus war ja schon für die meisten Normal-Deutschen identisch mit Terrorismus, doch hinter dem Stacheldraht, der unser Firmengelände abschirmte, hatte sich die Terrorimus-Hysterie der vergangenen Jahre besonders deutlich manifestiert. Es hatte ja tatsächlich immer wieder Drohungen und auch erkannte Ausspähversuche gegen den Dienst gegeben. Und es war nicht von der Hand zu weisen, dass unser Hauptgegner, die „Hauptverwaltung Aufklärung der DDR", besser bekannt als „Stasi", über viele Jahre Kontakte zum Umfeld und womöglich sogar bis in die Spitze der RAF unterhalten hatte. Allerdings dürften mit der „Landshut"- und der Schleyer-Entführung die bundesrepublikanischen Terror-Jahre ihren Höhepunkt erreicht und mit dem Selbstmord der RAF-Führung in Stammheim im Herbst letzten Jahres wohl auch überschritten haben. Ich hatte den Eindruck, dass manche Leute in unseren Reihen, aber nicht nur dort, darüber fast ein bisschen enttäuscht waren. Im Angesicht der ständigen Bedrohung durch die RAF und mit ihr verbündeter arabischer Terroristen war es relativ einfach gewesen, immer mehr Mittel bewilligt und mehr Befugnisse zu bekommen. Man fürchtete, dass dies nun schwieriger werden könnte. Im ewigen Spannungsfeld zwischen Freiheit und Sicherheit neigen die konservativen Teile der Bevölkerung naturgemäß zur Stärkung der letzteren, deshalb sind sie in Sicherheitsbehörden ja auch überrepräsentiert. Und da der Sitz der Behörde nunmal in Bayern war, in praktischer Nähe zur bayerischen Staatskanzlei, waren die Führungspositionen in Pullach vorwiegend mit CSU-Parteigängern besetzt. Dass diese und andere Sicherheitskreise besonders laut vor einer nachlassenden Wachsamkeit und möglichen Mittel- und Stellenkürzungen warnten, war nicht überraschend. Dass man mich damals dort eingestellt hatte, schon. Es erschien mir mehr und mehr wie ein personalpolitischer Betriebsunfall.

Meine Armbanduhr zeigte 11:25 – Zeit aufzubrechen.

Ich drückte meine Zigarette aus, zahlte und verließ das Lokal.

Während ich die Steinstraße Richtung Rosenheimer Platz entlangging, überholte mich die Tram. Ich legte einen kurzen Zwischenspurt ein, um sie an der Haltestelle Rosenheimer Platz zu erwischen, während der Koffer laut ratternd hinter mir her tanzte. Mit einem gewagten Satz schaffte ich es in den Waggon, bevor sich zischend die Tür hinter mir und dem Koffer schloss. Zwei Stationen später stieg ich aus. Von der Haltestelle war es nicht weit zu dem etwas verwahrlosten Altbau am Giesinger Isarhochufer, in dem meine kleine Dachwohnung war. Jetzt im Winter wurde es manchmal ein bisschen kalt da oben, im Sommer eher zu heiß. An lauen Sommerabenden kletterte ich manchmal aus der Dachgaube und trank auf den warmen Dachziegeln sitzend noch ein Bier in der Abendsonne, die die Stadt unter mir in verschiedenen Orangetönen leuchten ließ. Unter mir hörte ich dann, für diese unsichtbar, die anderen Bewohner auf ihren Balkonen schwatzen, gelegentlich auch beim Sex. Ich verdrängte die aufkommenden Gedanken an Yvonne. Wir hatten es schön gehabt da oben, nur die regelmäßige Bierversorgung gestaltete sich etwas mühsam. Es war kein Spaß, zwei Bierträger pro Woche fünf Stockwerke hoch zu schleppen. Wobei Yvonne zugegebenermaßen nur mit maximal einem Bier pro Abend zu Buche schlug. Wenn überhaupt.

Die schwere Eichentür des Mietshauses war wie immer nur angelehnt. Ich schob sie mit der Schulter auf. Im Briefkasten waren nur ein paar Prospekte, die ich gleich unten in die Tonne warf.

Oben angekommen, sperrte ich die Tür zu meiner Wohnung auf. Es war kalt und roch muffig. Ich öffnete Küchen- und Schlafzimmerfenster und lüftete durch. Danach räumte ich den Koffer aus, während ich mir ein heißes Bad einließ. Als ich eine halbe Stunde später nackt aus dem Badezimmer kam, fröstelte ich. Rasch schloss ich die Fenster wieder. Die Küchenuhr zeigte 12:20. Zu spät zum Rasieren, entschied ich. Ich zog mich an und machte mich auf den Weg ins Büro.

Ein Auftrag von „ganz oben".

Es war fast schon ein Uhr, als ich im Hauptquartier eintraf. Auf dem Flur begegnete ich dem sichtlich angeschlagenen Max. Er schlich mit gesenktem Kopf durch den Gang und grüßte mich mit einem angedeuteten Heben der Hand, als ich ihn von weitem ansprach.

„Was ist denn mit Dir los?"

„Weihnachtsfeier – Schwabinger Sieben", teilte er knapp mit und schob ein leidendes „Frag´ ned!" hinterher, bevor er in seinem Büro verschwand. Seine Stimme klang wie ein Reibeisen. Da waren wohl bei der besinnlichen Feier in Max´ Lieblingskneipe die Weihnachtslieder besonders inbrünstig gesungen worden. Sobald es ihm wieder besser ging, müsste er mir ein paar Details erzählen, jedenfalls die, an die er sich noch erinnern konnte.

Ich holte meine Post aus dem Fach im Vorzimmer. Der Stuhl von Frau Nessel, Stockers neuer Sekretärin, war leer, aber ihre abscheuliche, orangefarbene Kunstlederjacke hing über der Lehne. Die Post unter den Arm geklemmt, schloss ich mein Büro auf. Ich warf die Kuverts und Rundschreiben aus meinem Fach auf den Schreibtisch und setzte mich. Dann holte ich meine Notizen des Gesprächs in Brüssel aus meiner Tasche und sortierte die Seiten, um später den Bericht daraus zu basteln. Ich wollte mir gerade eine Zigarette anzünden, als plötzlich ohne Vorwarnung die Tür aufgerissen wurde.

Wie eine böse Erscheinung stand Stockers neue Vorzimmer-Tussi plötzlich in meinem Büro. Der pinke Mund in dem bleichen Gesicht unter der hennaroten Turmfrisur fing grußlos an, auf mich einzuquasseln.

„Da sind Sie ja endlich. Herr Stocker hat schon dreimal nach Ihnen gefragt. Es gibt eine dringende Besprechung. In fünfzehn Minuten im Konferenzraum!“

„Guten Tag, Frau Nessel. Da muss ich doch glatt ihr Klopfen überhört haben. Darf man fragen, worum´s bei der dringenden Besprechung gehen soll?“

„Das müssen Sie schon Herrn Stocker fragen“, entgegnete sie spitz, drehte sich um und stöckelte in ihrem großkarierten Faltenrock und den kniehohen Stiefeln weiter zum nächsten Zimmer. Meine Tür ließ sie der Einfachheit halber offen stehen. Nebenan war Hobmeiers Büro. Der Glückspilz war auf Dienstreise. Ich zündete die Zigarette an und nahm einen tiefen Zug. Vorfreudig wartete ich darauf, wie die energische neue Mitarbeiterin gleich mit Schwung an die verschlossene Tür prallen würde und versuchte gleichzeitig, Max, der zwei Türen weiter residierte, telefonisch vorzuwarnen. Sein Apparat war aber besetzt. Ein dumpfes Geräusch kam vom Gang, kurz darauf stand Nessel schnaubend wieder in meiner Tür. Sie rieb sich das rechte Handgelenk.

„Wo ist Hobmeier?"

Meine Antwort wurde von meinem charmantesten Lächeln begleitet.

„Herr Hobmeier befindet sich vermutlich auf Dienstreise – aber wo genau weiß ich nicht – da müssten Sie Herrn Stocker fragen."

Wütend machte sie kehrt und steuerte entschlossen auf das Büro von Max zu. Auch dort hielt sie sich nicht mit Anklopfen auf. Souverän ignorierte sie das Telefonat meines Kumpels und stellte den waidwunden Kollegen in seinem Kabuff. Auch er wurde unüberhörbar für Stockers Spontan-Besprechung „shanghait". Nessels Vorgehensweise erinnerte mich jedenfalls an die nach der chinesischen Hafenstadt bezeichnete Art der Personalgewinnung zu Zeiten der Segelschifffahrt. Betrunkene Matrosen und Nicht-Matrosen bekamen nach ausgiebigen Besuchen diverser Hafenspelunken von gedungenen Schergen kurzerhand eins übergezogen und fanden sich beim Erwachen auf einem bereits ausgelaufenen Schiff wieder. Wollte man nicht im Meer landen, trat man den neuen Job besser an.

Max hatte Nessel in seinem momentanen Zustand nichts entgegenzusetzen, denn über den Gang hörte ich ein gequältes „Ja, ja, Frau Nessel, ich hab´s schon beim ersten Mal verstanden. Ich komme."

Ich konnte hören, wie er sein unterbrochenes Telefonat fortsetzte – offenbar hatte Nessel auch Max´ Bürotür offen stehen lassen. Sie kam mit schnellen Schritten zurück. Im Vorbeigehen streifte mich ein böser Blick. Ich gab vor, ihn nicht zu bemerken. Den Bericht zu dem Treffen in Brüssel würde ich gleich nach Stockers ach so dringender Besprechung schreiben. Dass er damit bis zu meinem Eintreffen gewartet hatte, zeigte mir, dass er Wert auf meine Anwesenheit legte. Eigentlich schmeichelhaft.

Kurz vor Ablauf des Stocker-Ultimatums stand ich auf, sperrte meine Bürotür ab und ging gemächlich zum Besprechungsraum am Ende des Flurs. Stocker würde eh ein paar Minuten zu spät kommen, um seine Bedeutung zu unterstreichen. Stets hatte er noch ein „wichtiges Telefonat“ vor solchen Ereignissen. Drei Kollegen saßen schon am „Konferenztisch“, einer resopalen Scheußlichkeit mit angeschrammten Kanten:

Max, den schmerzenden Kopf schwer in die Handflächen gestützt, mit schlecht gebundener Krawatte, wie Peters und Dehning im Sakko, trotz der Hitze im Raum. Peters schwitzte, seine spärlichen Haare schienen am Kopf festgeklebt und seine Krawatte hing auch etwas schief. Nur Dehning saß da, wie aus dem Schlangenei gepellt. Ich setzte mich so, dass ich ihn nicht direkt ansehen musste. Gemurmelte Grüße, Max schickte ich ein schiefes Grinsen hinüber, das er mit zur Decke verdrehten Augen quittierte. Dann warteten wir stumm auf Stocker.

In das Schweigen hinein bullerte die Heizung. Sie ließ sich nicht regulieren. Im Winter war es im Besprechungsraum entweder eiskalt oder brüllend heiß. Heute herrschten mal wieder Sauna-Temperaturen und Peters´ Kopf leuchtete bereits in einem interessanten Rot-Ton. Keiner traute sich, das Fenster aufzumachen.

„Stocker wird's gefallen – er steht ja auf heiße Luft“, dachte ich amüsiert. Ich hörte, wie er sein Büro abschloss und näher kam. Geräuschvoll schloss er die Saunatüre und nahm den freien Platz am Kopfende des langen Tisches ein. Ich lehnte mich zurück und wartete auf die Ansage unseres Bademeisters. Stocker enttäuschte mich nicht. Mit künstlich guter Laune schaute er in die Runde – dann kam der Aufguss.

„Meine Herren, guten Morgen. Ich sehe, Sie sind alle frisch und ausgeruht. Schön, dass Sie´s auch einrichten konnten, Herr Schreiber", meinte er mit einem kurzen Seitenblick in meine Richtung.

„Ich dachte, Sie hätten den Nachtzug aus Brüssel genommen? Soviel ich weiß, kommt der gegen halb neun in München an."

„Der Zug hatte Verspätung", log ich, ohne mit der Wimper zu zucken.

„Es gab umfassende Polizei-Kontrollen in Brüssel – irgendeine Fahndung nach einem mutmaßlichen Attentäter oder so was."

Wenn man in diesem schrägen Laden wirklich etwas lernte, dann einen legeren, aber resolut kommunizierten Umgang mit der Wahrheit. Stockers rechte Augenbraue fuhr nach oben, während er mir einen skeptischen Blick über den Tisch schickte.

„Na, egal – es gibt ja auch Wichtigeres. Lassen Sie mich gleich zur Sache kommen. Eine hochbrisante Angelegenheit. Auftrag von ganz oben. Und das Ganze hat unbedingt hier im Raum zu bleiben – ist das klar?"

Wir nickten wie die Hündchen auf einer Hutablage.

Um die genaue Herkunft des Auftrags zu verdeutlichen, hatte er, während er redete, den rechten Zeigefinger mehrmals senkrecht in die Luft gestoßen.

„Von ganz oben." Er machte eine dramaturgische Pause. „Der Außenminister persönlich soll die Sache angestoßen haben!"

Stocker schaute sich prüfend um. Vermutlich suchte er in den versammelten Gesichtern nach Anzeichen von Ehrfurcht und bedingungsloser Leistungsbereitschaft. Wirklich fündig wurde er nur bei Dehning, wie ich mit einem kurzen Seitenblick feststellte.

Es war dann aber Max, der in das Schweigen im Raum hinein die erlösende Frage stellte, auf die Stocker in so einer Situation erfahrungsgemäß wartete.

„Worum geht es da denn genau, Chef?“

Stocker bemerkte den leicht sarkastischen Ton nicht, den Max bei dem Wort „Chef“ anklingen ließ. Er straffte seinen Rücken und wuchs ein kleines Stück in seinem Stuhl.

„Alsoooo.“ Stocker zog das „o“ von „also“ immer in die Länge, wenn er sich anschickte, etwas aus seiner Sicht Bedeutsames zu sagen.

„Offenbar hat der Außenminister den Wunsch geäußert, dass der Dienst mit Hochdruck zur aktuellen Situation im Jemen liefert. Also müssen wir da ran – und zwar unverzüglich!“

Stocker fing an, an seiner Krawatte herum zu nesteln.

„Ziemlich warm hier drin. Ich denke, ich lege mal ab. Bitte, meine Herren, wenn Sie möchten ... ich gewähre Anzugs-Erleichterung!“

Mich musterte er nur kurz missbilligend, weil ich gleich auf Jackett und Krawatte verzichtet hatte. „Anzugserleichterung“ war ein Begriff aus der Bundeswehr und Stocker fand diesen militärischen Jargon geil. Jeder, der länger mit ihm zu tun hatte als fünf Minuten, wusste schon nach kurzer Zeit, dass Stocker nicht nur Regierungsdirektor war, sondern nach zahlreichen freiwilligen Wehrübungen, die sich überwiegend an Schreibtischen, in Offiziers-Kasinos oder großen Sandkästen in irgendwelchen Kasernenkellern abgespielt hatten, inzwischen auch Oberstleutnant der Reserve. Vielleicht würde er es bei der Bundeswehr sogar noch eine Hierarchie-Stufe weiter schaffen. Es würde mich nicht wundern, wenn sich Stocker dann nach seiner Pensionierung Visitenkarten mit „Oberst a.D." würde drucken lassen, auch wenn er als Beamter nur als Regierungsdirektor in den Ruhestand ginge, wonach es derzeit aussah.

Ich sah zu, wie Peters, Dehning und Stocker sich aus ihren Anzugjacken schälten und sie ordentlich über die Stuhllehnen hängten. Max bewegte sich nicht – entweder war ihm nicht zu heiß oder er war zu schwach. Das Sakko von Stocker knisterte hörbar – zu viel Kunstfaser. Man konnte nur hoffen, dass er das Ding nie an einer Tankstelle ausziehen würde. Unter seinen Achseln hatten sich dunkle Flecken ausgebreitet und im Raum roch es jetzt ganz leicht nach Angst. Unser direkter Vorgesetzter war stets in Sorge, er könnte etwas falsch machen. Von Dehning dagegen stieg eine süßliche Parfümwolke hoch, die sich mit dem Angstgeruch aus Stockers Achseln mischte. Alles andere als angenehm.

Jetzt schien Stocker Führungsstärke beweisen zu wollen, denn er haute mit der Faust auf den Tisch, allerdings zu zaghaft, als dass es wirklich Eindruck hinterlassen hätte.

„Also! Der Job ist klar! Wir brauchen umgehend einen operativen Ansatz Richtung Jemen, einen echten Top-Zugang, etwas wirklich Vorzeigbares. Ich hoffe auf Ihre Vorschläge und Ideen, meine Herren!"

Idee hatte ich keine, aber ein paar Fragen hätte ich gehabt. Mich wunderte, dass wir uns plötzlich mit solchem Nachdruck gleich um zwei Länder kümmern sollten, für die sich bis dato keine Sau besonders interessiert hatte. Im Mittleren Osten schauten alle im Moment Richtung Iran, vielleicht noch Saudi-Arabien – warum denn ausgerechnet der Jemen? Die Nachfrage sparte ich mir aber, denn Stocker wusste den Grund bestimmt auch nicht. Er hinterfragte nie einen Auftrag, schon gar nicht, wenn er von so hoher Stelle kam.

„Keine Idee …? Kein Vorschlag? Ich muss schon sagen …. da hätte ich mir mehr erw …".

Meine Hand ging hoch. Stockers Augenbrauen rutschten in Richtung seiner Nasenwurzel. Misstrauisch nickte er mir zu.

„Jaaaaa … Schreiber?"

„Ich hätte eine Frage. Welcher Jemen ist denn eigentlich gemeint? Der Nord- oder der Südjemen?"

Mein Chef fixierte mich für einen Moment fassungslos. Ich sah, dass er dachte „nicht schon wieder dieser Klugscheißer."

„Das ist doch total egal – Hauptsache, wir liefern auftrags- und termingerecht!", antwortete er genervt.

Ich nickte. „Danke – keine weiteren Fragen."

„Gott – wie bescheuert", dachte ich. Stockers Spruch erinnerte mich in seiner Ignoranz an das Interview mit dem deutschen Fußballer, das ich neulich in der Sportschau gesehen hatte. Auf die Frage, ob er lieber bei Madrid oder Barcelona spielen würde, hatte der Kerl doch glatt geantwortet: „Egal – Hauptsache Italien!"

Unwillkürlich musste ich grinsen.

„Was ist denn so lustig, Herr Schreiber? Darf man mitlachen?"

Stocker sah mich lauernd an, während ich mir den Kopf zermarterte, wer der Profi-Kicker mit den profunden Erdkundekenntnissen gleich wieder gewesen war. Ich kam einfach nicht drauf. Von weiten hörte ich, wie Stocker sich räusperte und meine gedanklichen Bemühungen unterbrach.

„Also, Herr Schreiber, wenn Sie die Sache gar so komisch finden, schlage ich vor, dass Sie die Federführung für das Jemen-Projekt übernehmen. Da können Sie sich dann hoffentlich weiter amüsieren."

Leider hatte ich wohl, noch immer belustigt vom Gedanken an den Satz des Fußballers, unbewusst weiter vor mich hin geschmunzelt. Es war hier wie in der Schule. Wenn man im Verdacht stand, Spaß zu haben, wurde man mit Arbeit bestraft. Aber da Stocker jetzt ernsthaft sauer klang, zwang ich jeglichen Ansatz eines Lächelns aus meinem Gesicht. Ich wollte ihn nicht unnötig provozieren, wer weiß, was ihm sonst noch eingefallen wäre. Wenn er Druck von oben spürte, war der Mann unberechenbar. Also setzte ich denselben Gesichtsausdruck auf, den ich auch bemühte, wenn ich im Hinterzimmer des „Blauen Enzian" mit einem schwachen Blatt am Pokertisch saß, ein dicker Pott in der Mitte lag und ich ihn mir mit einem fulminanten Bluff zu holen gedachte. Mir fiel ein, dass Ende nächster Woche mal wieder eine größere Runde geplant war – ich musste mich unbedingt noch anmelden.

Die anderen atmeten auf; vor allem Dehning war sichtlich erleichtert, schürzte amüsiert die Lippen und gab sich wenig Mühe, seine Schadenfreude zu verbergen. Ich musterte ihn mit leicht zur Seite geneigtem Kopf und hob dabei meine linke Augenbraue. Dehning wich meinem Blick aus und in dem Moment, wo er unsicher zur Seite schaute, fiel mir endlich der Name des geographisch minderbemittelten Fußballers wieder ein: Andi Möller! Im Profil zeigte mein Kollege nämlich eine gewisse physiognomische Ähnlichkeit mit dem Frankfurter Mittelfeldspieler – nur dass Dehning deutlich weniger Haare auf dem Kopf hatte.

Stocker rieb sich die Hände und schlug jetzt einen jovialen Ton an.

„Na, dann wollen wir mal. Wie könnten wir die Sache aus Sicht unseres neuen Jemen-Beauftragten denn anpacken? Was denken Sie, Herr Schreiber?"

Alle Augen richteten sich auf mich.

Was ich dachte, sagte ich ihm lieber nicht. Aber ich hatte eine Idee. Nicht gerade genial, aber immerhin hatte ich eine Antwort parat.

„Wir könnten vielleicht mal bei unserer Station in London nachfragen. Der Jemen – Nord und Süd – war früher britisches Kolonialgebiet. Es gab bekanntlich viel politisches und militärisches Hin und Her da in den letzten Jahren. Vielleicht gibt es eine entsprechende Exil-Gemeinde und darunter potenzielle Zielpersonen in England."

Stocker schaute mich überrascht an und nickte – beinahe anerkennend.

„Kein schlechter Gedanke. Und was genau haben Sie vor?"

„Nun – einen fertigen Plan habe ich noch nicht ... da brauche ich vielleicht noch fünf Minuten – so eine nachrichtendienstliche Operation soll ja Hand und Fuß ...".

Stocker sah mich an, als wollte er mich mit seinem Blick erdolchen. Ganz doof war er auch nicht. Er merkte, dass ich ihn auf den Arm nahm.

Ein energisches Klopfen an der Tür rettete mich. Nessel steckte unaufgefordert ihren Kopf in das Besprechungszimmer.

„Herr Stocker, der Herr Unterabteilungsleiter will sie mal dringend sprechen."

Stocker nickte.

„Komme sofort! Und sie meine Herren erarbeiten mir eine detaillierte Operationsplanung. Herr Schreiber hat die Federführung. Termin: Morgen Dienstschluss!"

Kaum war Stocker weg, machte ich das Fenster auf. Ein Schwall kühler, frischer Luft schwappte über uns. Wir nahmen ein paar tiefe Atemzüge, bevor wir halb durchgegart den überheizten Besprechungsraum verließen.

Peters wirkte besorgt.

„Wie sollen wir auf die Schnelle einen fertigen Operationsplan zu einem derart unbekannten Terrain wie den beiden jemenitischen Staaten auf den Tisch legen?“

„Ich denke, wir können uns zunächst auf den Südjemen beschränken. Lass uns mal sehen, was es an offenem Material so gibt. Ich schau mal, was unsere Bibliothek hergibt. Und Du könntest ja mal mit den zuständigen Auswertern reden“, sagte ich mit leicht spöttischem Grinsen.

Peters verdrehte die Augen.

„Oh Gott. Mit Sperber. Der und seine Leute wissen doch sicher auch nichts aus dem Stand und auf dem wenigen, das sie wissen, sitzen sie drauf wie die Glucke auf ihren Eiern. Die werden ganz schnell mit dem Finger auf uns zeigen und sich über fehlende nicht-offene Informationen beklagen.“

Ich klopfte ihm auf die Schulter

„Keine Sorge, Dieter. Wir kriegen das schon hin“, versuchte ich ihn aufzumuntern.“

Aber sicher war ich mir da keineswegs.

Als ich mein Büro aufsperrte, sah ich, dass die Rückruftaste blinkte. Bestimmt Sperber. Peters hatte womöglich Recht gehabt. Der Herr Super-Auswerter war uns schon auf den Fersen. Sehr schön. Ich würde ihn ein bisschen schmoren lassen. Rückruf-Aufforderungen empfand ich ohnehin als eine Form von Nötigung. Wenn es wirklich wichtig war, würde es der Rückruftasten-Drücker bestimmt später nochmal versuchen.

Ich setzte einen Kaffee auf und dachte nach. Der Gedanke, über eine etwaige Exilgemeinde in Großbritannien weiter zu kommen, erschien mir immer noch sinnvoll. Max hatte vorhin noch ein Institut in London erwähnt, über das er kürzlich etwas gelesen hatte. Dort verkehrten regelmäßig Wissenschaftler, die sich mit der Region um das Rote Meer beschäftigten. Vielleicht seien da ja auch Jemeniten darunter, hatte Max gemeint. Oder andere Leute, die vielleicht Einblick haben. Schon möglich. Immerhin ein Anknüpfungspunkt.

Stocker hatte mich im Weggehen noch aufgefordert, mir einen griffigen Namen für die neue „Sonder-Operation" auszudenken. Ein klingender Name war tatsächlich ein zentrales Element jeder Operation. Auch wenn zunächst keine Ergebnisse generiert wurden – mit einer schmissigen Bezeichnung ließen sich hohe Vorgesetzte erst mal beruhigen und man gewann Zeit für die eigentliche Arbeit.

Ich schaute auf die Europakarte an der Wand gegenüber und dachte seufzend an den letzten gemeinsamen Urlaub mit Yvonne in Kalabrien. Vom Absatz des italienischen Stiefels wanderte mein Blick über das Mittelmeer, Griechenland, Kreta, in den Suez-Kanal, das Rote Meer hinunter an die Spitze der Arabischen Halbinsel, bis er schließlich an der Meerenge hängenblieb, wo sich der Jemen und Djibouti gegenüber lagen. In das Hellblau zwischen den beiden Kontinenten war die Bezeichnung der Meerenge gedruckt. Ich stand auf und ging näher an die Karte, um es lesen zu können.

„Bab al Mandeb" stand da. „Bab" war das „Tor", das wusste ich noch, aber „Mandeb"? Ich sah im arabisch-deutschen Teil meines Wörterbuchs nach. „Mandeb", „Träne", in diesem Fall war es wohl der Plural. „Tor der Tränen" – ein klangvoller Name. Damit war schon mal das Problem mit der von Stocker geforderten Bezeichnung für das neue Projekt gelöst: Operation „Tränen-Tor" – ein genialer, geradezu poetischer Name, wie ich fand. Stocker wäre er allerdings wahrscheinlich nicht martialisch genug. Er mochte

Raubvogel-Namen oder irgendwas Gewittriges wie „Donner“ oder „Blitz“ – am besten in Kombination. Vielleicht konnte ich ihn ja trotzdem von meinem Vorschlag überzeugen. Schwerer würde es sein, noch vor Weihnachten was Konkretes in der geplanten Operation zu erreichen. Es waren nur noch drei Arbeitstage bis Heilig Abend. Ich bezweifelte, dass wir in der kurzen Zeit einen wesentlichen Schritt weiter kämen. Stockers Terminsetzung für einen fertigen Operationsplan („Morgen – Dienstschluss“) war einfach nur lachhaft. Vielleicht könnte ich für ein paar erste Auskünfte zum Beispiel über jenes Institut von dem Max gesprochen hatte, bei unserer Station in der britischen Hauptstadt erfragen. Einer der dortigen Mitarbeiter war ein alter Bekannter von mir. Und im Januar könnte ich ja mal hinfliegen und mir selbst ein Bild vor Ort machen, wenn die Sache Erfolg versprach. Aber erst nach Heilig-Drei-König, denn bis dahin hatte ich Urlaub.

War der Typ, den man in Brüssel ermordet hatte, nicht auch ein Jemenit gewesen? Seltsamer Zufall. In der Runde hatte ich den Vorfall in Brüssel und meinen nächtlichen Mitfahrer im Zug wohlweislich nicht angesprochen. Vielleicht sollte ich mir vorsichtshalber die Zusammenhänge genauer ansehen, bevor ich anfing, mich konspirativ irgendwelchen Jemeniten im Ausland zu nähern? Ich nahm mir vor, mich schlau zu machen. Über die Weihnachtsfeiertage vergaß ich es dann wieder.

Blind Date (12. Februar 1979)

Seit dem brutalen Mord an Hassan in Brüssel war Yusuf nicht mehr im Institut gewesen. Er hatte es für besser gehalten, eine Weile auf Tauchstation zu gehen. Doch ewig konnte er sich ja nicht verstecken – und wollte es auch nicht. Zum monatlichen jour fixe war er deshalb heute wieder erschienen. Yusuf stand alleine und etwas unschlüssig in der Nähe der Fensterfront, die zur Whitfield Street hinausging. Er überlegte, ob er sich eines der labbrigen Sandwiches vom Buffet holen sollte. Dazu hätte er sich aber quer durch den Saal voller Leute schieben müssen, die – Becher voll Tee oder Kaffee in den Händen – schwatzend in Gruppen zusammenstanden. Die Veranstaltung des „Institute for Afro-Arab Studies" war wie immer gut besucht, neben zahlreichen Studenten und Wissenschaftlern kamen Journalisten, Diplomaten und anderes, einschlägig interessiertes Publikum in die renommierte Denkfabrik.

Einige der Teilnehmer kannte Yusuf vom Sehen, mit ein paar der arabischen und afrikanischen Exilanten war er inzwischen persönlich bekannt, doch keiner dieser Bekannten ließ sich heute blicken. Professor Austin Harper, Mittelost-Spezialist in Oxford, hatte vor der Pause einen Vortrag über die aktuelle Situation auf der Arabischen Halbinsel gegeben und dabei auch den Stand des Konflikts zwischen dem Süd- und dem Nordjemen und die Rolle der Nachbarstaaten beleuchtet. Sein Resümee war nicht gerade ermutigend. Das Regime im Süden saß fest im Sattel, gestützt unter anderem von der Sowjetunion, eine baldige Entspannung zwischen den beiden feindlichen Bruderstaaten war aus seiner Sicht nicht absehbar und eine erneute, friedliche Vereinigung der beiden Landesteile schien in weiter Ferne. Die ethnischen und religiösen Unterschiede wurden von auswärtigen Kräften geschickt genutzt, um sich Einfluss in den jeweiligen Teilen des Jemen zu sichern, dessen Lage am Zugang zum Roten Meer und damit dem Suez-Kanal geostrategisch bedeutsam war – vor allem natürlich für den Öltransport aus dem Persischen Golf nach

Europa. Yusuf ging zu einem der hohen Sprossenfenster und schaute in den nasskalten Londoner Februarnachmittag hinaus.

„Ich bräuchte dringend einen neuen, warmen Mantel", dachte er zerstreut, als ihn plötzlich jemand von der Seite ansprach.

„Guter Vortrag ihres Kollegen eben ... Sie sind doch auch ein Professor, nicht wahr?"

Yusuf hatte den großgewachsenen Mann mit den dunklen, lockigen Haaren und dem dichten Schnauzbart noch nie gesehen. Er hörte am Akzent und sah an der Kleidung, dass er kein Brite war. Eigentlich hatte er keine Lust auf einen Pausen-Small-Talk, aber es schmeichelte ihm, dass der Unbekannte ihn für einen Professor zu halten schien.

„Nein, nicht wirklich. Ich halte nur gelegentlich mal einen Gastvortrag."

„Ach interessant. Worüber denn?"

„Arabische Halbinsel – Schwerpunkt Jemen."

„Oh – der Jemen. Ein faszinierendes Land – oder sollte man sagen: zwei Länder? Jahrtausende alte Kultur, urtümliche, wilde Landschaften, eine traumhaft schöne Küste. Leider alles derzeit sehr unzugänglich ... und wohl auch etwas unruhig."

„Wenn Sie einige Dutzend Tote am Tag, davon die meisten Zivilisten, als „etwas unruhig" bezeichnen wollen, haben Sie recht."

Der Fremde machte ein betroffenes Gesicht, ließ sich aber nicht beirren.

„Entschuldigung – ich wollte nicht zynisch klingen. Haben Sie denn einen persönlichen Bezug zu der Region?"

„Ja – ich stamme zufällig aus dem Südjemen."

Die linke Augenbraue des Fremden rutschte für den Bruchteil einer Sekunde nach oben.

„Ach so ... Aber sie leben schon länger hier in England?"

„Nein. Noch nicht so lange. Ich habe bis vor vier Jahren in Aden als Journalist gearbeitet."

Der neugierige Frager kam kaum merklich etwas näher. Er sprach auch leiser.

„Hat Ihnen die Arbeit denn nicht mehr gefallen?"

„Es war eher so, dass meine Arbeit anderen nicht mehr gefallen hat. Man hat mir sozusagen nahe gelegt, eine Pause zu nehmen ... eine längere Pause, wenn Sie verstehen, was ich meine."

Sein Gegenüber nickte ernst.

„Verstehe – das heißt, sie waren ... ich meine ... hat man Sie ...?

„Ja, ich war inhaftiert. Entschuldigen Sie, aber jetzt würde ich doch mal gerne wissen, wer Sie sind?"

„Aber natürlich. Sorry – wie unhöflich von mir. Ich habe mich ja noch gar nicht vorgestellt. Mein Name ist Paul. Paul Narvik."

Yusuf nahm die ausgestreckte Rechte und drückte sie kurz.

„Ich bin Partner bei einer politischen Beratungsfirma in Deutschland mit Sitz in Köln. Nicht groß, aber in bestimmten Nischen-Bereichen sind wir führend."

Yusuf hob nur leicht den Kopf.

„Wie heißt Ihre Firma denn?"

„Ich arbeite für die „Global Consulting Group"."

Mit einer geübt wirkenden Geste überreichte der Mann Yusuf seine Karte.

„Komischer Zufall, dass Sie gerade aus dem Jemen stammen" , sagte der Unbekannte, während Yusuf die Angaben auf der Visitenkarte betrachtete.

„Wieso Zufall?"

„Na ja, weil meine Firma aktuell dabei ist, für einen

größeren Kunden ein langfristiges Beratungsmandat mit Fokus auf die Arabische Halbinsel zu übernehmen. Wir suchen dringend Leute, die sich da auskennen und uns unterstützen könnten."

Yusuf sah den Fremden aus schmalen Augen abwartend an, während er die Karte in seiner rechten Sakkotasche verschwinden ließ. Er wusste nicht, ob er auf sein Misstrauen oder seine Neugier hören sollte. Also schwieg er. Der Mann nahm einen zweiten Anlauf.

„Wissen Sie, persönliche Kontakte in derart schwer zugängliche Gegenden der Welt sind nicht leicht zu bekommen. Die Leute, die unser Unternehmen unter Vertrag hat, werden im Übrigen auch gut bezahlt – manche sogar besser als ich."

Der Mann schmunzelte über seine letzte Bemerkung.

„Aber wahrscheinlich haben Sie eine Menge anderer Dinge zu tun und gar keine Zeit für so etwas."

Der Fremde drehte sich weg und schaute sich in der Lobby um, als suche er jemand. Yusuf fuhr mit der Hand über sein raues Kinn und dachte einen Moment nach.

„Wie viel Zeit bräuchte man denn?", fragte er dann.

Der Unbekannte drehte den Kopf wieder in Yusufs Richtung. „Was sagten Sie?"

„Wieviel Zeitaufwand wäre denn nötig?"

„Ach, das kommt drauf an. Wissen Sie was? Ich würde gerne etwas essen. Wollen Sie mir nicht beim Lunch Gesellschaft leisten? Dann könnten wir in Ruhe über die Sache reden. Ich interessiere mich auch persönlich sehr für ihr Land. Und vielleicht könnten Sie meiner Firma ja wirklich behilflich sein. Tun Sie mir doch den Gefallen. Sie wären natürlich mein Gast."

Es war eigentlich Yusufs knurrender Magen, der entschied, die Einladung anzunehmen.

„Na gut, gehen wir. Ich wollte sowieso etwas essen."

Sie holten ihre Mäntel aus der Garderobe. Beim Anziehen bemühte Yusuf sich, das eingerissene Futter seines dünnen, fleckigen Stoffmantels vor dem anderen zu verbergen. Ein wenig neidisch registrierte er den Mantel des Unbekannten. Ein dunkelgrauer, gefütterter Trenchcoat, offenbar ziemlich neu. Sie verließen das Institut durch einen Seitenausgang.

Yusuf zeigte nach links. „Da ist ein günstiger Inder, zwei Blocks die Hauptstraße runter. Der ist nicht schlecht ..."

„Ach, Ja? Vielleicht ein andermal. Ich kenne hier in der Nähe einen wirklich guten Italiener. Sie werden nicht enttäuscht sein."

Mit einer Bewegung des Kopfes forderte der Mann ihn lächelnd auf, ihm zu folgen. Er wandte sich nach rechts und lief zwei Blocks geradeaus. Dann bog er in eine kleine Nebenstraße ein, dabei unablässig redend: Wie spannend es sein müsse, in London zu leben, aber die hohen Preise, na ja, es käme wohl darauf an, wo und wie man wohne, das schlechte Wetter, die überwiegend grauenhafte Küche, die Marotten der Engländer und so weiter.

Yusuf hörte den etwas geschwätzigen Ausführungen des seltsamen Ausländers nur mit einem halben Ohr zu, während er neben ihm herlief. Er hatte andere Sorgen. Erst vor knapp einem Jahr war er als Asylbewerber anerkannt worden, eine Arbeitserlaubnis bekäme er frühestens nächstes Jahr. Er lebte mit seiner Frau und seinem vierjährigen Sohn von einer kleinen staatlichen Unterstützung und gelegentlichen Zuwendungen privater Hilfsorganisationen. Belkisa hatte seit drei Wochen eine Putzstelle bei einem jungen Banker-Paar in Chelsea – ohne Arbeitserlaubnis. Aber die Besitzer der riesigen Sechs-Zimmer-Wohnung hatten nichts dagegen, die neue Putze nicht anzumelden und sich so die Sozialabgaben zu sparen. Die Miete für Yusufs Zwei-Zimmer-Apartment fraß die Hälfte ihres Monatseinkommens, obwohl die Ecke nicht gerade zu den Vorzeigevierteln der Stadt gehörte. Die zusätzlichen Einnahmen, die der Fremde in Aussicht gestellt hatte, wären ihm mehr als willkommen gewesen. Zeit für einen Nebenjob hätte er jedenfalls genug.

„Wir sind gleich da", meldete sich sein Begleiter.

„Nur noch diese Straße runter."

Links und rechts säumten viktorianische Häuser mit prächtigen Fassaden die Straße, die jetzt auf einen kleinen Platz mündete. In dessen Mitte streckten vier mächtige Eichen ihre knorrigen Äste in die kalte Luft. Sie überquerten den Platz in zügigem Tempo, auf der anderen Seite sah der Mann kurz hinter sich, dann betrat er eine schmale Sackgasse. An deren Ende erkannte Yusuf das Schild eines Restaurants, unter dessen rotem Baldachin sein neuer Bekannter schließlich stehen blieb. Das Lokal sah ziemlich teuer aus. Ein Angestellter im Frack öffnete bereits die Tür von innen und forderte sie mit einer gut einstudierten Geste auf, einzutreten.

Der Mann sah ihn an.

„Ich hoffe, Sie mögen Italienisch?"

Yusuf zuckte mit den Schultern. Er kannte eigentlich nur Pizza und Nudeln mit Tomatensauce. Beides mochte er.

„Nichts dagegen."

Sein neuer Bekannter ging voran – Yusuf folgte.

FERNSCHREIBEN

Von: ZNE Hauptquartier Aden, Abteilung Europa
FS-Nr. 114744-1 vom 12.02.1979

Für: Botschaft London, ZNE, Koord.-Einheit Europa West Genosse Abdullah Masri – direkt auf den Tisch.
Top: Streunende Hunde in Ihrem Hinterhof

Bei Allah, dem Barmherzigen und Gerechten, gesegnet sei sein Name,
wir haben Grund zu der Annahme, dass sich London nach dem Ausschalten des Leithundes in Brüssel zu einem neuen Zentrum des exterritorialen Widerstands entwickelt.
Zudem haben unsere iranischen Brüder nach ihrer siegreichen islamischen Revolution um Unterstützung bei der Aufklärung anti-revolutionärer Aktivitäten gebeten, die womöglich durch unsere eigenen oppositionellen Elemente im Ausland verübt werden. Die Führung ordnet hiermit an, dass die streunenden Hunde im Operationsgebiet auf der Liste im Anhang ab sofort verstärkt beobachtet werden sollen, um gegebenenfalls Maßnahmen vorzubereiten.
Priorisierung wird in das Ermessen der Station gestellt, sofern keine anderslautenden Direktiven erlassen werden.
Möge Allah im Kampf gegen unsere Feinde an Eurer Seite stehen.
Mohammed al-Tubari
(Leiter Sektion Europa)

Ein schmackhafter Deal

Yusuf betrat das noble Restaurant etwas zögerlich. Es war nur zu etwa einem Drittel besetzt, vorwiegend von Anzugträgern, die vermutlich in den umliegenden Anwaltskanzleien und Investmentfirmen arbeiteten. Ein Kellner in weißem Hemd mit schwarzer Fliege und einer um die Hüfte gebundenen Schürze eilte auf sie zu. Yusufs

Gastgeber fragte nach einer Reservierung in seinem Namen und zeigte auf einen Tisch weiter hinten. Der Kellner nickte und ging voraus. Yusuf wunderte sich, dass der Mann einen Tisch reserviert hatte – das Mittagessen war also geplant gewesen. Und er fragte sich, ob auch er Teil dieser Planung war.

Jemand nahm ihnen die Mäntel ab. Als ihm der Ober in dem Moment, wo er sich setzen wollte, den Stuhl in seine Kniekehlen rückte, erschrak Yusuf. Ein weiterer Angestellter reichte ihnen die in Leder gebundenen Speisekarten. Ob man denn schon mal einen Aperitif wolle? Der Fremde wollte – er bestellte einen Campari Orange.

Er sah hinüber zu Yusuf.

„Ich hoffe, es ist in Ordnung, wenn ich Alkohol trinke?"

Yusuf winkte ab.

„Sie meinen, weil ich Muslim bin? Tun Sie sich keinen Zwang an."

Nach einer Pause fügte er hinzu.

„Ich trinke später vielleicht ein Glas Wein."

Sein Gegenüber hob kurz die Augenbrauen.

„Weiß?"

„Gerne."

Der Mann wandte sich an den wartenden Ober.

„Wir hätten gerne den 1976er Vermentino aus Ligurien. Und eine Flasche Mineralwasser mit Kohlensäure."

„Gerne. Und Sie, Sir?"

„Einen Orangensaft, bitte. Aber nicht zu kalt, wenn möglich."

Der Kellner zog sich mit einer angedeuteten Verbeugung zurück.

„Also, wie glauben Sie, dass ich Ihnen helfen könnte?"

Sein Tischgenosse tauchte hinter der Speisekarte auf, in die er sich bereits vertieft hatte.

„Das weiß ich, wie gesagt, auch noch nicht genau. Aber wir suchen immer wieder Experten gerade für die eher abgelegenen Länder und Regionen, Leute, die mit der jeweiligen Sprache und Kultur vertraut sind. Und wenn auch noch persönliche Kontakte zu den richtigen Stellen in diesen Ländern dazu kommen – umso besser."

„Können Sie nicht vielleicht ein bisschen genauer werden?"

„Nun, ich denke da zum Beispiel an größere, staatliche Infrastruktur-Projekte. Durch die unlängst entdeckten Phosphatvorkommen hat ihr Land endlich Devisen, es will investieren. Auch Ölfelder vor der Küste werden vermutet. Wenn man von solchen Vorhaben rechtzeitig erfährt und die Sache durch persönliche Verbindungen begleitet wird, wenn man weiß, mit wem man reden und wie man vorgehen muss – dann ist man der Konkurrenz vielleicht die entscheidende Nasenlänge voraus. Einer unserer Kunden zieht durch unsere Unterstützung einen Auftrag an Land, wir bekommen eine entsprechende Apanage und Sie werden natürlich auch nicht leer ausgehen."

Der Mann grinste ihn unter seinem dichten Schnauzbart kurz an und verschwand dann wieder hinter der Speisekarte.

Yusuf dachte nach. Auf die Schnelle fielen ihm drei Leute ein, die vielleicht in Frage kämen: Da war Abdul, ein ehemaliger Studienkollege, der die Universität abgebrochen und einen Laden für Elektronik in Aden eröffnet hatte, sein Onkel war irgendein hohes Tier in der Staatspartei. Dann gab es Yassir, Sohn des ältesten Bruders seiner Mutter, der bei der Hafenbehörde Verwaltungsleiter war. Und schließlich Mahmut, sein bester Freund seit Kindesbeinen. Die Journalisten, die er von früher kannte, fielen leider aus – sie waren tot, geflohen oder saßen im

Knast, wie er damals. Mahmut war vielleicht sein größter Trumpf. Er war damals zur Marine gegangen und nach einem längeren Einsatz auf einem Minenräumboot ins Verteidigungsministerium gewechselt. Er hatte Yusuf, obwohl er damit seine Karriere riskierte, nach dessen Verhaftung mehrfach im Untersuchungsgefängnis besucht. Nur aufgrund seiner militärischen Stellung bekam er überhaupt die Erlaubnis dazu. Er hatte dann auch dafür gesorgt, dass er nach einigen Monaten gegen eine „Kaution“ wieder entlassen wurde, die sich der Gefängnisleiter und ein paar andere Beteiligte teilten. Und ohne Mahmut hätte er die Flucht über den Bab al Mandab, dem „Tor der Tränen“, hinüber nach Djibouti auch nicht geschafft. Er hatte keine Ahnung, wo sein Freund jetzt war, noch welche Position er inzwischen bekleidete oder wie er an Mahmut überhaupt herankommen könnte. Und selbst wenn er es wüsste, wollte er ihn keinesfalls in Gefahr bringen. Seit er Aden verlassen hatte, waren alle seine Verbindungen in die Heimat gekappt, nicht einmal mit seiner Familie hatte er Kontakt. Er schrieb seiner Mutter zwar regelmäßig, aber entweder kamen seine Briefe nicht an oder ihre Antworten wurden abgefangen. Vielleicht war sie auch gar nicht mehr am Leben.

Der Ober brachte die Getränke und stellte den Orangensaft vor Yusuf ab. Dann zeigte er seinem Tischgenossen die bestellte Flasche, der besah kurz das Etikett und nickte. Der Ober löste die Hülle am Flaschenhals und begann mit geübten Bewegungen, den Korkenzieher in den Korken zu drehen. Für einen Moment stiegen in Yusuf Bilder auf – aus den Verhören während seiner Untersuchungshaft in Aden. Schweiß trat ihm auf die Stirn und ihm blieb kurz die Luft weg. Er griff nach dem Orangensaft.

„Ist Ihnen nicht gut? Sie sehen etwas blass aus?“

Sein Gegenüber sah ihn besorgt an.

Yusuf fing sich wieder, während der Kellner bereits einen winzigen Schluck Wein in das Glas seines Gastgebers schüttete.

Yusuf schüttelte den Kopf.

„Nein, nein. Danke. Alles in Ordnung."

Der Kellner trat einen kleinen Schritt zurück und wartete, die Flasche mit beiden Händen, Etikett nach oben, weiter vor sich haltend.

Der Fremde nahm das Glas, hielt es gegen das Licht, dann unter seine Nase, roch kurz, ließ die Flüssigkeit ein wenig kreisen und schnüffelte erneut an der Öffnung herum. Erst dann nahm er einen Schluck, den er langsam im Mund hin und her bewegte, schloss für einen Moment die Augen und schob die Lippen leicht nach vorne, bevor er den Wein in seine Kehle entließ.

„Wirklich ausgezeichnet", nickte er dem Kellner zu, der das Glas nun füllte und die Flasche in einem silbernen Eimer mit Eiswasser versenkte, die Eiswürfel klimperten dabei leise.

Dann zückte der Kellner einen Block, um das Essen aufzunehmen. Sein Gegenüber bestellte irgendeine seltsam klingende Vorspeise, als Hauptgang ein Fischgericht. Yusuf entschied sich für eine Portion Spaghetti Napolitana, das einzige Gericht auf der Karte, das er kannte.

„Nehmen Sie doch auch eine Vorspeise. Dann muss ich meine nicht alleine essen."

Yusuf schaute noch einmal zögernd in die Karte. Der Kellner griff ein.

„Unser Vitello Tonnato, das ihr Freund bestellt hat, ist ganz exquisit, das Kalbfleisch butterzart. Und darf ich Ihnen vielleicht wegen der Pasta eine Empfehlung geben? Probieren Sie doch unsere Fusilli Pastore – in einer Sauce aus Tomaten, Peperoncinos, Pecorino und frischem Thymian."

Yusuf zuckte mit den Schultern.

„Mmh ... na, wenn Sie meinen – warum nicht."

„Sie werden es nicht bereuen. Unser Pecorino ist ein Traum – kommt aus einer kleinen Käserei in den Bergen Kalabriens."

Der Kellner eilte in Richtung Küche davon, sein Gastgeber räusperte sich.

„Also, was unser Projekt im Jemen angeht, kann ich Ihnen im Moment einfach noch nicht mehr sagen, aber ..."

Yusuf sah den Fremden skeptisch an.

„... aber sobald wir den Auftrag sicher haben und wissen, was der Kunde konkret von uns erwartet ..."

Er machte eine Pause und schien nachzudenken.

„Sagen Sie – könnten Sie sich nicht vorstellen, mich in ein paar Wochen in Paris wieder zu treffen? Ich habe dort Anfang März geschäftlich zu tun. Da wüsste ich sicher mehr und wir könnten bei einem Abendessen alles Nötige besprechen. Die Kosten für ihre Reise würde meine Firma selbstverständlich übernehmen."

Yusuf bemühte sich, seine Überraschung zu verbergen. Was war das hier eigentlich? Irgendetwas stimmte hier nicht, denn das Ganze klang so gut, dass er nicht wagte, es zu glauben. War das eine raffinierte Falle seiner Feinde? Vielleicht hatten ihn aber auch die Erlebnisse im Jemen bis zu seiner Flucht zu misstrauisch gemacht? Wenn ihm nun Allah in seiner Güte diesen Fremden geschickt hatte und in dessen Gestalt seine gnädige Hand entgegenstreckte? Wäre es dann nicht ein Frevel, die Hilfe auszuschlagen? Er räusperte sich.

„Das ist alles nicht so einfach. Darüber muss ich erst nachdenken."

„Natürlich. Ich will Sie nicht drängen; es eilt ja auch nicht. Haben Sie eigentlich Familie – wenn ich fragen darf?“

„Ja, ich bin verheiratet. Und wir haben einen Sohn.“

„Wie alt ist er denn?“

„Ali ist jetzt vier.“

„Ein schönes Alter. Ist er in einem Kindergarten?“

„Nein, meine Frau kümmert sich um ihn.“

„Kommen Sie denn hier einigermaßen zurecht. Ich meine, London ist doch sehr teuer?“

„Das stimmt. Aber wir leben bescheiden. Und meine Frau wirtschaftet sehr sorgfältig mit dem Wenigen, das wir haben.“

„Dürften Sie denn arbeiten?“

„Leider nicht – oder besser: Noch nicht. Ich habe aber eine Erlaubnis beantragt.“

Der Kellner brachte die Vorspeise. Eine hellbraune Creme, die Yusuf an Humus erinnerte. Hatte man das Kalbfleisch etwa püriert? Kein Wunder, dass es dann butterzart war. Vorsichtig begann er mit der Gabel den Teller zu untersuchen und war überrascht, dass er unter der Creme dünn geschnittene Scheiben rosa gebratenen Fleisches zum Vorschein brachte. Skeptisch schob er ein Stück in den Mund und staunte. Die Creme schmeckte würzig nach Thunfisch und passte perfekt zum dezenten Geschmack des Kalbfleisches, das in seinem Mund förmlich schmolz.

„Und? Wie finden Sie´s?“

„Besser, als ich gedacht hätte.“

Der Unbekannte lenkte das Gespräch wieder auf die landschaftlichen und historischen Besonderheiten des Jemen, wo es denn besonders schön sei, was man als Tourist auf jeden Fall sehen müsse. Yusuf erzählte, zunächst zögernd, dann aber immer begeisterter, von den Altertümern, Gebirgen und Schluchten seiner Heimat und unterbrach sich erst, als das Hauptgericht serviert wurde. Er beugte sich neugierig über den Teller. Der Duft von Tomaten und frischem Thymian, durchweht von einem leichten Schafsgeruch, stieg ihm in die Nase. Er sah Bilder aus seiner Kindheit auf dem Land vor sich, als er die Ziegen der Großeltern gehütet hatte.

Er spießte einige der Nudeln auf seine Gabel und schob sie in den Mund. Es schmeckte himmlisch, die leichte Schärfe unterstrich die anderen Aromen, ohne sie zu überdecken. Sein Gastgeber wünschte ihm einen guten Appetit und schwadronierte dann über regionale Besonderheiten der italienischen Küche. Yusuf ließ ihn reden. Seine Gedanken kreisten um das in Aussicht gestellte Nebeneinkommen. Wie viel er da wohl verdienen könnte und was genau müsste er dafür tun? Als er dann schließlich den ersten Löffel seines Desserts gekostet hatte, einem köstlichen, süßen Schaum, der „Zabaione" hieß, wagte er sich einen Schritt nach vorne.

„Also, einen Versuch wäre es vielleicht wert ... ich meine diese Zusammenarbeit, von der Sie sprachen. Ich kenne ein paar Leute, aber versprechen kann ich nichts. Natürlich wüsste ich ehrlich gesagt vorher gerne, wie viel dabei für mich heraus springen könnte?"

Der Mann sah von seinem Nachtisch hoch.

„Das ist schwer zu sagen, aber ein paar hundert Pfund im Monat sind auf jeden Fall drin – eher mehr, wenn Sie gute Resultate liefern."

„Na, mal sehen", entgegnete Yusuf betont beiläufig, um sein gesteigertes Interesse zu kaschieren.

Der Mann hob sein Glas und prostete Yusuf zu.

„Es würde mich wirklich freuen, wenn es klappt und wir uns in Paris wieder träfen. Wissen Sie was – ich habe eine Idee. Ich könnte Ihnen doch einfach schon mal das Geld für Anreise und Hotel geben – sozusagen als einen „Vertrauens-Vorschuss“ im wörtlichen Sinn. Fünfhundert Pfund müssten reichen, denke ich.“

Yusuf hatte keine genaue Vorstellung, was so ein Trip nach Paris kosten würde – aber 500 Pfund waren viel Geld. Davon lebten sie in London einen ganzen Monat.

Der Fremde sah sich kurz im Lokal um, dann griff er in sein Sakko und holte einen kleinen Umschlag hervor, den er ihm über den Tisch zuschob. Yusuf zögerte einen Moment, bevor er das Kuvert nahm, es vorsichtig öffnete und den Inhalt inspizierte. Tatsächlich – zehn Fünfzig-Pfund-Scheine. Der Kerl war entweder verrückt oder er meinte es ernst.

„Wegen der Steuer muss ich leider darauf bestehen, dass Sie den Erhalt des Geldes quittieren.“ Dabei zog er Quittung und Kugelschreiber aus der Innentasche seines Jacketts. Yusuf besah den kleinen Zettel. Die Summe war schon eingetragen. Merkwürdig. Der Umschlag, die bereits eingetragene Summe – so ganz spontan war die Idee mit dem Vorstrecken der Reisekosten wohl doch nicht. Und der Typ schien fest mit seiner Einwilligung gerechnet zu haben. Yusuf spürte einen inneren Widerstand, andererseits reizte es ihn, einen Schritt weiter zu gehen. Wohin das Ganze führen würde, wusste er nicht. Und seinem Schicksal konnte ohnehin niemand entgehen. Nachdem er sich kurz überzeugt hatte, dass keiner der Gäste gerade zu ihnen hinsah, signierte er den Beleg mit „Kujar“ – Puma – so hatte er sich als Junge genannt, wenn er und Mahmut gespielt hatte.

„Es trifft sich ja gut, dass ich erst vor vier Wochen meinen vorläufigen britischen Pass bekommen habe, mit dem ich auch ins Ausland reisen kann. Ein komischer Zufall, nicht wahr?“

Der Unbekannte schüttelte den Kopf und lächelte.

„Auch das ist bestimmt kein Zufall – sehen Sie es als ein Zeichen. Die Sterne stehen eben günstig für unser Projekt. Und Gott ist bekanntlich groß."

Mit einer Geste bat er den Kellner, der gerade den Nebentisch abräumte, um die Rechnung. Dann holte er einen kleinen Notizblock aus seinem Sakko. Rasch notierte er etwas, riss die Seite ab und reichte sie Yusuf hinüber.

Yusuf las, was der Mann dort mit dem Kugelschreiber notiert hatte. „La Juliette", stand da sowie ein Datum mit Uhrzeit und ein Hotel namens „Les Ardennes", jeweils mit Adresse und Telefonnummer. Sein Gegenüber nahm ihn fest in den Blick.

„Dann schlage ich also Folgendes vor: Wir treffen uns am 03. März in Paris wieder. Um 19.00 Uhr im „Juliette", das ist ein Restaurant in der Nähe des Hotels, das ich Ihnen daneben notiert habe. Bitte reservieren Sie dort ein Zimmer, damit ich weiß, wo ich Sie zur Not finde. Ich kann es sehr empfehlen. Es liegt günstig, ist halbwegs sauber und preiswert. Im Übrigen wäre es gut, wenn Sie die Sache nicht an die große Glocke hängen. Gerade in unserem Business ist Diskretion sehr wichtig. Die Konkurrenz schläft nicht. Und Ihrer Frau und ihrem Sohn sagen Sie, dass Sie einen kurzen geschäftlichen Ausflug nach Paris machen und ihnen etwas Schönes mitbringen."

Der Mann sah ihn an.

„Wie finden Sie das?"

Yusuf fühlte sich immer noch irgendwie überfahren, aber seine Neugierde war geweckt.

„Das Ganze kommt etwas überraschend, aber ich muss zugeben, dass ich interessiert bin. Ich werde sehen, was sich machen lässt."

Er schob den Zettel zu der Visitenkarte in seiner Sakkotasche.

Der Kellner kam und Yusufs Gastgeber zahlte die schwindelerregend hohe Rechnung in bar. Er gab ein üppiges Trinkgeld und als er sich schließlich erhob, eilte der Angestellte zur Garderobe, um den Mantel des Gastes zu holen. Wie ein Zauberer zog sein neuer Bekannter einen scheinbar endlosen, dunkelblauen Seidenschal mit hellgrauem Paisley-Muster aus dem Mantelärmel, den er sich geschickt mehrfach um den Hals schlang. Er schlüpfte in den Trenchcoat, den der Kellner bereithielt.

„Ein schöner Mantel", seufzte Yusuf unwillkürlich.

„Oh, vielen Dank. Habe ich vor ungefähr einem Jahr gekauft – hier in London sogar. Ein Burberry – nicht eben billig, aber zeitlos und unverwüstlich, dazu wasserabweisend und schön warm gefüttert."

Yusuf nickte stumm.

„Würde mich wirklich freuen, wenn wir uns in Paris wieder sähen. Wenn nicht, müsste ich die fünfhundert Pfund eben als kleine Fehlinvestition betrachten. Ansonsten kann ich Ihnen dort vielleicht schon einen größeren Vorschuss zahlen, wenn Sie Ihre Hausaufgaben gemacht haben."

„Hausaufgaben?"

„Na ja, ein paar erste Informationen und Ideen, ein paar Leute, die Sie schon mal kontaktieren, so was eben."

Er streckte Yusuf die Hand hin.

„Es war sehr nett, Sie kennen zu lernen."

Yusuf stand auf und drückte die Hand des Fremden. Sie war kalt und trocken. Der Mann winkte von der Tür noch einmal zurück, dann war er weg.

Auf der Toilette betrachtete Yusuf beim Händewaschen nachdenklich sein Gesicht. Das krause, schwarze Haar befand sich erkennbar auf dem Rückzug und gab den Großteil der Stirn preis. An den Schläfen wurde es bereits grau, genau wie der Stoppelrasen auf Wangen und Kinn, und durch die tiefen Schatten um die Augen wirkte sein Gesicht dunkler als normal, fast finster. Die Narbe an seinem linken Mundwinkel, die schräg nach unten wies, ließ ihn mürrischer aussehen, als er wollte. Er versuchte dagegen anzulächeln. In der Makellosigkeit der beiden Zahnreihen, die dabei zum Vorschein kamen, klaffte rechts unten eine Lücke. Zwei Zähne fehlten. Sie waren im Untersuchungs-Gefängnis geblieben. Etwas ungläubig betrachtete Yusuf den Unhold, der ihm aus dem Spiegel entgegenstarrte. Mit einem rauen Papiertuch aus dem Spender wischte er über die Grimasse. Er wünschte sich sein Lächeln zurück.

Als er das Lokal verließ, verdunkelten Wolken den Himmel. Er würde nicht mehr ins Institut zurückkehren, sondern direkt nach Hause fahren. Auf dem Weg zur U-Bahn kreisten seine Gedanken um seinen neuen Bekannten. Wer war er wirklich? Ein deutscher Unternehmensberater? Schon möglich. Vielleicht arbeitete er aber auch für die deutsche Regierung – aber für welche? Lockte man ihn gerade in eine Falle, wollte sich das Regime ihn mit Hilfe eines ostdeutschen Agenten greifen und verschleppen? Ost-Berlin pflegte ein enges Verhältnis mit der Verbrecherbande in Aden.

Und wenn britische Behörden dahinter steckten? Suchte da jemand vielleicht einen Anlass, ihn wieder los zu werden? Als sein Asylantrag durch war, hatte man ihm klar zu verstehen gegeben, er solle sich politisch zurückhalten. Wollte man ihn testen? So eine Geschichte könnte ihm sein Bleiberecht in England kosten. Er seufzte. Am liebsten wäre ihm gewesen, wenn die Geschichte von der Unternehmensberatung einfach gestimmt hätte. Und was wusste er denn schon über die Gepflogenheiten deutscher oder anderer westlicher Geschäftsleute? Vielleicht war das ja ganz normal, vielleicht war dieser Paul nur ein etwas kauziger Typ. Er nahm sich vor, die Sache erst mal nicht weiter zu hinterfragen, sondern einfach mal auf sich zukommen zu lassen. Er fühlte in seiner Hosentasche nach den Geldscheinen und ließ sie zwischen seinen Fingern knistern.

Vor der Auslage eines Herrenausstatters blieb er stehen. Ein besonders schöner Mantel aus Kamelhaar hatte sein Interesse geweckt. Als er das Preisschild sah, schüttelte er resigniert den Kopf. Ein scharfer Windstoß peitschte ihm einen Schwall des plötzlich einsetzenden Schneeregens ins Gesicht. Fröstelnd zog er den dünnen Mantel enger um seinen schmalen Körper und stellte den Kragen hoch. Vielleicht war die Begegnung vorhin der lang ersehnte Wendepunkt in seinem Leben. Und eine Reise nach Paris wäre doch mal eine schöne Abwechslung vom grauen Londoner Alltag. Zwischen Hoffnung und Zweifeln hin- und hergerissen eilte er in Richtung der U-Bahn-Station „Goodge Street“, deren Schild er vorne am Ende der Tottenham Street schon sehen konnte.

Zweifel und Gewissheiten (16. Februar 1979)

Ich biss ein großes Stück aus der knusprigen Leberkäsesemmel, die mir Kurz gerade vom besten Metzger hier in der Gegend mitgebracht hatte. Köstlich!

Zu gerne hätte ich gewusst, ob der Typ in London tatsächlich angebissen hatte. Unsere Station dort hatte gute Vorarbeit geleistet und so wie es aussah mit dem Hinweis auf diesen Typen richtig gelegen. Die Identifizierung und die Ansprache in dem Londoner Institut hatten gut geklappt, die etwas improvisierte Überwachung des Treffs nichts Verdächtiges ergeben. Die Zielperson schien im Prinzip die wichtigsten Kriterien zu erfüllen – man könnte es auf einen Versuch ankommen lassen. Das Essen hatte dem Mann sichtlich geschmeckt, auch wenn er von dem vornehmen Rahmen meines Lieblings-Italieners in London zunächst leicht überfordert schien. Und auch den finanziellen Köder hatte er ohne zu zögern geschluckt. Trotzdem war ich unsicher, ob ich alles richtig gemacht hatte und die Operation „Sturmfalke" erfolgreich angelaufen war. Stocker hatte die Bezeichnung „Tränen-Tor" natürlich kassiert. Mit „Tränen" assoziiere man Trauer und Misserfolg – das käme gar nicht in Frage.

Den Bericht über den Erstkontakt mit der Zielperson in London hatte ich noch vor Kurz' Eintreffen mit meiner Leberkäsesemmel abgeschlossen. Er lag schon bei Stocker in der Mappe. Seufzend sah ich auf den Stapel an Berichten, die gestern von „Renoir" über die Deckadresse in Mannheim eingetroffen waren. Die müsste ich heute noch für die Auswertung aufarbeiten. Den Dienstreiseantrag für das Folgetreffen mit „Kalif" durfte ich auch nicht vergessen – und auch das Treffen in London musste ich noch abrechnen. Stocker würde bestimmt ein Ei aus der Hose fallen, wenn er die Restaurant-Rechnung sah. Auch mein Hotel war nicht ganz billig gewesen. Ich hatte mir aber schon überlegt, was ich ihm erzählen würde.

Bevor ich mit dem Antrags-, Abrechnungs- und Berichtbearbeitungsquatsch anfing, zündete ich mir erst noch eine Zigarette an und begann sie in Ruhe am offenen Fenster zu rauchen. Draußen schien eine trübe Sonne auf die weitläufige Liegenschaft, im Schatten der Gebäude versteckten sich schmutzige Schneereste vor dem herannahenden Frühling. Die kleinen Waldstücke mit ihren zahlreichen alten Buchen, Eichen, Fichten und Birken, die hohen Büsche und die grünen Freiflächen verliehen der Anlage hier im Süden Münchens eine parkähnliche Atmosphäre. Mit der Nähe zur Waldwirtschaft und der Isar waren das – zumindest im Sommer – eigentlich ganz kommode äußere Arbeitsbedingungen.

Was allerdings das Inhaltliche meiner beruflichen Tätigkeit betraf, so beschlichen mich in letzter Zeit doch gelegentlich Zweifel. Ich fragte mich immer häufiger, ob das, was wir hier trieben, wirklich einen tieferen Sinn hatte. Der Job hatte sich nach dem Studium so unerwartet aufgetan, dass ich gar nicht lange nachgedacht und einfach unterschrieben und angefangen hatte. Ich könnte ja wieder gehen, wenn es mir nicht gefiele, hatte ich mir eingeredet. Und was Besseres hatte ich damals beruflich auch nicht vor, wenn ich ehrlich war. Das war jetzt elf Jahre her ... und sieben Monate, um genau zu sein.

Wahrscheinlich wäre es besser, mir darüber nicht so viele Gedanken zu machen, wenn ich nicht wirklich was ändern wollte. Um was völlig Neues anzufangen, schien es mir auch zu spät zu sein. Besser ich akzeptierte es: Ich saß jetzt hier, im Trockenen, und fuhr – sicher angeschnallt – mit Richtgeschwindigkeit auf der Beamten-Autobahn. Die nächste Ausfahrt wäre zugleich die letzte und hieß „Pension“. In 27 Jahren würde ich ankommen – falls mir das Benzin bis dahin reichte.

Ob es im Auswärtigen Amt besser gewesen wäre? Einige wenige meiner Mit-Absolventen hatten nach dem Studium den Aufnahmetest für den diplomatischen Dienst geschafft – versucht hatten es wohl ziemlich viele, die es aber nicht zugaben, weil sie durchgefallen waren. Ich hatte es gar nicht erst probiert. Mein generelles Bildungsniveau war eher rudimentär, meine Herkunft mehr provinziell als mondän. Den ganzen Kulturkram, der in den Tests abgefragt wurde, sog die Konkurrenz in ihrer groß- und bildungsbürgerlichen, familiären Umgebung nebenbei mit der Muttermilch auf und mit einem Adelstitel, der angesichts der hohen Präsenz dieser kleinen Bevölkerungsgruppe im Auswärtigen Dienst offenbar nützlich war, konnte ich auch nicht dienen. Also ließ ich´s gleich bleiben. Journalismus hatte ich nach ein paar ernüchternden Erfahrungen in diversen Hospitanzen während des Studiums auch verworfen, der Kriminaldienst bei der Polizei schien mir zunächst interessant – doch glaubte ich, letztlich zu empfindsam zu sein, als dass ich täglich mit Gewalt und Verbrechen konfrontiert werden wollte. Deshalb verweigerte ich nach dem Abitur auch den Wehrdienst. Die Kommission, die sich damals anschickte, mein Gewissen zu überprüfen, lehnte mich glatt ab. Die Beisitzer, zwei gelangweilte alte Säcke, von denen einer während der Verhandlung einnickte, und der Vorsitzende, ein karrieregeiler Jungjurist, waren ein echter Test für die pazifistische Grundhaltung, die ich für mich in Anspruch nahm. Am liebsten hätte ich den Typen nach der Sitzung in die Fresse geschlagen – dem Vorsitzenden auch gerne zweimal. Auf die zweite Verhandlung verzichtete ich – demütigender dachte ich, konnte es beim Barras auch nicht werden. Ich hatte ja keine Ahnung.

Noch im Herbst wurde ich eingezogen. Man steckte uns erst in blaue Trainingsanzüge, zwei Tage später in die olivgrüne Kampfmontur, dann kamen die langen Haare runter. Es war interessant zu sehen, wie schnell man Menschen jeglicher Individualität berauben konnte. Die Ausbildung war entweder sterbenslangweilig oder auf eine unnötige Art hektisch. Schießen war weder das eine noch das andere, insofern irgendwie o.k. Die Gesichter der

Pappsoldaten, auf die wir ballern mussten, hatten weder Augen noch Nase oder Mund, sondern waren nur als runde, orangefarbene Flächen unter einem Helm dargestellt. In den Händen hielten sie eine stilisierte Maschinenpistole – auf Wehrlose zu schießen, verstieß schließlich gegen die Genfer Konvention. Keiner sprach es aus, trotzdem war jedem klar, dass die Zielscheiben, die wir da so ausgiebig durchlöcherten, den gleichsprachigen Feind auf der anderen Seite unseres geteilten Landes darstellten – oder dessen östliche Verbündeten. Als ich bei der Armee war, hatten sich unsere Nachbarn gerade selbst eingemauert, um sich vor uns Imperialisten zu schützen, aber darauf fielen wir im Westen natürlich nicht herein. Jedes Jahr wurde der Wehretat erhöht, damit uns die Übungsmunition nicht ausging. Richtige Gesichter unter Stahlhelmen mit einem roten Stern oder Hammer und Zirkel wären in jeder Hinsicht ehrlicher gewesen – aber vielleicht wollte man den Rekruten zu viel Realität nicht zumuten. Ob die anderen wohl auf richtige Gesichter ballerten? Wahrscheinlich schon, wenn Richard Löwenthal Recht hatte. Der erzkonservative Fernsehmoderator erzählte jedenfalls regelmäßig, wie unverhohlen unsere Brüder und Schwestern im Osten das Feindbild von den westlichen Kapitalisten-Schweinen eingetrichtert bekamen, die sich im Mehrwert suhlen, den sie der Arbeiterklasse vorher gestohlen hatten. Wie langweilig. Natürlich beutete im Westen der Mensch den Menschen aus. Dass es im Osten umgekehrt lief, half den Leuten dort aber auch nicht viel.

Überrascht stellte ich damals fest, dass es mir auch aus einhundertfünfzig Metern – der größten sogenannten Kampf-Entfernung bei unseren Schießübungen – noch erstaunlich leicht fiel, die stilisierte Visage dieser Pappkameraden solange zu treffen, bis dort nur noch ein großes Loch war. Ich stellte mir dabei offen gesagt immer den alerten Juristen aus der Verweigerungs-Verhandlung vor. Meine Ausbilder waren begeistert und wollten unbedingt, dass ich mich für zwei Jahre verpflichten und den Scharfschützen-Lehrgang machen solle. Ab da schoss ich deutlich schlechter. Der Rest der Dienstzeit nach der Grundausbildung bestand im Wesentlichen aus dem Totschlagen von Zeit. Ich stand es irgendwie durch, wie die meisten meiner Leidensgenossen. Wäre allerdings Langeweile tödlich gewesen, die Rotarmisten hätten bei einem Einmarsch leichtes Spiel mit der Bundeswehr gehabt; es wären nicht viele von uns übrig geblieben, die sich ihnen in den Weg hätten stellen können.

Auf dem noch winterblassen Rasen vor meinem Fenster landete ein Eichelhäher. Er fing an, den Boden nach unvorsichtigen Insekten und Würmern abzusuchen, die von der schwachen Sonne vielleicht nach oben gelockt worden waren. Nach oben zu kommen, war nicht immer nur gut, dachte ich belustigt. Was meinen eigenen Aufstieg in diesem merkwürdigen Laden betraf, machte ich mir inzwischen nichts mehr vor. Meine anfängliche Ahnung war zur Gewissheit geworden. Um in der Hierarchie dieses Apparats nach oben zu kommen, fehlten mir ein paar entscheidende Eigenschaften. Ich war weder ausreichend anpassungsfähig, noch konnte ich im richtigen Moment meinen Mund halten, noch musste ich ständig zeigen, was ich besser konnte als andere. Besonders ehrgeizig war ich wohl auch nicht und nur so zu tun, als sei ich es, fand ich noch anstrengender – schon gar nicht wegen einer läppischen Beförderung. Der damit verbundene Zugewinn an Einfluss und an Geld erschien mir einfach zu gering, gemessen an dem Mehr an Ärger, künstlichem Stress und Fremdbestimmung, das man sich damit einhandelte. Andere Dinge waren mir einfach wichtiger. Welche genau, versuchte ich zu ergründen, wenn ich im Sommer nackt auf warmen Kieseln an der Isar liegend dem Fluss beim Vorbeifließen zusah und meine Gedanken mit den glitzernden Wellen auf Reisen schickte. Als Operateur konnte man sich öfter mal schon am frühen Nachmittag unter einem dienstlichen Vorwand verziehen. Für die Lebensqualität und die Intensität der Körperbräune waren diese Fluchten förderlich – für eine steile Karriere weniger.

Yvonne hatte immer gemault, ich könnte mich ruhig ein bisschen mehr anstrengen und anpassen, mit meinen Fähigkeiten könne ich doch sehr weit kommen. Wenn ich dann nach dem „Wohin" fragte, kam meistens der Satz, ich wüsste schon, was sie meine und ich solle aufhören, das System zu bekämpfen, sondern es nutzen, worauf ich zu sagen pflegte, dass ich doch genau das täte. Damit endete die unerfreuliche Diskussion meistens. Kurz bevor sie ging, hatte sie noch gemeint, ich sollte doch mal mit einem Therapeuten sprechen. Was für ein Quatsch. Nur weil ich nicht unbedingt ein Regierungsdirektor oder Ministerialrat werden wollte, würde ich mich doch nicht von so einem Seelenklempner anfixen und von irgendwelchen Tabletten abhängig machen lassen. Von dem Geld für so einen Psycho-Onkel kaufte ich lieber richtig guten Scotch. Nach ein paar Gläsern gelang es mir meist ganz gut, mir einzureden, dass meine Aufgabe wichtig und mein berufliches Dasein sinnvoll sei.

Viele meiner Freunde hatten am Ende des Studiums erklärt, das Wichtigste sei ihnen, dass ihre künftige Arbeit „Spaß mache". Solche Ansprüche an einen Job hatte ich nie erhoben. Schon eher bedauerte ich, dass ich mich überhaupt in die hässliche Notwendigkeit einer lohnabhängigen Beschäftigung fügen musste. Ich hätte nichts dagegen gehabt, ein von Generationen vor mir, auf welche Weise auch immer erworbenes Vermögen mit allerlei müßigem Firlefanz zu verprassen. Ich glaubte, das Zeug dafür zu haben. Vielleicht sollte ich mir auch einfach nur ein Hobby suchen, irgendetwas, das mich erfüllte – oder wieder eine Frau wie Yvonne finden ...

Missmutig drückte ich die Zigarette aus und machte mich an die Abrechnung der London-Reise. Dann füllte ich die nötigen Formulare für die Folgereise nach Paris aus. Wenn Stocker den Reiseantrag heute noch abzeichnete, könnte ich morgen gleich alles buchen. Ich würde ihm aber den Dienstreiseantrag wohl besser vor der London-Abrechnung vorlegen.

Schmutzfink in der Reinigung (02. März 1979)

Yusuf schwitzte und ihm war schlecht. In ein paar Stunden ging seine Maschine nach Paris und er fand die verdammte Visitenkarte und diesen Zettel von diesem Kerl nicht mehr, den er dort treffen sollte. Er erinnerte sich, dass es ein Restaurant mit einem Frauennamen war, aber den hatte er vergessen. Schon mehrmals hatte er die kleine Wohnung auf den Kopf gestellt, aber das bedruckte Stück Karton und die Seite aus dem Notizblock, auf der ihm sein neuer Bekannter damals das Lokal für das Treffen in Paris notiert hatte, blieb verschwunden. Er blätterte sogar alle Bücher durch – viele waren es ja nicht – falls er sie dort in einem unbedachten Moment versteckt haben sollte. Aber ohne Ergebnis.

Plötzlich schlug er sich auf die Stirn. Natürlich! Das Sakko! Die Visitenkarte musste noch in der Tasche des braun-karierten Jacketts stecken, das er damals im Institut getragen hatte. Er ging hinüber in das Zimmer, das sowohl Wohn- als auch Schlafzimmer war, und öffnete den Einbauschrank. Hektisch schob er die dicht-an-dicht hängenden Kleidungsstücke, das meiste Sachen von Belkisa und Ali, auseinander. Aber es war wie verhext – auch das Jackett war verschwunden. In diesem Moment schloss Belkisa die Türe auf. Sie kam gerade vom Einkaufen zurück. Hektisch lief er ihr entgegen.

„Wo warst Du denn so lange? Ich suche mein braunes, kariertes Sakko. Weißt Du vielleicht, wo es ist?"

Von der ungewohnten Schroffheit ihres Mannes überrascht, sah sie ihn an.

„Aber ja – ich habe es vor knapp einer Woche in die Reinigung gebracht; Du selbst hattest mich doch darum gebeten. Es müsste längst fertig sein. Warte, ich habe den Abholschein in meinem Portemonnaie."

Verdammt! Das hatte er vollkommen vergessen. Sofern es niemand raus genommen hatte, musste das Kärtchen dann aber noch in dem Sakko sein; für eine Trockenreinigung wäre es doch hoffentlich nicht nötig die Taschen zu leeren und wenn doch, hatte der Besitzer die Karte und den Zettel sicher nicht weggeworfen.

Rasch zog er den verschlissenen Mantel über, schlang den schwarzen Wollschal um den Hals und schlüpfte in seine Schuhe. Dann stürzte er die Treppen der fünf Stockwerke hinunter und eilte im Laufschritt zu der kleinen Reinigung vorne an der Ecke.

Der Laden war schon von weitem an der dicken Dampfwolke an seiner Hinterseite zu erkennen. Es war ein einzeln stehendes, garagenähnliches Gebäude. Mit dem Bimmeln der Türglocke umfing Yusuf ein Schwall schwüler, mit Chemikalien geschwängerter Luft. Der Inhaber, ein älterer Landsmann, der schon seit längerem in London lebte, war nicht von der gesprächigen Sorte. Yusuf wusste von dem Mann nur so viel, dass er angeblich Mohammed hieß und wohl alleine lebte.

Beim zweiten Bimmeln der Glocke, als Yusuf die Türe wieder schloss, kam der grauhaarige, leicht gebeugte Mann nach vorne. Er grüßte einsilbig. Yusuf grüßte zurück und reichte ihm den Abholschein. Der Mann betrachtete kurz den Zettel und ging dann wieder nach hinten, wo an einer Stange einige Dutzend in Plastik gehüllte Kleidungstücke auf ihre Besitzer warteten. Nach einer Weile brachte er das Sakko und legte es auf die Ladentheke. Sofort schob Yusuf die Schutzhülle aus Plastik hoch und begann die Taschen der Jacke zu durchwühlen.

„Macht vier Pfund sechzig", sagte der Mann hinter dem Tresen, während Yusuf weiter hektisch nach Zettel und Visitenkarte suchte.

„Suchen Sie vielleicht das Geld für die Reinigung?", fragte der Typ, es klang fast ein bisschen hämisch.

„Nein, ich ...", in diesem Moment erfühlte er in der linken Seitentasche des Jacketts ein kleines Stück Karton und zog es hervor. Auch den Notizzettel fischte er beim zweiten Versuch heraus. Er war erleichtert.

„Ah – das hab´ ich gesucht. Allah sei Dank. Wie viel sagten Sie?"

„Immer noch vier Pfund sechzig."

Yusuf kramte einen Zehnpfund-Schein aus seiner Brieftasche. Ganz schön teuer, dachte er, und rätselte für einen Moment, ob er die beiden Stücke Papier bei jenem Mittagessen mit dem Unbekannten nicht in die rechte Tasche gesteckt hatte. Logischer wäre es, denn er war Rechtshänder. Aber Hauptsache, sie waren wieder da. So langsam wurde die Zeit knapp, er hatte noch nicht gepackt.

„In Eile?"

Der Mann hielt ihm das Wechselgeld hin.

„Ein wenig, ich muss gleich zum Flughafen."

„Ach, Sie verreisen?"

„Ja."

Yusuf sagte das in einem Ton, der signalisieren sollte, dass er nicht interessiert war, weitere Auskünfte zu erteilen. Es ging diesen komischen Kauz nichts an, wohin er flöge. Der Mann fragte auch nicht weiter nach und hielt Yusuf das Wechselgeld hin. Dann streifte er die Plastikhülle wegen des Nieselregens wieder über das Jackett. Mit einem gemurmelten Gruß verließ Yusuf den Laden und machte sich auf den Rückweg zu seiner Wohnung.

Der Inhaber der Reinigung sah seinem Kunden nach, wie er im wieder einsetzenden Regen über die Straße hetzte. Dann ging er in einen Verschlag im rückwärtigen Bereich des Geschäfts. Hinter einer spanischen Wand stand auf einem kleinen Holztisch ein zweites Telefon. Er wählte eine Nummer in Kensington und ließ sich von der Telefonzentrale verbinden.

„Abdullah, hier", meldete sich eine leise, kehlige Stimme.

„Was gibt´s?"

„Hier ist Abaoud aus der Reinigung. Sieht so aus, als sei die Wäsche demnächst auf dem Weg."

„O.k. – dann weiß ich Bescheid. Allahs Segen sei mit Dir, Bruder."

Der Mann am anderen Ende legte auf und wählte eine Nummer in Paris.

Paris (03. März 1979)

Ob er wohl wirklich käme? Während des Fluges nach Paris dachte ich wieder über die erste lange Begegnung mit der neuen Zielperson in meinem Londoner Lieblings-Italiener nach. Stocker hatte sich tierisch über die Restaurant-Rechnung aufgeregt, aber das gehörte zum Ritual. Ich erklärte meinem zürnenden Chef, London habe eben ein anderes Preisniveau als München und ich musste der Zielperson schließlich etwas bieten und zeigen, dass die angebliche Beratungsfirma finanziell gut ausgestattet sei. Außerdem lege der Mann großen Wert auf gutes Essen und das Pfund sei eben derzeit sehr stark. Irgendwann hatte er sich wieder beruhigt, denn zwei Stunden später lag die Abrechnung unterschrieben in meinem Fach. Allerdings rächte er sich postwendend. Für das Hotel in Paris durfte ich maximal achtzig Mark pro Nacht ausgeben, alle Restaurantbeträge über fünfzig Mark müsste ich begründen und vom Abteilungsleiter abzeichnen lassen, hatte er mir auf einen an den Dienstreiseantrag gehefteten Zettel gekritzelt und drei Ausrufezeichen gesetzt.

Entsprechend mies gelaunt war ich, als ich jetzt – drei Tage nach dem rituellen Streit um die Rechnung – in Paris landete. Mir fiel auf, dass bei weitem mehr Sicherheitspersonal als sonst üblich unterwegs war. Mit Maschinenpistolen bewaffnete Polizisten patrouillierten paarweise und mit todernsten Mienen nicht nur in der Ankunftshalle von Charles de Gaulle, sondern auch auf dem Bahnsteig der RER, mit der ich vom Flughafen in die Innenstadt fuhr. In Chatelet les Halles stieg ich in die Metro um. Auch hier wurde intensiv überwacht.

Seit Chomeinis Abreise vor einem Monat aus seinem Pariser Exil direkt an die Macht in Persien, hielt die iranische Exilgemeinde die hiesige Exekutive ganz schön auf Trab. Dass der Schah den Pfauenthron nach jahrzehntelanger, erfolgreicher Unterdrückung seines Volkes kürzlich geräumt hatte – bekanntlich nicht aus Altersgründen – sorgte nicht bei allen Iranern im Ausland für ungeteilte Begeisterung. Die verfeindeten Exil-Iraner, von denen es speziell in Paris eine ganze Menge gab, schlugen sich bei jeder Gelegenheit die Köpfe ein. Während ich auf die Metro wartete, sah ich die Schlagzeile des „Le Parisien", den der Mann neben mir aufgeschlagen vor sich hielt. „Quelle sort attend Farah?" – „Was wird jetzt aus Farah", titelte die Pariser Boulevardzeitung.

Gute Frage. Sicher eine sparsame Hausfrau, die ihrem Mann schon etwas Leckeres gekocht hat, wenn er abends müde nach Hause kommt. Künftig würde er ja wohl für den Erhalt des gewohnten Lebensstandards körperlich ziemlich hart arbeiten müssen, denn außer „Schah" hatte er beruflich wenig vorzuweisen. Wir hatten allerdings erste Informationen, dass es gesundheitlich nicht gut um ihn stand. Fragte sich nur, ob ihm bei eintretender Arbeitsunfähigkeit die Berufsgenossenschaft gefallener Despoten eine Rente zahlen würde oder ob doch wieder die Amerikaner einspringen müssten. Derzeit war er auf den Bahamas noch recht komfortabel untergebracht – vermutlich in der Nähe des außer Landes geschafften Geldes, das er vorher dem Staatshaushalt entnommen hatte.

Die einfahrende Metro hielt, zischend öffneten sich die Türen und ich wurde in den Waggon geschoben. Eingezwängt zwischen maskenhaft starren Gesichtern fuhr ich neun Stationen bis Chateau Rouge. Ich war erleichtert, als ich dem überfüllten Waggon entkam. Die Rolltreppe war kaputt. Nach einigem Suchen fand ich eine Steintreppe, die sich in anscheinend endlosen Spiralen nach oben wand.

Der übliche, metallische Pissegestank der Pariser Metro begleitete mich bis zur Oberfläche, wo ich kurz verschnaufte und mich orientierte. Links über mir thronte die Sacre Coeur auf der Spitze des Montmartre, etwa hundert Meter weiter vorne sah ich auf der rechten Straßenseite das Drei-Sterne-Haus, in dem ich reserviert hatte. Ich trug den Rollkoffer über das Kopfsteinpflaster bis zum asphaltierten Trottoir, weil ich das laute Räderrattern hasste. Erst dort klappte ich den Bügel hoch und zog ihn bis zum Eingang des „Hotel Balzac".

Die belebte Gegend schien eher von nicht-weißen Franzosen bevorzugt zu werden. Das störte mich nicht – ich war Menschen in allen Schattierungen beruflich gewohnt. In diesem Hotel stieg ich zum ersten Mal ab, alle Optionen, wo ich sonst in Paris unterzukommen pflegte, waren deutlich über dem von Stocker vorgegebenen Budget gelegen und ich wollte mein Blatt, was die Reisespesen betraf, nicht überreizen. Äußerlich machte der Laden einen ganz ordentlichen Eindruck. Mal sehen, welche unangenehmen Überraschungen im Inneren auf mich warteten.

Der Rezeptionist begrüßte mich verhalten unfreundlich und fragte, ob ich reserviert hätte, denn das Haus sei voll. Ich bejahte und er begann zu suchen. Beim dritten Durchblättern eines Stapels mit diversen Zetteln fand er meine Reservierung doch noch. Ich merkte, dass ich allmählich dringend pinkeln musste. „Ah ... ici ... Monsieur ... Narvique?"

Die Stimme des schlecht rasierten Mannes klang nach zu viel Gitanes oder Gauloises.

„Oui, justement", knurrte ich genervt zurück. Er schob mir das Anmeldeformular und einen Plastik-Kugelschreiber über den Tresen und schaute mich an.

„Ausfüllen, bitte. Name, Adresse und Passnummer."

Das Weiße in seinen wässrigen Augen war gelblich verfärbt. Sah nach einem mittelschweren Leberschaden aus. Aus der Innentasche meines Jacketts holte ich meinen eigenen Stift hervor. Beim Ausfüllen des Meldezettels spürte ich den Blick des Mannes auf meiner Hand.

Geburtsdatum und Adresse von Paul Narvik wusste ich natürlich aus dem Kopf. Vor ziemlich genau einem halben Jahr hatte ich mir die Scheiß-Gegend in Oberhausen, wo Herr Narvik jetzt offiziell wohnte, sogar persönlich angeschaut. Die Nummer seines Reisepasses war mir nach zahlreichen Reisen unter diesem Namen inzwischen ebenfalls vertraut. Trotzdem schlug ich sie nach und tat so, als schriebe ich sie ab. Es war auffällig, wenn jemand seine Passnummer auswendig wusste.

Die Unterschrift geriet mir angemessen schwungvoll. Mein Gegenüber nahm Pass und Anmeldung, verglich kurz die Angaben und gab mir dann den Ausweis zurück. Er legte den Zettel in eine abgegriffene Mappe aus Kunstleder, die schon mit anderem Papierkram vollgestopft war. Zwei knochige Finger angelten den Schlüssel vom Brett und reichten ihn über die Theke.

„Zimmer 438."

Der Schlüsselanhänger, ein klobiger Knüppel aus dunkel verfärbtem Holz, baumelte vor meiner Nase. Selbst der vergesslichste Gast würde diesen Klotz bei seiner Abreise nicht aus Versehen mitnehmen.

Ich stopfte das sperrige Ding in meine Jackettasche. Der Mann wies mit dem Kinn auf einen Punkt irgendwo links hinter mir.

„Der Lift ist da hinten um die Ecke."

Ich bedankte mich und bekam von zwei Reihen schiefer Zähne noch eine Art Lächeln mit auf den Weg.

Damit war der Serviceteil des Hotels für ankommende Gäste offenbar erschöpft. Ich hatte auch nichts dagegen, meinen Koffer selbst tragen und alleine zu meinem Zimmer gehen zu dürfen. Ich fand es entmündigend, wenn mir ein Angestellter das Gepäck wegnahm, vor mir her zu meinem Zimmer lief, es aufsperrte, das Licht anmachte, zum Fenster eilte, den Vorhang aufriss, mir dann noch das Bad zeigte und ausführlich erklärte, wie ein Fernseher funktioniert. In Beirut hatte mir einer von der Sorte sogar einmal stolz die Klospülung vorgeführt und dann, in der Hüfte leicht nach vorne abgeknickt, mit ausdruckslosem Gesicht in meinem Zimmer herum gestanden, während ich widerwillig in der Hosentasche kramte, um die unerwünschte Dienstleistung auch noch zu belohnen.

Im Lift roch es nach Erbrochenem und scharfen Putzmitteln. Hier schien ja ein gutes Publikum zu verkehren. Ich hielt den Atem an und nahm mir vor, erst beim Verlassen des Käfigs wieder Luft zu holen. Quälend langsam kroch das Mistding durch seinen Schacht. Als sich im vierten Stock endlich die zerbeulten Metallflügel der Kabine zur Seite schoben, war ich dem Erstickungstod nah. Ich stieß mit meiner linken Schulter die Milchglastür zum Flur auf und saugte gierig die abgestandene Luft des Korridors in meine Lungen. Viel besser als der Mief in der Liftkabine war sie allerdings auch nicht. Auf dem Flur war gottlob niemand, der gesehen hätte, wie ich nach Luft ringend aus dem Fahrstuhl taumelte. Mein Blasendruck hatte inzwischen ein kritisches Niveau erreicht.

Der Koffer verkeilte sich in der sich ratternd schließenden Tür. Beim gewaltsamen Versuch, ihn frei zu bekommen, löste ich ein heftiges Donnern aus. Die Kabine schüttelte sich wie ein nasser Hund und gab mein Gepäck nur widerwillig her. Auf einem Messingschild an der Wand las ich „430 – 440“, darunter zeigte ein Pfeil nach rechts.

Die dunkelrote Velours-Auslegeware schluckte das Geräusch der Räder des Rollkoffers. Hastig sperrte ich die Tür auf und stürzte als erstes ins Badezimmer, wo ich mich leise stöhnend erleichterte. Das Zimmer war erwartungsgemäß winzig, wirkte aber halbwegs sauber. Ich zog die braune Tagesdecke weg und hob das Bettlaken hoch. Die Bettwäsche roch streng nach Chemie – immerhin frisch gereinigt also. In der Mitte des Spannbezugs waren einige größere, verblichene Flecken zu sehen – stumme Zeugen längst vergessener Geschlechtsverkehre oder verjährter Gewaltdelikte.

Ich ließ mich auf das Bett fallen, schaltete den Fernseher ein und drückte mich durch die wenigen Kanäle – nichts als Schrott. Ich schaltete wieder aus, klopfte eine Salem aus der Packung, zündete sie an und trat ans Fenster. Vorsichtig schob ich die vergilbten Stores eine Handbreit zur Seite, schaute auf den steten Strom der Autos, Mopeds und Menschen, der unter mir vorbeifloss. Ich nahm einen langen Zug aus der Zigarette. Viel dunkle Haut da unten in allen Schattierungen. Vom Phänotyp her überwog der Maghreb, der schwärzere Rest der Passanten stammte wahrscheinlich mehrheitlich aus dem zentralen Afrika. Entwurzelte, auf der Flucht vor der Not in ihren Ländern. Egal, wo sie strandeten, sie waren nicht willkommen. Wenn sie Glück hatten und es bis hierher schafften, wurden sie widerwillig geduldet, meistens aber gehasst. Diese Menschen hielten das alles wahrscheinlich nur aus, weil ihre Hoffnung auf ein besseres Leben stärker war als ihre Verzweiflung. Ähnlich wie bei mir, dachte ich in einem Anflug von Selbstmitleid.

Ein paar schräge Sonnenstrahlen verirrten sich durch das zarte Lindgrün der Platanenkronen vor meinem Fenster und zerplatzten auf dem Trottoir gegenüber. Der

Rauch meiner Zigarette waberte über die schmutzige Fensterscheibe.

Ich würde heute Abend zunächst ein Taxi nehmen, mich in der Nähe des Friedhofs von Montparnasse absetzen lassen und den Rest zum „Juliette“ dann zu Fuß laufen. Keinesfalls wollte ich nochmal eingepfercht zwischen menschlichen Leibern eine so weite Strecke mit der Metro fahren. Und sicherer wäre es auch, schließlich hatte ich eine Menge Geld dabei.

Meine Zigarette war schon bis zum Filter aufgeraucht. Ungesund, hatte Yvonne immer geschimpft. Lachhaft. Wer „A“ sagt, muss auch bis zum Filter rauchen. In der linken Hand hielt ich meinen ständigen Reisebegleiter, einen halbkugelförmigen Aschenbecher. Ein Geschenk von Yvonne aus besseren Tagen, orange lackiert und verschließbar. Wirklich nützlich. Deutlich nützlicher jedenfalls, als die Beziehung mit mir für Yvonne gewesen war. Ich hatte nur stumm genickt, als sie mir letzten Oktober ankündigte, mich verlassen zu wollen. In meiner Bereitschaft, sie widerstandslos gehen zu lassen, sah ich den letzten Beleg meiner anfänglich starken Zuneigung. Mehr konnte ich nicht für sie tun. Sie hatte geweint, als sie ging. Arme Yvonne. Auf die Idee, dass ihre Tränen vielleicht mir gegolten haben könnten, wie sie mir später in einem Brief noch geschrieben hat, war ich damals nicht gekommen. Ich tat ihr also leid. Oder liebte sie mich etwa noch? Vielleicht auch beides. Aber konnte man etwas wirklich lieben, das einem leid tat? Die Verwechslungsgefahr dieser Gefühle erschien mir groß.

Ich klappte den Aschenbecher zu, öffnete die Tür zur Mini-Bar und nahm mir eines der beiden kleinen Cognac-Fläschchen. Während ich es aufschraubte setzte ich mich auf das Bett. Wohltuend rann der billige Weinbrand die

Kehle hinunter. Das Leergut landete nach einem präzisen Wurf geräuschvoll im Mülleimer beim Fenster. Ich holte mir auch das zweite Fläschchen und stellte es auf dem Nachttisch ab. Dann knotete ich meine Schnürsenkel auf, schlüpfte aus den Schuhen und streckte mich auf der Tagesdecke aus, die Arme hinter dem Kopf verschränkt.

Von der Straße vor dem Hotel drang das Quietschen jäh gebremster Reifen und gleich darauf frenetisches Gehupe herauf. Ich war zu träge, um aufzustehen und nachzusehen, was da los war. Eine Weile starrte ich an die Decke. Vielleicht sollte ich mir noch ein Bier aus der Mini-Bar genehmigen. Ich warf einen Blick in den kleinen Kühlschrank. Nur „Kronenbourg". Dann lieber gar kein Bier. Stattdessen schraubte ich das kleine Rotweinfläschchen auf, das neben einem Korb mit Erdnüssen und ein paar Schokoriegeln auf dem Kästchen mit der Minibar stand. Da ich kein Glas fand, goss ich den Inhalt in den Zahnputzbecher aus Plastik. Ich ärgerte mich, dass ich mir nicht auf dem Weg hierher noch eine gute Flasche Wein gekauft hatte. Die Hotel-Plörre taugte wahrscheinlich nicht viel und würde dennoch ein kleines Vermögen kosten.

Quälendes Warten

Yusuf zündete sich noch eine Zigarette an. Im Zimmer stand bereits dichter Qualm. Er öffnete das Fenster, stellte sich schräg hinter den Vorhang und sah hinaus. Nicht weit von ihm ragte der schwarze Monolith eines riesigen Hochhauses aus dem Häusermeer. Der Lärm knatternder Mopeds und röhrender Motoren mischte sich mit Stimmen und Gelächter von der belebten kleinen Straße unter ihm. Er musterte die geparkten Autos und die Passanten auf der anderen Straßenseite und fragte sich zum hundertsten Mal, ob man ihn schon im Visier hatte. Wussten seine Widersacher von dieser Reise und seinem bevorstehenden Treffen, überwachten sie ihn bereits? Waren irgendwelche Schergen des Regimes schon hier in der Stadt und warteten nur auf eine passende Gelegenheit, ihm eine Kugel in den Schädel zu jagen? Yusuf spürte, wie die Angst wieder kam. Sie begann irgendwo in seinem Kopf, schlich sich langsam durch seine Speiseröhre in den Magen, verweilte dort lange genug, um Übelkeit zu erzeugen, und kroch dann in Richtung seines Herzens, auf das sie sich wie Raureif legte.

Er war zum ersten Mal in Paris. Trotz der Anspannung und obwohl er sich fremd und einsam fühlte, gefiel ihm die Stadt. Französisch sprach er leider kaum. Er hatte auf der Suche nach dem Hotel zweimal nach dem Weg fragen müssen und erst nach jeweils mehreren Versuchen die gewünschte Auskunft bekommen. Die meisten Leute, die er ansprach, konnten kein Englisch – oder sie taten zumindest so.

Er drückte die Kippe auf dem Blech des Fensterbretts aus und warf sie zu den Dutzenden anderen auf dem Sims unter dem Fenster. Dann nahm er den Stadtplan, den er an der Rezeption bekommen hatte. Konzentrisch um das Hotel suchte sein Finger nach der Straße mit dem Restaurant. Er fand sie und schaute auf seine Uhr. Es war kurz nach Vier. Für 18:00 Uhr war er verabredet, zu Fuß würde er etwa zwanzig Minuten brauchen. Genügend Zeit für eine Dusche. Er ging in das Badezimmer und begann sich auszuziehen.

Was ihn heute Abend wohl erwartete? Ein mit Chloroform getränktes Taschentuch, der Rücksitz oder Kofferraum eines Wagens und eine Pistole mit einem Schalldämpfer – oder ein gutes Abendessen und die Besiegelung eines womöglich lukrativen Jobangebots?

Von dem Geld, das er für die Parisreise bekommen hatte, waren nach Abzug von Flug und Hotel noch über hundertfünfzig Pfund übrig gewesen. Der Fremde hatte also mehr als großzügig kalkuliert. Er wollte sie schon für den Mantel zurücklegen, den er im Schaufenster gesehen hatte, beschloss dann aber, seiner Frau ein paar gefütterte Winterschuhe und Ali einen warmen Anorak zu kaufen. Ob die ganze Geschichte, die dieser Paul ihm aufgetischt hatte, der Wahrheit entsprach und wenn ja, welcher? Nach acht Monaten in einer Einzelzelle im Gefängnis von Aden und unzähligen Verhören wusste er, dass die Wahrheit viele Gesichter hatte, meist Gesichter, die von Schlägen entstellt gewesen waren. Vorsichtig drehte er das Wasser auf und trat, nachdem er es endlich geschafft hatte, die richtige Temperatur einzustellen, ein wenig zögernd in die enge Plexiglas-Kabine. Seit seiner Haft in Aden bekam er in allzu engen Räumen schnell Angstzustände.

Noch drei Stunden ...

Ich zündete mir noch eine Salem an und schaute dem Rauch hinterher, der sich langsam zur Decke kräuselte. Warten war ein wichtiger Teil meiner Arbeit – wenn man das, was ich tat, eine Arbeit nennen wollte; jedenfalls war es nicht das, was man gemeinhin als einen „ehrlichen Beruf" bezeichnet hätte. Ich konnte mir kaum etwas Unehrlicheres vorstellen als das hier, und bewusst und gezielt hätte ich mich bestimmt nicht bei einem Geheimdienst beworben. Woher sollte ich damals auch wissen, was sich hinter dem Forschungs-Institut verbarg, das in einer Anzeige „Referenten für internationale Aufgaben" suchte? Erst beim Bewerbungsgespräch in der riesigen Altbauwohnung eines Rückgebäudes im besten Schwabing stellte sich allmählich heraus, wer wirklich dahinter steckte. Ich war überrascht, aber nicht gerade begeistert, als ich es erfuhr, doch der freundliche Beamte, der das Rekrutierungsbüro leitete, gab sich sichtlich Mühe, meine Skepsis zu zerstreuen, und er schaffte es tatsächlich, mich neugierig zu machen. Sie hatten offenbar Probleme, an qualifizierten und geeigneten Nachwuchs zu kommen, nicht zuletzt, weil die überwiegend linke Studentenschaft der Sechziger Jahre alles andere lieber machen wollte, als Spitzel beim Geheimdienst zu werden.

Nach einem ausgiebigen Gespräch mit dem gewinnenden Personalmenschen unterschrieb ich eine Erklärung, dass ich mit niemandem über den Hintergrund des „Instituts für angewandte Politikforschung" reden dürfe – auch wenn ich mich gegen eine Bewerbung entschied oder die Sicherheits-Überprüfung negativ ausfiele.

Falls es doch klappen sollte natürlich auch nicht.

Einige Tage später traf ich mich abends mit ein paar Mitstudenten im „Atzinger" in der Schellingstraße. Die meisten standen wie ich kurz vor dem Abschluss, und wie so oft in letzter Zeit ging es auch an diesem Abend darum, was man nach der Uni so vorhatte. Wir hatten damals im Grunde freie Auswahl. Egal, ob als Mediziner, Germanist, Jurist oder Soziologe – überall gab es freie Stellen für Akademiker. Es war im Grunde unwichtig, was man wie lange mit wie wenig Erfolg studiert hatte – Hauptsache man hatte irgendein Examen vorzuweisen. Und Lehrer konnte man immer werden.

Ohne meinen jüngsten Besuch in jenem Schwabinger Hinterhofbüro zu erwähnen, fragte ich scherzhaft nach, ob die versammelten Geistes- und Sozialwissenschaftler sich vorstellen könnten, beruflich bei der bewussten Behörde einzusteigen. In der Runde herrschte empörte Einigkeit, dass das völlig ausgeschlossen sei. Mit den reaktionären Holzköpfen und Ex-Gestapo-Leuten, die dort mutmaßlich tätig waren und ihrer sicher schmutzigen Arbeit wolle man nichts zu tun haben. Diese einhellig ablehnende Reaktion überzeugte mich. Gleich am nächsten Tag signalisierte ich in einem kurzen Schreiben an die Kontaktadresse, dass ich nun doch ernsthaft interessiert sei.

Den Einstellungstest vier Wochen später bestand ich mit links, doch die Überprüfung meiner Person zog sich über Monate hin. Ich fragte mich, an welcher meiner bisherigen Verfehlungen es liegen könnte – vielleicht war es ja mein Versuch, den Wehrdienst zu verweigern. Sieben Monate später kam dann schließlich doch noch das Schreiben, in dem man mir den sogenannten Sicherheitsbescheid erteilte. Die Bundesrepublik traute mir nun anscheinend ausreichend über den Weg, um mich in einen ihrer Intimbereiche vorzulassen. Eine Woche danach war ich wieder in Schwabing beim freundlichen Leiter des „Instituts für angewandte Politikforschung" und unterschrieb in dessen repräsentativem Büro einen Angestelltenvertrag – allerdings nicht mit dem Institut.

Das war fast zwölf Jahre her. Manchmal fragte ich mich, ob mich die speziellen Bedingungen der Tätigkeit für diesen Verein in der langen Zeit meiner Mitgliedschaft schon verändert hatten, ob ich vielleicht schon ein wenig merkwürdig geworden war? So was fällt einem selbst ja nicht auf. Die wenigen alten Freunde, die ich gelegentlich noch auf ein Bier traf und danach fragte, meinten dann, ich sei ja schon immer etwas merkwürdig gewesen.

Ich nahm einen Schluck Hotel-Rotwein aus dem Zahnputzbecher und verzog das Gesicht – das Zeug war erwartet mies.

Den Tisch im „Juliette", wo ich heute Abend meinen neuen Kunden treffen wollte, hatte ich schon vor einer Woche von einer Münchner Telefonzelle aus reserviert – für zwei Personen, auf den Namen „Jean Frois". Ich fand, das klang irgendwie ein bisschen furchteinflößend, zumindest hörte es sich cool an. Ich hatte den Tisch bei den beiden Säulen verlangt, von dem ich wusste, dass er am weitesten von anderen Tischen entfernt stand, und man hatte mir am Telefon zugesichert, dass ich ihn bekäme.

Das „Juliette" gehörte zu einer Handvoll Restaurants, die ich regelmäßig hier in der Stadt nutzte, weil sie für meine Zwecke geeignet waren und obendrein noch eine gute Küche pflegten – nicht überkandidelt, aber sehr solide.

Da ich höchstens vier oder fünf Mal im Jahr nach Paris reiste, tauchte ich maximal einmal pro Jahr im selben Laden auf, in wechselnder, meistens dunkelhäutiger und männlicher Begleitung. Man hätte mich für eine betuchte Schwuchtel halten können, die auf exotische Typen stand. Aber in Paris fiel das nicht auf und es hätte auch keinen interessiert.

An Zeit und Gelegenheiten zu spontanen, erotischen Begegnungen mangelte es im Übrigen auf meinen einsamen Dienstreisen nicht. Es war mir aber bislang gelungen, von Frauen die Finger zu lassen, wenn ich beruflich unterwegs war. Der allseits bekannte britische Kollege aus dem Kino mochte ja schöne, junge Damen in seinen Filmen am laufenden Band flachlegen, aber im normalen Agentenleben ging das nicht ganz so flott. Außerdem war es der blödeste und überflüssigste Fehler, den man machen konnte. Ich hätte mit solchen Sperenzchen sowohl die Informanten, die ich treffen sollte, als auch die ahnungslosen Zufallsbekanntschaft in größte Schwierigkeiten bringen können. Von mir selbst ganz zu schweigen. Nicht auszudenken wären die Komplikationen, wenn ich mich gar unter einer meiner falschen Identitäten im Zuge einer zunächst vielleicht nur sexuell motivierten Begegnung in jemand verlieben würde. Zudem kamen solche scheinbar spontanen Bekanntschaften in meinem Gewerbe manchmal nicht ganz so arglos und zufällig zustande, wie es den Anschein hatte. Der Ausdruck dafür in der Fachsprache war „Honigfalle". Eine – verglichen mit dem sonst in meiner beruflichen Umgebung gepflegten Sprachgebrauch – ungewöhnlich poetische Bezeichnung für eine ziemlich hinterhältige Sache. Es war daher einer der wenigen festen Vorsätze, die ich gefasst hatte: „Finger weg von Frauen auf konspirativen Reisen."

Wieder schaute ich auf die Uhr. Drei Stunden bis zum Treffen mit „Kalif". Ich kippte das Fenster und augenblicklich flutete der Straßenlärm das Zimmer. Zum x-ten Mal sah ich nach, ob das Kuvert mit dem Geld noch in der Innentasche meines Jacketts steckte: es waren zwölf Fünzig-Pfund-Noten, gut zweitausend Mark. Nicht schlecht als Vorschuss. Stocker hatte sich nicht lumpen lassen. In den begründenden Teil meines Antrags hatte ich nämlich geschrieben, dass es beim Initiator des operativen Projekts, dem Außenminister, sicher schlecht ankäme, wenn die Sache am Geld scheitern würde.

Nachdem ich das Sakko abgelegt und an den Knauf des Schranks gleich neben dem Bett gehängt hatte, schloss ich das Fenster. Der Rotwein war alle. Ich schraubte das zweite Schnapsfläschchen auf und kippte mir das Zeug in die Kehle. Beim zweiten Wurfversuch traf ich nur den Rand des Eimers. Das leere Fläschchen prallte ab, fiel auf den Teppichboden und rollte unter die Heizung. Ich fluchte. Aber knapp vorbei ist eben auch daneben. Dann ließ ich mich wieder auf das Bett fallen und zog eines der Kissen unter meinen Kopf. Der gedämpfte Straßenlärm hatte etwas Einschläferndes. Sicherheitshalber stellte ich den Wecker meiner Armbanduhr. Mit geschlossenen Augen ging ich den Weg zum Lokal, den ich gewählt hatte, noch einmal durch und merkte, wie ich langsam eindöste. Mein letzter Gedanke, bevor ich einschlief, galt Yvonne – was sie wohl gerade machte.

Ich erwachte früher als gedacht und entschied, mich schon gegen halb Vier auf den Weg nach Montparnasse zu machen. Als ich eine Stunde Fußweg später nicht weit vom „Juliette" durch die Rue Delambre schlenderte, blieb mein Blick an der Auslage eines kleinen Antiquitätengeschäfts hängen. Auf einem der unteren Bretter eines Regals fiel mir eine Gruppe von vier offenbar identischen Schüttelbildern auf. Ich ging mit dem Gesicht näher an die Scheibe: Das in den Plexiglaskuppeln eingeschlossene Motiv war ungewöhnlich – zwei orientalisch gekleidete Männer, in ihrer Mitte ein kleiner Junge, die, sich gegen einen imaginären Sturm stemmend, mit zwei Kamelen im Schlepptau auf ein großes Tor zuhielten, hinter dem eine Art Oase mit Palmen lag.

Kurzentschlossen betrat ich den Laden und steuerte auf das Regal im Schaufenster zu. Ich nahm eine der Schneekugeln, reinigte sie vom Staub und besah sie genauer. Im hinteren Bereich des Geschäfts putzte ein älterer Mann gerade das Gesicht einer Madonnenfigur mit einem Lederlappen. Fast zärtlich tat er das, wie um die geschnitzte Gottesmutter nicht zu verletzen. Er nickte mir freundlich zu und meinte, ich solle ihn fragen, wenn ich etwas wissen wolle. Ich bedankte mich und schüttelte vorsichtig die Kugel in meiner Hand. Die Flocken wirbelten auf und versonnen sah ich zu, wie sie sich sachte auf die Männer, den Jungen, die Kamele und die Palmen legten. Als Kind hatte ich selbst eine solche Kugel besessen. In ihr waren ein Schornsteinfeger und ein kleines Haus mit einem rotem Dach gewesen. Seit damals hatte ich so was nicht mehr in der Hand gehabt.

„Was wollen Sie dafür haben?“, fragte ich den Besitzer, der, ein Geschäft witternd, bereits näher kam.

„Die sind aus den 20er Jahren – einer Zeit, in der Frankreich noch deutlich größer war als heute ... und sie wurden noch hier im Land produziert. Nicht in China.“

„Das soll wohl heißen, sie sind ziemlich teuer?“, fragte ich und versuchte schwindendes Interesse zu simulieren.

„Das ist bei solchen Sachen ja immer relativ ... aber ich kann sie Ihnen für hundert Francs das Stück geben.“

Das erschien mir fair. Spontan entschied ich, auch meinem heutigen Gast eines davon zu schenken. Für dessen kleinen Jungen, von dem er mir ihm in Genf erzählt hatte. Wenn es ihm gar nicht gefiel, konnte er es ja immer noch weiter verschenken oder wegschmeißen.

„Ich nehme zwei für 150 Francs?“

„Sagen wir 170.“

„Einverstanden.“

„Gut – suchen Sie sich die zwei schönsten aus.“

Ich nahm die beiden Schüttelbilder, die am wenigsten zerkratzt waren, man merkte aber kaum einen Unterschied.

Der Ladeninhaber nahm sie mit zur Kasse, wo er sie behutsam in knisterndes Seidenpapier wickelte und dann in einer Plastiktüte verstaute. Ich reichte ihm die Scheine hinüber.

Er gab mir die Tüte.

„Vielen Dank. Und viel Freude damit.“

„Danke, werde ich haben.“

Als ich aus dem Antiquitätenladen trat, sah ich, dass vor einem Bistro gegenüber gerade ein Tisch in der Abendsonne frei wurde. Rasch ging ich hin und setzte mich. Ich klopfte mir eine Salem aus der Packung, bestellte beim Kellner einen doppelten Pastis, lehnte mich mit hinter dem Kopf verschränkten Armen zurück und fand für einen Moment, dass es vielleicht doch gar kein so schlechter Job war, für den ich mich da entschieden hatte. Jedenfalls gelegentlich. Ich schaute auf meine Uhr. Bis zum Treffen mit „Kalif" war es immer noch über eine Stunde.

FERNSCHREIBEN

Von: Botschaft Paris, Zentrale Nachrichteneinheit, Sektion 14
Für: Botschaft London, ZEN – Koordinierungseinheit Europa West
Genosse Abdullah Masri – direkt auf den Tisch.
Fernschreiben Nr. 03295-12 vom 04.03.1979
Top: Subjekt Y. D. al-H. – Aufenthalt in Paris/ Beobachtungen
Ref.: Weisung ZNE London vom 03.03.1979, Fernschreiben Nr. 03276-14

Bei Allah, dem Barmherzigen und Gerechten, gesegnet sei sein Name,

der streunende Hund Yusuf Dschibril al-Hamsi, im weiteren Bericht YH., wurde weisungsgemäß in Paris beim Besuch des im obigen Bezugsschreiben avisierten Lokals („La Juliette") von Informant „GARCON" beobachtet. Er traf sich mit einer noch nicht näher identifizierten, männlichen Person, Typ Mitteleuropäer – detaillierte Personenbeschreibung folgt.

Inhalt des etwa zweistündigen, in englischer Sprache geführten Gesprächs, konnte nicht erfasst werden.

Auffällig war die Übergabe eines Souvenirartikels durch die unidentifizierte Person an die Zielperson: eine mit Wasser gefüllte, durchsichtige Plastikkuppel, in der eine orientalische Szene zu sehen war. Verfasser geht davon aus, dass es sich wegen des geringen Werts und des unpassenden Charakters als Geschenk zwischen zwei Männern um etwas anderes handeln müsse. Vermutet wird ein Transportbehältnis zur unauffälligen Beförderung von Aufträgen und Nachrichten – eventuell in Form von Mikrofilmen. Der streunende Hund hat den Gegenstand nach kurzer Betrachtung eingesteckt und mitgenommen.

Zudem wurde von unbekannter Person eine „Newsweek" an YH. ausgehändigt. „GARCON" konnte beobachten, wie YH. Zeitschrift unter dem Tisch eingesehen und zufrieden nickte. Danach hat er einen Zettel unterschrieben – eventuell eine Quittung. Verfasser vermutet verdeckte Geldübergabe.

Es folgt Beschreibung des unidentifizierten Treffpartners von YH.: Zwischen 35 und 45 Jahre alt, ca. 1,90 m groß, dunkles, halblanges Haar, gelockt, ausgeprägter Oberlippenbart, elegante Kleidung, keine erkennbaren besonderen Merkmale. Möglicherweise französischer Staatsangehöriger. Reservierung für den Tisch lautete auf den Namen „Jean Frois".

Außen-Observation hat Person nach dem Restaurantbesuch leider verloren. Person schien sich geschickt bewegt zu haben, ob absichtlich, ist unklar, liegt aber nahe.

Station Paris bittet um weitere Weisung für den Fall zusätzlicher Erfordernisse.

Die Liebe und Gnade Allahs sei mit unserem Herrscher,
Khaled Ibrahim
(Leiter Sektion ZNE Paris)

YUSUF's Entscheidung

Während Yusuf auf seinen Rückflug nach London wartete, dachte er wieder und wieder über das gestrige Treffen mit dem neuen Bekannten nach. Das Gespräch beim Abendessen hatte seine Vermutung bestätigt. Er war jetzt fast sicher, dass er es in Gestalt von diesem Paul mit dem Abgesandten eines Nachrichtendienstes zu tun hatte. Die Themen, für die der Mann sich interessierte, seine Fragen nach Yusufs Umfeld und Vergangenheit – all das passte irgendwie nicht zu der Geschichte mit der Unternehmensberatung. Auch das ganze konspirative Beiwerk zur Organisation des Treffens in Paris stank zum Himmel. Ein normaler Geschäftsmann würde niemals ein derart kompliziertes Procedere für eine geschäftliche Besprechung wählen, und wo er selbst in Paris abgestiegen war, erfuhr Yusuf auch nicht. Also ein Agent – und höchstwahrscheinlich tatsächlich ein Deutscher. Aber Ost oder West? Yusuf hatte sich hier noch nicht ganz festgelegt, aber für einen ostdeutschen Agenten bewegte sich der Typ irgendwie zu selbstverständlich in London und Paris, sein Englisch war ungewöhnlich gut. Gekleidet war er vielleicht nicht nach der neuesten Mode, eher klassisch, aber dafür teuer. Der Mann schien Wert auf Qualität zu legen. All das sprach für einen Westdeutschen – der sich wiederum auch im Auftrag Ost-Berlins an ihn heran gemacht haben könnte. Auch diese Option musste er im Auge behalten, ein Risiko, aber eines, das Yusuf bereit war einzugehen. Allmählich fing die Sache an, ihn zu reizen.

Bei seinen engsten Vertrauten unter den Exilanten hatte er vorsichtig herauszufinden versucht, ob jemand etwas über den westdeutschen Dienst wusste. Das Ergebnis war allgemeines Achselzucken gewesen. Immerhin schienen die Deutschen keinen ausgesprochen negativen Ruf zu haben, was sowohl das Ergebnis professionellen Vorgehens als auch Ausdruck mangelnder Aktivitäten sein konnte. Yusuf entschied sich für Ersteres, allein schon um sich beim Umgang mit seinem neuen Bekannten und scheinbaren Wohltäter sicherer zu fühlen.

Nachdenklich betrachtete er die wassergefüllte Halbkugel aus Plexiglas in seiner Hand, die ihm sein neuer Bekannter vorhin im Lokal gegeben hatte. Ein kleines Geschenk für seinen Sohn – anlässlich des ersten geschäftlichen Treffens, hatte Paul gemeint. Und weil der doch gesagt hatte, Yusuf solle ihm was Schönes mitbringen von der Reise.

Irgendwie eine sympathische Geste. Vielleicht würde das komische Ding Ali ja wirklich gefallen. Yusuf schüttelte es und sah zu, wie sich die wirbelnden Schneeflocken auf die zwei orientalisch gekleideten Männer und den kleinen Jungen in ihrer Mitte legten, während sie, zwei Kamele hinter sich herziehend, ein großes Tor zu erreichen versuchten, das den Zugang zu einem Palmenhain bildete. Dann stopfte er die Halbkugel zurück in seine Manteltasche. In der Innentasche seines Sakkos fühlte er zum wiederholten Male nach dem schmalen Bündel Pfundnoten. Wenn er an die Summe dachte, klopfte sein Herz unter den Scheinen schneller: 600 Pfund waren eine Menge Geld für ihn. In einem großen Kaufhaus besorgte er Geschenke für Ali und Belkisa: einen Spielzeug-Sportwagen aus Metall für Ali, einen langen, weichen Schal aus Kashmirwolle und eine dünne, vergoldete Kette mit einem kleinen, taubenblutroten Stein als Anhänger für Belkisa. Sich selbst wollte er erst in London etwas kaufen – und er wusste auch schon was.

Zurück im Bienenstock (05. März 1979)

Nach dem üblichen, mündlichen Kurz-Rapport bei Stocker über den erfolgreichen Verlauf des Treffens in Paris, schlenderte ich zurück zu meinem Büro, um den Bericht zu „Kalifs" Anwerbung zu schreiben. Dehning schien gewartet zu haben, bis ich bei Stocker fertig bin, denn er verließ genau jetzt sein Zimmer und kam mir eilig entgegen. Wie immer trug er das spärliche Haar akkurat geschnitten und dazu einen dunklen, wie man zugeben musste, ziemlich gut sitzenden Anzug. Unter dem gestärkten Kragen des blütenweißen Hemds trug er eine schmale, dunkelrote Lederkrawatte, der letzte Schrei in der Herrenmode. Wie aufgeregte Mäuse quietschten seine schwarzen Lackschühchen auf dem grauen Linoleumboden, als er jetzt den Flur entlang wetzte. Dehning ging nie langsam, immer wirkte er, als würde er gerade irgendwo dringend gebraucht, um die Republik vor dem sonst sicher drohenden Untergang zu retten.

Ein paar Schritte vor mir rang er sich zu einem flüchtigen „Guten Morgen" durch, das ihm sichtlich schwer fiel. Mit einem etwa fingerbreiten, gravitätischen Anheben des Kopfes – gerade noch wahrnehmbar – erwiderte ich den Gruß. Im Vorbeigehen traf mich ein Schwall seines zu dick aufgetragenen Herrenparfüms ins Gesicht. Widerlich. Jemand hatte mir mal gesteckt, Dehning glaubte, dass ich ihn hasste. Aber das stimmte nicht. Für Leute wie ihn brachte ich so viel emotionale Zuwendung, wie sie mit Hass verbunden gewesen wäre, gar nicht auf. Außerdem gab es einfach zu viele von der Sorte. Ich wäre mit dem Hassen gar nicht mehr fertig geworden. Ich nahm solche Typen hin – wie verregnete Sonntage – an denen konnte man ja auch nichts ändern.

Beim Aufsperren meines Büros sah ich aus den Augenwinkeln, wie Dehning in Stockers Zimmer verschwand. Es bedurfte keiner besonderen Phantasie, wo er gleich sonst noch verschwinden würde. Nicht, dass er der einzige war, der sich so verhielt, aber er trieb es eindeutig am schlimmsten, was ihm den internen Decknamen „das Zäpfchen“ eingetragen hatte. Wenn er so weiter machte, war es wohl nur eine Frage der Zeit, bis Dehning befördert würde. Von einer Vermutung getrieben, ging ich zu Dehnings Büro. Tatsächlich. Er hatte nicht abgeschlossen und den Schlüssel stecken lassen. Das war ein schwerer Sicherheitsverstoß und der eifrige Kollege hatte sich für dieselbe Sache erst vorletzte Woche einen ziemlichen Rüffel von Stocker eingefangen, als der den nicht abgezogenen Schlüssel entdeckte. Rasch sperrte ich die Tür ab und nahm den Schlüssel mit.

Zurück in meinem Büro ließ ich mich in den Schreibtischstuhl fallen und schaute aus dem Fenster. Am porzellanblauen Himmel über dem Gelände jagte ein gewaltiger Föhnsturm Wolkenfetzen vor sich her, hier unten plusterten die alten Bäume ihre Kronen wie empört, wenn wieder eine Böe in sie hinein fuhr, und die jüngeren Bäume beugten sich in demütigen Gesten der Kraft des südlichen Windes. Ich nahm die Glashalbkugel aus Paris und löste ein Schneetreiben in ihrem Inneren aus. Nachdenklich sah ich den wirbelnden Flocken zu.

Dehning war ganz offensichtlich einer von denen, die nur hierher in die Beschaffung gingen, um eine komplette „Verwendungs-Periode“ im operativen Bereich bescheinigt zu bekommen. So nannte man im Bürokraten-Jargon unserer Personal-Verwaltung die Mindestzeit, die man auf einem Posten verbringen musste, bevor man sich anderen Aufgaben zuwenden konnte. Wer bei unserer Firma weiterkommen wollte, musste unbedingt mal eine Runde „auf der Straße" gedreht haben, also im operativen Bereich eingesetzt gewesen sein. Was man dort dann konkret machte, war aber egal. Geschickten Kollegen gelang es relativ einfach, diese Zeit mit irgendwelchem Verwaltungskram warm und trocken im Büro zu absolvieren. Sie saßen sich den Hintern in irgendwelchen innerdeutschen Zügen platt, fuhren weitgehend ergebnislos hierhin und dorthin. Ohne viel zu riskieren, galten sie dann nach einiger Zeit von ganz alleine als „operativ erfahren". Danach konnten sie sich, ohne je direkte Berührung mit der zuweilen doch recht mühsamen und hässlichen Realität des eigentlichen Geschäfts gehabt zu haben, voll und ganz ihrer weiteren Karriere widmen. Auch Dehning war operativ keine große Kanone und versuchte, das durch alle möglichen Ablenkungsmanöver zu kaschieren. Er würde sicher nicht länger als nötig hier bleiben, um danach umso schneller aufzusteigen.

Die Schneeflocken hatten nun Tor, Palmen, Menschen und Kamele bedeckt. Ich schüttelte das Bild wieder.

Es war amüsant, dass fast alle Typen in Führungspositionen – Frauen gab es hier sowieso nicht viele und in Führungspositionen so gut wie keine – bei den Umtrunken anlässlich von Geburtstagen oder Beförderungen erzählten, was für tolle, operative Hechte sie in ihrer „aktiven Zeit" gewesen seien. Im Umkehrschluss bedeutete das, dass sie ihre aktuellen Positionen offenbar eher als „passive Phase" sahen. Angesichts der von den meisten dieser sogenannten „Führungskräfte" unverhohlen zur Schau gestellten Risikoscheu und bräsigen Selbstgerechtigkeit, war das nachvollziehbar.

Für mich war der Außendienst immer noch das Beste, was man hier machen konnte. Zurück in die Analyse, wo ich die ersten vier Jahre meines Agentendaseins mit reiner Schreibtischarbeit verbracht hatte, wollte ich nicht. Es erschien mir auch verschmerzbar, dass ich als Operateur erstmal nicht würde befördert werden können. Aus für mich nicht nachvollziehbaren Gründen gab es nämlich für die Beschaffung der Informationen, die doch konstitutiv für die Legitimation des ganzen Ladens hier war, keine höher dotierten Stellen. Für eine Beförderung hätte ich das Reisen und die relativen Freiheiten aufgeben und mich wieder hinter irgendeinen Schreibtisch klemmen müssen, um mich dann mit allem erdenklichen internen Verwaltungsmist und Personalfragen herum zu schlagen. Und ich wäre den mir vorgesetzten Ausgeburten dieses bürokratischen Molochs wehrlos ausgeliefert gewesen, ohne mich durch spontane, kleine Dienstreisen entziehen zu können. Vor ein paar Monaten hatte mich Dehning gefragt, warum ich mich nicht für den höher dotierten Posten im Nachbarbereich beworben hätte; mit meiner langjährigen operativen Erfahrung sei ich doch prädestiniert dafür und ich könnte doch mehr als das, was ich gerade tue.

Diese kleine Ratte! Keine Ahnung, woher er wusste, dass ich mich nicht beworben hatte, vielleicht wollte er das ja auch nur herausfinden, weil er scharf auf meine Stelle war, die höher dotiert war als seine aktuelle; jedenfalls erklärte ich ihm, eine Bewerbung sei mir aus gesundheitlichen Gründen nicht möglich gewesen; er solle es nicht weiter sagen, aber ich hätte gerade meine „Verwendungsperiode".

Dehning hatte mich mit großen Augen angesehen. Ich hätte mir denken können, dass er den Witz nicht kapierte. Wahrscheinlich hielt er mich für verrückt, vielleicht auch für gefährlich – das wäre mir noch lieber gewesen.

Max hatte sich schlapp gelacht, als ich ihm das mit der „Verwendungsperiode“ erzählte.

Ein schickeres Büro wäre natürlich nicht schlecht gewesen – meines war nur eine schäbige, etwas zu groß geratene Besenkammer. Aber immerhin hatte ich es für mich allein und es gab ein Fenster. Öffnen ließ es sich leicht, aber zum Schließen war ein erheblicher Kraftaufwand erforderlich, und es gelang auch nur dann, wenn man die Stelle des verzogenen Holzrahmens kannte, an der man beim Schließen drücken musste. Gegenüber von meinem Schreibtisch hatte ich zwischen einen sogenannten „Aktenbock“ – einem hüfthohen Holzregal mit Rädern – und den abschließbaren Blechschrank einen Besucherstuhl gequetscht. Viel Besuch bekam ich ja sowieso nicht, eigentlich nur von Max, gelegentlich auch mal von Kurz.

Die Gebäude, in denen wir auf dieser Seite der Heilmannstraße saßen, waren ein architektonisches Relikt der Nazizeit. Es war ein Ensemble aus hübschen, kleinen, einstöckigen Villen und eher hässlichen, funktionalen Dienstgebäuden, die Mitte der dreißiger Jahre als „Reichssiedlung Rudolf Hess“ fertiggestellt worden waren. Nach dem Krieg war die von den Amerikanern 1947 gegründete, westdeutsche Spionage-Abteilung in die Häuser eingezogen. Sie wurde vom ehemaligen Wehrmachts-General Gehlen geleitet und firmierte damals halboffiziell unter der ebenso eitlen wie wenig originellen Bezeichnung „Organisation Gehlen“, bis das amerikanische Konstrukt im April 1956 den Namen bekam, den es heute noch trug. Der Mann und ein paar seiner Getreuen entgingen damit nicht nur einem Prozess, der sie vielleicht an den Galgen hätte bringen können, sie konnten hier auf dem Gelände, wo vorher andere linientreue Nazis mit ihren Familien gelebt hatten, beruflich einfach da weitermachen, wo sie 1945 aufgehört hatten. Dass sie es im Sinne und unter Aufsicht der Sieger tun mussten, schienen sie verschmerzen zu können. Es gab ja ein gemeinsames Ziel: die freie Welt im Allgemeinen und den westlichen Teil Deutschlands im Besonderen an der unsichtbaren Front gegen die Kommunisten zu verteidigen. Wichtigste Qualifikation: eine streng antikommunistische Gesinnung, nachgewiesene Skrupellosigkeit und absolute Loyalität zum Oberspion Gehlen. Ich habe ihn nicht mehr erlebt, da er, kurz bevor ich hier anfing, pensioniert worden war. Bekennende Nazis hatte ich bisher nicht angetroffen, doch so richtig von seinem Übervater emanzipiert hatte sich der Dienst zumindest in Teilen seiner Führungsebenen nach meinem Gefühl noch nicht – trotz Übernahme der Bundesregierung durch die Sozen vor einigen Jahren. Immerhin hing heute, wo noch vor wenigen Jahrzehnten ein Bild des Führers die Wände verunzierte, ein Foto des Bundespräsidenten – jedenfalls in Chefbüros und Besprechungsräumen. Aktuell lächelte dort noch Walter Scheel milde auf seine Schäfchen hinab, im Mai schon würde der Nachfolger gewählt – wahrscheinlich dieser unsägliche Carstens.

Ich hatte noch keinen einzigen Nagel in die von zahllosen Löchern perforierten Wände geschlagen. Mir fiel nichts ein, was ich daran hätte aufhängen sollen. Vielleicht meinen Job, wenn Stocker mal wieder besonders nervte. Mein Mantel hing auch nicht an der Wand, sondern baumelte auf einem Bügel an einer Krümmung des Heizungsrohrs, das in einer Ecke durch mein Kabuff lief.

Vor mir lag ein Notizzettel, auf dem stand: „Geld abholen!"

Am Wochenende würde ich mit 3.000 US-Dollar in der Tasche nach Athen fliegen und „Zorbas", einen Informanten aus Zypern, treffen, den ich schon seit mehreren Jahren führte. Mit dem hatte ich ein lustiges Erlebnis gehabt, denn er hatte vor drei Jahren, ein halbes Jahr vor dem Sturz des Papadopoulos-Regimes in Griechenland, die Ereignisse korrekt vorhergesagt. Der zuständige Auswerter hatte es als unglaubwürdig klassifiziert und nicht darüber berichtet. Bonn blieb ahnungslos und erfuhr vom Putsch in Griechenland aus der Tagesschau. Es gab ein wenig Geschrei, wie üblich prügelten ein paar Bonner Figuren auf uns ein, warum wir das nicht gewusst hätten, wofür wir eigentlich da seien usw.

Da niemand außer mir und dem einen Auswerter von der Warnung durch meine Quelle wusste und ich für Europa eigentlich gar nicht zuständig war, hatte ich es dabei belassen und kein Drama daraus gemacht. Der unglückselige Auswerter war darüber offenbar sehr erleichtert, denn er schenkte mir seitdem immer ein dankbares, scheues Lächeln, wenn er mich irgendwo auf dem Gelände traf.

Aber was wäre denn schon anders gewesen, wenn unsere Regierung ein paar Wochen vorher von dem Coup erfahren hätte? Hätte die sozial-liberale Koalition Panzer in Marsch gesetzt oder in alter Tradition Fallschirmjäger über Kreta abspringen lassen, diesmal mit dem Ziel, den Wandel zur Demokratie in Griechenland zu unterstützen? Das hatten die Griechen ja auch ganz gut alleine hingekriegt – wahrscheinlich sogar besser.

Ich fragte mich damals zum ersten Mal, wozu das Ganze hier eigentlich gut war, wenn man die korrekten Informationen hatte, diese aber nicht benutzt wurden, weil sie nicht in das vorhandene Lagebild passten oder aus einem anderen Grund die Entscheidungsebenen nie erreichten. Das mit dem Putsch war vermutlich eine Ausnahme gewesen, doch je länger ich dem Treiben in diesem Apparat zusah, umso mehr hatte ich den Eindruck, dass die Rückwirkung unserer Informationen auf die konkrete Politik der Regierung auch dann unterhalb der Nachweisgrenze lag, wenn sie korrekt waren und rechtzeitig weitergereicht wurden. War es möglich, dass das Zeug in Bonn einfach keiner las?

Wahrscheinlich hatte ich schlicht nicht genügend Einblick in die „überragende Bedeutung unserer Berichterstattung für die politische Entscheidungsebene", wie der neue Präsident bei seiner Amtseinführung vor knapp einem Vierteljahr gepredigt hatte. Da mochte er natürlich Recht haben.

Wie auch immer – ich freute mich auf die bevorstehende Reise nach Athen. Ich würde zwei Abende für mich alleine haben. Auch wenn die Plaka, die Athener Altstadt, ein von Autoabgasen verpestetes und von Gehupe und Mopedlärm durchtostes Chaos war – allemal besser als der Büromief hier im Hauptquartier.

Seufzend machte ich mich wieder an den Bericht über das Treffen in Paris. Irgendwie kam ich damit nicht richtig vorwärts. Dehnings Schlüssel fiel mir ein. Ich kramte ihn aus der Hosentasche und legte ihn in eine Schublade, um das Ding nicht aus Versehen mit nach Hause zu nehmen. Das wäre ein noch viel gröberer Sicherheitsverstoß gewesen – und unhygienisch obendrein.

Mir fiel kein richtiger Einstieg in den Bericht ein, deshalb griff ich in meiner Verzweiflung nach dem Rundschreiben, das ich vorhin aus meinem Postfach geholt habe. Wie fast alles, was Stocker herumschickte, trug es einen dick unterstrichenen „Eilt"-Vermerk. Der Präsident verabschiedete darin irgendeinen mir unbekannten Leitenden Regierungsdirektor in den Ruhestand. Es waren die üblichen, gestelzten Phrasen, die sich lediglich am Ende – im Wunsch nach einem erfüllten Ruhestand – von den Nachrufen auf die verstorbenen Mitarbeiter unterschieden. In beiden Texten wurde nicht mit dem Lob gespart, das man den Leuten in ihrer aktiven Zeit vorenthalten hatte. Wie in vielen großen Organisationen, galt auch bei uns der bewährte Grundsatz „Nicht angeschissen ist genug gelobt".

Ich persönlich hätte gerne auf diese scheinheilige Würdigung post mortem verzichtet, schon allein, weil ich Kollegen wie Dehning die Schadenfreude nicht gönnte, wenn sie beim Kauen ihrer morgendlichen Leberkäsesemmel lesen durften, dass ich abgekratzt war. Ich musste dringend mal nachfragen, ob es vielleicht schon das passende Formular für den „Antrag auf Nichterwähnung im Ablebensfall" gab. Wenn nicht, müsste man es dringend entwerfen – wäre ein schönes Projekt für irgendeinen Juristen in der Verwaltung. Aber so wie ich unseren Laden kannte, hätte einer für so eine komplexe Aufgabe wahrscheinlich gar nicht gereicht – man hätte bestimmt eine eigene „AG", also eine „Arbeitsgemeinschaft", dafür gegründet und für deren Leitung eine höher dotierte Stelle geschaffen.

Das Telefon klingelte. Es war Kessel. Er fragte, ob ich mit ihm Essen ginge. Gegen eins? Ich sagte zu, obwohl ich die Kantine eigentlich mied. Es schmeckte mir dort nicht besonders und außerdem sah ich meinen Kollegen nur ungern bei der Nahrungsaufnahme zu. Aber Kessel war ein witziger Typ. Es hieß, dass er Gedichte schrieb und sogar an einem Roman arbeitete; ich fragte ihn aber nie danach. Wir hatten zusammen die monatelange, operative Ausbildung gemacht und dabei viel Spaß gehabt. Kessel war neben meinem Freund Max und dem netten technischen Hausmeister Kurz einer der wenigen Kollegen, die ich wirklich mochte und zumindest etwas näher kannte. Demnächst sollte er wohl nach West-Berlin versetzt werden, um dort irgendeinen supergeheimen Stützpunkt aufzubauen. Immerhin käme ich so zu einem Bier, eine Halbe zum Mittagessen war in Bayern weder verboten noch in irgendeiner Weise stigmatisierend. Im Gegensatz zum Rest der Republik war es hier sogar in Behörden oder bei der Bundeswehr ausdrücklich gestattet. Dass es nicht immer bei einem Mittagsbier blieb, war eine andere Sache. Erst kürzlich hatte mal wieder eine unserer Führungskräfte solide alkoholisiert auf dem Nachhauseweg einen Verkehrsunfall verursacht. Es hieß, die Sache konnte durch eine Intervention von oben bei der Pullacher Polizei abgebogen werden und der Unfallverursacher sei irgendwohin versetzt worden, wo er angeblich mehr zu tun hatte als vorher. Ob ihn das von den praktischen Bier-Automaten auf dem Gelände fernhalten würde, erschien mir fraglich. Die richtigen Trinker hatten sowieso eine Weinbrandflasche in einem Aktendeckel im Panzerschrank. Oder noch besser Wodka – den roch man weniger.

Außenwirkung, wie sie der besagte Alkohol-Unfall erzeugte, schätzte die Leitung unseres Hauses gar nicht, zogen solche Vorgänge doch die Aufmerksamkeit der vorgesetzten Behörde in Gestalt des Kanzleramts auf uns und gefährdeten das süße, abgeschirmte Leben auf dieser behördlichen Insel der Glückseligen in der Abgeschiedenheit des kleinen Münchner Vororts.

Nach einigem Kramen fand ich in den Tiefen der untersten Schublade meines Schreibtisches eine Essensmarke, die noch gültig war. Schon wieder Glück. Ich schien so was wie eine Strähne zu haben.

Geldprobleme neuer Art

Erst hatte er zu wenig Geld gehabt, und jetzt wusste er nicht, wohin mit den neuen Einnahmen.

Yusuf konnte das Geld aus der Kooperation mit der „Global Consulting Group" schlecht auf sein Konto einzahlen. Irgendwer hätte es mitbekommen und vielleicht dafür sorgen können, dass er die staatliche Unterstützung verlor. Auch andere Geier hätte er damit vielleicht angelockt. Erst allmählich war ihm die Dimension des Problems klar geworden, das seine neuen Einkünfte mit sich brachten. Er musste sie dosiert ausgeben, um keinen Verdacht zu erregen, und das restliche Geld, das er in Paris bekommen hatte, musste er so verstecken, dass Belkisa es nicht fand und womöglich anfing, ihm Fragen zu stellen.

Sie war schon Schlafen gegangen – kurz nachdem sie Ali zu Bett gebracht hatte. Yusuf stand im Halbdunkel der Küche, die nur vom Schein der Straßenlaterne knapp unterhalb des Fensters diffus beleuchtet wurde. Sein Blick wanderte unruhig durch den kleinen Raum. Wohin nur mit den Scheinen? Yusufs Blick fiel auf den Zwanzig-Kilo-Sack Hirse, der hinter der Küchentür stand, weil er in die Kommode und den Küchenschrank nicht hinein passte. Er hatte ihn vor zwei Wochen auf dem arabischen Markt bei Marble Arch gekauft und in die Wohnung hoch geschleppt. Yusuf nahm den Betrag für seinen geplanten Einkauf an sich, die restlichen Scheine steckte er in einen kleinen Plastikbeutel, den er aus der Kommode geholt hatte. Dann wickelte er einen Haushaltsgummi um das Bündel und vergrub es am Boden des Getreidevorrats. Es würde Wochen dauern, bis Belkisa so viel Hirse verbraucht hätte, dass sie in die Nähe des Geldes käme. Bis dahin hoffte er, dass ihm eine bessere Lösung einfiele.

Die Fragen auf der Liste, die ihm dieser Paul gegeben hatte, waren eher allgemeiner Natur. Der angebliche, neue Kunde der Kölner Unternehmensberatung wollte etwas über das Investitionsklima im Jemen wissen und über Zusammensetzung und Stabilität der Regierung. Auch wie weit Überlegungen hinsichtlich einer erneuten Vereinigung der beiden Staaten gediehen waren, wäre interessant. Seit Ende der Kämpfe im März wurde darüber tatsächlich mal wieder laut nachgedacht. Yusuf glaubte aber nicht daran.

Nächste Woche wollte er sich mit Habib, einem Mitglied der SJBF, der „Südjemenitischen Befreiungsfront“, treffen. Ihre Söhne besuchten denselben Kindergarten. Beim Warten auf die Kinder hatten sie sich kennengelernt und angefreundet. Yusuf wusste von dem heimlichen Büro, das die SJBF in einem schäbigen Hinterhof im East-End unterhielt. Er hoffte, dass die Leute dort eine Idee hätten, wie er auf einem sicheren Weg Kontakt in die alte Heimat aufnehmen könnte. Die Organisation hatte da vielleicht Erfahrung. Den wahren Hintergrund seiner Bemühungen würde er natürlich nicht preisgeben, sondern familiäre Motive vorschieben.

Er musste mit größter Vorsicht zu Werke gehen – seine Familie im Jemen wurde vermutlich überwacht. Und er vielleicht auch. Der Arm der jemenitischen Staatssicherheit reichte weit und immer wieder wurden Oppositionelle auch hier in London bedroht. Seit dem Mord in Brüssel an Hassan, dem Führer der Exil-Opposition in Europa, hatten viele Angst, sie könnten die nächsten sein. Die Täter waren noch immer flüchtig. Offiziell hieß es, die Behörden suchten nach gewöhnlichen Kriminellen, aber Yusuf war sicher, dass das Regime dahinter steckte.

Seiner Frau hatte er bei seiner Rückkehr aus Paris erzählt, dass er einen anderen Oppositionellen getroffen habe. Sie war erschrocken und hatte angefangen, ihn zu tadeln. Der ockerfarbene Schal aus Kaschmirwolle und das goldene Kettchen mit dem Anhänger stimmten sie dann wieder gnädig und sie verzieh ihm.

Auf ihre Frage, wie er das habe bezahlen können, log er sie zum ersten Mal an. Ein Freund habe sich für einen Gefallen erkenntlich gezeigt. Er hatte in einem Tonfall geantwortet, der sie spüren ließ, dass er keine weiteren Fragen wünschte. Ali freute sich über den Spielzeug-Sportwagen, wirklich begeistert aber war er von der seltsamen, wassergefüllten Kugel mit der orientalischen Szene. Sein Sohn hatte die kleine Glaskuppel fast andächtig genommen, sie wie ein Wunder lange betrachtet, schließlich vorsichtig, fast zärtlich geschüttelt und dann gebannt verfolgt, wie sich die weißen Flocken auf die beiden Männer, den Jungen, die Kamele und die Palmen im Garten hinter dem Tor legten.

Seitdem bestand er darauf, das Geschenk immer mit in sein Bett zu nehmen, wenn er schlafen ging. Yusuf schaute nochmal nach ihm in seiner kleinen Kammer. Ali schlief tief. Das Schüttelbild lag direkt neben seinem Kopf mit den wuscheligen Haaren.

Schlüssel-Erlebnis

Bis zu dem Mittagessen mit Kessel waren es noch knapp zwei Stunden. Mir fiel ein, dass ich heute morgen am Kiosk die aktuelle Ausgabe von „Essen und Trinken“ gekauft hatte. Ich holte sie aus meiner Aktentasche und blätterte sie durch. Den Paris-Bericht konnte ich ja auch nach dem Essen schreiben. An einem Artikel über das Piemont blieb ich hängen: „Trüffel – schwarzes Silber, weißes Gold.“

Ich zuckte zusammen, als es plötzlich heftig klopfte und jemand die Türe aufstieß, ohne meine Antwort abzuwarten. Es war Dehning – er zeigte eine gesunde Gesichtsfarbe.

„Oh, hallo Herr Kollege – Was gibt´s denn? Ist was passiert?"

„Tun´ Sie nicht so, Schreiber. Sie haben ihn doch. Geben Sie ihn raus", zischte er.

„Es tut mir leid – ich weiß nicht, wovon Sie ..."

„Den Schlüssel. Sie haben doch meinen Büroschlüssel", stieß er mit unterdrückter Wut in der Stimme hervor, in die sich aber jetzt auch Besorgnis mischte.

„Die anderen haben ihn nämlich nicht – da war ich schon!"

Theatralisch schlug ich mir mit der Hand vor die Stirn.

„Mein Gott – ja klar! Der Schlüssel! Den hatte ich ganz vergessen. Stimmt – ich habe ihn stecken sehen und mitgenommen, um Ihnen neuen Ärger mit dem Chef zu ersparen. Sie wissen ja, wie kleinlich Herr Stocker bei solchen Sachen sein kann? Hier ist er."

Mit einem maliziösen Lächeln holte ich den Schlüssel aus der Schublade und hielt ihn Dehning vor die Nase, der ihn sichtlich angepisst entgegennahm. Ich beschloss, noch einen drauf zu setzen.

„Wie hatten Sie neulich so richtig im kleinen Kreis gesagt, als ich ein paar Sicherheitsvorschriften als überzogen bezeichnet habe:

„*Wir sind doch keine Keksfabrik*. Nun, ich finde, da hatten Sie vollkommen Recht."

Wütend machte Dehning kehrt und wollte gehen, blieb aber aus irgendeinem Grund plötzlich wie angewurzelt in der offenen Tür stehen. Jovial rief ich ihm hinterher.

„Gern geschehen. Und machen Sie sich keine Sorgen,

Herr Dehning. Ihr kleiner Fehltritt bleibt natürlich unter uns."

In diesem Moment materialisierte Stocker wie aus dem Nichts vor meinem Büro. Dieses Auftauchen-Können im falschen Augenblick war eine der wenigen Eigenschaften, die ihn zum Chef-Sein prädestinierten.

„Was denn für ein Fehltritt, Herr Dehning?"

Dehning wurde noch ein wenig dunkler im Gesicht und setzte zu einer Antwort an, aber Stocker winkte ab.

„Ach, ist ja egal. Wir machen ja alle mal Fehler – aber nur dumme Leute machen denselben Fehler zweimal, was, Herr Dehning?"

Dehning grinste verlegen.

„Ja, ja, Herr Stocker, sicher. Also dann. Ich muss dann mal wieder, da sind noch ein paar dringende ..."

Stocker ließ ihn vorbei und wandte sich an mich.

„Wie weit sind Sie mit dem Paris-Bericht?", fragte er mit einem skeptischen Blick auf die Gourmet-Zeitschrift.

„Ist so gut wie fertig", log ich.

„Umso besser – ich warte darauf."

Nachdem Stocker sich verzogen hatte, las ich den Trüffel-Artikel in Ruhe zu Ende – eine erbauliche Lektüre. Da müsste man auch mal hinfahren. Vielleicht könnte ich „Renoir" ja mal zu einem Treffen im Piemont überreden. Trüffelsuche und Geheimdienst-Arbeit haben ohnehin einiges gemeinsam. Man muss lange suchen und im Dreck wühlen, bevor man etwas Brauchbares zu Tage fördert. Nur dass das meiste, was wir ausgraben, deutlich weniger appetitlich ist, als eine weiße Trüffel aus Alba – und zudem meist schwerer verdaulich.

Seufzend legte ich die Zeitschrift weg und machte mich an den Bericht, um mir weitere Nachfragen von Stocker zu ersparen.

Insgesamt war das Treffen zweifellos gut verlaufen. Die Zielperson hörte aufmerksam zu, stellte kluge Fragen, schien politisch und strategisch denken zu können. Ich hatte gespürt, dass der Mann auch misstrauisch war. Das war im Grunde hilfreich. Es würde ihn vor leichtsinnigen Fehlern bewahren. Irgendwann im Laufe unseres Gesprächs hatte er mich plötzlich gefragt, für wen ich wirklich arbeite. Als ich zurückfragte, wie er auf diese Frage käme und ob das für ihn wirklich wichtig wäre, hatte er mich lange angesehen. Ich musste mich zwingen, diesem Blick Stand zu halten. Dann hatte er kaum merklich den Kopf geschüttelt.

Wenn die Gegenleistung stimmte, wäre ihm das egal, hatte er nur noch gemeint. Eingerollt in eine „Newsweek" hatte ich das Kuvert mit dem Geld am Tisch liegen gelassen und ihm gesagt, das Geld im Magazin sei für seine Aufwendungen zu Beginn der Zusammenarbeit und ein Vorschuss auf die ersten Berichte. Er solle mal sehen, ob das für ihn in Ordnung sei. Er hatte das Kuvert in einem geeigneten Moment unter dem Tisch geöffnet, das Geld gezählt und stumm genickt.

Mit dieser komischen Schneekugel aus dem Antiquitätenladen in Paris hatte ich ihn komplett überrascht, jedenfalls wirkte er ziemlich verdutzt, als ich ihm das Ding über den Tisch schob. Das Schüttelbild erwähnte ich in dem Bericht aber nicht. War irgendwie eine persönliche Sache zwischen mir und dem Informanten und nicht wirklich relevant für die Einsatzführung. Unter „Finanzen" schrieb ich noch den wichtigen Satz, dass die neugewonnene Quelle am Ende des Gesprächs pflichtgemäß von mir instruiert worden war, dass sie sich um die korrekte Versteuerung des Geldes selbst kümmern müsse. Dann verfasste ich noch eine abschließende Bewertung des

Kontakts, in der ich die üblichen positiven Phrasen unterbrachte, die eine Fortsetzung der Operation nahelegten.

Eine etwas irritierende Beobachtung verschwieg ich in meinem Bericht allerdings: Einem der Kellner im „Juliette" ... als er eine Weinflasche oben aus dem Regal neben unserem Tisch geholt hatte, war sein Hemdsärmel dabei nach hinten gerutscht und hatte für einen Moment den Blick auf eine Tätowierung frei gegeben – einen stilisierten, gekrümmten Dolch. Wie bei dem Araber im Zug, dem womöglichen Mörder jenes Oppositionellen in Brüssel. Ob es eine Verbindung zwischen diesen beiden Männern gab? Hieß das vielleicht, dass „Kalif" und ich überwacht worden waren? Ich verwarf den Gedanken schnell wieder. So eine Tätowierung war bestimmt kein Unikat. Bei uns hatten doch auch jede Menge Proleten einen Anker auf den Arm tätowiert oder eine Meerjungfrau. Manchmal ging meine Phantasie mit mir durch. Bloß nicht paranoid werden. Ich schaute auf die Uhr. Zehn vor Eins. Gutes Timing. Kessel würde in der Kantine nicht warten müssen.

Ich unterschrieb den fertigen Bericht – immerhin zehn Seiten – und brachte ihn auf den Dienstweg, das heißt, ich ging damit ins Vorzimmer, gab ihn Frau Nessel, die ihre lackierten Krallen danach ausstreckte. Sie warf einen Blick darauf, legte das Dokument in die blaue Unterschriftenmappe und stapfte damit dicht an mir vorbei zu Stokkers Bürotür. Ich wich unmerklich ein Stück zurück. Wäre schön, dachte ich, wenn mein Dienstweg auch mal von zarteren Pflänzchen als dieser Nessel gesäumt wäre. Den Vorwurf, er wähle sein Personal nach Aussehen aus, konnte man Stocker jedenfalls nicht machen.

Nessel klopfte und wartete, bis das übliche, genervt und überarbeitet klingende „Ja" aus dem Reich Stockers gedämpft durch die Tür drang. Ich stellte mit einem kurzen

Blick fest, dass Nessel sich wieder in einen dieser für ihre Figur eindeutig zu engen und zu kurzen Röcke gezwängt hatte. Rasch wandte ich mich ab und heftete meinen Blick auf den aktuellen Wochenplan der Kantine, der an der Tür des Panzerschranks neben dem Eingang hing: „Westfälischer Saftschinken am Stück mit Bratkartoffeln", las ich. Wie passend.

Auf dem Gang traf ich Peters, der gerade vom Mittagessen zurückkam. Sein Gesicht glänzte fettig und erinnerte farblich ebenfalls an westfälischen Saftschinken. Er begrüßte mich mit einem jovialen „Mahlzeit!" und bekam ein knappes „Hallo" als Antwort. Das Wort „Mahlzeit" – eine Grußformel, die für eine undefiniert lange Zeit vor, während und nach der Mittagspause verwendet wurde – verweigerte ich seit einem traumatischen Erlebnis vor zwei Jahren. Ein Kollege, der sich neben mich ans Pissoir der Kantinentoilette gestellt und sein Ding ausgepackt hatte, hieß mich mit einem fröhlichen „Mahlzeit" willkommen. Die Hände hatte er sich anschließend auch nicht gewaschen. Nachrichtendienst war ein mitunter zweifellos schmutziges Geschäft.

Botschaft Südjemen in Paris (Ende April 1979)

Walid schob seine Hakennase nach vorne, als sein Chef zu sprechen begann, und hörte aufmerksam zu.

„Buch´ einen Flug nach London für Anfang Mai. Flieg´ aber von Amsterdam. Nimm keinen Diplomatenpass, sondern einen von den anderen. Den genauen Auftrag erfährst Du, wenn es soweit ist. Fragen?"

„Wie soll ich meine Waffe nach London bekommen, wenn ich fliege?"

„Das wird kein nasser Auftrag – noch nicht. Es soll nur eine kleine Warnung sein, an einen der Hunde in London. Das Hauptquartier will nach der Sache in Brüssel zu großes Aufsehen vermeiden."

„Warum machen das nicht unsere Leute in London selbst?"

„Die Briten kennen sie und überwachen sie gelegentlich. Wir wollen sie nicht unnötig provozieren. Abdullah aus der Botschaft wird dich bei Bedarf unterstützen. Aber den unmittelbaren Kontakt zur Zielperson soll keiner von unseren Leuten in London haben."

Der bullige Mann nickte.

„Verstanden."

„Gut. Das war´s. An die Arbeit. Allahs Segen begleite Dich."

Erste Drohung (Anfang Mai 1979)

Yusuf nutzte die Zeit seit dem Treffen in Paris so gut es ging. Er half Landsleuten, die erst kürzlich aus dem Jemen geflohen und neu in London waren, bei den Behördengängen und den zahllosen Anträgen, er unterstützte sie bei der Wohnungssuche und lud sie gelegentlich auf ein billiges Mittagessen ein. Im Gegenzug erhielt er Auskunft auf seine Fragen zur aktuellen Situation, soweit die Leute eben Einblick hatten. Immerhin kam er so zu einigermaßen authentischen Stimmungsbildern, die man sonst nirgends lesen konnte. Die Welt interessierte sich nämlich immer noch nicht sonderlich für das öde, kleine Land an der Spitze der Arabischen Halbinsel. Es gab so gut wie keine Berichterstattung über den Jemen, und Reportagen direkt aus dem Land schon gar nicht. Das Regime hatte die

Rollläden herunter gelassen. Niemand außer Paul und seiner Firma schien unbedingt dahinter sehen zu wollen. Er tippte die letzten Zeilen seines Berichts, zog die Seiten aus der Schreibmaschine und steckte sie in ein Kuvert.

Dann zog er den neuen, warmen Mantel aus Kamelhaar an, in dem er sich so wohl fühlte wie eine Seidenraupe in ihrem Kokon. Irgendwie schien ihm, als wüchse er jedes Mal ein Stück, wenn er das elegante Kleidungsstück anzog. Den Umschlag schob er in dessen rechte Innentasche, bevor er sich auf den Weg zum Postamt an der Whitehall Road machte. Er durchquerte gerade die kleine Grünanlage, an deren südöstlicher Ecke das Postamt lag, als ein bulliger, glatzköpfiger Mann mit schwarzem Vollbart und schiefer Nase hinter einem Strauch hervortrat und ihm den Weg verstellte.

„Guten Tag, Genosse Yusuf Dschibril al-Hamsi. Scheinst es eilig zu haben. Wo soll´s denn hingehen?"

Yusuf erstarrte. Seine Nackenhaare sträubten sich, aber er zwang sich, ruhig zu bleiben.

„Was wollen Sie? Wer sind Sie?"

„Glaub´ mir, Du willst mich nicht wirklich kennenlernen. Sagen wir mal, ich will Dir einen guten Rat geben. Ich bin sozusagen eine Art politischer 'Berater'."

Yusuf schluckte und dachte an den Brief in der Innentasche seines Mantels. Er versuchte, seine Angst nicht zu zeigen.

„Sehr freundlich. Aber ich habe keinen Beratungsbedarf."

Er blickte kurz über die Schulter, aber es war weit und breit niemand zu sehen.

„Gib´ Dir keine Mühe. Da ist keiner, der uns stören könnte. Nun, andere Leute scheinen schon Beratungsbedarf zu haben. Zum Beispiel solche, mit denen Du Dich triffst. Schöner Mantel übrigens – war bestimmt nicht billig."

Ansatzlos machte der Fremde einen schnellen Schritt auf Yusuf zu, packte ihn mit beiden Fäusten am Kragen und zog ihn nah an sein Gesicht. Yusuf hörte, wie die Nähte krachten, aber der Mantel hielt stand. Der Atem des Mannes roch nach kaltem Zigarettenrauch und Knoblauch. Yusuf schaute in gelbliche, von Blutäderchen schraffierte Augen.

„Hör´ gut zu! Benimm Dich anständig und mach´ keinen Fehler. Dann passiert Dir vielleicht nichts."

Dann wurde Yusuf heftig nach hinten gestoßen, er taumelte mehrere Meter rückwärts, fiel aber nicht.

„Wir haben ein Auge auf Dich, Freundchen."

Der Mann drehte sich um und ging seelenruhig zu einem schwarzen Auto mit dunkel getönten Scheiben, das unweit vom Ort des Geschehens am Straßenrand geparkt war. Er hatte die Türe noch nicht ganz zugeschlagen, als der Wagen auch schon mit quietschenden Reifen davon fuhr. Yusufs Herz raste, er ließ sich auf eine Bank in der Nähe fallen und atmete einige Male tief durch. Mit zitternden Fingern holte er eine Zigarette aus der Packung. Nachdem er mehrere tiefe Züge genommen hatte, beruhigte er sich langsam wieder.

Der Typ war ein Jemenit gewesen – kein Zweifel. Was wussten die über ihn? Und woher? Immerhin war jetzt klar, dass er beobachtet wurde. Das zu wissen, war ein Vorteil, aber das war auch schon die einzige gute Nachricht. Dennoch weigerte sich etwas in ihm, sich einschüchtern zu lassen. Er hatte für seine Haltung schon Schlimmeres in Kauf genommen und überstanden. Die „Zentrale Nachrichteneinheit" würde es kaum wagen, ihn hier in London umzulegen. Andererseits war der südjemenitische Geheimdienst zu allem fähig – davon hatte er sich während seiner Haft überzeugen können – Hassan hatten sie auch kaltblütig ermordet. Er musste künftig wohl noch vorsichtiger agieren. Dem Mann von der „Global Consulting Group“ würde er von der unerfreulichen Begegnung zunächst besser nichts sagen. Nicht, solange unklar war, mit wem er es in Gestalt von diesem „Paul“ wirklich zu tun hatte und er nicht wusste, ob er ihm voll vertrauen konnte.

Aller Anfang ist schwer (Anfang Juni 1979)

Draußen war ein herrlicher Frühlingstag, die Luft roch nach Erde und irgendwie verheißungsvoll. Hier im Büro roch es nach Langeweile – es lag nichts Größeres an, keine Meldungen oder Berichte, keine Besprechungen.

Mäßig interessiert blätterte ich durch ein Rundschreiben der Sicherheits-Abteilung, die darin mal wieder vor allen möglichen Bösartigkeiten des MfS, unserem nachrichtendienstlichen Erzfeind, warnte. Die Mahnungen waren mit Beispielen aus der Praxis illustriert. In den holprig formulierten Geschichtchen firmierten die naiven Kollegen, die auf irgendeinen Stasi-Trick angeblich hereingefallen waren, als „Mitarbeiter Gutglaub“ oder „Verbindungsführer Leichtfuß“. Es war so peinlich, dass mir fast schlecht wurde. Das war wirklich unzumutbar. Ich brach die Lektüre ab und machte auf dem oben links angetackerten Zettel mit den Namen der Mitarbeiter meine Paraphe. Danach trug ich das Pamphlet ins Vorzimmer, um es weiter zu geben. Die Namen auf dem angetackerten Zettel waren in der hierarchisch korrekten Reihenfolge angeordnet, mit Stocker an der Spitze, dann kamen die Referenten des höheren Dienstes, zunächst ich, dahinter Hobmeier und Dehning, dann Max und Peters, die im gehobenen

Dienst waren. Hobmeier hatte schon abgezeichnet, also wäre Dehning der nächste gewesen. Stattdessen legte ich das Rundschreiben aber in Max´ Fach. Es würde Dehning tierisch nerven, wenn er sah, dass die korrekte Reihenfolge entlang der Hierarchie beim Umlaufverfahren nicht eingehalten wurde.

In meinem Fach lag ein dicker, brauner Umschlag.

„Hat Herr Kurz gerade gebracht", informierte mich Frau Nessel.

Ich nickte ihr zu und bedankte mich für die überflüssige Auskunft, da es seit Jahren eine von Kurz´ ständigen Aufgaben war, die Postfächer zu leeren und deren Inhalt in die Zentrale zu bringen.

Der Umschlag war in Oberhausen abgestempelt, der pensionierte Polizist aus dem Hochhaus im Ruhrpott hatte ihn pflichtschuldig an das Postfach in München weitergeleitet. Gespannt öffnete ich das mehrfach verklebte Kuvert und beförderte einen Umschlag mit britischer Briefmarke und Poststempel zu Tage. Darin, in einem weiteren Kuvert, fand ich etwa ein Dutzend eng mit Schreibmaschine betippter Seiten – „Kalifs" erste Berichte. War offenbar fleißig gewesen, meine Neuerwerbung.

Zurück in meinem Büro überflog ich die Texte – es waren flott geschriebene, ausführliche und aktuelle Stimmungsbilder aus dem Jemen. Dennoch zweifelte ich, ob das den Ansprüchen von Sperber und Co. Stand halten würde. Ich teilte das Konvolut in mehrere Berichte auf und reichte „Kalifs" erste Versuche nach ein paar kleineren, redaktionellen Korrekturen an die Auswertung weiter. Sollten die dortigen Oberschlaumeier ihren Spaß damit haben. Es würde mich wundern, wenn sie nicht ausgiebig daran herumnörgelten. Aber dann mussten sie wenigstens formulieren, was genau sie wirklich wissen wollten.

Ein lautes Röcheln vom Aktenbock in der Ecke signalisierte, dass der Kaffee durchgelaufen war. Mit dem kürzlich erfolgten Erwerb der „Melitta Mini“ hatte ich mir im täglichen Kampf um die Gemeinschafts-Kanne in der Teeküche eine wohltuende Unabhängigkeit verschafft. Ich hatte es satt gehabt, immer nur ein winziges Alibi-Rest-Pfützchen fast verdunsteten Kaffees vorzufinden, das der letzte clevere Kollege zurückgelassen hatte. Die Regel lautete nämlich, dass der, der die Warmhaltekanne ganz leerte, einen neuen Kaffee aufsetzen musste. Ich hatte meist die Arschkarte und war im Aufsetzen eines neuen Kaffees schon ziemlich routiniert. Wenn das Wasser durchgelaufen war, dauerte es allerdings keine fünf Minuten, dann war die Kanne, bis auf eine dünne Schicht am Boden, wieder leer; irgendwann hatte ich die Nase voll gehabt und besagte „Melitta Mini“ bei Hertie erstanden.

Während ich im Kaffee rührte, schaute ich einem Eichhörnchen-Pärchen zu, das sich wie verrückt um den Stamm der mächtigen Eiche vor meinem Fenster jagte. Ich angelte nach einer Salem und zündete sie an. Der Rauch wurde von einem leichten Sog erfasst, strebte durch das halb geöffnete Fenster ins Freie und stieg empor in den weißblauen, bayerischen Himmel über dem Firmengelände.

Ich hatte schon in den ersten Monaten bei meinem neuen Arbeitgeber beruhigt festgestellt, dass die deutsche Auslands-Spionage primär in bayerischer Hand zu sein schien. Der größte Teil der Belegschaft der Behörde war hörbar aus München und Umgebung rekrutiert worden. Vor allem in den unteren und mittleren Rängen fanden sich viele freundliche und bodenständige Menschen, die zuhause einen Bauernhof hatten und die Spionage nur im Nebenerwerb betrieben. Sie fingen sehr früh an und kehrten nach Dienst am Nachmittag auf ihre

Höfe ins Voralpenland zurück, um dort Kühe zu melken und Ställe auszumisten. Man konnte sie neben den Miesbacher und Garmischer Kennzeichen auch an den Anhänger-Kupplungen erkennen, die ihre mit verbilligtem Landwirtschafts-Diesel betriebenen Autos zierten.

Der Umgang mit dieser Sorte Kollegen war von einer angenehmen Wortkargheit bestimmt. Dennoch, oder vielleicht gerade deshalb, wurden die täglichen Obliegenheiten effizient und unspektakulär erledigt. Von den prinzipiell immer mit einem „Eilt"-Vermerk versehenen Aufträgen aus den oberen Etagen ließ sich keiner von der Sorte gleich aus der Ruhe bringen. Die häufig zelebrierten, ausgiebigen Weißwurst- und Leberkäs-Gelage waren eine wirksame Gegenmaßnahme gegen die hartnäckigen Versuche – vor allem aus dem Kanzleramt – zu viel Hektik in das Hauptquartier zu tragen und stellten zudem eine willkommene Abwechslung vom grauen Spionage-Alltag dar. Das zum gemeinsamen Wurstverzehr reichlich konsumierte Bier hatte etwas zusätzlich Identitätsstiftendes und trug das Seine zu einer entspannten Arbeitsatmosphäre bei. Es herrschte ein Gefühl der Zusammengehörigkeit, das andere große Firmen mit allerlei kostspieligen Maßnahmen und Seminaren zu erreichen suchten.

Mit steigender Hierarchie nahm allerdings auch im Dienst der Bayernanteil spürbar ab. Das Phänomen hatte ich in den journalistischen Praktika, die ich während des Studiums absolvierte, bereits beobachten können. Die höheren Etagen der Zeitungsbüros, in denen ich damals gearbeitet hatte, waren nämlich ebenfalls überproportional von vorlauten Mitmenschen bevölkert, die unüberhörbar aus nördlicheren Teilen des Landes stammten.

Interessant, dass schnelles, lautes und häufiges Sprechen offenbar überall mit Sach- und Führungskompetenz verwechselt wurde. An den Stätten meiner ersten journalistischen Erfahrungen bekleideten die Vertreter dieser Spezies nicht nur die leitenden Positionen, sie entkleideten und vögelten nach Redaktionsschluss auch die Praktikantinnen, die sie vorher selbst ausgesucht hatten – Evolution zum Anfassen sozusagen. So manche der jungen Frauen bekam am Ende ihres Praktikums ein Volontariat angeboten. Ich nicht – offenbar hatte ich nicht die richtige Schreibe.

Wenn es anders gelaufen wäre, würde ich jetzt vielleicht als Journalist knallharte Recherchen betreiben, unbarmherzig trübe Sachverhalte aufklären und dann wie einst Woodward und Bernstein in der Watergate-Affäre korrupte Machthaber mit spitzer Feder von ihren Thronen stürzen. Stattdessen saß ich nun hier hinter Spundwänden und Stacheldraht, füllte Anträge und Formulare aus, um einen formal korrekten Spionagebetrieb sicherzustellen, beschaffte Informationen und schrieb Berichte darüber. Genau betrachtet, war das, was ich hier trieb, eigentlich gar nicht so weit weg von dem, was ich auch als Reporter getan hätte. Der entscheidende Unterschied war im Grunde der Auftraggeber. Wir arbeiteten nicht für ein profitorientiertes Verlagshaus, sondern für eine einigermaßen demokratisch zustande gekommene Regierung, und es war unser Job, dieser einen Informations-Vorsprung zu verschaffen, der sie in die Lage versetzte, kluge Entscheidungen zum Wohl des Landes und des Weltfriedens zu treffen. Soweit die Theorie. In der Praxis schien es mir jedoch, je länger ich hier arbeitete, so zu sein, dass unsere Erkenntnisse, wenn sie mal wirklich etwas taugten, hauptsächlich als würzige Zutat in den Bonner Töpfen landeten, in denen die besonders ehrgeizigen Vertreter der dortigen Beamten- und Politikerkaste ihre Karriere-Süppchen kochten. Angesichts des stark an parteilichen und persönlichen Machtinteressen orientierten, mitunter doch recht dilettantischen Bonner Gewurstels drängte sich immer wieder der Eindruck auf, dass wir entweder die Informationen nicht hatten, die für eine weitsichtigere, klügere Politik nötig gewesen wären, oder die Regierung schlicht nicht auf uns hörte. Manchmal lagen wir allerdings auch ziemlich daneben, was unsere Prognosen zu wichtigen politischen Entwicklungen betraf.

Vom aktuellen Bundeskanzler kursierte das angebliche Zitat, er lese lieber die Neue Zürcher Zeitung als unsere Berichte, wenn er etwas Neues und Zutreffendes über das Ausland lesen wollte. Zweifellos ein kluger Mann. Immerhin konnten wir aber unabhängig von wirtschaftlichem Druck, Auflagenzahlen und Anzeigenkunden arbeiten. Und wenn wir uns mit einer Thematik auf Weisung von oben beschäftigen mussten, taten wir das in der Regel sehr gründlich und ließen, wie ein Terrier ein Hosenbein, erst wieder los, wenn das Herrchen uns ausdrücklich zurückpfiff. Wie bei der Sache mit „Kalif".

Was die Medienvertreter betraf, so munkelte man im Übrigen, dass so mancher von der Sorte, die ja gerne ihre Unabhängigkeit betonten, uns in der einen oder anderen Weise zu Diensten war. Nicht unentgeltlich, versteht sich. Wenn das stimmte, wäre das nicht ganz mit den hehren ethischen Prinzipien der Standes-Organisationen jener journalistisch tätigen Teilzeit-Kollegen in Einklang zu bringen gewesen. Ähnlich wie bei Ärzten, die allzu eng mit Pharmafirmen kungelten. Man konnte nur hoffen, dass das nicht stimmte oder zumindest nie rauskam. Doch die Gefahr war gering, da Krähen bekanntlich die Augen ihrer Artgenossen schonten. Dass Journalisten schlecht über Journalisten schreiben würden, war eher unwahrscheinlich – es sei denn, es wäre ein ausreichend großer, persönlicher Vorteil damit verbunden.

Was Leute wie Max, ich und ein paar Dutzend anderer Operateure hier machten, war definitiv nichts für eitle Leute, galt es doch als Erfolg, wenn man möglichst keine öffentliche Wirkung erzielte und das Ganze so diskret und unauffällig wie möglich geschah.

In einer der Sektionen des Dienstes, die sich mit der Aufklärung des anderen Teils Deutschlands beschäftigte, war die Unauffälligkeit sogar zu einem Ziel *sui generis* erhoben worden. Dort wurde es bereits als Erfolg betrachtet, wenn man – um im Jargon zu bleiben – bei seinem beruflichen Tun nicht „aufplatzte", eine nachrichtendienstliche Operation also bei Feindberührung vom Gegner nicht als solche erkannt wurde. Inhaltliche Ergebnisse waren offenbar eher zweitrangig, wichtiger war, dass man von den anderen beim Spionieren nicht erwischt wurde. Und je komplexer die von der anderen Seite nicht durchschaute Tarnung war, unter der man – wenn auch völlig ergebnislos – operiert hatte, umso höher war auch das interne Ansehen der Akteure. Oberst Schmitz, der Leiter dieses Bereichs, hatte mir, als ich dieses Treiben einmal in einer gemeinsamen Besprechung mit einer ironischen Bemerkung vorsichtig kritisierte, an den Kopf geworfen, ich sei „viel zu ergebnisorientiert".

Ich hatte geantwortet, dass eben niemand perfekt sei.

Nicht auszudenken, wenn es einmal wider Erwarten zu einer Wiedervereinigung der beiden deutschen Teile käme. Fast die Hälfte der Leute hier würde sich eine neue Aufgabe suchen müssen und für Schmitz und Co. wäre es sicher besonders schlimm gewesen, wenn ihnen ihre beruflichen Spielkameraden abhanden gekommen wären.

Dem gewollten „Low Profile", mit dem ein Beschaffer nach außen agierte, entsprach seine weitgehend fehlende Wahrnehmung nach innen. Unsereiner war in der Behörde namenlos und unsichtbar. Als Agentenführer machte man nicht selbst Karriere, sondern besorgte lediglich die Informationen, mit denen andere Karriere machten. Wir heizten die Kessel, die anderen servierten im Livree´ die Häppchen an die VIP-Gäste des Bonner Narrenschiffs. Und obendrauf war der Job nicht nur besonders fehleranfällig, sondern es wurde auch noch für jeden sichtbar, wenn hier etwas schief ging. Die Verantwortung ließ sich nicht so leicht auf andere schieben, wie in anderen Bereichen. Man hatte als Operateur eine ähnliche Rolle wie bei einem Fußballspiel als Torwart – auch wenn man zuvor selbst die schwierigsten Bälle gehalten hatte – einmal in neunzig Minuten griff man daneben und schon war man der Arsch.

Viele hatten auch schlicht Schiss vor der Arbeit „an der unsichtbaren Front" und hielten die Zeit im operativen Bereich, die für einen Aufstieg in der Hierarchie zwingend notwendig war, allein schon deshalb so kurz wie möglich. So schnell es ging, suchten solche Leute wieder das Weite und strebten in den Stab einer wichtigen Abteilung oder gleich in die Nähe der Behördenleitung. So war sicher gestellt, dass man „in der Optik" war, wie es hieß. Wenn die Augen der Macht erst mal mit Wohlgefallen auf einem ruhten, konnte man schnell vorwärts kommen. Dehning war ein typischer Vertreter dieser Klientel – wenn auch ein besonders abstoßender.

Da man unsere Erzeugnisse – Informationen aller Art – keinen eindeutig messbaren Parametern unterwerfen konnte, kam es in erster Linie auf die Darstellung an, ob etwas oder jemand als erfolgreich wahrgenommen wurde oder nicht. Wer sich konsequenter Selbstdarstellung nicht schämte, das erwünschte Wohlverhalten zeigte und das System und seine führenden Vertreter verlässlich in der

Ansicht bestätigte, dass im Haus alles zum Besten stand, selbst dann noch, wenn die Toiletten überquollen und es durchs Dach regnete, konnte eine Karriere kaum verhindern.

Bei der Armee hatten wir das „Scheiße mit Schwung verkaufen" genannt. Es war dies jedoch ganz offensichtlich ein universelles Prinzip, das weit über die Bundeswehr oder meinen aktuellen Arbeitgeber hinauswies. Freunde von mir, die bei BMW, Siemens oder anderen Konzernen untergekommen waren, berichteten mir von ähnlichen Beobachtungen. Aus den Vorlesungen zur Systemtheorie war mir noch geläufig, dass in komplexen bürokratischen Systemen die inhaltliche Optimierung stets dem Selbsterhalt des Systems untergeordnet wird. Die besonders ambitionierten Funktionsträger innerhalb derartiger Strukturen streben darüber hinaus nach permanentem Machtzuwachs, den sie parallel bemüht sind, mit allen Mitteln abzusichern. Chomsky und Adorno hätten ihre helle Freude an meiner Pullacher Versuchsanordnung gehabt und ihre Theorien von der Wirklichkeit bestätigt gefunden.

Kaum jemand lehnte sich im Übrigen sichtbar dagegen auf. Die allermeisten unterwarfen sich nach kurzer Zeit willig den ungeschriebenen Regeln des Systems und wurden langsam ein Teil davon. Ehrgeizlinge, die unbedingt weiter kommen wollten, fanden sich in diesem Informations-Verwaltungs-Verein in ausreichender Zahl – für Nachschub in den Führungsetagen war somit stets gesorgt. Nur Leute, die wirklich arbeiteten und dafür sorgten, dass die wesentlichen Grundfunktionen sichergestellt wurden und der Laden lief, schien es irgendwie immer zu wenig zu geben.

Ich drückte die Kippe in den Yvonne-Aschenbecher, von dem ich mich nicht trennen konnte, und nahm den

Katalog mit den Städtereisen zur Hand. Beim nächsten Treffen würde ich „Kalif" weiter an uns binden – mit einer neuerlichen, finanziellen Zuwendung im Rahmen einer entspannten Plauderei bei einem guten Essen. Am liebsten in Stockholm – da wollte ich schon lange mal hin.

Im Städtereise-Katalog meines Reisebüros fand ich mindestens ein Dutzend Seiten mit Hotelangeboten. Nachdem ich mir die Häuser und ihre jeweilige Lage auf dem Stadtplan ausgiebig angesehen hatte, entschied ich mich für das Interconti-Hotel. Es lag zentral, in unmittelbarer Nähe zum Bahnhof, hatte genügend Zimmer, um ausreichend anonym zu sein, und die Preise lagen nur geringfügig über dem erlaubten Rahmen für Übernachtungen im Ausland. Das würde ich bei Stocker problemlos durch bekommen. Da ich zuvor noch einige andere Reisen unternehmen musste, liefe das nächste Treffen mit „Kalif" wohl auf Mitte Juli hinaus.

Einladung nach Stockholm (02. Juli 1979)

Yusuf öffnete das Postfach, das er vor ein paar Wochen in der Londoner Hauptpost angemietet hatte. Ein schmales Kuvert lag darin. Er nahm es heraus und steckte es in seine Umhängetasche. Dann verließ er zügig das Postamt, wartete, bis ein Bus Richtung Oxford Street vorbei kam und sprang im letzten Moment auf. Er schaute zurück, aber niemand schien sich für ihn zu interessieren.

Als er nach Hause kam, fand er die Wohnung leer. Belkisa holte Ali vom Kindergarten ab und war vermutlich noch Einkaufen gegangen.

Er öffnete den Umschlag aus Deutschland und faltete den maschinegeschriebenen Brief auseinander. Paul teilte mit, dass er ihn gerne am 12. Juli wieder treffen wollte und zwar in Stockholm. Sollte er verhindert sein, möge er möglichst bald absagen. Am besten sei er zwischen 10:00 und 12:00 Uhr unter der Telefonnummer auf der Visitenkarte erreichbar, er könne aber auch auf dem Anrufbeantworter eine Nachricht hinterlassen. In dem kleinen Extra-Umschlag seien achthundert Pfund in bar – Geld für die anfallenden Reisespesen, wie Paul schrieb. Ein Hotelzimmer sei bereits für ihn reserviert, Name und Anschrift des Hotels folgten dahinter.

Yusuf stand auf und schenkte sich ein Glas Wasser ein. Stockholm also. Warum nicht. Sicherer als London oder Paris war es allemal. Dennoch würde Yusuf, um es der anderen Seite nicht zu einfach zu machen, den Flug nach Schweden dieses Mal von seinem Freund Djamal buchen lassen und vorsichtshalber auch nicht in dem Reisebüro in seiner Straße, wie damals seinen Flug zum ersten Treffen mit Paul in Paris.

Als Yusuf vier Tage später seinen Koffer packte, stand plötzlich Ali neben ihm und streckte ihm sein Lieblingsspielzeug, die Schneekugel aus Paris, entgegen. Er solle sie auch einpacken, weil sie ihn auf seiner Reise beschützen solle, wenn Ali schon nicht mit dürfe. Gerührt steckte Yusuf das Lieblingsspielzeug seines Sohnes in einen der Schuhe des Reservepaares, das er mitführte. Unter Alis besorgten Blicken polsterte er das Ganze sorgfältig mit zwei Paar seiner Socken ab. Belkisa rief sie zum Essen in die Küche. Eine Stunde später war er schon auf dem Weg zum Flughafen.

Bei Ankunft in Arlanda, dem Flughafen der schwedischen Hauptstadt, registrierte Yusuf verwundert, wie hell es trotz der fortgeschrittenen Tageszeit noch war. Das Gepäck kam mit Verspätung aus der Ausgabe, die Menschen drängten ungeduldig zu ihren Koffern. Yusuf musste sowohl am Einreiseschalter als auch bei der Wechselstube eine ganze Weile warten. Als er den Bahnsteig erreichte, fuhr der Zug in die Innenstadt gerade weg. Da der nächste erst in einer Stunde führe, entschied Yusuf, ausnahmsweise ein Taxi zu nehmen. Kurz darauf glitt er durch eine von der flach am Horizont stehenden Sonne unwirklich beleuchteten Kulisse aus Nadelwäldern und Felsen. Eine knappe halbe Stunde später erreichten sie die ersten Vororte der schwedischen Hauptstadt und nach weiteren zehn Minuten hielt der schwarze Volvo vor dem „Sven Vintappare"-Hotel. Yusuf bezahlte den Fahrer, ein Angestellter half ihm mit dem Gepäck. Yusuf musste nur das bereits vorbereitete Anmeldeformular unterschreiben und bekam seinen Zimmerschlüssel. Ein Page begleitete ihn zu seinem Zimmer. Der Raum war viel größer als in dem Hotel in Paris und auch hübscher eingerichtet. Yusuf gab dem Hoteldiener ein Trinkgeld, nachdem ihm dieser die Mini-Bar, das riesige Badezimmer gezeigt und den Fernseher erklärt hatte.

Froh, endlich alleine zu sein, legte er seine Kleider ab. Die Duschkabine war mehr als großzügig bemessen und löste keine klaustrophobe Attacke bei ihm aus. Er drehte das Wasser auf, stellte eine angenehme Temperatur ein und duschte ausgiebig. Nachdem er seine Pyjamas angezogen hatte, ließ er sich auf das breite Bett fallen, doch obwohl er hundemüde war, gelang es ihm nicht einzuschlafen. Das lag zum einen an dieser verdammten nächtlichen Helligkeit, zum anderen an seiner Sorge, ob es ihm durch den Trick mit der Flugbuchung über Djamal wirklich gelungen war, potenzielle Verfolger abzuschütteln. Eine offizielle jemenitische Vertretung gab es zwar nicht in Stockholm, aber das beruhigte ihn nur bedingt. Bei jedem Geräusch auf dem Gang lauschte er gespannt, ob sich vielleicht Schritte näherten und an seiner Tür verharrten. Mehrfach stand er auf, weil durch irgendeine Ritze in den Vorhängen immer noch Licht in den Raum drang. Irgendwann hatte er es endlich geschafft, das Fenster komplett abzudunkeln. Es war weit nach zwei Uhr morgens, als er endlich einschlief.

Am nächsten Morgen erwachte er spät. Es war schon halb elf, er hatte also das Frühstück verpasst, was halb so wild war, da er schon in zwei Stunden mit Paul zum Lunch verabredet war. Er zog sich an und machte sich auf den Weg zu dem Ort, den Paul ihm im Brief genannt hatte. Den Weg dahin hatte er schon anhand eines Stadtplans eruiert.

Zunächst folgte er der kopfsteingepflasterten Stora Nygatan, die die Stockholmer Altstadt in Ost-Westrichtung durchquerte. Knapp zehn Minuten später trat er aus der Gasse auf einen kleinen Platz hinaus. Ein paar hundert Meter vor ihm ragte eine gigantische Betonkonstruktion empor, offenbar eine Art Fahrstuhl, die den unteren Teil der Stadt mit dem oberen, auf einem Felsplateau gelegenen verband. Rechts von Yusuf erstreckte sich der Mälaren-See, dessen Oberfläche in der Sommersonne schimmerte wie ein Meer aus Glassplittern. Er überquerte die Brücke, unter der sich das Wasser des Sees dunkel in einen Fluss ergoss, und fand auf der anderen Seite die Hornsgatan, die zunächst steil ansteigend in den höher gelegenen Teil der Stadt führte. Gemäß der Beschreibung von Paul bog er nach rund zweihundert Metern rechts in die Bellmannsgatan ein, die weiter vorne einen scharfen Rechtsknick machte und schließlich auf einen kleinen Platz mündete, der von einer rot bemalten alten Holzkirche und einigen gleichfarbigen Häusern eingerahmt wurde.

Scheinbar tief in die Lektüre einer Zeitung versunken, sah er Paul an einem Tisch vor dem Restaurant sitzen, das er in seinen Regieanweisungen genannt hatte. Unmittelbar neben den Tischen zog sich eine etwa hüfthohe Steinmauer am Rande des Platzes entlang. Jenseits davon eröffnete sich ein grandioser Blick auf die Stadt. Von hier oben hätte man einen großen Teil des Weges, den er genommen hatte, gut verfolgen können, dachte Yusuf.

Paul sah hoch, als Yusuf den Platz betrat, und legte die Zeitung zur Seite. Er stand auf und kam lächelnd einige Schritte auf ihn zu.

„Schön, Sie wieder zu sehen. Ich hoffe, es geht Ihnen gut?"

„Ja, danke der Nachfrage."

Yusuf drückte die entgegengestreckte Hand.

„Kommen Sie, Sie müssen kurz mal schauen. Man hat von hier oben einen wunderbaren Überblick über die Stadt."

Yusuf trat neben ihn und bekam ein paar Erläuterungen zu einigen der markantesten Gebäude, dem Stadthuiset, wo alljährlich im Herbst die Verleihung der Nobelpreise stattfand, dem Königlichen Schloss und der Nikolaikirche, in der traditionell die Angehörigen des schwedischen Königshauses heirateten, wie Paul erklärte.

„Und da hinten, eine Handbreit neben dem Kirchturm, das Haus mit dem grünen Dach, das ist das Hotel, in dem Sie wohnen."

Paul lächelte.

„Es ist Ihnen übrigens niemand gefolgt. Und ich hoffe, der kleine Spaziergang war Ihnen nicht zu weit?"

„Nein – ein bisschen Bewegung schadet mir nicht."

Sie setzten sich.

Yusuf spürte die Schneekugel in seiner Jackentasche. Er holte sie hervor und stellte sie auf den Tisch.

„Damit haben Sie meinem Sohn eine Riesenfreude gemacht."

Sein Gesprächspartner wirkte verdutzt.

„Er nimmt es sogar mit ins Bett und ich musste die Kugel auf meine Reise mitnehmen – als Talisman. Damit mir nichts passiert."

„Das ist ja rührend – mit so einem Erfolg hatte ich gar nicht gerechnet", freute sich sein Gastgeber.

Eine junge Frau in einer weißen, gestärkten Schürze kam mit wippendem, blondem Pferdeschwanz an den Tisch, um die Bestellung aufzunehmen.

Paul wählte das Rentiercarpaccio und als Hauptgang eine Kabeljauschnitte in Estragonsenfsauce, Yusuf entschied sich für eine Gemüsesuppe und ein Elchsteak mit Wildpilzen. Er bat allerdings, die Wildpilze durch irgendein Gemüse zu ersetzen und begründete dies mit seinem Glauben. Er wollte nicht zugeben, dass er Angst um seine Gesundheit hatte, denn erst kürzlich hatte er in einer englischen Zeitung gelesen, dass sich mit Pilzgerichten immer wieder ganze britische Familien beinahe oder vollständig auslöschten.

„Ich wusste gar nicht, dass Pilze im Islam zu den unreinen Nahrungsmitteln gehören", meinte Paul überrascht.

„Ja, das ist eine weniger bekannte Sure im Koran – ich erinnere mich aber auch gerade nicht an die genaue Stelle."

„Gibt es denn überhaupt Pilze im Nahen Osten?"

Yusuf hob hilflos die Schultern.

„Nicht viele, glaube ich."

Yusuf war froh, als Paul das Thema wechselte.

„Na, wie auch immer. Kommen wir zum geschäftlichen Teil des Treffens. Ich will gar nicht lange herumreden. Was Sie geschickt haben, war keinesfalls schlecht, alles sauber recherchiert und gut formuliert. Für den Anfang wirklich ausgezeichnet."

Yusuf sah sein Gegenüber abwartend an.

„Aber …?“

„Nun, ich fürchte, wir brauchen noch detaillierteres Material – aktueller und authentischer … und stärker militärisch ausgerichtet – wegen unserer Kunden aus der Rüstungsbranche.“

Yusuf war verärgert. Er war kurz davor, von der Drohung gegen ihn zu erzählen, beherrschte sich aber schnell wieder.

„Wissen Sie, es war schon schwer genug, die vorliegenden Informationen zu gewinnen. Wie stellen Sie sich denn das Ganze vor? Soll ich etwa in den Jemen zurück und selbst recherchieren? Noch bevor ich bis drei zählen könnte, wäre ich wieder im Gefängnis oder hingerichtet, wobei mir Letzteres dann fast lieber wäre.“

Der Mann gegenüber nickte ernst.

„Glauben Sie mir, mir ist bewusst, dass das alles nicht ganz einfach ist. Aber ich muss auf die Wünsche unserer Kunden Rücksicht nehmen. Von denen werden wir schließlich beide bezahlt.“

„Schöne Kunden haben Sie da, muss ich schon sagen.“

Es entstand eine unangenehme Pause, in die hinein zum Glück die Vorspeisen serviert wurden.

Paul bestellte ein zweites Glas Weißwein. Durch den Dampf der Gemüsesuppe hindurch wünschte er ihm einen guten Appetit. Yusuf bedankte sich, während er auf seinen gefüllten Löffel pustete.

„Wenn ich tiefer einsteigen soll, bedeutet das mehr Zeitaufwand, mehr Spesen und mehr Risiko. Das muss mir irgendwer vergüten.“

„Keine Sorge – daran soll es nicht scheitern. Wir müssen auch nichts überstürzen. Sie haben Zeit. Bauen Sie sich behutsam ein Netz von Informanten auf, nutzen Sie alte Kontakte, knüpfen Sie neue. Und wenn Sie die richtigen Ergebnisse liefern, wird auch die Bezahlung stimmen. Apropos – die Zeitschrift und das Kuvert darin sind für Sie. 1.500 Pfund. Ich denke, damit kommen Sie schon mal weiter."

Er tippte auf die Newsweek, die auf dem freien Stuhl lag.

Yusuf verbarg seine Freude über den hohen Betrag, nahm die Zeitschrift, rollte sie zusammen und schob sie in die Innentasche seines Jacketts. Er vertraute seinem deutschen Gesprächspartner inzwischen soweit, dass er die vorbereitete Quittung unterschrieb, ohne das Geld zu zählen.

Vorsichtig kostete er von der Suppe – sie war immer noch glühend heiß. Der Deutsche sprach weiter.

„Während der Sommerferien passiert normalerweise nicht allzu viel. Die meisten sind im Urlaub, kaum jemand arbeitet. Ich denke, es reicht, wenn wir uns irgendwann Ende August wieder treffen, vielleicht zur Abwechslung mal am Sitz meiner Firma in Köln. Bis dahin können Sie in Ruhe Ihre Arbeit machen, ich werde zusammen mit meinen Klienten Ihre Informationen evaluieren und kann Ihnen beim nächsten Mal dann ein ausführliches Feedback geben."

„Meinetwegen", meinte Yusuf, während sein Messer mühelos durch das Elchsteak glitt – es war innen noch zartrosa.

„Fantastisch", kommentierte Yusuf kauend.

„Mein Vorschlag?", fragte sein Gegenüber in munterem Tonfall.

„Nein, das Steak", antwortete Yusuf lächelnd.

Trauriger Feierabend (12. Juli 1979)

Nach dem Treffen mit „Kalif" ließ ich mich eine ganze Weile ziel- und gedankenlos kreuz und quer durch die Gassen Södermalms treiben, einem bunten und quirligen Quartier, in dem es ethnisch, sozial und altersmäßig recht gemischt zuging. Überall waren kleine Läden und Handwerksbetriebe, die in den Schaufenstern schöne, meist selbstgemachte Dinge präsentierten.

„Kalif" müsste jetzt schon wieder am Flughafen sein; er hatte mir erklärt, die Abendmaschine zurück nach London gebucht zu haben, weil er seine Familie nur solange wie unbedingt nötig alleine lassen wollte. Seine zweite Nacht im Hotel hatten wir daher umsonst bezahlt. Sei´s drum.

Etwa drei Stunden später stand ich nach einem langen, ziellosen Spaziergang durch die Stadt wieder vor dem Interconti. Mit dem lautlosen Lift fuhr ich in den fünften Stock, der purpurne, gemusterte Teppichboden schluckte das Geräusch meiner Schritte. Im Zimmer zog ich die Schuhe aus, legte mich aufs Bett und döste ein. Als ich irgendwann erwachte und nachschaute, wie spät es war, sprang die Anzeige des Radiowecker von 20:10 auf 20:11 Uhr – ich stutzte. Exakt um diese Zeit vor fünf Jahren war mein Vater gestorben. Seine fast durchsichtige Hand hatte meine noch einmal mit erstaunlicher Kraft gedrückt, bevor er ging. Danach hatte ich das Fenster des Krankenzimmers geöffnet. Knapp über dem Horizont hing damals riesig und orange die Abendsonne, im Raum hinter mir breitete sich ein tiefer Friede aus, der langsam auch mich erfüllte. Die Erleichterung, dass sein Leiden ein Ende hatte und ich dabei sein durfte, als er starb, linderte meine Trauer. Vorsichtig schloss ich seine halb geöffneten Lider, bevor ich den Stationsarzt holte. Er schickte mich vor die Tür. Vermutlich waren die nötigen Untersuchungen zur Feststellung des Todes für Angehörige nicht besonders pietätvoll anzusehen. Als er herauskam, nickte er nur und murmelte im Vorbeigehen etwas von Beileid. Eine halbe Stunde blieb ich noch bei meinem Vater. Bevor ich ging, schaute ich zu ihm zurück – er hatte es geschafft. Genau das – „Ich hab´s geschafft!" – hatte er noch selbst in zittriger Schrift auf der Rückseite des Zettels notiert, den er mir vier Wochen zuvor bei einem Besuch in die Hand gedrückt hatte – es war der Entwurf für seine eigene Todesanzeige gewesen.

Ich verließ das Krankenhaus wie in Trance – zwei Mädchen auf dem sonnenverbrannten Rasen, ein roter Ball, mit dem sie kreischend spielten, eine ältere Frau, die sie ermahnte, leiser zu sein, ein junger Mann im Bademantel mit Gipsbein auf einem bepflanzten, achteckigen Betonklotz, um ihn herum auf den anderen Blumenkästen seine Kumpels in Trikots eines Dorf-Fußballvereins, lachend Bier aus Flaschen trinkend.

Langsam war ich zu meinem Wagen gegangen. Der Leichnam meines Vaters wurde da wohl gerade im Keller der Klinik in ein Kühlfach geschoben. In mir war eine Welt zerbrochen, hier draußen drehte sie sich einfach weiter. Ungerührt.

Grelles Sirenengeheul von der Straße vor dem Hotel unterbrach meine traurigen Gedanken. Ich trat ans Fenster und sah einen Ambulanzwagen um eine Ecke verschwinden. Sorgfältig zog ich die schweren Vorhänge zu, um die ungewohnte Helligkeit auszusperren, aber irgendwo blieb immer eine Spalte, durch die weiter Licht hereindrang. Ich ließ mich auf das breite Bett fallen und zappte lustlos durch die Fernsehkanäle. Als ich nach einiger Zeit wieder auf die grüne Digitalanzeige schaute, zeigte sie 22:20. An Schlaf war irgendwie nicht zu denken. Einem Impuls folgend, raffte ich mich auf, schlüpfte in Jeans und Polohemd und ging noch einmal hinaus. Die Luft war lau, Straßen und Plätze waren noch immer voller Menschen. Offenbar litten auch die Schweden in dieser Jahreszeit an kollektiver Schlaflosigkeit. Ein sanfter Wind wehte die Klänge einer Jazzband vom Kungsträdgarden heran, einem kleinen Park in der Nähe des Hotels. Langsam zog es mich in Richtung der Musik.

FERNSCHREIBEN

Von: Botschaft London, ZNE-Koordinierungseinheit Europa West
FS-Nr. 0334278-2 vom 10.07.1979
Für: Hauptquartier ZNE Aden, Abteilung Europa
Top: Subjekt Y.H. – aktuelle Aufenthaltsbestimmung
Ref.: Laufender Vorgang

Bei Allah, dem Allmächtigen, geheiligt sei sein Name,

der streunende Hund Y. Dschibril al-Hamsi ist seit gestern nicht mehr gesehen worden. Die Observation hat ihn im Laufe des Vormittags im Getümmel der Victoria-Station verloren. Eine Flugbuchung wurde nicht festgestellt. Daher wird Abreise mit Zug vermutet – Ziel derzeit noch unbekannt, wird aber mit Nachdruck eruiert. Über Fortgang der Operation wird unaufgefordert berichtet.

Die Liebe und die Gnade Allahs sei mit unserem Herrscher,

gez. Abdullah Masri
(Leiter Station London)

FERNSCHREIBEN

Von: ZNE Hauptquartier Aden, Abteilung Europa
FS-Nr. 114765-5 vom 11.07.1979
Für: Botschaft London, ZNE, Koord.-Einheit Europa West

Top: Antwort zu verschwundenem Subjekt Y.-al H.
Ref.: FS-Nr. 0334278-2 vom 10.07.1979

Bei Allah, dem Barmherzigen und Allmächtigen, gepriesen sei sein Name,

der streunende Hund Y.al-H. ist umgehend wieder ausfindig zu machen. Weitere Maßnahmen seine Person betreffend sind derzeit in Überlegung.

Versagen bei Observation wurde hier aufmerksam registriert. Allzu viele Fehler dieser Art sollte sich Station London nicht erlauben.

Allahs Liebe und Gnade sei mit unserem Herrscher.
Gez. Mohammed al-Tubari
(Leiter Abteilung Europa)

Svenja

Die Musik war richtig gut, die Menschen fröhlich, die gute Stimmung ansteckend, manche Leute tanzten ausgelassen. Ich stand am rechten Rand des Halbkreises, den das Publikum um die Band gebildet hatte, genoss die warme Luft und die heitere Atmosphäre. Da geschah es. Mein Blick traf sich mit dem einer jungen Frau mit langen, weizenblonden Haaren auf der anderen Seite der Zuhörermenge. Sie trug ein ärmelloses Sommerkleid, das ihre sportliche Figur perfekt betonte und gerade so hoch über den Knien endete, dass es flott, aber nicht aufreizend aussah. Ihre Haut schimmerte in einem warmen Bronzeton. Ich suchte ihren Blick erneut, fand ihre Augen noch – oder wieder – auf mich gerichtet, wandte den Kopf, um zu schauen, ob nicht vielleicht doch ein Anderer gemeint war, sah aber niemand, der in Frage gekommen wäre. Als mein Blick zurück zu dem zauberhaften Wesen wanderte, stellte ich fest, dass sie unverändert zu mir herüber schaute und jetzt sogar lächelte.

Die Band machte eine Pause, zusammen mit den anderen Umstehenden klatschte ich Beifall und war für einen Moment abgelenkt. Als ich wieder nach der jungen Frau sah, war sie weg. Erschrocken stellte ich mich auf die Zehenspitzen und hielt in alle Richtungen nach ihr Ausschau, konnte sie aber nirgends ausmachen. Eilig machte ich mich daran, die Verschwundene wieder zu finden – und hätte sie dabei beinahe umgerannt. Lächelnd stand die schöne Unbekannte vor mir. In ihrem Blick lag eine Mischung aus gespielt naiver Neugier und dezenter Provokation.

„Sommersprossen auf der Nase, wie hübsch“, dachte ich verwirrt.

„What are you looking for?“, fragte sie, und da ich nicht gleich antwortete.

„Can I help you?“

Ich nickte verlegen und suchte fieberhaft nach einer schlauen Antwort.

„I have been looking for someone“, meinte ich und versuchte, mein charmantestes Lächeln aufzusetzen.

„Someone ...?, fragte sie in ironischem Ton zurück. Ich fühlte mich ertappt und lenkte ab, indem ich fragte, ob sie nicht Lust auf ein Glas Wein hätte.

„Good idea“, meinte sie und wir gingen nebeneinander in Richtung eines Getränkestands. Allmählich gewann ich meine Fassung wieder. Ich hörte mich nach ihrem Namen fragen.

„Svenja.“

„Ein schöner Name“, sagte ich über mein Weinglas hinweg, „er klingt wie eine Sommerbrise über einer Blumenwiese.“

So gut ich das eben auf Englisch sagen konnte.

„How nice", meinte sie. „Are you a poet?"

„Not quite ...", antwortete ich, halb geschmeichelt, halb besorgt, da das Gespräch in Richtung meiner beruflichen Tätigkeit zu driften drohte. Schnell hielt ich ihr mein Weinglas entgegen „... but I like beautiful things."

„Oh ... things?" What kind of things."

Wieder lächelte sie mich auf diese ganz besondere Weise an. Die Gläser klirrten leise. Als wir tranken, hob ein Windstoß ihre langen blonden Haare bis zu meinem Gesicht und eine Strähne kitzelte meine Nase. Wir mussten beide lachen. Ich schaute wieder in ihre Augen, spürte – hilflos und fasziniert zugleich – wie ich meinem bezaubernden Gegenüber mit der Geschwindigkeit einer nuklearen Kettenreaktion verfiel und mir die Kontrolle über die Situation entglitt.

„And what´s your name?"

„Keine Frauengeschichten auf operativen Dienstreisen", rief der verbeamtete Agent in mir. Doch es war zu spät.

„You may call me any name you like."

Yusuf will es wissen (16.07. 1979)

Einige Tage nach dem Gespräch in Stockholm machte Yusuf den ersten entscheidenden Schritt. Gegen zehn Uhr morgens stand er leicht fröstelnd in einer Telefonzelle in einer ruhigen Ecke in der Nähe des Hyde-Parks. Immer wieder sah er sich misstrauisch um.

Eine Kaltfront vom Nordatlantik flutete die britische Insel seit Tagen mit für die Jahreszeit ungewöhnlich kühler und feuchter Luft. Selbst die in dieser Hinsicht nicht verwöhnten Bewohner der britischen Hauptstadt begannen allmählich, sich über das nasskalte Wetter zu beklagen. In Yusufs Manteltasche klimperte ein erklecklicher Vorrat an 25-Pence-Stücken. Er wählte die Nummer in Aden, die er über das Büro der Opposition bekommen hatte, und lauschte gespannt in den Hörer. Es klingelte. Erst nach dem achten Klingelton nahm jemand den Hörer am anderen Ende ab. Eine Frauenstimme meldete sich.

„Aden, Hafenbüro – Zentrale Vermittlung."

„Ja, Hallo, Salaam aleikuum. Ich würde gerne mit Yassir Al-Maskhat sprechen."

Der Münzfernsprecher nahm einen tiefen Schluck von Yusufs Münzen und verlangte auf der kleinen Anzeige gleich einen Nachschlag. Yusuf fummelte mit der rechten Hand weitere Geldstücke aus seiner Tasche und fütterte den grauen Kasten.

„Mit wem?", fragte die Frauenstimme in das Geräusch der fallenden Münzen.

Yusuf wiederholte langsam Yassirs Namen.

„Einen Moment bitte."

In der Leitung war eine Weile nichts als Rauschen, Yusuf bildete sich ein, irgendwo dahinter auch ein leises Knacken zu hören. Dann hörte er die Stimme seines Cousins.

„Ja – hier Yassir. Wer spricht denn?"

Yusuf schluckte. Seine Stimme klang belegt, als er sich meldete.

„Salam aleikuum, Yassir. Ich bin´s – Yusuf."

Yassir schwieg einige Sekunden.

„Bei Allah! Das gibt es nicht – Yusuf! Salaam Aleikuum. Was für eine Überraschung. Wo bist Du denn, was machst Du – geht es Dir gut?"

Yusuf spürte, dass in der Stimme des Verwandten hinter der Freude auch eine unbestimmte Angst mitschwang.

„Alles in Ordnung. Sag´, wie geht es meiner Mutter?"

„Ich glaube gut – aber ich habe sie auch einige Wochen nicht gesehen."

„Allah sei gepriesen, sie lebt also. Versprich´ mir, dass Du Sie besuchst und von mir grüßt, ja! Und sag´ Ihr, dass es mir gut geht. Machst Du das?"

„Ja, ja, natürlich."

„Ich kann nicht lange reden. Eine Sache noch."

„Ja – ich höre."

„Hör zu. Ich muss endlich wieder mein eigenes Geld verdienen. Eine Zeitung hier in London will eine Artikelserie von mir über unser Land: aktuelle politische Reformpläne, Entwicklungen in der Wirtschaft, im Export und im Handel. Solche Dinge. Ich bräuchte da Deine Hilfe."

„Was brauchst Du denn von mir genau?"

„Nichts Besonderes. Statistisches Material, Zahlen über Einfuhren und Ausfuhren, die Handelsbilanz, die wichtigsten Exportgüter, die größten Handelspartner, Schiffsbewegungen bei Euch im Hafen und so Kram ...?"

Yassir schwieg am anderen Ende der immer stärker knisternden Leitung.

„Yassir? Hallo, Yassir, bist Du noch dran?"

„Ja, ja – ich bin noch dran; ich will versuchen, Dir zu helfen, aber es kann dauern. Kann man Dir ein Fax schicken? Oder wie soll das laufen?"

„Ich weiß´ noch nicht genau; wir werden sehen. Stell´ einfach zunächst die gewünschten Informationen zusammen. Ich kann Dir später auch etwas dafür geben, ich weiß nur nicht auf welchem Weg. Ach ja. Noch eins. Besorge mir doch bitte Mahmuts Erreichbarkeit – Du weißt schon Mahmut al-Wahdi. Er ist doch ein Vetter eines Cousins von Dir, nicht wahr? Ist er noch bei der Marine?"

„Ja, ich glaube schon. Aber gesehen habe ich ihn schon lange nicht mehr. Er soll seit einiger Zeit irgendwo an der

Küste stationiert sein, aber keiner weiß wohl genau wo. Ich würde es dann eben über Verwandte versuchen – sein Onkel wohnt nicht weit von meinen Eltern. Du, ich muss jetzt Schluss machen – Dein Anruf hat mich sehr gefr...“

Ein finales Knacksen, wie von einem brechenden, dürren Zweig – dann war die Leitung tot.

Yusuf legte auf. Der kleine, unverbrauchte Münzvorrat, klimperte in den Rückgabeschacht. Er fror plötzlich. Erst jetzt merkte er, dass er sein Hemd durchgeschwitzt hatte – trotz des kühlen Wetters.

Treffen mit Heinz (17. Juli 1979)

Wenige Tage nach meiner Rückkehr aus Schweden war ich schon wieder unterwegs. Während der Zug durch die saftig grüne Landschaft rauschte, warf ich einen Blick auf das Tagungs-Programm der Veranstaltung, die der offizielle Grund für meine Dienstreise nach Bonn war. Das Auswärtige Amt bot ein Seminar mit dem Titel „Als Diplomat in Krisenregionen“ an. Nicht dass mich das Thema besonders interessiert hätte, aber der kleine dienstliche Ausflug ermöglichte mir ein längst fälliges Wiedersehen mit meinem alten Studienfreund Heinz Behrmann. Wir hatten zusammen in München studiert und er war einer der wenigen Leute aus dieser Zeit, zu denen ich noch Kontakt hatte. Heinz war einer der außenpolitischen Experten der SPD und spielte eine maßgebliche Rolle im Bonner Politbetrieb. Gelegentlich verhalf er mir durch seine Einblicke in das Geschehen hinter den Kulissen der Hauptstadt zu einem kleinen Informationsvorsprung, wodurch ich oft noch vor unserer eigenen Führungsetage über neue Entwicklungen Bescheid wusste, die unsere Behörde direkt betrafen. Außerdem war jemand wie Heinz eine gute Rückversicherung, wenn mich mal ein Vorgesetzter allzu sehr drangsalieren sollte. Gute Beziehungen in die hohen Etagen der Politik, die intern den richtigen Leuten bekannt waren, konnten bösartige Vorgesetzte erstaunlich gut disziplinieren.

Max hatte mir rechtzeitig gesteckt, dass Dehning unbedingt zu der Veranstaltung nach Bonn fahren wollte. Vermutlich hätte ihn der Quatsch im AA sogar wirklich interessiert. Ich sprach daher in einem geeigneten Moment mit Stocker und merkte nebenbei an, dass ich im Anschluss an das Diplomaten-Seminar gleich noch andere Dienstgeschäfte erledigen könnte. Der alte Trick mit der Zeit- und Geldersparnis funktionierte. Stocker erteilte mir prompt den Zuschlag für die kleine Bildungsreise – und der etwas zu spät aufgestandene Dehning schaute in die Röhre.

Es war bereits später Vormittag. Der Zug hatte das Rheintal erreicht und schlängelte sich parallel zum Fluss in Richtung Köln. Ich hatte mich während der gesamten Fahrt kaum auf die Lektüre meiner Zeitung konzentrieren können. Immer wieder liefen meine Gedanken davon, zurück in jene magische Stockholmer Mittsommernacht. Seufzend sah ich mich mit Svenja nach mehreren Gläsern Wein Arm in Arm dahin schweben, nur gelegentlich für zärtliche Küsse innehaltend, bis wir irgendwann vor einem Altbau mit bröckelndem Putz und hölzernen Fensterläden stehen geblieben waren und sie mich fragte, ob ich noch hereinkommen wolle.

In der kleinen Zwei-Zimmer-Wohnung war es ein bisschen unordentlich, aber sie war gemütlich eingerichtet. Es fand sich auch noch eine Flasche Rotwein. Wir redeten noch lange, küssten uns immer wieder und schliefen schließlich auf ihrer breiten Couch fest aneinander geschmiegt ein – ohne Sex. Ich hätte mich nicht gerade gewehrt, aber es war o.k. Wir schienen beide das Gefühl zu haben, dass wir nichts überstürzen sollten.

Am nächsten Morgen war ich todtraurig, weil ich schon am Abend zurückfliegen musste. Wir verbrachten noch den ganzen Tag zusammen, Svenja zeigte mir versteckte Winkel Stockholms, die man in kaum einem Reiseführer finden würde, wir lachten viel und genossen es, zusammen zu sein. Als wir vom Hotel, wo ich schließlich meinen Koffer abholte, zum Bahnhof liefen, schwiegen wir. Jeder war mit seinen eigenen Gedanken beschäftigt. Auf dem Bahnsteig dann eine lange Umarmung, ein tiefer, zarter Kuss. Mein letztes Bild in diesem Film war die rasch kleiner werdende Svenja, der ich, weit aus dem Fenster des Zuges zum Flughafen gelehnt, noch immer winkte, als ich sie schon nicht mehr sah.

An die Stelle der ersten endorphin-induzierten Euphorie war inzwischen die Sorge getreten, wie das Ganze weitergehen sollte. Ich hatte nicht den Mut gehabt, Svenja meinen richtigen Namen zu sagen, schon gar nicht, was ich beruflich wirklich tat, sondern hatte ihr das Märchen vom Kunsthändler aufgetischt. Als sie mich nach meiner Anschrift fragte, hatte ich ihr ohne lange nachzudenken die Deckadresse bei jenem pensionierten Polizisten in Oberhausen genannt. Irgendwie musste sie mich ja erreichen können. Das war ein nachrichtendienstliches Sakrileg. Keine Ahnung, wie ich aus der Nummer wieder sauber herauskommen sollte. Ich fasste in die Innentasche meines Jacketts und fühlte nach dem Brief an meine schöne Schwedin, den ich nach einem Kurzbesuch bei meiner Scheinfirma in Köln einwerfen wollte.

Die Abteiltür wurde ratternd aufgerissen. Ein verschwitzter, leicht säuerlich riechender Schaffner stand in der Tür.

„Den Fahrschein bitte."

Ich kramte das Ticket hervor. Der Mann warf einen Blick darauf und stanzte ein Loch hinein. Seine Uniformhose war viel zu weit und fleckig, die klobigen Schuhe ziemlich ausgelatscht. Als er sich verabschiedete, nickte ich ihm erleichtert zu und öffnete das Fenster, um etwas frische Luft herein zu lassen.

Ich sank wieder in meinen Sitz, schloss die Augen und schon war Svenja wieder da. Willig ließ ich mich in das torfige Braun ihrer Augen sinken und döste ein. Erst die Zugdurchsage, die unsere baldige Ankunft in der Bundeshauptstadt ankündigte, weckte mich aus dem kurzen Dämmerschlaf.

Das Seminar im Auswärtigen Amt war erwartet langweilig. Ich verabschiedete mich nach angemessener und ortsüblicher Zeit in einer der zahllosen Kaffeepausen in der Sprache der Diplomatie – also auf Französisch. Mein Platz war nicht der einzige, der leer blieb; einige besonders dreiste Teilnehmer waren schon vor mir gegangen. Die leeren Plätze im Seminarraum fielen entweder nicht weiter auf oder wurden aus diplomatischen Gründen nicht thematisiert. Der verbleibende Rest waren vermutlich Streber, die auf keinen Fall unangenehm auffallen wollten, aus Angst, ihrer Karriere zu schaden.

Im Hotel duschte ich, zog mir Jeans und T-Shirt an und machte mich mit leichter Verspätung auf den Weg in die Bonner Altstadt zu meinem Treffen mit Heinz.

Ernüchterung bei Bier und Schnaps (07.07.1979)

Als ich die Eckkneipe betrat, saß Heinz schon hinten links an einem kleinen Tisch. Er sprang auf, als er mich sah, und eilte auf mich zu. Nach einer herzlichen Umarmung nestelte er sich die Krawatte vom Hals.

„Wenn Du so leger herumläufst, kann ich das auch. Das Hemd behalte ich aber an, wenn Du erlaubst."

„Meinetwegen kannst Du auch die Hose anlassen."

Heinz lachte.

„Sehr großzügig."

Mein alter Kumpel saß nun schon die dritte Legislaturperiode im Parlament und galt inzwischen als eine Art Hoffnungsträger des linken Sozen-Flügels. Er kannte alle wichtigen Leute in Bonn und die meisten kannten ihn, vermutlich nicht zuletzt wegen des üppigen Vollbarts, seinem Markenzeichen. Wie Karl Marx sah er aber nicht gerade aus – dafür war das Haar auf seinem Kopf zu spärlich, deutlich schütterner jedenfalls, als das Kraut in seinem Gesicht.

Nach dem ersten Prost und einem langen Schluck Bier raunte er mir verschwörerisch zu.

„Na, wie läuft´s denn so bei „Horch und Guck"? Schon Ober- oder sogar Hauptagent geworden?"

Ich schenkte ihm ein schiefes Lächeln.

„Danke der Nachfrage. Man spioniert halt ein bisschen so vor sich hin. Als Agent bin ich gar nicht schlecht, glaube ich. Aber für eine Karriere als Beamter fehlt mir das Talent."

„Das glaub´ ich sofort. Und privat? Gibt´s schon jemand Neues?"

Ich zögerte einen kurzen Moment. Eigentlich hätte ich Heinz gerne von Svenja erzählt, aber die Sache war so neu, die Umstände so heikel, dass ich es lieber unterließ.

„Nein – niemand in Sicht."

„Hast Du noch Kontakt zu Yvonne?"

Ich schüttelte den Kopf.

„Nein. Sie hat sich nicht mehr gemeldet. Ich allerdings auch nicht."

„Wahrscheinlich auch besser so. Kalten Kaffee soll man nicht aufwärmen ..."

„Und bei Dir?", wechselte ich das Thema.

„Alles wie immer – privat alles o.k. Nur die Kinder sehe ich leider zu selten. Meine Tage sind vollgestopft mit Terminen und Sitzungen, auch am Wochenende habe ich wenig Zeit für mich. Aber ich brauch´ das. Hält mich von zu viel Nachdenken ab."

„Nachdenken findest Du problematisch?"

„Na klar. Schließlich bin ich jetzt Politiker."

Er lachte laut über seinen eigenen Witz und hob mir sein Glas entgegen.

Wir nahmen einen langen Zug, danach waren die kleinen Gläser fast schon wieder leer. Irgendwie ineffizient, die hiesige Bierkultur. Ausgiebig plauderten wir über die gemeinsame Zeit an der Uni, verklärten unsere Erinnerungen daran wie alte Kriegsveteranen. Wir sprachen über den Dauerflügelkampf in der SPD, den Heinz pflichtgemäß herunterspielte, Deng Xiao Pings überraschende Politik der Öffnung und Strauß´ wiederholte Drohung, mit der CSU in ganz Deutschland anzutreten.

Ob ich dazu was Neues wüsste, fragte mich Heinz, schließlich sei ich ja Untertan des schwergewichtigen „Ober-Bayern". Ich erklärte ihm, dass ich nur Auslandsaufklärung betreiben würde. Für das Inland sei ich nicht zuständig. Heinz lachte und klopfte mir kräftig auf die Schulter.

„Und wann trittst Du jetzt endlich bei uns ein? Leute wie Dich bräuchten wir."

„Du kennst mich, Heinz. Ich kann Vereinen, gleich welcher Art, immer noch nicht viel abgewinnen. Frei nach Woody Allen: In der Partei, die mich aufnehmen würde, möchte ich kein Mitglied sein."

Er lachte.

„Scheint eine Grundeigenschaft von euch Bayern zu sein – dieser Skeptizismus und diese innere Distanz zur profanen Ordnung der Welt. Karl Valentin, Oskar Maria Graf, Achternbusch ... und jetzt auch noch Du ..."

„Danke – diesen Vergleich lasse ich gerne unwidersprochen."

Wir bestellten noch eine Runde. Heinz war in trinkerischer Hinsicht noch gut in Form, er konnte mithalten. Irgendwann erzählte ich ihm, vom Bier ermutigt, von meinem aktuellen Aufklärungsprojekt. Vielleicht hatte er ja eine Ahnung, was hinter der plötzlichen und unerklärlichen Aufklärungs-Initiative Richtung Jemen wirklich steckte. Mit ernster Miene wies ich Heinz vorsorglich darauf hin, dass ich ihn leider töten müsste, wenn er mit jemandem darüber spräche. Er nahm grinsend einen weiteren Schluck, während ich ihm die hektisch einberufene Besprechung bei Stocker kurz vor Weihnachten schilderte.

„Kurzum – ich kann mir einfach nicht vorstellen, was den Außenminister geritten haben soll, so plötzlich ausgerechnet den Jemen zu einem Schwerpunkt unserer Beschaffung zu machen."

Heinz sah mich milde lächelnd über den Rand seines Bierglases hinweg an.

„Ich schon."

„Du weißt was dazu?"

„Und ob. Der arme Genscher hat sicher keine Ahnung, was er da mit seinem beiläufigen Nebensatz angerichtet hat."

Fragend schaute ich den Freund an. „Beiläufiger Nebensatz?"

Mein Freund nahm einen tiefen Zug aus seinem Glas.

„Ja. Alles banaler, typisch Bonner Bullshit. Das Ganze nahm seinen Anfang kurz vor der Weihnachtspause ... in der letzten Sitzung des außen- und sicherheitspolitischen Ausschusses. Ich habe selbst teilgenommen, weil ich für unseren regulären Vertreter eingespringen musste. Die Besprechung war eigentlich schon vorbei, als Ludemann, dieser schrecklich eitle Ehrgeizling von der FDP und einer der erklärten Parteifeinde Deines Präsidenten, unbedingt noch seinen Auftritt haben musste. Also fing er an, Keller anzumachen, den Vertreter Deines Hauses im Ausschuss. Was der Geheimdienst denn eigentlich zum Jemen wüsste, da höre man ja gar nichts. Wie denn der Stand des Konflikts sei, woher die Waffen für beide Seiten kämen, ob es militärische Planungen für ein Eingreifen der Saudis gäbe oder der Sowjetunion.

Euer Herr Keller war völlig perplex und geistig wohl schon beim Mittagessen – ich nehme an, Du kennst Keller?"

Ich nickte. Und ob ich Keller kannte.

„Du sprichst vermutlich von dem adipösen Regierungsdirektor mit der versilberten Betonfrisur und der ausgeprägten Selbstgefälligkeit, die durch die ständige Nähe zum diplomatischen Korps auch nicht kleiner geworden sein dürfte."

„Genau den meine ich. Er verhält sich in den Sitzungen immer ausgesprochen „rezeptiv". Ich habe den Verdacht, das liegt vor allem daran, dass er keine Lust hat, sich im Detail auf die im Ausschuss verhandelten Themen vorzubereiten und es deshalb vorzieht, keine Ahnung zu haben. Bei Nachfragen zieht er sich nämlich immer auf den komfortablen Standpunkt zurück, dass er aus Gründen des Geheimschutzes leider nichts sagen könne. Das hat er bei der „Jemen-Anfrage“ von Ludemann auch versucht. Er bedauere, dass er aus naheliegenden Gründen dazu leider keine Einzelheiten nennen könne, aber so viel dürfe er sagen, dass man, soweit er wisse, nicht viel wisse; er halte das aber für vertretbar, schließlich spiele der Jemen-Konflikt weltpolitisch doch nur eine untergeordnete Rolle – nicht mal Öl hatte man dort bisher entdeckt – nur vermutet. Das müsse doch auch in der FDP bekannt sein.

Einige der anderen Teilnehmer hatten gelacht und Ludemann war ziemlich rot angelaufen.“

„Für einen FDP-Mann eher ungewöhnlich“, witzelte ich.

Heinz grinste und griff nach seinem fast leeren Glas. Wir stießen an und tranken. Die aufmerksame Kellnerin steuerte bereits mit zwei frischen Bönsch, der Bonner Variante des Kölsch, auf unseren Tisch zu.

„Und wie ging´s weiter?“, wollte ich wissen, nachdem die Kellnerin wieder weg war.

Heinz grinste.

„In typisch Bonner Manier. Der düpierte Ludemann hat wohl gleich danach seinen kurzen Draht zu von Hosel, einem von Genschers Staatssekretären, genutzt und sich über die Ignoranz und Arroganz Eures Vertreters im Ausschuss beklagt. Hosel scheint die Geschichte tatsächlich gleich an Genscher weitergetratscht zu haben, der übrigens auch kein großer Bewunderer Eures neuen Präsidenten ist. Angeblich reden die beiden nicht einmal miteinander – solange es sich vermeiden lässt. Von einem Parteifreund weiß ich, dass der Außenminister dann bei einer Besprechung im Kanzleramt, in der es unter anderem um Beiträge Eures Hauses zu einer geplanten Reise des Kanzlers in den Oman ging, den verhängnisvollen Nebensatz gesagt."

„Welchen denn?"

„Er sagte, über den Jemen-Konflikt habe er aus Pullach übrigens schon lange nichts mehr gehört oder gelesen."

„Aha – na und?"

„Nun – leider war auch Dr. Wesslinger Teil der Runde, der für Euch zuständige Abteilungsleiter im Kanzleramt. Dem kam Genschers beiläufige Nachfrage gerade recht."

„Warum?"

„Nun – Wesslinger hat daraus eine „massive Verstimmung" des Außenministers über die Berichterstattung aus Pullach gemacht und sich sehr gefreut, dem Leiter Eures Hauses eine mitgeben zu können. Er ist nämlich scharf auf dessen Job und letztes Jahr bei der Nachbesetzung nur am Parteienproporz gescheitert. Schätze, das wusstest Du nicht?"

„Nein, woher auch. Würde aber passen."

„Und ob. Nachdem er sich die Geschichte also passend zurecht geschnitzt hatte, ließ Wesslinger eurem Oberboss noch schriftlich mitteilen, dass nicht nur der Außenminister unzufrieden mit der Arbeit in Pullach sei und man dort doch bitte die Hausaufgaben machen möge. Na, und Euer kalt erwischter Präsident hat dann offenbar dafür gesorgt, dass der angeblich so akute Informationsbedarf des Außenministers umgehend von seinem Haus befriedigt wird."

Ich spürte, wie heiße Wut in mir aufwallte.

„Jetzt wird mir einiges klar. Deshalb der plötzliche Stress bei uns im Haus. Nicht zu fassen! Nur wegen ein paar persönlicher Animositäten unter ein paar wild gewordenen Bonner Intriganten laufen wir uns die Hacken ab und werfen Steuergeld zum Fenster raus?"

Heinz nickte bedauernd.

„Ich fürchte, das ist, was Beamte tun müssen. Letztlich sind wir doch alle, jeder auf seine Weise, Teil dieses von Testosteron getriebenen Polit-Provinztheaters und seiner täglichen Inszenierungen. Sieh´s einfach positiv. Irgendjemand hättest Du sowieso anwerben müssen – ist ja schließlich Dein Job. Und wer weiß, wofür´s gut ist. Ich hoffe, Du hast schon ein paar schöne Dienstreisen in der Angelegenheit unternehmen können?"

„Danke der Nachfrage. Ich kann nicht klagen. Aber Du hättest mich ruhig vorwarnen können."

Heinz machte ein unglückliches Gesicht.

„Das stimmt – aber ich habe es offen gesagt nicht ganz ernst genommen und dann wieder vergessen. Schon lustig, wie Ihr manchmal Eure Aufträge bekommt. Wie ist das Ganze denn eigentlich danach bei Euch intern weiter gegangen?"

„Na, wie üblich, wenn der Ärger von so weit oben kommt – nach dem Prinzip „Rette sich, wer kann". Eine Kollegin aus der Registratur beim Präsidenten, mit der Max gut bekannt ist ... Du kennst doch Max, oder ...?"

„Dein theologisch vorgebildeter Kollege und Kumpel ... ist das nicht der, der diesen komischen Wagen fährt, diesen ... was war es noch gleich?"

„... ein Matra Simca Bagheera, ja ... genau der. Also diese Kollegin aus der Registratur hat ihm erzählt, dass der Präsident seinen unschuldigen Stabsleiter ziemlich gefaltet hat. Sie konnte es offenbar sogar durch die geschlossene Doppeltür hören. Der zu Unrecht angeschissene Ober-Stabsheini hat dann den Auftrag postwendend an Dr. Steinberg, dem für die Region zuständigen Abteilungsleiter „Analyse II", weiter gereicht und aus Wut über die ungerechtfertigte Standpauke seines Chefs einen mörderisch knappen Termin für die „dringende Stellungnahme zum Stand des Jemen-Konflikts“ gesetzt.

Von Steinberg wurde der Ball umgehend als „hochprioritäre Anfrage“ zur unverzüglichen Zuarbeit in unser Spielfeld gedroschen, wo er schließlich meinem ahnungslosen Chef, dem zuständigen Bereichsdirektor Albert Stocker, direkt vor die Füße gerollt ist. Steinberg hat nicht versäumt, gegenüber unserem Abteilungsleiter noch sein tiefes Unverständnis zu bekunden, wie man die Jemen-Aufklärung so lange habe schleifen lassen können. Und niemand dachte daran mal nachzuhaken, woher eigentlich dieses plötzliche Interesse an dem „neuen Aufklärungsschwerpunkt“ rührte. Schon gar nicht mein Chef.“

„Warum denn nicht?“

„Ach, weißt Du, der gute Stocker ist ein braver, fleißiger Beamter, aber eher überdurchschnittlich feige und mit Vorgängen außerhalb des Routinebetriebs schnell überfordert. Menschlich ist er eigentlich o.k., soll heißen, dass er zumindest nicht hinterhältig oder bösartig ist. Im Gegensatz zu vielen anderen Leuten auf seiner Ebene oder darüber.“

„Woran denkst Du, liegt das?“

„Was? Stockers Angst?“

„Nein. Dass es bei Euch in Führungspositionen so viele Soziopathen zu geben scheint. Nicht, dass das in der Politik anders wäre, aber bei Euch scheint mir das schon besonders ausgeprägt.“

„Keine Ahnung – vielleicht kommt es von der besonderen Isolation und Abschottung und den sehr speziellen Arbeitsbedingungen. Durch die Spundwände und über den Stacheldraht dringt ja kaum etwas nach draußen. Schätze, dass da ähnliche psychologische Prozesse wirken wie in einem Gefängnis. Und niemand, außer vielleicht mal der Präsident gegenüber irgendwelchen geheim tagenden Parlamentariern, muss sich für irgendetwas vor außenstehenden Instanzen rechtfertigen. Eines der wichtigsten Führungsmittel bei uns ist letztlich Angst. Angst, einen Fehler zu machen und sich rechtfertigen zu müssen, Angst, in Ungnade zu fallen, Angst, nicht mehr anerkannt oder vergessen zu werden, Angst, die nächste Beförderung zu verpassen."

„Das ist schade ... aber auch menschlich", meinte Heinz lakonisch.

„Und auf unsere Personal-Vertretung kann man auch nicht zählen. Sie darf ja erst seit kurzem überhaupt „mitwirken" – noch nicht einmal mitbestimmen, wie in normalen Behörden oder Betrieben."

Heinz nickte.

„Ja, ich kenne die Problematik. Da ist aber politisch derzeit nichts zu machen, wo doch immer noch überall die rote Gefahr lauert. Wie könnte man da Agenten Mitbestimmungsrechte in Ihrer Behörde zugestehen ..."

Er machte eine Pause und musterte mich süffisant.

„Vielleicht zieht euer Verein aber auch besonders verquere Charaktere an ... also, ich mein´, wenn ich Dich so anschau´ ..."

Bevor er sich wegducken konnte, traf ich ihn mit der flachen Hand am Hinterkopf.

„Sei froh, dass meine Leibwache nicht da ist", lachte er. „Sonst wärst Du jetzt ein toter Mann."

Gut gelaunt leerten wir unsere Gläser. Die Kellnerin war wirklich auf Zack. Schon brachte sie zwei weitere frisch gezapfte Biere – und zwei Klare. Sie zwinkerte uns zu.

„Die Schnäpschen geh´n auf´s Haus. Wohl bekomm´s, Herr Staatssekretär."

Heinz lächelte halb verschämt, halb geschmeichelt.

Erste Post aus Schweden (22. Juli 1979)

Ich war erst spät am Sonntagabend von meinem Ausflug in die Hauptstadt zurückgekommen und hatte mir Montag und Dienstag frei genommen. Trotzdem verschlief ich am Mittwoch und kam eine halbe Stunde zu spät ins Büro. Als ich meine Türe aufsperrte, begrüßte mich übler Verwesungsgeruch. Offenbar hatte ich vor meiner Reise nach Bonn vergessen, den Mülleimer auszuleeren. Durch die extrem heißen Temperaturen, die während meiner Abwesenheit geherrscht hatten, befanden sich die Reste in den Plastikschalen mit Kartoffel-, Krabben- und Fleischsalat in einer offenkundig weit fortgeschrittenen Phase eines außer Kontrolle geratenen Gärprozesses. Schnell riss ich das Fenster auf und entließ den Müllkippen-Mief hinaus ins Freie. Die sterblichen Essensüberreste brachte ich zur großen grauen Tonne vor dem Gebäude, wo ich die stinkenden Relikte mit angehaltenem Atem hineinwarf. Auf der Toilette wusch ich mir die Hände, danach ging ich ins Vorzimmer, um mein Fach zu inspizieren.

Frau Nessel saß wie eine Sphinx auf ihrem Stuhl und schaute demonstrativ auf die Uhr. Souverän ignorierte ich die Vorzimmer-Gans. Dann sah ich das rosa Kuvert in meinem Fach – zweifellos keine interne Post. Mein Herz machte einen heftigen Satz, hastig schnappte ich mir den Umschlag: Das schwedische Königspaar auf der Briefmarke, abgestempelt in Stockholm – kein Zweifel, von wem der Brief stammte. Und tatsächlich prangte auf der Rückseite Svenjas Adresse in Södermalm. Hoffentlich hatte Nessel sich die ungewöhnliche Dienstpost nicht zu genau angesehen.

„Na, das muss ja wichtig sein, wenn Sie es so eilig haben. Komisches Kuvert auch – scheint eine ganz neue

Operation zu sein", hörte ich die Nessel schnippisch hinter mir herplappern. Ich zwang mich, den Mund zu halten. Das unverschämte Weibsbild wollte mich provozieren, um mir irgendwelche Details zu entlocken. Aber da musste sie schon früher aufstehen. Betont langsam ging ich daher jetzt zurück in mein Büro.

Ich hatte Svenja gleich nach meiner Rückkehr aus Stockholm einen langen Brief geschickt. Freudig rechnete ich nach, dass sie mir geschrieben haben musste, noch bevor mein Brief bei ihr angekommen war. Sonst hätte ihr Kuvert durch den Umweg über den Oberhausener Polizeipensionär und das Postfach am Münchner Hauptbahnhof noch gar nicht hier sein können. Sie hatte mir also geschrieben, bevor mein Brief bei ihr ankam. Ein gutes Zeichen!

Ich musste mir allerdings dringend etwas einfallen lassen, damit künftige Briefe meines schwedischen Schwarms keinen Verdacht erregten. Vielleicht sollte ich Kurz in die Geschichte einweihen, damit er mir die spezielle Post immer nur persönlich übergab. Mist! In diesem Scheiß-Laden wurden die normalsten Sachen zum Problem. Warum konnte ich nicht bei irgendeiner 08/15-Behörde arbeiten, warum musste es ausgerechnet dieser verfluchte 007-Verein mit seinem ganzen Sicherheits-Brimborium sein. Moritz, ein alter Freund von mir, war nach dem Studium bei irgend so einem Immobilienamt im Norden Münchens gelandet und meinte, es gefiele ihm ganz gut, denn da habe man immerhin mit etwas Konkretem zu tun. Vielleicht sollte ich ihn gelegentlich mal fragen, ob man mich nicht auch dort brauchen könnte.

Endlich im Büro, riss ich neugierig das rosa Kuvert auf und faltete ungeduldig die Seiten auseinander. Sie dufteten nach „Opium" – Svenjas Parfum. Der olfaktorische Erinnerungsflash und der Inhalt der ersten Zeilen ließen mein

Herz höher schlagen – dann aber kam der Schlag in den Magen.

Die zweite Drohung – Ende Juli 1979

Belkisa wartete vor dem Kindergarten, als die Tür aufschwang und Ali in einem Pulk schreiender Kinder herausgerannt kam. Er sah seine Mutter und lief strahlend auf sie zu. Sie fing ihn auf, küsste ihn auf die Stirn. Während er ihr aufgeregt erzählte, was sie alles gemacht hatten, schnürte sie seine Turnschuhe noch einmal fester. Ali hatte das Binden der Schleifen erst kürzlich gelernt und beherrschte es noch nicht besonders gut. Sorgfältig richtete Belkisa seine Haare und steckte das dunkelblaue Polo-Shirt zurück in die kurze Hose der Schuluniform. Sie gingen die Burton-Road hinunter, an deren Ende der große Supermarkt lag, in dem Belkisa noch für das Wochenende einkaufen wollte.

Ali bestand wie immer darauf, den Einkaufswagen zu schieben. Der Handgriff lag nur knapp über seiner Augenhöhe und er hatte Mühe, das Gefährt zu lenken. Belkisa ging voraus und dirigierte Ali zum Korridor mit den Frühstücks-Sachen. Zwei große Packungen Cornflakes, ein Glas Erdbeermarmelade, Kaffee, Zucker und verschiedene Tees wanderten in den Wagen. Belkisa fiel ein, dass sie auch noch Milch brauchte. Das Kühlregal stand weiter hinten an der Wand, etwa fünf Regalreihen entfernt. Sie bat Ali kurz beim Wagen zu warten, während sie die Milch holte. Er nickte und betrachtete weiter die Disney-Figuren, die auf der Cornflakes-Packung abgebildet waren. In jeder Packung war eine davon zu finden und Ali hatte schon eine große Sammlung angelegt. Er überlegte, welche ihm noch fehlten, als ihn ein fremder Mann ansprach.

„Hallo, Kleiner. Na, wie wär's mit einem Eis?"

Belkisa brauchte etwas länger am Kühlregal. Nachdem sie zwei Liter Frischmilch unter den Arm geklemmt hatte, wollte sie Yusuf noch ein paar Becher seines Lieblings-Yoghurts mitbringen, fand ihn aber in der unübersehbaren Fülle des Sortiments erst nach längerem Suchen.

Als sie um die Ecke der Regalreihe bog, wo sie Ali zurückgelassen hatte, blieb sie erschrocken stehen. Der Wagen stand verwaist da – Ali war verschwunden. Sie rief nach ihm, rannte zu den angrenzenden Gängen zwischen den Regalen und spähte in die Warenschluchten. Nichts zu sehen. Mit zunehmender Panik fragte sie andere Kunden nach ihrem Sohn, aber alle schüttelten nur den Kopf. Als sie gerade nach vorne zu den Kassen laufen wollte, um Ali ausrufen zu lassen, sah sie ihn. Er kam an der Hand eines bulligen Mannes mit Vollbart vom anderen Ende des Supermarkts auf sie zu. In der rechten Hand hielt er ein Softeis, von dem er gut gelaunt schleckte.

Erleichtert, aber auch ein wenig misstrauisch, ging sie auf den Mann zu, der etwa fünf Meter vor ihr stehen blieb. Er lächelte, als er sprach.

„Da sieht man mal, wie schnell einem so kleine Kinder abhanden kommen können. Aber es ist ja noch mal gut gegangen."

Er ließ Ali los, der auf seine Mutter zuging, noch einmal kurz stehenblieb, zurückwinkte und sich für das Eis bedankte.

Der Mann nickte Ali zu.

„Gern geschehen, Kleiner."

Belkisa wollte sich gerade bedanken, als der Mann plötzlich ein paar schnelle Schritte auf sie zu machte. Instinktiv wich sie zurück.

„Das nächste Mal kann ich nicht garantieren, dass sie

den Jungen so schnell und so intakt zurückbekommen. Fragen Sie Ihren Mann, der kennt uns. Wenn er gewisse Aktivitäten nicht umgehend beendet, werden wir Maßnahmen ergreifen müssen. Möglicherweise auch schmerzhafte Maßnahmen."

Der Mann hatte den Abstand zwischen sich und ihr noch einmal verkürzt. Belkisa nahm deutlich den kalten Zigarettenrauch in den Kleidern des Mannes wahr. Sie drückte Ali noch fester an sich und stieß an das Regal hinter ihr, als sie zurückwich. Einige Konservendosen fielen heraus und rollten über den Boden. Ali ließ vor Schreck die Waffel mit dem Eis fallen und begann zu weinen. Fassungslos starrte Belkisa den Mann an, der sie aus seinen gelben, echsenhaften Augen ungerührt musterte.

„Ich meine das sehr ernst."

Dann drehte er sich um und verschwand zwischen den Regalen in Richtung Ausgang. Das Softeis bildete auf dem Steinboden eine zartrosa Lache, in deren Mitte einsam die Waffel schwamm.

Nichts wie weg (Mitte August 1979)

Ich wusste nicht, zum wievielten Mal ich Svenjas Brief nun schon las, aber es wurde nicht besser. Sie schrieb, wie besonders jener Abend mit mir gewesen sei, dass sie glaube, mich irgendwie zu vermissen, obwohl sie mich doch kaum kannte, und dass sie mich sehr gerne wieder sehen würde ... und dann das:

Sie hatte einen lange ersehnten Platz in einem dreimonatigen akademischen Austauschprogramm im Rahmen ihres Slavistik-Studiums bekommen: Ab nächster Woche wäre sie bis Ende November in Sankt Petersburg. Die

Stadt sei großartig und ich solle sie doch einfach mal dort besuchen kommen – sie würde sich sehr freuen.

Oh Gott! Die Kollegen bei der Sicherheit würden mich wahrscheinlich für übergeschnappt halten, wenn ich sie fragte, ob ich nicht ausnahmsweise privat in die UdSSR fahren könne. Und wenn ich das abstruse Ansinnen auch noch damit begründete, dass ich dort gerne eine junge Frau wieder treffen wollte, die ich während der Einsatzführung in einer sensiblen Operation unter Arbeitsnamen kennengelernt und der ich auch gleich noch meine Deckadresse verraten hatte, würden mir die Herzen der Sicherheits-Fritzen bestimmt nur so zufliegen. Es war zum Haareraufen. Ich versuchte klar zu denken. Ich brauchte dringend eine gute Ausrede für Svenja, warum ich nicht nach Russland fahren könnte und musste sie das möglichst schnell wissen lassen. Es war bitter: Die erhoffte, neue Liebe zu der schönen Unbekannten würde zunächst mal nichts weiter sein, als eine ziemlich komplizierte Brief-Freundschaft mit hohem Risiko – für beide Seiten.

In trüber Stimmung fing ich an, meine interne Eingangspost zu öffnen. Darunter waren die Bewertungen für die ersten Berichte von „Kalif". Sperber hatte sich damit ziemlich Zeit gelassen. Ein paar wenige durchschnittliche Beurteilungen waren darunter, das meiste aber wurde als kaum brauchbar klassifiziert. Die Kommentare unter den Zensuren las ich gar nicht erst, sondern schmiss alles in den Karton für das Zeug, das am Ende eines Tages vernichtet werden musste. Meistens ging ich nur ein- bis zweimal im Monat zum Reißwolf und fütterte ihn dafür umso ausgiebiger. Die Schachtel war schon ziemlich voll.

Das Telefon klingelte. Ich nahm ab. Es war Sperber – der hatte mir jetzt gerade noch gefehlt. Ich hätte was gegeben für ein Telefon, das die Nummer des Anrufers anzeigt.

Dann wäre ich einfach nicht rangegangen. So aber hatte ich jetzt diese näselnde Nervensäge an meinem Ohr.

„Hallo, Herr Schreiber, hier ist Horst Sperber. Es geht um diese neue Quelle von Ihnen. Ich hätte da noch ein paar Fragen“, kam es aus dem Hörer.

Ich verdrehte die Augen zur Decke.

„So, was für Fragen denn?“

„Komisch, Sie müssten meine Bewertungen eigentlich schon bekommen haben. Also so richtig überzeugt hat mich das nicht, was Sie uns da geschickt haben. Der Mann lebt wohl nicht im Zielland, wenn ich das richtig sehe?“

„Das ist korrekt. Würde er dort leben, wäre er bald tot.“

Sperber schien über die Paradoxie der Bemerkung zu stolpern, denn er schwieg einen Moment.

„Die Informationen stammen also nicht aus erster Hand?“

„Wenn Sie damit meinen, dass er nicht selbst im Jemen recherchiert, sondern das durch Dritte erledigen lässt, haben Sie Recht. Er hat allerdings gute Verbindungen im Land und ist außerdem erst seit vier Monaten aktiv für uns tätig. Ein bisschen Geduld müssen Sie schon haben.“

„Uns wäre trotzdem jemand lieber, der im Land lebt und direkte Zugänge hat.“

„Uns hier auch.“

„Und warum haben Sie dann diesen Knaben angeworben und nicht einen, der unmittelbar aus dem Südjemen berichtet?“

„Weil wir dort nicht hinreisen dürfen, weil es ein Staat mit besonderem Sicherheitsrisiko ist und wir nicht warten wollten, bis sich ein Südjemenit bei uns selbst anbietet.“

Ich musste mich schwer beherrschen, um sachlich zu bleiben.

Sperber lachte ein wenig verklemmt.

„Ja, haha – ich verstehe. Sie wollen sagen, dass Beschaffung eine schwierige Angelegenheit ist, wie? Nun, Analyse ist auch nicht ganz einfach, wenn man keine vernünftigen Informationen bekommt. Na, nichts für ungut. Vielleicht findet sich ja demnächst doch noch jemand, der besser platziert ist. Unsere Berichterstattung bestreiten wir eben solange weiter aus offenen Aufkommen. Aber halten Sie den Mann ruhig mal warm."

„Danke für den Tipp, Herr Sperber. Wir bleiben dran. War's das?"

„Eins noch. Ich finde ja, dass die aktuellen Entwicklungen in Iran von weit größerer Bedeutung sind als dieser abseitige Jemen-Konflikt. Wir sollten eher zusehen, dass wir da operative Zugänge bekommen."

„Ganz Ihrer Meinung, Herr Sperber. Aber ich habe diesmal ausnahmsweise nicht selbst entschieden, was wir aufklären, sondern offenbar der Außenminister. Ich meine ja nur."

Wieder legte mein Gesprächspartner eine kurze Denkpause ein, um das Gesagte auf seine Ernsthaftigkeit hin zu analysieren.

„Äh – ja. Ha, ha – ich verstehe. Na, wenn Sie für unseren Außenminister nichts Besseres auftun können, ist das nicht mein Problem. Nichts für ungut, aber mehr als ein „3-f-B" kann ich auf diese ersten Berichte beim besten Willen nicht geben."

„Ich werd's überleben", seufzte ich in den Hörer und legte auf.

Dieser Idiot! Sein „3-f-B" konnte er sich sonstwohinschieben. Es war eine Bewertung knapp über „unbedeutend". Aber das war für mich lediglich „n-2-k" – „nice two know". Schließlich hatte ich „Kalif" bereits beim Treffen in Stockholm gebeten, tiefer zu graben, weil ich diese Reaktion schon geahnt hatte. Aber ich regte mich nur noch selten über schlechte Bewertungen auf. Es war dann zwar schwieriger, einen neuen Informanten so zu bezahlen, dass er nicht gleich wieder die Lust verlor, aber solange die Sache noch als politisch motivierter, prioritärer Auftrag „von ganz oben“ galt, hatte ich für „Kalif“ trotz der schlechten ersten Rückmeldungen der Auswertung genug Geld zur Verfügung – jedenfalls bis die nächste Sau durchs Dorf getrieben wurde. Sogar die Aufpasser aus der vom neuen Präsidenten kurz nach dessen Amtsantritt ins Leben gerufenen „Controlling-Abteilung“ hatten sich bisher vermutlich auf höhere Weisung nicht quergelegt. Und seit ich den banalen Hintergrund der angeblich so dringenden Jemen-Aufklärung kannte, nahm ich die Sache ohnehin nicht mehr besonders ernst.

„Kalif“ war ein netter Kerl – ich mochte ihn. Und er war auch gut. Wer weiß, wofür man ihn noch brauchen würde. Wie bei jedem neuen Informanten musste man zunächst Vertrauen aufbauen und die Person allmählich behutsam dahin führen, wo sie vielleicht an wirklich interessante Informationen heran kam und auch bereit war, das damit verbundene Risiko einzugehen. Das war ein komplexer Prozess, den man nicht im Hauruck-Verfahren durchziehen und beliebig beschleunigen konnte – auch mit Geld nur bedingt. Außerdem musste ich darauf achten, dass meine Legende hielt. Sowohl „Kalif“ gegenüber als auch, was Svenja betraf. Oh Gott – Svenja! Was sollte ich der nur erzählen? Und wann?

Ich musste mal hier raus, am besten nach dem Oktoberfest. Irgendwohin, wo im Herbst sonst keiner hinfuhr. Beim Gedanken an die wohltuende Wirkung, die jetzt ein Schluck Whisky auf mich gehabt hätte, fiel mir Schottland ein – dort war ich schon lange nicht mehr gewesen. Es war kurz nach Vier, als ich entschied, für heute Schluss zu machen. Als letzte Amtshandlung des Tages füllte ich noch einen Urlaubsantrag aus, ließ Max als Vertreter abzeichnen und brachte ihn ins Vorzimmer. Frau Nessel nahm ihn huldvoll entgegen und steckte ihn in die blaue Unterschriften-Mappe für Stocker.

„Schon wieder Urlaub?"

„Ja schon der zweite dieses Jahr, ich weiß. Hoffentlich können Sie das mittragen, Frau Nessel."

Die Sekretärin schwieg eingeschnappt.

Ich verließ das Gebäude und ging zu meinem Wagen. Es war ein herrlicher Sommertag, das Gelände hatte sich daher schon weitgehend geleert. Vor der Thalkirchner Brücke stand ich fast eine Viertelstunde, denn den Zebrastreifen dort querte von links ein nicht enden wollender Strom sommerlich gekleideter, vollbepackter Badelustiger, die zur Isar strebten. Von rechts kamen zahllose Familien mit kleinen Kindern, die im Tierpark gewesen waren. Es dauerte eine halbe Ewigkeit, bis ich endlich durch eine Lücke im Strom der Menschen in die Tierparkstraße flutschen konnte. Danach kam ich flott voran. Ich fand auch gleich einen Parkplatz – direkt vor meinem Haus.

Das kleine Reisebüro, in dem ich meine privaten Reisen buchte, war nur zwei Querstraßen weiter. Stocker hatte den Urlaub zwar noch nicht genehmigt, aber es sprach nichts dagegen, dass er es tun würde. Im Moment lag nichts Besonderes an und ich wurde ja vertreten. Die erste Urlaubswoche wäre den traditionellen Extremtrink-Tagen auf dem Oktoberfest vorbehalten, die ich mit Max und einer wechselnden Restmannschaft anderer Spezeln absolvieren würde. Danach wollte ich mich davon zwei Wochen in Schottland erholen.

Im Reisebüro buchte ich einen Flug nach Edinburgh – Abflug am 06. Oktober, Rückflug am 20. Oktober. Die nette Angestellte warnte mich, dass es dort um diese Zeit schon ziemlich kalt und scheußlich sein konnte. Ich dankte für den Hinweis, aber sie müsse sich keine Sorgen machen. Ich käme mit jedem Wetter klar. Und Regen, so dozierte ich, würde garantieren, dass ich auf meinen ausgedehnten Wanderungen durch die Highlands weitgehend alleine wäre. Ich sah ihr an, dass sie mich für ein wenig merkwürdig hielt. Woher sollte sie auch wissen, wie gut ein Glas Scotch schmeckte, wenn Sturmböen den Regen gegen die Fenster eines Cottages klatschten, während man am knisternden Kaminfeuer saß und die Bücher las, für deren Lektüre man sich sonst die Zeit nicht nahm.

Dann packte ich eine Tasche mit meinen Badesachen und radelte zu meinem Lieblingsplatz an der Isar, um die letzten Sonnenstrahlen zu genießen.

Das neue Schüttelbild (14.08.1979)

Am nächsten Tag war ich mit den Vorbereitungen für das Treffen mit „Kalif" in Köln beschäftigt. Eine Überwachung des Treffs, die ich vor einer Woche vorgeschlagen hatte, war kurz erwogen, dann aber aus Kapazitätsgründen verworfen worden. Angeblich lief gerade eine ziemlich wilde Geschichte mit irgendeinem Überläufer aus der DDR, angeblich ein Oberstleutnant der HVA, der aus der DDR heraus geschleust werden musste. Alle spielten verrückt wegen dieser super-geheimen Sonderaktion, die hinter vorgehaltener Hand intern allerdings breit diskutiert wurde. Wegen dieser Sache waren die Leute vom Observations-Team-NRW zur Unterstützung der bayerischen Kollegen nach München und Berlin beordert worden. Später würde sich wahrscheinlich die halbe Behörde damit rühmen, an entscheidender Stelle mit der Führung dieses DDR-Informanten und dessen erfolgreicher Flucht befasst gewesen zu sein.

Die Absicherung des Treffs mit meiner Quelle in Köln fiel also aus. Aber da die Sache bisher störungsfrei gelaufen war, sah ich keinen Grund zur Beunruhigung, schließlich war mir bei den vorangegangenen Treffen nie etwas Verdächtiges aufgefallen. Und auch „Kalif" hatte nie etwas erwähnt, das zu Bedenken Anlass gegeben hätte.

Ich war verdutzt, als ich in Yusufs kurzem Anschreiben las, ob es möglich wäre, nochmal eine dieser „Schneekugeln", die ich ihm in Paris gegeben hatte, zu besorgen und nach Köln mitzubringen. Sein Sohn habe sein liebstes Spielzeug fallen lassen, die Plexiglaskuppel sei gesprungen und das Wasser ausgeflossen. Ali sei sehr traurig und man habe ihn bislang mit keinem anderen Spielzeug darüber hinwegtrösten können, dass es in seiner Kugel nie mehr schneien würde. Er käme natürlich für die Kosten auf.

Das war ja lustig. Aber mit dem Original würde ich nicht dienen können. Ich müsste wohl ein Schüttelbild mit Marienplatz und Rathaus oder Frauenkirche in einem Münchner Souvenirladen erstehen. Dann fiel mir ein, dass Max in den nächsten Tagen dienstlich nach Paris fahren wollte. Ich griff zum Hörer und wählte die Nummer meines Kumpels.

Treffen in Köln (15.08.1979)

„Kalif" verspätete sich. Zum ersten Mal. Ich saß in dem vollen Kellerlokal in der Kölner Altstadt, in dem wir uns verabredet hatten, und wartete mit steigender Nervosität.

Endlich tauchte er auf – fast zwanzig Minuten zu spät. Er kam eilig auf mich zu und schüttelte mir die Hand.

„Entschuldigen Sie – ich habe mich verlaufen. Diese Gegend mit den vielen kleinen Gassen ist etwas verwirrend."

„Ist in Ordnung. Ich habe schon angefangen, mir Sorgen zu machen."

„Das müssen Sie nicht."

Er kramte in seiner Manteltasche und brachte Alis Schneekugel mit der gesplitterten Kuppel zum Vorschein. Traurig sah er mich an.

„Da ist das Unfallopfer. Ali ist immer noch untröstlich. Darf ich fragen, ob Sie – ich meine, haben Sie …?"

Kurz überlegte ich, ob ich ihn zum Spaß ein wenig hinhalten sollte, aber der Mann wirkte so ehrlich verzweifelt, dass ich es bleiben ließ. Stattdessen holte ich das kleine Kästchen aus meinem Aktenkoffer, das ich vorhin in der Scheinfirma noch in Geschenkpapier gepackt hatte. Max war gestern aus Paris zurückgekommen und hatte tatsächlich ein Schüttelbild aus dem Laden in der Rue Delambre dabei gehabt. Er hätte beide genommen, erzählte er mir, aber das andere war offenbar verkauft worden.

Das dritte Exemplar stand immer noch auf meinem Schreibtisch in Pullach. Wenn Max mit leeren Händen zurückgekommen wäre, hätte ich „Kalif" dieses gegeben. Aber ich hing daran.

„Aber sicher habe ich es dabei."

„Kalif" strahlte über das ganze Gesicht, als er das Paket geöffnet hatte. Er stellte das unversehrte Exemplar neben das kaputte auf den Tisch.

„Sie sind ein Genie, Herr Narvik. Vielen Dank – auch im Namen von Ali. Sie ahnen nicht, welche Freude Sie meinem Sohn damit machen."

„Sehr gern geschehen – wenn es weiter nichts ist."

„Nein, nein, ich weiß das wirklich sehr zu schätzen."

In dem anschließenden Gespräch über die geschäftlichen Aspekte unserer Kooperation fiel mir auf, dass „Kalif" irgendwie nervös wirkte, nervöser jedenfalls als bei unseren ersten beiden Begegnungen in Paris und Stockholm. Immer wieder musterte er die anderen Gäste des Restaurants und schaute jedes Mal zur Tür, wenn jemand herein kam.

Ich entschied, ihn nicht darauf anzusprechen. Wenn er ein Problem hatte, dann, fand ich, dass er den ersten Schritt tun müsste. Schlafende Hunde zu wecken war nie eine gute Idee. Spontan fragte ich „Kalif", ob ich das kaputte Schüttelbild mitnehmen könne – sozusagen als Souvenir an unser erstes Treffen in Deutschland – und er gestattete es ohne Weiteres.

FERNSCHREIBEN

Von Botschaft London, ZNE-Koordinierungsstelle Europa West
Für: Hauptquartier ZEN Aden, Abteilung Europa.
FS-Nr. 036498-2 vom 16.08.1979
Top: Zwischenbericht zur Operation gegen den streunenden Hund Y.H.
Hier: Weiteres Treffen mit unbekanntem Mann – mutmaßlich ND-Angehöriger West-Deutschland.

Bei Allah dem Allmächtigen, geheiligt sei sein Name,

Sektion 13 an der Botschaft in Bonn hat Treffen von Y. al-H. in Köln observiert und folgende wesentlichen Feststellungen getroffen: Treffpartner (im folgenden TP) des streunenden Hundes war gemäß Beschreibung identisch mit dem Mann in Paris. Es wurden unbemerkt einige Aufnahmen gemacht, die

London per Kurier zugestellt werden. Keine Erkenntnisse zum Inhalt des Gesprächs, aber erneutes Auftauchen des schon in Paris verwendeten Souvenir-Artikels (Schüttelbild).

Verdacht erhärtet sich, dass der Gegenstand etwas mit dem Informationsaustausch unter den Beteiligten zu tun hat, denn es wechselten zwei der Objekte den Besitzer.

Der streunende Hund nahm danach einen Zug zum Flughafen nach Düsseldorf und flog zurück nach London. TP blieb in Köln und konnte bis zu einem Bürogebäude verfolgt werden, das er gegen 16.00 Uhr betrat und erst gegen 19.00 Uhr wieder verließ. Danach folgte ausgiebiger Alkoholkonsum in verschiedenen Lokalen der Altstadt. Gegen Mitternacht verschwand TP in ziemlich angetrunkenem Zustand im Hotel „Rheinischer Hof" in der Nähe des Bahnhofs. Es konnte festgestellt werden, dass TP dort unter dem Namen Paul Narvik abgestiegen war. Wir warten auf weitere Weisungen.

Allahs Segen und Gnade sei mit Euch und mit unserem Herrscher,

gez.: Abdullah Masri
(Leiter Station London)

FERNSCHREIBEN

Von: ZEN Hauptquartier Aden, Abteilung Europa
Für: Botschaft London, ZEN Koordinierungseinheit Europa West
FS-Nr. 036626-5 vom 17.08.1979

Im Namen Allahs des Allmächtigen, gepriesen sei sein Name,

offenbar gab es ein weiteres Treffen mit unbekannter, männlicher Person. Sektion 13 konnte eine Begegnung in

Köln beobachten. Name der Person lautet auf „Paul Narvik" – vermutlich Tarnname. Sie scheint ein Büro in Köln zu unterhalten. Sektion 13 hat Weisung, weiter zu recherchieren. Subjekt Y. al-H. scheint also nicht auf die letzte Warnung reagiert zu haben. Daher müssen andere Wege beschritten werden. Station London wird angewiesen, die Frau und das Kind des streunenden Hundes angemessen zu konfrontieren. Intensität wird in das Belieben der Station gestellt. Aufsehen, das behördliches Eingreifen provozieren könnte, ist allerdings unerwünscht. Maßnahme soll nach Möglichkeit im zeitlichen Zusammenhang mit neuen Schnüffelversuchen des Hundes erfolgen.

Die Güte und die Weisheit Allahs sei mit unserem Herrscher,

gez. Mohammed al-Tubari
(Leiter Abteilung Europa)

Das Geständnis (20.08.1979)

Jemand klopfte an die Tür. Es war Kurz. Er kam herein und legte mir einen Umschlag in einem Format und aus einem Papier, wie ich es noch nie gesehen hatte, auf den Tisch. Offenbar hatte er ihn gerade aus unserem Schließfach in der Stadt geholt. Ich hoffte und fürchtete zugleich, dass es sich um den ersten Brief von Svenja aus Sankt Petersburg handelte.

„I hab´ denkt, den geb´ ich Eana liaba glei in´d Hand. Wissen´s, die Nessel interessiert si in letzter Zeit moi wieder ziemli für Ihre externe Post."

Ich errötete.

„So, so. Ja – ist wirklich eine neugierige Person, diese Nessel. Danke auch, dass Sie mir die dienstliche Post direkt vorbei bringen, Herr Kurz."

Er sah mich mit einer Mischung aus Skepsis und Mitleid an.

„Die Dame, die Eana bis vor kurzem aus Schweden g´schrieben hat, is offensichtlich umzogen. Soll schön sei, da in Sankt Petersburg, hoaßt ja jetzt Leningrad – aber russisch is es nach wie vor."

Er schüttelte leicht tadelnd den Kopf.

„I hoff', Sie wissen, wos Sie do machan, Herr Schreiber."

Mir wurde schlagartig klar, dass es keinen Sinn hatte, Kurz länger für dumm zu verkaufen. Ich musste das klären.

„Haben Sie vielleicht einen Moment Zeit, Herr Kurz?"

Ich wies auf den Platz für Besucher.

Kurz nickte stumm und quetschte sich auf den Stuhl zwischen Aktenbock und Blechschrank.

Dann griff ich zum Hörer.

„Hallo, Max. Kannst Du mal rüberkommen? Es wäre wichtig."

Gleich darauf stand Max in der Tür.

Ich winkte ihn herein, er sah Kurz hinter dem Blechschrank sitzen.

„Servus, Erwin. Ois klar?"

Kurz hob die Hand zum Gruß.

„Passt scho."

Max schloss die Tür hinter sich, als er die ernste Atmosphäre im Raum spürte.

„Und ... was gibt´s?"

„Ich glaube, ich bin Euch beiden eine Erklärung schuldig. Und ich hoffe, Ihr versteht mich."

Der abgebrochene Theologiestudent Max setzte sich mit dem halben Hintern auf den Aktenbock und mir war, als hätte er dabei dem neben ihm schmunzelnden Kurz vielsagend zugezwinkert. Er wandte sich mir zu und meinte in salbungsvollem Ton:

„Wir sind bereit. Nun beichte Deine Sünden, mein Sohn."

Dann legte ich vor der zweiköpfigen, internen Wahrheitskommission ein umfassendes Geständnis ab.

Post aus dem Jemen (Anfang September 1979)

Yusuf hatte alle zwei Wochen bei Yassir nachgehakt, wann er denn endlich liefern könne, und war von diesem immer wieder vertröstet worden. Bei seinem letzten Telefonat hatte er endlich erklärt, dass er die Sendung fertig habe. Er habe sich lange Gedanken wegen der Beförderung gemacht und jetzt einen sicheren Weg aufgetan. Yusuf solle sich keine Sorgen machen.

Einige Tage später übergab Yassir den Umschlag einem mit ihm gut befreundeten Schiffsingenieur, der auf einem Frachter die Strecke zwischen dem Persischen Golf und Ägypten befuhr. Er bat ihn, das Kuvert bei Ankunft in seinem Zielhafen Alexandria per Luftpost an das genannte Postfach in London zu schicken. Es sei etwas Privates und sehr wichtig für einen Verwandten, der vorübergehend in London lebe. Yassir vertraute dem Mann, aber alles musste er auch nicht wissen.

Jetzt, drei Wochen später, hielt Yusuf den dick verklebten Umschlag aus rotbraunem Packpapier in der Hand, abgestempelt in Kairo. Trotz seiner Neugierde ging Yusuf vorsichtig zu Werk. Er schnitt langsam und kontrolliert mit einem kleinen, scharfen Messer durch die verschiedenen Verpackungsschichten, bis er schließlich Yassirs Berichte und Dokumente in der Hand hielt.

Er überflog das Zeug – statistisches Material, Umschlagszahlen des Hafens, immerhin aktuell, Ein- und Ausfuhrtabellen aus dem Handelsministerium, aufgeteilt nach Produkten, nichts Besonderes, aber wenigstens war es authentisches Material aus dem Jemen selbst. Das sollte Paul zunächst zufrieden stellen.

Als Yusuf ein schmales Brevier über den Adener Hafen mit dem Daumen durchblätterte, fiel ihm ein kleines Kuvert zwischen den Seiten auf. Irgendetwas hatte Yassir da noch einmal extra eingetütet. Yassir hatte das Kuvert sogar mit etwas Kerzenwachs versiegelt. Yusuf brach das unversehrte Siegel auf und entnahm dem Umschlag einen mehrfach gefalteten, handgeschriebenen Zettel.

Lieber Yusuf,

Allah sei gepriesen, dass es Dir gut geht. Ich habe mich sehr gefreut, Deine Stimme wieder zu hören. Deine Mutter schickt Dir ein Bild von sich und der Familie – sie würde sich auch eines von Dir wünschen, aber diese Art des Postwegs funktioniert wohl nur in eine Richtung. Deine Briefe haben Deine Mutter nie erreicht, umso glücklicher war sie, jetzt ein Lebenszeichen von Dir zu bekommen.

Ich hoffe, ich kann Dir mit dem Material weiterhelfen. Bitte verstehe, dass ich nicht mehr machen kann; man hat mich schon komisch angesehen, als ich mich für diese eigentlich harmlosen Zahlen interessiert habe.

P.S.: Bei uns laufen in letzter Zeit häufiger Frachter aus dem Iran ein, deren Ladung in der Nacht gelöscht wird und die am nächsten Morgen schon wieder auf See sind. Es heißt hinter vorgehaltener Hand, dass die Iraner dabei seien, einen heimlichen Stützpunkt an der Küste oder auf einer der Inseln einzurichten. Dachte, das könnte Dich interessieren. Aber schreib´ darüber lieber nichts in Deinem Artikel. Falls

Du es aber doch genauer wissen willst, habe ich Dir auf der Rückseite Mahmuts Anschrift notiert. Sei um Allahs Willen vorsichtig, falls Du Kontakt mit ihm aufnimmst. Aber wem sage ich das.

Allah, der Barmherzige, schütze Dich,
Yassir

Yusuf nahm das Foto, das in dem Kuvert steckte. Es war ein Gruppenbild der engeren Verwandtschaft – über zwanzig Leute. In der Mitte vorne stand seine Mutter. Yusuf gab es einen Stich – er sah, dass Sie bei der Aufnahme mit den Tränen kämpfte. Sie war sichtbar gealtert, tiefe Falten durchfurchten ihr Gesicht an den Nasenflügeln und den Mundwinkeln. Yusuf wandte das Gesicht ab und legte das Photo mit dem Bild nach unten auf den Tisch.

Er würde das Gerücht über den iranischen Stützpunkt zunächst nicht an Paul weitergeben. Wenn es nicht zutraf, würde er sich als Informant unglaubwürdig machen, entspräche es der Wahrheit, könnte es unabsehbare Folgen haben. Dann wären womöglich Israelis, Saudis und Amerikaner gleichermaßen alarmiert, wenn der Iran mit einem militärischen Bein am Roten Meer stünde. Dem würden sie nicht tatenlos zusehen. Wer weiß, was das für seine Leute im Jemen bedeuten könnte.

Schwaches Fleisch (20. September 1979)

Ich erwachte mit einem stechenden Kopfschmerz über dem linken Auge, ein untrügliches Zeichen, dass ich zu viel von verschiedenen alkoholischen Getränken wahllos durcheinander gesoffen hatte.

Und ich fühlte mich ziemlich miserabel – nicht nur körperlich, auch moralisch. Obwohl ich Svenja gegenüber im Grunde zu nichts verpflichtet war und Sie mich ja sozusagen für dieses blöde Auslands-Praktikum „verlassen“ hatte, quälte mich ein schlechtes Gewissen.

Ich lag nackt im Bett, die Frau neben mir hätte auch nackt sein müssen, wenn sie denn noch da gewesen wäre. Ich richtete mich ächzend auf und setzte langsam die Erinnerungsstücke an die letzte Nacht zu einem Bild zusammen, das den tatsächlichen Ereignissen mutmaßlich nahe kam. Die Scotch-Flasche auf dem Wohnzimmertisch war halb leer, eine leere Flasche Söhnlein Brillant lag anklagend auf dem Teppichboden. Das ging ja gut los, mit dem Oktoberfest. Am ersten Tag der Wies´n hatte ich mich noch erfolgreich mit anderen Dingen vom Geschehen auf der Theresienwiese ablenken können. Als aber am Sonntagnachmittag der Westwind neben den Klängen der Blasmusik den Geruch gegrillter Hendl und gebrannter Mandeln in meine Wohnung in Obergiesing geweht hatte, brach mein letzter Widerstand zusammen. Ich rief Klaus an, einen alten Freund aus Studententagen, und schon eine Stunde später saßen wir in der Ochsenbraterei an einem Tisch. Es dauerte nicht lange, bis sich Anna – oder war es Hanna? – mit einer Freundin neben uns quetschte. Rasch hatte sich eine lustige Unterhaltung ergeben, die in fröhliches Geschunkel überging, und während ich meine dritte Maß leerte, spürte ich, wie meine Sitznachbarin das linke ihrer vom langen Münchner Sommer tief gebräunten Beine an meinen rechten Oberschenkel drückte. Irgendwann hatte sich meine rechte Hand selbstständig gemacht und war auf keinen nennenswerten Widerstand gestoßen. Klaus war mit der zweiten Dame „kurz“ nach draußen gegangen und dann nie wieder aufgetaucht. Ich beschloss, mit meiner neuen

Bekanntschaft aufzubrechen, bevor mich die nächste Maß zu sehr destabilisieren könnte.

Keine Ahnung, wann mein Gast gegangen war. Auch nicht warum. Soweit ich mich erinnern konnte, hatte mein Beischlafverhalten zu keinerlei Beanstandungen Anlass gegeben. Hatte ich im Suff vielleicht etwas Blödes gesagt? Leicht gebückt wankte ich ins Bad. Am Spiegel steckte ein Zettel mit einem kurzen Text, in einer runden, weiblichen Handschrift verfasst:

Guten Morgen, Kar, (oder wie auch immer Du heißt),
ich musste früh los, wollte vor der Arbeit noch nach Hause, duschen und frische Klamotten fürs Büro anziehen. War nett – vielleicht sieht man sich,
Lana

Neben einem Kussmund aus Lippenstift stand eine Telefonnummer.

Ich war erleichtert, dass das Verschwinden der nächtlichen Gefährtin so profane Gründe hatte. „War nett“, klang zwar nicht gerade nach einer Meisterleistung meinerseits, aber ich hatte schließlich einiges getankt. Und das Hinterlassen der Telefonnummer sprach eher gegen ein Totaldesaster. Ich würde aber nicht anrufen. Seit dem Aufwachen musste ich unentwegt an Svenja denken. Ich war ein Idiot und alles andere als stolz auf mich.

Zur Strafe für meine Untreue stellte ich mich minutenlang unter die kalte Dusche, dann seifte ich mich ein und wusch alles mit sehr heißem Wasser wieder ab. Im Badezimmer stand dichter Dampf, als ich den Duschvorhang vor der Badewanne zurückzog. Während ich mich abtrocknete, sah ich im Regal neben dem Klo den Maßkrug voll Wasser, daneben zwei Aspirin. Immerhin hatte ich die übliche Präventionsmaßnahme gegen einen Kater noch vorbereitet, sie dann aber – vermutlich von elementareren Kräften getrieben – schlicht vergessen. Hoffentlich hatte Lana an andere Präventionsmaßnahmen gedacht, ich glaubte mich zu erinnern, dass ich nach Kondomen gesucht, aber keine gefunden hatte. Ich warf die Tabletten in den Maßkrug und kippte, nachdem sie sich sprudelnd aufgelöst hatten, ungefähr die Hälfte davon hinunter. Dann zog ich mich an und machte mich auf den Weg ins Büro. Ich war spät dran – es war schon nach Neun, als ich das Haus verließ.

Mein Weg zum Hauptquartier führte den Berg beim Sechziger Stadion hinunter durch das südliche Untergiesing zur Isar, an der entlang sich die Straße durch die herbstlich bunten Auwälder schlängelte, zunächst immer auf Höhe des Flusses, bevor sie sich an einem steilen Stück zu dessen südlichem Hochufer mit seinen imposanten Villen empor schwang. Ab da war der Fahrweg an einigen Stellen künstlich verengt, um den relativ starken Berufsverkehr auf dieser Strecke abzubremsen. Ich musste an einer der Engstellen halten, um den Gegenverkehr vorbei zu lassen. Es hatte angefangen, leicht zu regnen. Im Bremslichtrot des Wagens vor mir wirkten die Tröpfchen auf der Windschutzscheibe wie Splitter von Rubinen. Ein 450SLE, goldmetallic, zog vorbei, dahinter ein roter Porsche 911 gefolgt von einem flaschengrünen Jaguar XJ – eine Karawane aus besserverdienenden Mitbürgern, die im südlichen Grüngürtel der Stadt wohnten und erst jetzt allmählich ihre Anwaltskanzleien und Zahnarztpraxen in noblen Innenstadtlagen ansteuerten. Angesichts der automobilen Machtdemonstration beschlich mich mal wieder die Frage, ob ich vielleicht doch etwas falsch gemacht hatte, als ich mich entschied, Beamter zu werden. Was das Auto betraf, so hätte ich allerdings meinen acht Jahre alten, ziegelroten Audi 100 LS gegen keinen der Boliden tauschen wollen, die gerade an mir vorbeirauschten. Er hatte mich bisher immer zuverlässig überall hin gebracht. Gegen ein Zahnarztgehalt anstelle meines Salärs als Oberregierungsrat wäre dagegen nichts einzuwenden gewesen – nur hätte ich keine Lust gehabt, dafür den ganzen Tag anderen Leuten im Mund herum zu fummeln.

Als ich gegen halb zehn bei der Einfahrt zur Behörde ankam, war nur noch eine der Zufahrten zum Gelände geöffnet. Ich hielt vor dem Pförtnerhäuschen, nannte meinen internen Namen und die Nummer des Tores, wo ich normalerweise einfuhr. Der Wachmann nickte. Erst nach längerem Suchen fand er meinen Ausweis und schob ihn mir ratternd mit dem Schuber entgegen. Ich bedankte mich, beschleunigte, bog rechts ab, passierte die Heilmannstraße unterirdisch und steuerte den Parkplatz hinter dem kleinen Wäldchen neben unserem Dienstgebäude an. Von dort war es zwar ein etwas längerer Fußweg zum Eingang, aber falls man schon am frühen Nachmittag operative Angelegenheiten außerhalb zu erledigen hatte, war es besser, wenn man „sichtentzogen" parkte. Es gab Kollegen, die einem die flexibleren Arbeitszeiten neideten und hässliche Dinge unterstellten, wenn man an einem schönen Sommertag bereits am frühen Nachmittag das Gelände verließ.

In meinem Fach im Vorzimmer fand ich ein neues Kuvert von „Kalif". Ich brühte mir als erstes einen Kaffee, stärker als sonst, und kippte das Fenster, um frische Luft zu bekommen. Dann öffnete ich gespannt den Umschlag aus London. „Kalif" hatte diesmal alles mehrfach verpackt – schulmäßig, ohne dass ich ihn darauf hingewiesen hätte. Eine ganze Reihe von Statistiken in arabischer Sprache kam zum Vorschein, die mein Informant an den wichtigsten Stellen übersetzt und zusammengefasst hatte. Ich war ihm dafür dankbar, denn mich hätte es eine Menge Zeit gekostet. Das Zeug schien zwar nicht klassifiziert zu sein, aber es handelte sich eindeutig um Originalmaterial aus dem Jemen; offensichtlich hatte er begonnen, irgendwelche Direktkontakte vor Ort zu nutzen.

In einem kurzen Begleitschreiben bat er um eine Verschiebung des nächsten Treffens, das wir bei unserer letzten Begegnung vereinbart hatten. Es hätte in zwei Wochen in Barcelona stattfinden sollen. Er sei da einer interessanten Sache auf der Spur, wolle aber alles noch ein zweites Mal checken und die Informationen auch nur im persönlichen Gespräch weitergeben.

Klang ja richtig spannend.

Es klopfte – Max zeigte sich in der Tür. Er stutzte. Misstrauisch sah er mich an.

„Du warst heimlich auf der Wies´n", sagte er mir auf den dicken Kopf zu, durchaus vorwurfsvoll.

Ich nickte niedergeschlagen.

„Ja, ich gestehe – und ich leide."

„Geschieht Dir Recht. Du weißt doch, dass Du ned ohne mi aufs Oktoberfest geh´n sollst."

„Kommt nicht mehr vor, versprochen."

„Warst allein?"

„Nein, mit dem Klaus."

„Dein alter Studenten-Spezl?"

„Ja, genau."

„Und danach?"

„Lana."

„Aha. Aus Schweden?", fragte er etwas süffisant.

„Das geht Dich nix an."

„Stimmt. Und I hab scho denkt, Du bist auch krank."

„Wieso auch?"

„Dehning hat sich krank gemeldet.“

Meine Kopfschmerzen wurden schlagartig besser.

„Hoffentlich was Ernstes.“

Max schüttelte sachte den Kopf.

„Tss, tss, tss – man könnte fast meinen, Du magst ihn nicht.“

Mir kam ein verlockender Gedanke.

„Weißt´ was, Max. Ich glaube, wir zwei sollten heute früher los und ein bisschen gemeinsam operieren.“

Max kratzte sich am Kopf.

„Hackerzelt oder Augustiner?“

„Mir egal, das findet sich.“

„Guter Plan. Aber I muss vorher no was in der Stadt erledigen.“

„Meinetwegen. Richtig lustig wird's im Zelt eh erst ab fünf oder sechs.“

Er schenkte sich von dem eben durchgelaufenen Kaffee ungefragt seine mitgebrachte Tasse voll. Max durfte das. Dann warf er fünf Stücke Würfelzucker hinein, rührte um und trank. Er riss die Augen auf.

„Uuu – ist der stark. Der weckt ja Tote auf.“

„Dafür war er auch gedacht. Hatte eine lange Nacht.“

Max nickte – jetzt doch mit leichten Anzeichen von Mitgefühl.

„Abgseh´n davon – wie kommt der „Jemen-Beauftragte“ denn so mit seiner neuen Kundschaft in London z´recht? Geht was vorwärts?“

Ich brachte Max auf den neuesten Stand und gab ihm die Papiere aus dem Kuvert. Er warf einen schnellen Blick darauf.

„Gar nicht schlecht, aber der Sperber wird's bestimmt nicht honoriern. Weißt´ was? Mach´ doch Kopien und schick´ die Originale an unsere Chemiker. Für Originalpapier aus dem Jemen kriegst von denen bestimmt eine gute Bewertung."

„Brillante Idee. Dann ist es wurscht, wie Sperbers Urteil ausfällt."

„Genau. Dem Sperber kannst ja Kopien vo dem Zeug schicken. Komm' – schau'n mir, dass wir weiter kommen. Aber keine Extra-Touren mehr auf dem Oktoberfest, alter Schwede."

Max blinzelte mir zu. Ich musste lächeln. Auf ihn und Kurz war wirklich Verlass. Sie hatten die Geschichte mit Svenja ja schon lange vor meiner Beichte mitgekriegt, aber auch da dicht gehalten. Wenn was raus käme, würden sie sich einfach dumm stellen. Sie hatten gemeint, das könnten sie sowieso am besten. Es tat gut, dass es auch solche Kollegen gab. Das machte es bedeutend leichter, den täglichen Wahnsinn hier drin auszuhalten.

Planung eines Rendezvous (Ende September 1979)

Der Polizist in seinem Apartment in der Wohnsiedlung in Oberhausen musste sich ganz schön wundern, wie aktiv so ein deutscher Agent war. Allein, wenn man den Schriftverkehr betrachtete, den sein unsichtbarer Untermieter nur mit dieser einen Frau aus der Sowjetunion unterhielt. Jede Woche traf mindestens ein Brief von Svenja aus Leningrad ein und ich antwortete immer postwendend.

Dazu kamen noch die Berichte von „Kalif" aus London und meine schriftlichen Regieanweisungen für den Informanten. Der arme Pensionär musste also bestimmt drei Mal in der Woche für diesen seltsamen Herrn Narvik zum Postamt dackeln. Hoffentlich würde es ihm nicht zu viel. Ich brauchte ihn dringend für meine geheime Korrespondenz mit meiner schwedischen Liebschaft im Feindesland.

Ich hielt Svenjas jüngstes Schreiben in der Hand, in dem sie mich wissen ließ, dass Sie zwei Wochen früher als geplant, also schon am 10. November, nach Stockholm zurückkehren würde. Sie fand es nach wie vor sehr schade, dass ich sie wegen jener längeren Tour zu verschiedenen Auktionen in Europa nicht hatte besuchen können. Doch meine regelmäßigen Briefe aus den Städten, in denen ich beruflich war, hätten sie sehr gefreut – sie habe sie alle aufgehoben.

Möglicherweise wären unsere Spezialisten fündig geworden, wenn sie die verwendeten Umschläge auf Öffnungsspuren untersucht hätten. Aber ich schrieb ja nichts, was für etwaige KGB-Mitleser von Interesse gewesen wäre. Dennoch musste ich nach Svenjas Rückkehr gewahr sein, dass die Russen sie unter Druck setzten oder vielleicht unfreiwillig benutzten, um an mich heran zu kommen, falls Ihnen bekannt war, für wen ich tatsächlich so viel durch die Gegend reiste. Svenja wollte noch wissen, wann ich mal wieder geschäftlich nach Stockholm käme, weil sie mir gerne die Schönheiten der Stadt zeigen wolle, von denen ich längst noch nicht alle gesehen hätte. Dahinter hatte sie drei Punkte gesetzt und ein Herz gemalt.

Wie elektrisiert angelte ich mir in einem Überschwang freudiger Gefühle einen Urlaubsantrag aus der Hängekartei in meiner Schreibtisch-Schublade und begann ihn – beflügelt von hormonellen Ausschüttungen und erotischen Gedanken – hastig auszufüllen. Ich war wild entschlossen, das verlängerte Wochenende vom 12. bis 16. November mit Svenja zu verbringen. Ich musste diese Frau wieder sehen. Koste es, was es wolle.

Sobald Stocker den Antrag unterschrieben hätte, wollte ich heute pünktlichst Schluss machen und in dem kleinen

Reisebüro bei mir um die Ecke einen Flug nach Stockholm und ein günstiges Hotel buchen – und zwar auf meinen tatsächlichen Namen. Ich nahm mir auch fest vor, Svenja bei unserer nächsten Begegnung reinen Wein einzuschenken, was meinen Job betraf. Falls es bei unserem Wiedersehen, das ich herbeisehnte wie ein Kind den Weihnachtsabend, zum Äußersten käme, wollte ich nicht, dass Svenja etwa „Paul" in mein Ohr hauchte. Dann sollte es schon mein richtiger Vorname sein.

Intern hätte ich die Sache natürlich längst schriftlich melden müssen. Es gab, wie eingangs erwähnt, entsprechende Vorschriften, wenn sich eine engere Beziehung zum anderen Geschlecht abzeichnete, aber im Grunde war es dafür sowieso längst zu spät. Für romantische Eskapaden auf Dienstreisen unter falschem Namen würde ich auf wenig Verständnis treffen. Und für regelmäßige, heimliche Schriftwechsel ins Land unseres nachrichtendienstlichen Hauptgegners von einer in einer Operation benutzten Deckadresse noch viel weniger. Ich war schon viel zu weit gegangen. Die Leute von der Sicherheit würden mir die Haut in Streifen abziehen, wenn ich mich jetzt offenbarte. Zu meiner Verteidigung konnte ich lediglich anfügen, dass ich es mir schließlich nicht ausgesucht hatte, mich auf einer Dienstreise zu verlieben und ich ja auch nichts dafür konnte, dass meine Angebetete ausgerechnet Slavistik studierte und nicht Romanistik. Sonst hätte sie ihr komisches akademisches Austauschprogramm vermutlich nicht ausgerechnet in der Sowjetunion gemacht, sondern irgendwo in Frankreich oder Italien und alles wäre gut gewesen. Seufzend machte ich mich auf den Weg zum Vorzimmer, um den Urlaubsantrag abzugeben. Nessel war nicht da, also legte ich ihn auf ihren Schreibtisch. Zurück im Büro machte ich mich gleich daran, Svenjas Brief zu beantworten. Ich schrieb, dass ich just an dem Wochenende nach ihrer Rückkehr wieder in der schwedischen Hauptstadt wäre. Ich blieb bei meiner Tarnung und stellte den Besuch als Geschäftsreise dar, denn ich wollte zum einen nicht, dass Svenja sich in irgendeiner Weise unter Druck gesetzt fühlte, wenn ich wieder auftauchte, und mir selbst wollte ich eine gesichtswahrende Rückzugsmöglichkeit lassen, falls es eine Enttäuschung gäbe. Dass ich verliebt war, stand außer Frage, aber ich war mir immer noch nicht sicher, ob meine Gefühle wirklich in derselben Intensität erwidert wurden.

Ausflug in die Berge (03. Oktober 1979)

Wir waren schon um halb sieben in München losgefahren. Ich saß neben Max in dessen Matra Simca Baghera, einem abstrusen Coupe´ mit drei nebeneinander angeordneten Sitzen. Rückbank gab es keine. Auf dem freien Sitz zwischen uns standen unsere Rucksäcke mit der Brotzeit und dem Bier. Mit 180 Sachen rauschten wir die Garmischer Autobahn hinunter Richtung Süden. Auf einem Parkplatz nahe des Einstiegs parkten wir den Wagen und machten uns auf den Weg zum Gipfel der Benediktenwand. Wir kamen gut vorwärts und jetzt, zwei Stunden später, lagen die Bichler Almen – auf Puppenhausformat geschrumpft – schon tief unter uns. Ein unwirklich blauer Himmel spannte sich über die herbstliche Berglandschaft. In der warmen, klaren Luft lag noch eine leise Ahnung des vergangenen Sommers, doch spürte man, wenn man in einen beschatteten Abschnitt des Weges trat, dass der Winter schon hinter einer Ecke auf eine Gelegenheit wartete, über das Land herzufallen. Es war Mittwoch – wir hatten uns für die Bergtour extra frei genommen. An den Wochenenden störten zu viele Bundhosenträger mit rot-weiß-karierten Hemden, Filzhüten und Alpenvereinsausweis die Stille und Erhabenheit der Bergwelt.

Max verlangsamte seinen Schritt, um über einen quer über dem Weg liegenden Baumstamm zu steigen.

„Und, Karl, gibt´s was Neues von Deinem Kalifen da in London?"

„Habe länger nichts gehört. Hoffe, er ist nach dem letzten Treffen nicht eingeschnappt. Da musste ich ihm Sperbers Genörgel weitergeben und ihm sagen, dass wir mit den Sachen, die er am Anfang schickte, wenig anfangen können."

„Der Sperber is ein Depp. Soll er sich doch seine Informationen selber schnitzen."

„Der würde sich dabei bestimmt nur verletzen."

Max schmunzelte.

„Wann fährst nochmal nach Schottland?"

„In drei Tagen schon."

Max seufzte.

„Vui Spaß. Aber so schön wia aufm Oktoberfest werds da fei ned ..."

„Es ist ja auch vorbei. Und das kann man schlecht vergleichen, denke ich."

„Wenn I ganz ehrlich bin ...", Max zögerte.

„Was denn?"

„Oiso, wenn I ganz ehrlich bin, hab´ I irgendwie des G´fühl, dass I langsam z´oid dafür werd´."

„Für die Wies´n zu alt? So, so. Na, wir können natürlich nächstes Mal nur jeden zweiten Abend hingehn – ich mein´, wenn Du anfängst zu schwächeln ..."

Ehrlich empört drehte sich Max um.

„Oiso, so hab I´s jetzt auch wieder ned g´meint."

Ein langes Stück stiegen wir schweigend höher. Der ausgetretene Pfad führte in Serpentinen zwischen Latschenkiefern und Felsblöcken ziemlich steil nach oben. Als es wieder flacher wurde, räusperte sich Max.

„Du, Karl?"

„Ja?"

„Es klingt vielleicht blöd, was I jetzd sag´."

„Was denn?"

„Aber keinem weiter sagen."

„Nein – natürlich nicht. Spuck´s aus."

„Manchmal hob I Angst."

„Was? Wieso denn? Du warst drei Jahre im Libanon, hast Fatah-Leute geführt, die auf israelischen Todeslisten standen, bist x-mal beschossen worden, hast einen Bombenanschlag überlebt, nur weil Du zufällig hinter einem dick gepanzerten Geldtransportauto geparkt hattest. Trotzdem fährst Du jedes Jahr mehrmals in den Nahen Osten und machst Deinen Job. Nach Angst sieht das für mich nicht aus."

„I hab koa Angst, dass mir was passiert."

„Sondern?"

„I hab eher vor dem Gegenteil Angst. Dass nix mehr passiert. Ich mein, dass ich mein Leb´n verpass´, des richtige Leben, ned dieses Beamten-Tierpark-Leben, wo ma jeden Tag zur selben Zeit sein Fressen kriegt, in seim Käfig sitzt und auf irgendwas wart´, was nie kommt."

Max war stehen geblieben und drehte sich um.

„Vielleicht hätt´ ich doch Pfarrer werden solln? Hast Du Dir schon amal überlegt, dass´d was ganz anders machst?"

„Wie? Was anderes als Spionieren?"

„Genau."

„Im Grunde jeden Tag. Aber ich glaub´, ich kann nix anderes mehr."

Max nickte und schaute mich besorgt an.

„Siehst – des mein ich."

Ich sah meinen Freund nachdenklich an.

„Bist Du sicher, dass Dir ein Leben hier draußen im Dschungel lieber wäre, frei – aber gefährlich und riskant?"

„Na – sicher bin I mir überhaupt´s ned – und deswegen bin ich ja noch nicht weg."

Ich wischte mir mit einem Taschentuch den Schweiß von Stirn und Nacken und überlegte, was ich sagen könnte.

„Schau, eigentlich haben wir´s doch nicht schlecht. Ich meine, wir haben einen sicheren Job, und recht viel mehr Freiheit als wir kann man zumindest als Beamter kaum haben – glaube ich."

Das Schuhband an meinem rechten Bergschuh war offen. Ich bückte mich, um es wieder fest zu knoten.

„Weißt Du übrigens, an welchen Film mich unsere Firma und meine Rolle darin immer mehr erinnert?"

Max schüttelte den Kopf.

„An „Einer flog über das Kuckucksnest"."

„Wieso des?"

„Den kennst Du doch?"

„Ja, logisch."

„Na ja, der Jack Nicholson, also im Film dieser „McMurphy", meint doch, die um ihn herum in der Klapsmühle sind alle zwangsweise eingewiesen – so wie er selbst. Erst später findet er heraus, dass die anderen alle freiwillig dort sind. Nur er, der um jeden Preis wieder raus will, hat keine Wahl und wird zum Bleiben gezwungen. Sein einziger Weg zurück in die Freiheit ist letztlich der Tod, dem ihn dann sein Freund, der riesige Indianer, schenkt."

Max nickte betrübt.

„I erinner´ mich. Hoffentlich kummst Du jetzd ned demnächst mit am Kissen in der Hand in mei Büro und erlöst mi ..."

„Keine Sorge … habe ich nicht vor … auch wenn es kein Problem wäre, Dich da im Schlaf zu überraschen."

Max grinste schief. Dann blieb er stehen, wandte sich in Richtung Tal und hob beide Arme wie ein Pfarrer beim Gottesdienst.

„Schau nur, wia schee des is. Da hat der Herrgott wirklich sein ganzes Können zeigt, wie er den Teil von der Welt hier g´macht hat."

Schweigend schauten wir beide über die goldgelben Wipfel der Bergahornbäume und Buchen hinweg in das sonnenbeschienene Voralpenland mit seinen großen und kleinen Seen, die im schönsten Blau leuchteten. Von hier sah die Landschaft einfach grandios aus, ein wirklich perfekt gelungener Wurf der Schöpfung. Von so weit oben sah man gottlob auch nicht, was dem Land alles angetan wurde: Atomkraftwerke, Raketensilos, Großflughäfen, Rhein-Main-Donaukanal, Einkaufscenter, Wiederaufbereitungs-Anlagen, Teppichlager – die Liste war lang.

Schließlich brach Max das Schweigen:

„Aber immerhin schafft´s der Häuptling am Schluss."

Fragend sah ich ihn an.

„Na, der Indianer-Riese im Film. Der reißt doch die Armaturenkonsole aus dem Gemeinschafts-Bad vom Irrenhaus aus dem Boden und schmeißt das Ding durchs vergitterte Fenster."

Max schüttelte versonnen den Kopf.

„Und dann kraxelt der Typ da einfach raus und läuft in die Nacht hinaus in die Freiheit – genial."

Ich boxte ihn auf den Arm. „Und wir laufen jetzt da rauf, Häuptling – da wohnt schließlich auch die Freiheit."

Max rannte unvermittelt los. Verdutzt schaute ich meinem davon eilenden Kumpel nach; dann spurtete ich hinterher.

Eine scharfe Wendung (23. Oktober 1979)

Ich kramte den Amsterdamer Stadtplan aus meiner Tasche und suchte die Stelle, wo die Herrengracht den Rembrandtplein kreuzte. Dort lag das Lokal, in dem ich mit „Kalif" zu Abend essen wollte. Es war nur eine gute Viertelstunde zu Fuß vom Hotel Pulitzer entfernt, wohin ich den Jemeniten für 18.00 Uhr bestellt hatte. Die in großzügigen Abständen gruppierten Sitzecken in der Lobby des Luxushotels waren ideal für eine diskrete Unterhaltung. Außerdem mixten die Barkeeper im Pulitzer den besten Manhatten, den ich kannte, und das wollte etwas heißen. Ich duschte und rasierte mich, bevor ich mich auf den Weg machte.

Einen etwa zwanzigminütigen Fußmarsch später saß ich in der Bar des berühmten Hotels. Die Barkeeper hier waren wirklich Meister ihres Fachs. Von meinem Platz hatte ich den Haupteingang gut im Blick, während ich mit perfekt komponierten Cocktails bei Laune gehalten wurde. Lange musste ich nicht warten. Verblüfft sah ich, wie „Kalif" in einem eleganten, dunkelbraunen Kamelhaar-Mantel durch die Drehtüre kam und das Hotel-Foyer betrat. Das Ding sah ziemlich teuer aus. Mein Informant wirkte wie ein schwerreicher, arabischer Geschäftsmann. Da hatte er das Geld vom letzten Treffen zweifellos gut angelegt. Na ja, um den Fetzen, den er bei unserer ersten Begegnung in London angehabt hatte, war es weiß Gott nicht schade. Er sah mich, nickte und kam langsam auf mich zu. In seinem Blick vermeinte ich einen gewissen Stolz auf das neue Kleidungsstück, aber auch eine unbestimmte Anspannung zu spüren. Ich stand auf und gab ihm die Hand.

„Guten Abend. Schön, dass es geklappt hat. Toller Mantel übrigens."

Er lächelte. „Oh, danke. Kamelhaar – auch ein Burberry, wie Ihr Trenchcoat. Gut, Sie zu sehen."

Er schaute sich unsicher um.

„Kann man hier in Ruhe sprechen. Ist es sicher?"

„Ich denke schon. Wir bleiben aber nur auf ein Getränk. Danach habe ich in einem Lokal etwa eine Viertelstunde zu Fuß von hier einen Tisch bestellt."

„In Ordnung. Ich glaube nämlich, ich habe da etwas Interessantes für Sie dabei. Etwas sehr Interessantes. Ich habe es wie gesagt noch einmal überprüfen und auch nicht per Post schicken, sondern es ihnen heute persönlich weitergeben wollen."

„Die Angelegenheit, wegen der Sie um die Verschiebung unseres Treffens gebeten haben?"

Er nickte.

„Ja. Ich wollte die Sache erst gründlich recherchieren."

„O. k. Kommen Sie, wir setzen uns da hinten hin."

Ich führte „Kalif" in einen Bereich der Lobby, der etwas dunkler und vom Eingang her schwer einsehbar war. Er zog seinen Mantel aus und hängte ihn über einen freien Sessel. Wir sanken in die weichen Fauteuilles. Ich bestellte noch einen Manhatten, mein Gast verlangte einen Tee. Neugierig beugte ich mich nach vorne.

„Na, dann schießen Sie mal los – ich bin ganz Ohr."

Leise begann Yusuf zu erzählen und was ich da zu hören bekam, klang tatsächlich ausgesprochen spannend. Ob allerdings unsere Auswertung ähnlicher Auffassung wäre, müsste sich erst noch zeigen.

„Woher stammen diese Aussagen denn?"

„Ich habe einen entfernten Verwandten, der selbst beruflich mit Schiffstransporten befasst ist und aus dem Bereich eine Menge Leute kennt. Von ihm stammte der erste Hinweis."

„Sie haben mir geschrieben, dass Sie die Sache noch einmal überprüfen wollten. Haben Sie?“

„Habe ich. Mein Informant, derselbe, wie ich zugeben muss, hat sich dann noch einmal umgehört, musste dies aber sehr vorsichtig tun – versteht sich.“

„Und?“

„Er hat wohl Leute kontaktiert, die unmittelbar an den Abwicklungen der iranischen Transporte beteiligt sind. Es hat sich bestätigt. Die Frachter werden in einem abgeschlossenen Teil des Hafens entladen, und zwar ausschließlich von militärischem Personal. Die Fracht – alles dick vernagelte Kisten verschiedener Größe – verschwindet umgehend in LKWs und ist noch vor Morgengrauen irgendwohin in Richtung Küste unterwegs.“

„Was genau wird denn da wohin transportiert?“

Kalif lächelte säuerlich.

„Stellen Sie sich vor – auf die Fragen bin ich auch gekommen. Aber komischerweise hat mir niemand eine Antwort gegeben.“

Ich stand etwas blöd da und versuchte es durch eine nassforsche Bemerkung zu überspielen.

„Na, dann sind wir jetzt auch nicht viel schlauer“, seufzte ich.

Kalif protestierte.

„Aber ich bitte Sie! Immerhin sieht es so aus, als gebe es eine geheime, militärische Kooperation zwischen der Regierung in Aden und den Iranern, iranische Schiffe scheinen regelmäßig verdeckt Rüstungsmaterial zu liefern und das möglicherweise für eine Art Stützpunkt der Iraner an der südjemenitischen Küste. Ich finde, das ist eine ganze Menge.“

Er hatte ja Recht. Ich benahm mich schon wie Sperber, musste ich leicht beschämt feststellen.

„Entschuldigung, das stimmt natürlich. Sehen Sie denn irgendeine Chance, trotz der Schwierigkeiten mehr über diesen Stützpunkt und was dort getrieben wird zu erfahren?"

„Ich habe vielleicht eine Idee – mehr aber noch nicht. Allerdings würden Kosten entstehen. Ich müsste eventuell nach Djibouti fliegen und Reisespesen auch für Dritte übernehmen. Vielleicht auch ein Honorar bezahlen – sehr wahrscheinlich sogar."

„Das sollten wir hinkriegen. Bis wann bräuchten Sie das Geld?"

„Zunächst noch gar nicht. Ich brauche vor allem noch Zeit."

„Kein Problem. Ich denke, die kriegen Sie."

In diesem Moment bohrte „Kalif" seinen Blick in mein Gesicht und fixierte mich.

„Was ist?", fragte ich. „Warum sehen Sie mich so an?"

„Ich finde, wir müssen reden."

„Aber das tun wir doch?"

„Ich meine über alles. Und zwar offen. Ich muss wissen, wie ich dran bin. Ehrlich gesagt, wundere ich mich schon lange über das vielseitige und sonderbare Themenspektrum der „Global Consulting Group". Warum sollte sich eine normale Unternehmensberatung für derartige militärische Details interessieren?"

Ich schwieg. Nach einer kurzen Pause fügte er hinzu:

„Paul – man hat mich und meine Familie bedroht – direkt und physisch. Zweimal bereits."

Mir wurde erst eiskalt, dann jagte ein heißer Schauer wie ein Stromschlag durch mein Rückgrat. Das war´s dann wohl mit dem Märchen vom Consulting-Büro. So konnte es nicht weitergehen. Der Mann musste wissen, was Sache war und worauf er sich eingelassen hatte. Ich traf eine Entscheidung. Stocker würde toben – sollte er doch.

Ich schaute „Kalif“ ernst an.

„Wissen Sie was? Ich denke, wir sollten vor dem Abendessen doch noch einen etwas längeren Spaziergang machen, um uns ungestört zu unterhalten.“

Ein guter Rat (25. Oktober 1979)

Ich nahm einen großen Schluck Kaffee, um meine verhakten Gedanken wieder flott zu kriegen. Das würde der heikelste Bericht werden, den ich bisher hier zu Papier gebracht hatte. Noch war ich ratlos, wie ich den Verlauf und die Folgen des Amsterdamer Treffens am besten formulieren sollte.

„Kalif“ hatte die Klarstellung während des Spaziergangs an der Herrengracht, was meinen tatsächlichen beruflichen Hintergrund betraf, ohne erkennbare Regung zur Kenntnis genommen. Er meinte nur, es sei gut, dass der Punkt jetzt geklärt sei und er gehe davon aus, dass es tatsächlich der westdeutsche Dienst sei, für den ich arbeite, nicht Ost-Berlin. Damit könnte man jetzt auf Augenhöhe weitermachen, ansonsten hätte er in Amsterdam die Kooperation aufgekündigt. Er sei für ihn auch gut zu wissen, dass er es mit „Professionals“ zu tun habe. Das ließ ich lieber unkommentiert, ich wollte den Mann ja nicht gleich wieder beunruhigen.

Als wir uns nach der Geldübergabe – diesmal auf der Toilette des Restaurants – nebeneinander die Hände wuschen, begegneten sich unsere Blicke im Spiegel, und in diesem Moment glaubte ich eine neue, gestärkte Verbundenheit zwischen uns gespürt zu haben.

Das leere Berichtsformular starrte mich immer noch an und ich dachte angestrengt nach, wie ich den Verlauf des

Treffens so schildern sollte, dass das unautorisierte Verlassen meiner Legende als einzig mögliche Handlungsoption erschien. Es klopfte und Max′ massiger Kopf tauchte im Türspalt auf.

„Stör′ I grad?"

„Nein, nein. Komm′ ruhig rein."

„Schee, dass′d wieder da bist. Du Karl, I muas Di was Wichtig′s fragen."

„Ja, was denn?"

„Du warst doch in Amsterdam, oder?"

„Ja, warum?"

Max grinste.

„Hast Du da eigentlich einen Grachten-Anzug an g′habt?"

Auf so einen Scheiß konnte auch nur Max kommen.

„Sehr witzig. Magst einen Kaffee?"

Er grinste, sichtlich erfreut über seinen Kalauer.

„Warum ned."

Er rückte sich meinen Besucherstuhl zurecht, zauberte hinter dem Rücken seine nachttopfgroße Kaffeetasse hervor und schenkte sich aus der Kanne auf dem Aktenbock ein.

„Und wie is g′laufen?"

Ich erzählte ihm von dem Treffen, „Kalifs" neuem Mantel und erwähnte auch den brisanten Hinweis, den ich von ihm dort bekommen hatte. Von der Drohung gegen meine Quelle sagte ich aber nichts.

„Das glauben Sperber und Co. nie im Leben. Mach′ Dich schon einmal auf ein „S-1-K" gefasst."

„S-1-K"?

„So ein Käse."

Ich nickte abwesend, weil ich sinnierte, ob ich Max die Sache mit der unautorisierten Klaransprache erzählen sollte.

„Was?", fragt er – aufmerksam geworden – in mein Schweigen hinein.

„Wolltest Du mir was sag´n?"

Zögernd rückte ich damit heraus.

„Ich habe da vielleicht was Blödes angestellt …"

Max horchte auf.

„Ui, Karl. Lass´ mi raten: Du warst im Rotlichtviertel und hast … also dass Du so was …?"

Ich unterbrach die Phantasien meines Freundes.

„Nein, nicht so was. Aber die Hosen habe ich schon runter gelassen … irgendwie."

Max sah mich mit großen Augen an.

„Ich habe „Kalif" Klar-Kenntnis gegeben. Wir waren an einem Punkt, wo es Schmarren gewesen wäre, den windigen Consulting-Schwindel fortzusetzen. Ich hatte das Gefühl, er wäre sonst abgesprungen. Wäre er wohl auch. Hat er jedenfalls danach gesagt."

Max setzte eine chefmäßig strenge Miene auf und imitierte Stockers Stimme.

„Und das ohne neuen Operations-Plan und die erforderliche Genehmigung durch die Abteilungsleitung. Nicht gut, Herr Schreiber, gar nicht gut."

Er schaute mich ernst an.

„Du hast ja hoffentlich ned vor, dass Du des in Deinen Bericht schreibst."

„Aber ich muss doch …"

„Das Einzige, was Du schreiben solltest, is, dass Du beim nächsten Treffen eine Klaransprache planst, weil man anders nicht mehr weiterkommt. Verstanden?"

„Ach Du meinst, ich soll nicht …?"

Max machte eine verneinende Gebärde mit seinem mächtigen Schädel und schaute mich fast ein wenig mitleidig an.

„Auf keinen Fall. Du kennst doch diesen Laden. Übrigens – gibt´s hier vielleicht auch Zucker?"

Lächelnd holte ich die Schachtel mit dem Würfelzucker aus meiner Schublade und hielt sie ihm hin.

„Soviel Du willst, mein schlauer Chefagent."

Als Max gegangen war, rief ich Sperber an, um wegen des Ersthinweises auf diesen ominösen iranischen Stützpunkt im Jemen seine Meinung zu hören, bevor ich das Ganze offiziell als Bericht an die Auswertung absetzte.

„So einen Unsinn habe ich ja schon lange nicht mehr gehört. Aber wenn Ihnen langweilig ist, können Sie gerne eine Meldung daraus machen und mir das Zeug mal schicken. Wenn ich dazu komme, schaue ich es mir mal an. Das kann aber dauern."

„Danke, Herr Kollege – ich überleg´s mir", sagte ich unwirsch und legte den Hörer auf. Dieser arrogante Idiot!

Vielleicht sollte man angesichts von Sperbers Verhalten zu gegebener Zeit mal unsere eigene Abteilungs-Hierarchie an dem Aufkommen von „Kalif" beteiligen. Zumindest, wenn sich das Ganze weiter konkretisierte

Zaungäste (28.Oktober 1980)

Drei Tage später unterschrieb Stocker meinen Bericht über das Amsterdamer Treffen anstandslos und fügte als Anmerkung nahezu wortgleich den von Max prognostizierten Kommentar dazu. Er sei mit der geplanten Klar-Ansprache im Sinne der höheren Effizienz bei der Einsatzführung einverstanden – auch die Abteilungsleitung habe bereits Zustimmung signalisiert, sagte mir Stocker.

„OP-Plan entsprechend anpassen", hatte er dazu gekritzelt.

Ich war erleichtert – Max war ein Genie.

In meinem Fach lag ein Kuvert von 65AC3, dem Bereich der Auswertung, der für den Nahen und Mittleren Osten zuständig war. Ich nahm es mit in mein Büro und schlitzte es auf. Mein Lieblingsauswerter Sperber hatte doch überraschend bald Zeit gefunden, meine Zusammenfassung dessen, was „Kalif“ mir über den mutmaßlichen Stützpunkt der Iraner berichtet hatte, zu lesen. Er schrieb, es sei eine der wildesten „Räuberpistolen“, die er seit langem gehört habe. Wahrscheinlich hätten die Amerikaner selbst nach der Besetzung ihrer Botschaft in Teheran entsprechende Gerüchte gestreut, um die Iraner international noch mehr in Misskredit zu bringen und etwaige militärische Maßnahmen besser rechtfertigen zu können. Und meine Quelle verkaufe diese plumpen Desinformation nun als angeblich geheime Information an uns weiter. Thorsten Vogl, sein Kollege von der Iran-Auswertung, sehe das übrigens ganz genauso.

Ausgerechnet Vogl, dachte ich, der bis jetzt noch jede wichtige Entwicklung im Iran verschlafen hatte. Und als ob die Amerikaner auf irgendjemand Rücksicht nehmen müssten, wenn sie sich zu einem militärischen Vorgehen entschlossen hatten. Sie würden das Nötige wie üblich im Alleingang erledigen, denn auf internationale Schützenhilfe waren sie weder angewiesen noch legten sie bei ihren Kommandoaktionen Wert auf lästige Zaungäste. Ich war gewiss kein ausgewiesener Amerika-Experte, aber die US-Außenpolitik des 20. Jahrhunderts war ein Schwerpunkt meines Studiums gewesen. Mir fiel kein historisches Beispiel ein, wo eine US-Regierung jemals anders agiert hätte. Da ich jedoch keinen Dienstposten als Auswerter innehatte, war mein Urteil nichts wert. Nur wer auf einer Analytiker-Stelle saß, hatte intern qua Funktion das Recht, wertende Aussagen zu treffen, die ernst genommen werden mussten. Man erhielt sozusagen unmittelbar bei Antritt seiner Stelle einen Expertenstatus, der nicht mehr in Frage gestellt wurde. Sperber, der ja eigentlich nur für die Arabische Halbinsel zuständig war, und besagter Thorsten Vogl stimmten sich offenbar eng ab. Sie waren zur selben Zeit eingestellt worden und schienen seit den gemeinsam erlittenen, wochenlangen, quälend langweiligen Einführungs-Lehrgängen so was wie befreundet zu sein. Böse Zungen behaupteten sogar „mehr als befreundet", aber das wäre mir egal gewesen. Arschloch blieb Arschloch – egal ob schwul oder nicht.

Die USA wurden im Grunde überhaupt nicht „ausgewertet". Über seine „Freunde" müsse man sich doch keine Gedanken machen, sagte Stocker zu mir, als ich ihn einmal danach fragte. Dennoch gab es Leute, die in der Analyse-Abteilung formell für Amerika zuständig waren. Die Stellen im Amerika-Referat wurden traditionell mit in die Jahre gekommenen Beamten besetzt, die sich gerne als „Atlantiker" bezeichneten, obwohl es sich in der Regel lediglich um irgendwelche altgedienten CSU-Schranzen vom Schlier- oder Tegernsee handelte, die gerne umsonst nach Washington flogen, um Vorträge zu halten oder anderen dabei zuzuhören.

Weder die Tatsache, dass Sperber für die USA gar nicht zuständig war, noch sein sachfremdes Studium – er hatte spätmittelalterliche Geschichte studiert – würde eine von den Schnarchtauben aus dem USA-Bereich veranlassen, dessen wertende Aussagen zur aktuellen amerikanischen Außenpolitik in Frage zu stellen. Bekanntlich hatten zur Zeit des Spätmittelalters nur Indianer in Nordamerika gelebt – wenn auch nicht mehr allzu lange. Aber das interessierte keinen. Es war eben so, dass Leute wie Sperber, deren

Ego mindestens so groß war wie ihr Ehrgeiz, nicht nur qua Position die Deutungshoheit über das Geschehen für den Teil der Welt beanspruchten, für den sie amtlich zuständig waren, sondern qua großer Klappe auch für große Teile, die sie gar nichts angingen und von denen sie auch nicht mehr wussten als ein normaler Zeitungsleser.

Verärgert angelte ich nach der Salem-Packung, schnippte eine Zigarette heraus und zündete sie an.

Trotz der von ihm diagnostizierten Unglaubwürdigkeit meines Informanten stellte Sperber in seiner kurzen Mitteilung eine ganze Reihe von Detailfragen. Vor allem verlangte er Beweise für die Existenz und die genaue Lage der angeblichen iranischen Militärbasis. Wirklich sehr scharfsinnig – „Kalifs" ironische Bemerkung in Amsterdam auf meine gleichlautenden, naseweisen Nachfragen fiel mir wieder ein.

Weil mir die Geschichte nicht mehr aus dem Kopf ging, wurde ich nochmal bei Stocker vorstellig. Ich schlug vor, den Hinweis auf den iranischen Stützpunkt im Jemen und diese mutmaßlichen Waffenlieferungen in Form einer schriftlichen Vorlage an die Abteilungsleitung weiter zu geben, weil die Auswertung es nicht aufgreifen wolle.

„Und man könnte auch überlegen, unsere engsten Partner bei Gelegenheit einmal einzubinden."

Erst zögerte er, doch als ich ihn daran erinnerte, dass es doch der Außenminister persönlich war, der über den Jemen besser Bescheid wissen wollte, griff er widerwillig zum Hörer und rief Lombarth an. Er berichtete ihm von dem Ersthinweis auf den iranischen Stützpunkt und gab auch meine Anregung, die Information vielleicht mit den wichtigsten Partnern zu teilen, als Frage weiter.

Doch der Abteilungsleiter winkte offenbar ab – wohlweislich nur telefonisch.

„Herr Lombarth meinte, man sollte sich besser nicht mit einem vagen Ersthinweis blamieren, falls er sich als falsch heraus stellte", erklärte Stocker, nachdem er aufgelegt hatte.

Ich nickte und schwieg. Falls die „Kalif"-Information doch stimmte, dachte ich, könnte Lombarth seine eindeutige, fernmündliche Entscheidung gegen eine Nutzung und Weitergabe der Information problemlos bestreiten. Der Mann kannte die Spielregeln und war offenbar nicht ohne Grund Abteilungsleiter geworden.

„Also keine Vorlage?"

„Die Abteilungsleitung sieht keine Notwendigkeit, die Sache in diesem Stadium zu verschriften."

Mit einem unguten Gefühl verließ ich das Büro meines Chefs und machte mir erstmal einen Kaffee. Anstelle der Vorlage für den Abteilungsleiter würde ich Svenja einen kleinen Brief schreiben.

Ich war mit dem Brief gerade fertig, als das Telefon klingelte – Stocker. Ich solle doch noch mal kurz zu ihm kommen. Er gebot mir mit einer Geste die Tür zu schließen.

„Ich hatte vergessen, Ihnen zu sagen, dass die Israelis bei ihrem letzten Besuch in der Zentrale explizit nach unserem Informationsstand zum Jemen und möglichen iranischen Einflüssen gefragt haben."

„Interessant. Wann war das?"

„Vor etwa zwei Wochen."

„Könnte das nicht ein Hinweis sein, dass an den „Kalif"-Informationen doch etwas dran ist?"

Stocker sah mich trotzig an.

„Der Abteilungsleiter war bei dem Briefing mit dem Mossad auch dabei. Wenn er der Geschichte nicht mehr Bedeutung beimisst, habe ich keinen Anlass, das Gegenteil zu tun."

Und den Schneid dazu auch nicht, dachte ich.

Ich ging zurück in mein Büro, zündete mir eine Zigarette an.

Die Israelis also! Zu gerne hätte ich gewusst, was die zu der Sache wussten. Es hieß, dass unsere Freunde aus Tel Aviv nie mehr als unbedingt notwendig erzählten, von uns aber erwarteten, dass wir alles mit ihnen teilten. Aus eigener Erfahrung konnte ich dazu nichts sagen, denn als verdeckt arbeitender Operateur ließ ich mich in Besprechungen mit Vertretern anderer Geheimdienste natürlich nicht blicken, um meine Visage nicht zu verbrennen. Nur Stocker nahm als Leiter unseres Bereichs regelmäßig an solchen Runden teil.

Von Heinz, meinem Bonner Sozi-Kumpel, wusste ich allerdings schon seit längerem, dass der Mossad-Resident beste Kontakte in die höchsten Etagen der Hauptstadt pflegte. Er wurde dort großzügig mit allem bedient, was er wissen wollte, da das politische Establishment sich dem jungen, jüdischen Staat mit Blick auf den Holocaust in besonderer Weise moralisch verpflichtet fühlte. Das galt umso mehr, nachdem deutsche Behörden die Rettung der israelischen Olympia-Geiseln vor ein paar Jahren so grandios verpfuscht hatten. Spätestens seit diesem Desaster wagte niemand mehr, den Israelis irgendetwas abzuschlagen.

Vielleicht wollte Lombarth den Ersthinweis ja auch deshalb nicht mit den Mossad-Leuten teilen, weil er fürchtete, die würden uns zuvor kommen, das Wasser abgraben oder uns die Quelle klauen. Man hatte bei uns einen Mords-Respekt vor den israelischen Kollegen und traute ihnen alles Mögliche zu. Wohl nicht zu Unrecht, wenn man die lange Liste von im Ausland bei Kommandoaktionen des Mossad getöteter, arabischer Terroristen betrachtete.

Sturm auf die US-Botschaft (03. November 1979)

Es war kurz vor Acht. Gleich begann die Tagesschau. Ich hatte mir ein Glas Rotwein eingeschenkt und stellte den Teller mit den Spaghetti Carbonara und die Schüssel mit dem frisch geriebenen Parmesan auf den kleinen Tisch vor der Couch. Gespannt schaltete ich den Fernseher ein. In Teheran schien der Teufel los zu sein. Tagsüber war über die Agenturen gelaufen, dass sogenannte iranische Studenten gegen 09.00 Uhr Ortszeit die US-Botschaft gestürmt hatten und seitdem besetzt hielten.

Karl-Heinz Köpcke begrüßte mich mit einem noch ernsteren Gesicht als sonst und die Vorgänge im Iran waren wie erwartet der Aufmacher. Die Besetzer der US-Botschaft hatten offenbar mindestens 50 Diplomaten als Geiseln genommen und sich im Botschaftsgebäude verschanzt. Eigentlich ziemlich dämlich von den Amerikanern, dachte ich, angesichts der permanent amerika-feindlichen Atmosphäre seit Chomeinis Rückkehr vor einem halben Jahr so viele Leute in ihrer Teheraner Vertretung zu belassen. Dennoch war es ein beispielloser Vorgang, wie hier das Wiener Übereinkommen verletzt und die Immunität einer Botschaft und ihres Personals in Friedenszeiten mit Füßen getreten wurde.

Der Bericht zeigte eine Horde wild gewordener, überwiegend bärtiger Männer, die wie Derwische auf brennenden US-Fahnen herum tanzten. In der nächsten Einstellung wurde von einer johlenden Menge die obligatorische Strohpuppe verbrannt, die neben einem „Uncle Sam"-Hut ein Schild mit „Carter" um den Hals trug, wohl um Verwechslungen auszuschließen. Die Bilder waren mir noch aus dem Februar vertraut, als der Schah zum Teufel gejagt wurde – der Propaganda-Abteilung der

Revolutionäre schien nichts Neues einzufallen. Ich schob eine große Ladung Spaghetti in den Mund und drehte, während ich kaute, konzentriert gleich eine neue Portion Nudeln auf die Gabel.

Woher hatten diese Revolutionsgardisten eigentlich immer diese US-Fahnen? Nähten ihre Frauen die etwa selbst in Heimarbeit? Und hätte man anstelle dieser Zündeleien nicht mal zur Abwechslung eine Nachbildung des Weißen Hauses aus Pappkarton mit einem Panzer überfahren können oder eine stilisierte Freiheitsstatue schänden?

Mit einer weiteren Portion Spaghetti im Mund lenkte ich meine Aufmerksamkeit zurück zu dem Geschehen auf dem Bildschirm. Chomeini war zu sehen, wie er mit erhobenem dürrem Zeigefinger und finsterer Miene Drohungen gegen die USA ausstieß.

Was da im Fernsehen lief, würde in der Firma morgen für hysterische Betriebsamkeit sorgen, der ganze Laden wäre in heller Aufregung. Vorhergesehen hatten wir die Ereignisse vermutlich nicht und immer, wenn etwas Außergewöhnliches passierte, glich der Dienst in aller Regel weniger einem routiniert arbeitenden, professionellen Apparat, sondern eher einem Hühnerhof, auf den der Schatten eines Habichts fällt. Mir schwante daher für den nächsten Tag nichts Gutes, wenngleich ich hoffte, dass ich persönlich von allzu gravierenden Auswirkungen verschont bleiben würde. Die Hoffnung schien mir berechtigt, schließlich war ich für den Iran operativ nicht unmittelbar zuständig. Das war Dehnings Baustelle, auf der allerdings nicht viel passierte.

Nach den Nachrichten schaltete ich die Glotze aus und schrieb Svenja einen langen Brief, in dem ich auch noch einmal meinen für das Wochenende nach ihrer Rückkehr geplanten Besuch bestätigte. Am Ende schrieb ich, dass ich mich sehr darauf freute, sie wieder zu sehen. Ich überlegte noch, das „sehr" zu unterstreichen, ließ es aber bleiben. „Sehr" war erst mal viel genug.

Marschbefehl (04. November 1979)

Meine Hoffnung, die Ereignisse in Teheran würden mich nicht direkt betreffen, erwies sich als trügerisch. Ich hatte mich am Tag darauf nach Ankunft im Büro noch nicht mal hingesetzt, da stand das Unheil in Gestalt von Sieglinde Nessel schon in der Tür, die mir mitteilte, dass ich umgehend zu Stocker ins Büro kommen solle.

Da saß ich nun und wartete, dass mein Vorgesetzter den Inhalt der dunkelblauen Unterschriften-Mappen fertig abzeichnete, über die er sich konzentriert beugte. Warum er das nicht schon vor dem Termin mit mir getan hatte, wusste ich nicht; womöglich wollte er mal wieder zeigen, welche immense Arbeitsleistung und Verantwortung er als Führungskraft zu stemmen hatte. Endlich klappte er die Mappe zu und rief Frau Nessel, die umgehend hereinstöckelte, um sie abzuholen.

„Entschuldigen Sie, Herr Schreiber, aber die Sachen konnten nicht warten."

Im Gegensatz zu mir, dachte ich.

Ich schwieg und sah Stocker erwartungsvoll an.

„Alsoooooo – ich nehme an, Sie haben die Nachrichten gestern gesehen. Ein dicker Hund, diese Botschafts-Besetzung, die Kollegen von der CIA sind völlig aus dem Häuschen. Jetzt müssen WIR wohl umgehend ran. Deutschland könnte bei der ganzen Sache eine wichtige

Vermittler-Rolle zuwachsen, der Bundeskanzler hat der Carter-Administration jedenfalls bereits jegliche erdenkliche Unterstützung zugesagt. Federführung hat natürlich das Auswärtige Amt, aber wir sind dringend aufgefordert, alle verfügbaren, operativen Möglichkeiten zu nutzen. Für Sie bedeutet das, dass Sie „Kalif" außerplanmäßig so schnell wie möglich treffen und zur Thematik abschöpfen müssen."

Ich erschrak – das hieß, dass mein Wiedersehen mit Svenja akut gefährdet war.

„Ich habe aber nächste Woche ab Mittwoch zwei Tage Urlaub", wandte ich zaghaft ein. „Ich wollte für ein verlängertes Wochenende verreisen. Flug und Hotel habe ich auch schon gebucht."

„Tja, müssen Sie eben auf später verschieben und umbuchen. Angesichts der Brisanz dieser Angelegenheit, sehe ich da keine andere Möglichkeit."

Mir lag es auf der Zunge, auf Dehning und dessen Zuständigkeit für den Iran zu verweisen, aber ich verkniff es mir. Auch wenn ich ihn nicht mochte, einen Kollegen beim Chef schlecht zu machen kam für mich nicht in Frage. Warum Stocker allerdings so wenig Druck auf Dehning ausübte, endlich mal seinen Job zu machen, war mir ein Rätsel.

„Aber Sie wissen, dass „Kalif" ausschließlich zum Jemen berichtet, nicht zum Iran?"

Stocker machte eine wegwerfende Handbewegung.

„Das ist doch völlig egal. Wir müssen zeigen, dass wir die Sache ernst nehmen und alles tun, was wir können."

Ich nickte resigniert, weil mir in diesem Moment klar wurde, dass hier keine rationale Argumentation mehr verfangen würde. Wenn der Aktionismus-Knopf gedrückt war, musste der Verstand schweigen – so viel hatte ich in den letzten gut zehn Jahren in diesem Kukucksnest gelernt.

„Also. Nehmen Sie Kontakt auf und beordern Sie „Kalif" so schnell wie möglich irgendwohin, wo sie ihn unkompliziert und halbwegs gefahrlos treffen können."

Da schoss mir eine geniale Idee durch den Kopf: Ich könnte „Kalif" ja zu diesem Zweck erneut nach Stockholm schicken. So würde ich zwei Fliegen mit einer Klappe schlagen. Das Verlegen des angeordneten „Not-Treffs" nach Stockholm hätte den charmanten Nebeneffekt, dass ich Svenja nicht nur wie geplant wiedersehen konnte, es wäre sogar noch ganz regulär auf Firmenkosten möglich. Wo ich meinen Informanten wieder traf, war Stocker ja offensichtlich egal. Hauptsache es ging schnell.

Ich räusperte mich und nickte meinem Chef zu.

„Also gut. Mir wird schon was einfallen. Und was den Kurzurlaub betrifft – ist natürlich schade, aber ich bin da ganz flexibel."

Stocker stutzte ob meines schnellen Einlenkens und der ungewohnten Beflissenheit.

„Sehr gut – das erwarte ich auch von meinen Leuten", meinte er mit einem leichten Anflug von Misstrauen in der Stimme.

Kurze Zeit später war ich in dem konkurrenzlos hässlichen, kackbraunen Opel Kadett unserer Dienststelle unterwegs in die Innenstadt. Den Escort hatte Dehning. Die Narvik-Papiere steckten in der Innentasche meines Jacketts. Im Reisebüro in der Sendlinger Straße wollte ich auf meinen Arbeitsnamen einen Flug nach Stockholm buchen. Den schon im Reisebüro bei mir um die Ecke reservierten Flug auf meinen echten Namen würde ich gleich danach von irgendeiner Telefonzelle aus stornieren.

Ich staunte nicht schlecht, als mir Frau Brunthaler erklärte, dass es zu den von mir gewünschten Tagen keine Flüge nach Stockholm mehr gebe.

„Tut mir leid, Herr Narvik. Alles ausgebucht. Liegt wohl an den Nobelpreisverleihungen. Auch an den Tagen davor und danach ist leider nichts mehr frei. Erst ab dem 21. November ließe sich wieder etwas machen."

Das wäre eindeutig zu spät. Der von oben verordneten operativen Hektik musste so schnell wie möglich Genüge getan werden. Ratlos verließ ich das Reisebüro und zündete mir erst mal eine Salem an. Nach ein paar Zügen traf ich die zweite brisante Entscheidung an diesem Tag: Ich hatte ja einen gebuchten Flug nach Stockholm – warum sollte ich nicht einfach als der, der ich wirklich war, nach Schweden fliegen und mich nach der Landung für mein Treffen mit „Kalif" in Paul Narvik verwandeln? Das machte ich ja sonst auch. Rauchend machte ich mich auf den Rückweg zum Dienstwagen.

Aus Sicht der internen Sicherheit wäre es natürlich ein Sakrileg und man würde mich auf einem Scheiterhaufen aus Dienstvorschriften verbrennen, wenn das rauskäme. Umso vorsichtiger – noch vorsichtiger als sonst – musste ich daher vorgehen. Das hieß, dass „Kalif" wie sonst auch auf keinen Fall mitbekommen durfte, in welchem Hotel ich wohnte, und dass ich auf dem Weg zu unserem Treffen und zu dem ersehnten Wiedersehen mit der schönen Schwedin eben besonders wachsam sein musste. Stocker durfte von der ganzen Geschichte nichts mitkriegen, schon gar nicht, was der eigentliche Grund war, weshalb „Kalif" schon wieder nach Stockholm fliegen musste. Aber waren im Krieg und in der Liebe nicht alle Mittel erlaubt?

Am Nordeingang des Alten Südfriedhofs neben der Stephanskirche zündete ich mir eine weitere Zigarette an.

Langsam ging ich den zentralen Hauptweg des Friedhofs hinunter Richtung Kapuzinerstraße, wo der Wagen stand. Mir fiel ein, dass auf der Rechnung für den Flug mein echter Name und meine Adresse stehen würden – aber das war ungefährlich. Diese Angaben mussten bei der Abrechnung der Reisekosten vor der Weitergabe an die Abrechnungsstelle der Verwaltung ohnehin geschwärzt werden. Manche Vorschriften hatten auch ihre Vorteile. Nach Rückkehr ins Büro würde ich gleich den Dienstreiseantrag für Stockholm stellen. Stocker würde ihn bestimmt umgehend genehmigen, denn das mit dem Hauruck-Treffen war ja seine Idee gewesen. Später würde ich dann in meinem „privaten" Reisebüro noch ein anderes Hotel buchen – irgendwas Mondäneres als das bereits reservierte Drei-Sterne-Hotel. Zum einen wollte ich in unserer Dienststelle ja nicht die Preise für Übernachtungen auf Dienstreisen verderben, zum anderen reiste ich jetzt ja zumindest in Teilen offiziell wieder als Geschäftsführer der erstklassigen Beratungsfirma „Global-Consulting". Ich würde Stocker schon überzeugen, dass es aus Legendengründen angesichts der heiklen Mission unbedingt ein besseres Hotel sein müsste, damit Herr Narvik als erfolgreicher Geschäftsmann glaubwürdig bliebe. Die Leute im Reisebüro in der Franziskanerstraße würden sich vielleicht ein bisschen über meinen neuen Übernachtungswunsch wundern – aber dort hielt man mich sowieso für einen etwas seltsamen Kauz. Fraglich war allerdings, ob denn auch „Kalif" noch einen Flug von London nach Stockholm und ein freies Hotelzimmer bekäme? Das musste ich aber einfach riskieren. Wenn es schief ging, würde ich in meinem Bericht eben schreiben, dass die Quelle mich versetzt hatte. Fehltreff, hieß das in der Fachsprache. Nicht schön, kam aber gelegentlich vor. Mir war das bisher noch nie passiert, ich fand daher, dass ich einen Fehltreff gut hatte. Wie gesagt: Im Krieg und in der Liebe waren alle Mittel erlaubt. Hauptsache, das lang ersehnte Wiedersehen mit Svenja würde kein Fehltreff werden.

Ich verließ den Friedhof durch den Südausgang und wandte mich nach rechts. Den Dienstwagen hatte ich vorne an der Ecke Thalkirchner-Kapuzinerstraße abgestellt. Er stand noch da. Kein Wunder. Eigentlich hätte ich ihn gar nicht absperren müssen, dachte ich, denn dieses Scheusal würde nur ein Perverser klauen. Ich stieg ein, startete und fuhr durch das Schlachthofviertel zurück in Richtung Hauptquartier. Dass sich gleichzeitig hinter mir ein Wagen in Bewegung setzte, bemerkte ich zwar, dachte mir aber nichts weiter dabei.

FERNSCHREIBEN

Von: Botschaft Bonn (Sektion 13)
Für: Botschaft London, ZEN Koordinierungseinheit Europa West
FS-Nr.: 72658-7 vom 05. November 1979
Top: Überwachung verdächtiger Zielperson in München
hier: Verifikation ND-Zugehörigkeit

Im Namen Allahs, des Allmächtigen, gepriesen sei sein Name,

verdächtiger Treffpartner des streunenden Hundes YH konnte in München lokalisiert und identifiziert werden. Sektion 13 gelang es, dem Wagen der Zielperson von der Innenstadt in Richtung Süden zu folgen.

Verfolgung wurde durch ausgesprochen hässliche Farbe und Form des von Zielperson benutzten KfZs erleichtert.

Zielperson konnte beim Abbiegen in die Einfahrt zum Hauptquartier des deutschen ND beobachtet werden. Die Zugehörigkeit zum deutschen Nachrichtendienst darf damit als gesichert gelten.

Sektion 13 bittet bei Bedarf um weitere Weisung.

Die Güte und Weisheit Allahs sei mit unserem Herrscher,

gez. Hassan al Makri

(Leiter Sektion 13, Bonn)

Eine Reise – zwei Treffen (11. November 1979)

Ich war erleichtert, als Yusuf mir in einem Brief bestätigte, dass er einen Flug nach Stockholm für Mitte November bekommen hatte. Es sei aber nur noch ein Platz in der Business-Class frei gewesen, das Ticket daher etwa dreimal so teuer wie normal. Nun, das war jetzt auch schon egal.

Dafür bräuchte er kein Hotel, schrieb er weiter, weil er bei einem jemenitischen Landsmann unterkommen könne, den er vor einiger Zeit auf einer Tagung in London kennengelernt hatte. Umso besser – blieb nur zu hoffen, dass dieser freundliche „Landsmann" wirklich vertrauenswürdig war und nicht etwa ein doppeltes Spiel spielte. Und falls es Probleme gäbe, wäre er für mich nicht greifbar, weil ich nicht wusste, wo ich ihn finden könnte. Egal – es würde schon klappen, dachte ich.

Vor dem Abflug nach Stockholm musste ich noch den Narvik-Reisepass in meiner Wohnung verstecken, um ihn dann nach meiner Rückkehr unbenutzt an Frau Wiesmayer zurück zu geben. Gestern war sie zu mir ins Büro gekommen und hatte sich gewundert, dass ich meine Papiere für die Reise nach Schweden noch nicht abgeholt hatte. Das war knapp gewesen – fast hätte ich dieses kleine

Detail übersehen. Ich empfing die Reisedokumente gegen Unterschrift und bedankte mich bei Wiesmayer für ihre Aufmerksamkeit, wenngleich ich mich wunderte, woher sie das mit meiner Dienstreise erfahren hatte. Von mir jedenfalls nicht. Verdacht schien sie keinen geschöpft zu haben und dass in dem Narvik-Pass, der bei mir zuhause in einer Schublade zurückbleiben musste, nach der Reise kein schwedischer und deutscher Einreisestempel wären, wenn ich ihn zurück gab, würde ihr hoffentlich auch nicht auffallen. Meine Rechnung enthielt wirklich ein paar Unbekannte – aber für Svenja musste ich das riskieren.

Am nächsten Tag nahm ich ein Taxi nach Riem und kaufte am Flughafen noch eine Flasche teuren, französischen Rotwein für eine etwaige Fortsetzung meiner Dinner-Verabredung mit Svenja in ihrer Wohnung. Wenn die Sache nicht in meinem Sinne enden würde, hätte ich die Flasche sicher auch nötig, dachte ich.

Im Flugzeug nach Stockholm hatte ich einen Fensterplatz. Während des gesamten Fluges sah ich hinaus und dachte mit einer Mischung aus Vorfreude und Sorge an mein Wiedersehen mit Svenja. Auf dem bleigrauen Spiegel der Ostsee schwammen braune Inseln wie Rücken riesiger Meeresschildkröten. Der Schein der Abendsonne verlieh ihnen einen orangefarbenen Saum. Am Horizont schoben sich rosagetünchte Schäfchenwolken vorbei. Eine beinahe kitschige Szenerie.

Ich schloss die Augen und stellte mir vor, wie ich auf einem Segelboot mit Svenja im Arm da unten in den Schären der untergehenden Sonne entgegen glitt, bis mein romantischer Segeltraum irgendwann von einer Stewardess unterbrochen wurde, die mir auf die Schulter tippte und mich bat, meinen Gurt für die Landung wieder zu schließen.

Mit einem mulmigen Gefühl näherte ich mich etwa eine halbe Stunde später der Passkontrolle in Arlanda mit meinen Klar-Papieren. Erst vor gut vier Monaten war ich hier als „Paul Narvik" eingereist – das hätte durchaus auffallen können, wenn es derselbe Beamte gewesen wäre. Solche Leute waren darin geschult, falsche Fuffziger zu identifizieren. Es gab aber keine Probleme. Der Polizist – ein anderer als damals – sah mir kurz ins Gesicht, rammte seinen Stempel in den Pass und winkte mich müde weiter.

Draußen war es bereits zappenduster und eiskalt. Ich stieg in das vorderste der wartenden Taxis und nannte dem Fahrer mein Ziel. Die Wälder links und rechts der Autobahn waren tief verschneit, die Straße selbst aber war völlig schneefrei. Trotz des dichten Verkehrs kamen wir gut voran und eine halbe Stunde später hielt der Wagen vor dem Grand Hotel, einem vornehmen alten Kasten, schräg gegenüber vom königlichen Schloss.

Der mondäne Eingang des Hotels, mit der von Messingbeschlägen eingefassten Drehtüre, wurde von einem stattlichen Empfangsmann in Stresemann und Zylinder bewacht. Durch die Lobby wuselten livrierte Pagen, andere standen an strategischen Punkten und warteten, um den Gästen jederzeit zu Diensten sein zu können. Natürlich war es hier unvermeidlich, dass mich nach der Anmeldung mal wieder ein Hoteldiener zu meinem Zimmer begleitete. Das Zimmer war eher ein Gemach und aus dem Schrank strömte, als der Page ihn öffnete, der muffige Naphtalin–Hauch der langen Geschichte des Hauses. Schnell schloss ich die Tür wieder, denn ich hasste diesen Geruch nach Alter und Verfall und wollte ihn nicht ins Zimmer lassen. Die Einrichtung bestand aus antiken Möbeln, nur das Bett war neu und riesig, das Bad modernisiert und gut vorgeheizt. Ich gab dem wartenden jungen Mann zehn Kronen und bedankte mich. Dann zog ich mich rasch um für mein Treffen mit „Kalif". Zum Duschen blieb keine Zeit mehr.

Auf dem Weg zum verabredeten Lokal nutzte ich unauffällig alle Register, um ganz sicher zu gehen, dass ich nicht beobachtet wurde. Es war Freitagabend und die Straßen waren – vermutlich vor allem wegen der Nobelpreis-Verleihung – voller Menschen. So war es im Grunde unmöglich, eine Observation zu erkennen, aber etwaige Verfolger abzuschütteln war dafür umso einfacher. Wie üblich traf ich etwa eine Viertelstunde vor der verabredeten Zeit im Treff-Lokal ein, einem ziemlich teuren Kellerrestaurant mitten in der Altstadt. Ich begab mich an den reservierten Tisch und wartete.

Wäre der beige Kamelhaar-Mantel nicht gewesen, ich hätte „Kalif" nicht erkannt. Als er die Treppe zum Gastraum herunter kam, trug er eine dieser Skimützen, die nur die Augen und die Nase frei ließ, den Kragen des Mantels hatte er hochgestellt. Ein besorgter Kellner, dem der vermummte Gast verdächtig vorkam, fing ihn ab. Yusuf zeigte in Richtung meines Tisches, worauf man ihm Mantel und Schal abnahm. Die schwarze Mütze behielt er an, als er auf mich zu kam. Ich stand auf und drückte ihm kurz die Hand.

„Willkommen zurück in Stockholm. Schön, Sie zu sehen."

„Ganz meinerseits. Was wohl der Kellner hatte?"

„Ich nehme an, er hat Sie für einen arabischen Terroristen gehalten", antwortete ich amüsiert und machte mit der Hand eine kreisförmige Bewegung um den Kopf. „Genau so was haben die Typen vom Schwarzen September beim Anschlag auf die Israelis in München getragen."

„Kalif" fasste sich erschrocken an den Kopf. Verlegen nahm er die Mütze ab.

„Entschuldigen Sie, aber diese Kälte ist nichts für mich."

„Wie gut, dass Sie es geschafft haben einen Flug und diese private Unterkunft zu bekommen. Das Geld für ein Hotel, das ich Ihnen geschickt habe, können Sie wegen des teureren Flugs übrigens behalten."

„Das war aber mehr, als die Zusatzausgaben für die Business-Class."

Ich winkte ab.

„Egal, sehen Sie´s als Kompensation für die kurzfristig erforderliche Anreise."

„Kalif" bedankte sich, nahm Platz und sah mich auffordernd an.

„Ein wenig gewundert habe ich mich schon, warum Sie mich so dringend treffen wollten. Und schon wieder in Stockholm. Aber Sie sind der Boss. Wo brennt´s denn?"

Ich räusperte mich leicht verlegen.

„Also, offen gestanden, war es nicht meine Idee, Sie so plötzlich hierher zu zitieren. Es ist nur so – unsere Regierung ist wegen dieser Geiselnahme in der US-Botschaft in Teheran, nun, sagen wir einmal „alarmiert". Wir sind deshalb gehalten, jede Möglichkeit zu nutzen, um denkbare Folgen dieser Eskalation besser abschätzen zu können. Mir persönlich ist natürlich klar, dass Sie dazu wahrscheinlich nur bedingt aussagefähig sind ..."

„Kalif" schüttelte den Kopf.

„Das kann man wohl sagen. Ich habe keine Ahnung, was in Teheran los ist und vor allem, wie es da weitergeht - jedenfalls nicht mehr als jeder Zeitungsleser und Fernseh-Zuschauer. Der einzige Iran-Bezug zum Jemen, von dem ich weiß, ist die Sache mit der angeblichen Militärbasis der Iraner an der Küste – aber das glaubt mir ja keiner von ihren Leuten. Oder hat sich daran inzwischen etwas geändert?“

„Ich fürchte, nein. Hätten Sie denn neue Informationen oder gar eindeutige Belege?“

„Kalif“ reagierte gereizt.

„Wie stellen Sie sich das vor? Glauben Sie, ich bin da inzwischen hingefahren und habe ein paar Fotos gemacht?“

„Keine schlechte Idee“, schmunzelte ich, und versuchte, die Spannung aus der Situation zu nehmen.„Aber schießen Sie die Bilder möglichst unauffällig.“

Yusuf verstand die Ironie und lächelte zurück.

„Danke für ihr Verständnis. Apropos „Schießen“. Von meinem Kontakt, der den Zugang zum militärischen Teil des Hafens in Aden hat, habe ich kurz vor meiner Abreise hierher erfahren, dass der Südjemen offenbar mit Hilfe der Iraner weiter aufzurüsten scheint. Aus Teheran werden angeblich seit Wochen verstärkt schwere Waffen, vor allem Flugabwehr-Geschütze mit größerem Kaliber und Munition geliefert, auch Boden-Luft-Raketen. Was damit konkret geplant ist und wo das Zeug hingebracht wird, konnte er leider nicht sagen. Es wäre aber durchaus möglich, dass die Waffen der Verteidigung der iranischen Basis dienen sollen und damit ein weiterer, indirekter Beleg für deren Existenz sind.“

Ich sah „Kalif“ nachdenklich an.

„Hatten Sie nicht zuletzt in Amsterdam erwähnt, sie hätten da eventuell eine Idee, wie man an authentische Informationen unmittelbar aus diesem Stützpunkt kommen könne?“

„Kalif“ zögerte mit seiner Antwort.

„Nun ja ... es gibt da vielleicht eine Option. Mehr kann

und will ich Ihnen im Moment nicht sagen. Und bevor ich einen Schritt weitergehe, noch dazu einen derart riskanten, wäre es schon schön zu wissen, ob die Chance besteht, dass ihre Analytiker zumindest mal überlegen, von ihrem hohen Ross zu steigen."

„Das kann ich Ihnen nicht garantieren – aber an echten Beweisen kämen sie natürlich nicht vorbei."

„Ich werde sehen, was sich machen lässt."

Wir ließen den Abend bei einem guten Essen ausklingen. Ich fragte meinen Informanten nach seiner Familie und wie sie inzwischen in London zurechtkämen. Er zeigte mir ein Bild von Ali. Er strahlte und hielt das Schüttelbild in die Kamera. Schön, dass ich dem Kleinen mit diesem albernen Ding so eine Freude gemacht hatte.

Weiter gab es nichts Konkretes mehr zu besprechen, aber Stockers Weisung war Genüge getan – darauf kam´s an. Allerdings war ich besorgt, dass mein Informant sich vielleicht bei dem Bemühen, die gewünschten Dinge zu besorgen, in Gefahr bringen könnte. Auch wenn es letztlich Teil des Geschäfts war und er wusste, worauf er sich einließ – irgendwie fühlte ich mich verantwortlich für den Mann.

Yusuf legt es darauf an

Als Yusuf am nächsten Vormittag nach London zurück flog, drehten sich seine Gedanken nur um ein Thema. Er hatte im Gespräch mit Paul nichts von seinen Überlegungen erwähnt, nun doch Mahmut einzuschalten. Er war genervt, dass die angeblichen Experten des deutschen Dienstes sich weiterhin standhaft weigerten, seine Informationen bezüglich des iranischen Stützpunkts zu glauben. Eigentlich hätte er den ganzen Kram am liebsten hingeschmissen. Aber nur wenn er an der Sache dran bliebe, hätte er vielleicht die Möglichkeit, dem verhassten Regime zu schaden. Womöglich könnte er sogar irgendwie mit dazu beitragen, diese korrupte, scheinsozialistische Schlächterbande von der Macht zu vertreiben, indem die Amerikaner vielleicht auch den Regierungspalast angriffen und mit einem Glückstreffer die aktuelle Führung beseitigten. Wunschdenken natürlich. Doch die hartnäckigen Zweifel an seinen Informationen kränkten ihn in seiner persönlichen und in seiner Berufsehre als Journalist.

Yusuf würde die Kontaktaufnahme in Richtung Mahmut über die Adresse versuchen, die Yassir ihm genannt hatte. Es war riskant, aber er hatte keine andere Möglichkeit.

Herzklopfen (12. November 1979)

Eigentlich wollte ich lange schlafen, aber das misslang gründlich. Ab halb fünf wälzte ich mich im Bett hin und her und konnte nicht mehr einschlafen. Gegen halb acht stand ich schließlich resigniert auf und fuhr nach einer kurzen Dusche mit dem Lift ins Erdgeschoss, wo der Frühstücksraum lag. Nach dem Frühstück würde ich immer noch eine ganze Menge Zeit totschlagen müssen, da Svenja erst am Abend nach Stockholm käme. Am Tag vor meinem Abflug hatte mir nämlich Herr Kurz noch ein Kuvert aus Oberhausen gebracht, darin eine Postkarte aus Stockholm. Svenja schrieb, dass sie anlässlich ihrer Rückkehr aus Sankt Petersburg bei ihren Eltern in Uppsala eingeladen war. Sie gaben eine größere Einladung mit

Verwandten und Freunden, worüber sie sich sehr freue, doch käme sie wahrscheinlich erst am frühen Abend weg. Und danach bräuchte sie eine gute Stunde mit dem Zug zurück nach Stockholm. Sie hoffe, ich könne mich bis zum Abend gedulden und dass es mir nichts ausmache.

Und ob es das tat! Aber was blieb mir übrig?

Das Frühstücksangebot im Grand Hotel war schier unübersehbar: mindestens ein Dutzend verschiedene Sorten Brot, dazu Speck, Eier, Omelettes nach Wunsch, Obstsalate, Müsli, Kuchen und süßes Gebäck – es gab einfach alles. Sogar vier verschiedene Heringsalate, die ich alle probierte, denn ich liebte Fisch, egal zu welcher Tageszeit und in welcher Variation. Leider war ich ziemlich schnell satt, was mich angesichts der Fülle und Qualität des Angebots ein wenig grämte.

Danach zog ich meine wärmsten Sachen an. Trotzdem fror ich, als ich das Hotel verließ, vor allem meine Füße wurden in den dünnen Lederschuhen schnell eisig. Ich lief zunächst in Richtung Bahnhof, sah von dort eine größere Shopping-Mall, die ich zügig ansteuerte. In einem Schuhgeschäft kaufte ich mir mit Lammfell gefütterte, braune Winterstiefel, dazu ein Paar warme Socken – beides zog ich gleich an. In einer kleinen Boutique in der Kungsgatan erwarb ich eine schwarze, modische Jeans. Ich dachte eigentlich, ich wüsste meine Größe, bekam die Hose am Bund jedoch kaum zu. Schwedische Hosen fielen wohl kleiner aus als deutsche. Es war allerdings nicht auszuschließen, dass Bier und Bewegungsmangel ihren Tribut verlangten und sich allmählich an Hüften und Bauch bemerkbar machten. Ich kaufte die eigentlich zu enge Hose trotzdem, um mich für meinen schlampigen Lebenswandel zu bestrafen und um sie als Gradmesser für meinen Bauchumfang zu nutzen. Mit dem disziplinierteren Lebensstil würde ich gleich morgen anfangen ... oder vielleicht nächste Woche.

Die Tüten links und rechts müssten etwaigen Observanten eigentlich signalisieren, dass ich ein ganz normaler Tourist war, der ein paar Einkäufe machte. Ich stellte die Taschen in ein Schließfach am Bahnhof und besuchte dann – zum zweiten Mal innerhalb von sechs Monaten – das Wasa-Museum, ging anschließend in eine Foto-Ausstellung und schlenderte noch ausgiebig durch eine Gemäldegalerie. Die Zeit verging quälend langsam. Svenja wäre jetzt schon bei ihren Eltern angekommen, aber bis zu unserem Wiedersehen waren es immer noch fünf Stunden. Gegen 15.00 Uhr holte ich die Tüten aus dem Schließfach und machte mich auf den Rückweg zum Hotel.

Trotz der frühen Nachmittagsstunde lag die Stadt schon in einem dämmrigen Licht und es war deutlich kälter als am Morgen. Ich beeilte mich, ins Hotel zu kommen.

Nach den BBC-Nachrichten im Fernsehen, die wenig Neues aus dem Iran zu berichten hatten, duschte ich und zog mich mehrfach um, weil mir nichts für mein romantisches, abendliches Date so richtig passend erschien. Schließlich entschied ich mich für die Kluft, die ich gleich am Anfang anprobiert hatte: Die neue Jeans, ein weißes Hemd, darüber einen schwarzen Kaschmirpullover mit V-Ausschnitt, dazu meine braune, mit Lammfell gefütterte Piloten-Lederjacke, die perfekt zu den neuen Stiefeln passte. Ein letztes Mal betrachtete ich mich im Spiegel und versuchte, ein verwegenes Gesicht zu machen. Das Resultat war gar nicht mal so schlecht – fand ich.

Svenja hatte für unser Wiedersehen in ihrer Postkarte ein Restaurant namens „Söderhärta“ vorgeschlagen, um das Wort hatte sie ein Herz gemalt.

Wenn „Kalifs“ Feinde unseren Schriftverkehr irgendwie überwachten, würden meine ganzen Vorsichtsmaßnahmen nichts nutzen, aber das konnte ich mir nicht vorstellen. Wahrscheinlicher war, dass die Russen Svenjas Post mitgelesen hatten, weil sie mich als feindlichen Agenten längst erkannt und auf dem Schirm hatten, aber dann war es eben so. Vor den KGB-Kollegen ging keine unmittelbare Bedrohung aus – jedenfalls keine physische und nicht in diesem Stadium der Operation.

Das Restaurant lag nicht weit entfernt von Svenjas Wohnung. Vom Grand Hotel war es allerdings ein größerer Fußmarsch. Angesichts der unerfreulichen Erfahrung beim Anprobieren der neuen Jeans, deren obersten Knopf ich offen ließ, hatte ich mich entschieden, den winterlichen Temperaturen zu trotzen und zu Fuß zu laufen. Der Abendhimmel war sternenklar, die Luft inzwischen klirrend kalt. Während ich zügig durch die belebten Altstadtgassen lief, immer wieder unauffällig darauf achtend, ob hinter mir verdächtige Bewegungen zu erkennen waren, biss mich der Frost böse in die Ohren. Ich bereute, mir heute nicht auch gleich eine Mütze gekauft zu haben. Die teure Rotweinflasche trug ich in der Tüte aus dem Schuhgeschäft mit mir.

Ziemlich durchgefroren erreichte ich das Restaurant, das in einem urigen Altbau-Häuschen untergebracht war. Vorsichtig lugte ich durch eines der kleinen Fenster. Mein Herz machte einen Sprung, als ich Svenja entdeckte, die im selben Moment von der Speisekarte hoch blickte. Lachend winkte sie mir zu. Noch bevor ich die Türe des Lokals erreichte, schwang diese auf und Svenja flog mir entgegen. Ich fing sie auf, ihre Arme umschlangen mich und sie presste ihren schmalen Körper mit erstaunlicher Kraft gegen meinen. Ich hielt sie fest, mein Gesicht an ihrem duftenden Haar, unsere Augen fanden sich und ich fühlte mich beinahe schwerelos. Hätte mich Svenja nicht so fest gehalten, wäre ich wohl in den Stockholmer Nachthimmel entschwebt.

„Ich dachte, ich komme Dir entgegen."

„Gute Idee – ich hätte es sonst vielleicht nicht mehr bis zur Tür geschafft mit meinen weichen Knien."

„Ach, wieso? Bist Du denn krank?", fragte sie spöttisch.

„Ich glaube, ich war es – bis gerade eben. Krank vor Sehnsucht."

Sie nahm mein Gesicht in beide Hände und küsste mich auf den Mund. Ich zog sie an mich, wir küssten uns mit geschlossenen Augen, zunächst zögernd und ein wenig unsicher, dann aber lange und innig. Erst als sich hinter uns zwei andere Gäste räusperten, ein älteres Ehepaar, dem wir den Weg in das Lokal verstellten, lösten wir uns voneinander. Ich entschuldigte mich verlegen. Der Mann lächelte, als ich ihm die Tür aufhielt. Im Vorbeigehen zwinkerte er mir zu und sagte in verschwörerischem Tonfall irgendetwas Freundliches auf Schwedisch. Ich bedankte mich unbeholfen, dann folgten Svenja und ich dem Paar in die warme Gaststube.

Post von Mahmut (18. November 1979)

Das Telefon klingelte. Ungewöhnlich um diese Zeit. Yusuf erwartete keinen Anruf. Er legte die Zeitung zur Seite, räusperte sich und nahm den Hörer ab.

„Ja bitte?"

„Hallo Yusuf, hier ist Habib vom Club. Ich bin in einer Telefonzelle. Könnten wir uns treffen? Ich glaube, es wäre dringend."

Yusuf war überrascht. Es war nicht üblich, dass sich die Mitglieder der Exil-Opposition in London zuhause anriefen. Es gab feste Regeln für die Treffen. Habib musste einen triftigen Grund haben.

„Ja, ich nehme an am üblichen Ort? Wann?"

„Ginge es in zwei Stunden? Es dauert nicht lange."

„In Ordnung, ich werde da sein."

Yusuf zog sich die gefütterte Anorakjacke an und schlüpfte in die Winterschuhe. Es war trübe draußen und kalt. Zur Sicherheit nahm er den Regenschirm mit. Er war gespannt, was Habib so Dringendes auf dem Herzen hatte.

Ihr derzeitiger Treffpunkt für dringende Fälle war ein kleines Cafe′ in Covent Garden, nicht weit entfernt von der „London School of Economics". Es wurde hauptsächlich von Studenten der bekannten Universität und von jüngeren Touristen besucht, die aus aller Herren Länder kamen. Als Nicht-Engländer fiel man dort also nicht weiter auf.

Habib saß schon in einer Ecke und hielt ungeduldig nach Yusuf Ausschau.

„Gut dass Du gleich kommen konntest. Ich will es kurz machen, ich bin nämlich in Eile."

Seine Eile hatte Habib offenbar nicht gehindert zu seinem Tee noch ein Sandwich und zwei Muffins zu bestellen. Am zweiten Muffin kaute er noch, vom ersten waren nur noch die Hülle und ein paar Krümel zu sehen. Yusuf bestellte einen Milchkaffee.

„Wir haben über einen Kontaktmann in der Britisch-Omanischen Handelskammer eine Nachricht für Dich bekommen. Keine Ahnung, von wem, aber er scheint gut vernetzt zu sein. Ich hoffe, Du kannst dem Absender der Nachricht vertrauen?"

Er reichte Yusuf ein Kuvert. Yusuf suchte den Absender. Als er „Khaled al Abn Awaa“ auf der Rückseite des Umschlags las, wusste er, dass der Brief von Mahmut war. Khaled war dessen zweiter Vorname und Abn Awaa, also „Schakal“, war der Name gewesen, den Mahmut sich gegeben hatte, wenn sie als Kinder Detektive gespielt hatten. Yusuf war „al Kujar“, der „Puma“, gewesen.

„Und? Kennst Du diesen Khaled mit dem komischen Nachnamen?“

Yusuf nickte.

„Ja, ich weiß, wer das ist. Man kann ihm vertrauen. Keine Sorge.“

Habib nickte erleichtert.

„In Ordnung. Aber sag´ ihm bei passender Gelegenheit, dass er die Verbindung über die Handelskammer nicht überstrapazieren sollte ... Du übrigens auch nicht, falls Du Deinem Freund auf diesem Weg antworten möchtest.“

Yusuf schaute Habib an.

„Natürlich. Keine Sorge. Und vielen Dank für Deine Mühe.“

„Kein Problem.“

Habib stand auf.

„Ich müsste dann wieder los. Äaah ... könntest Du vielleicht meinen Tee und den Snack mit übernehmen?“

Yusuf musste lächeln. Er hatte schon damit gerechnet. Habib war notorisch knapp bei Kasse. Es war nicht das erste Mal, dass er für Habibs Zeche aufkommen musste. Aber durch seine neuen Nebeneinkünfte war das keine große Sache.

„Schon in Ordnung. Sieh´ zu, dass Du los kommst. Und pass´ auf Dich auf.“

„Werde ich. Wir sehen uns. Mach´s gut.“

Yusuf trank seinen Kaffee in Ruhe und verlangte dann

die Rechnung. Obwohl er mehr als neugierig war, was Mahmut ihm schrieb, würde er das Kuvert erst zuhause öffnen – das war sicherer.

Getrübtes Liebesglück (12. November 1979)

Das Essen im „Söderhärta“ war einfach, aber gut. Ich hätte aber ohnehin alles gegessen, was man mir hinstellte, hatte ich doch nur Augen und Ohren für Svenja. Ausführlich erzählte sie von ihrer Zeit in St. Petersburg. Es war mir recht, dass ich kaum zu Wort kam. So blieb es mir erspart, meiner ahnungslosen Angebeteten allzu viele Lügengeschichten auftischen zu müssen. Sie hatte sich mit der Geschichte vom Kunsthändler, spezialisiert auf Jugendstil und Art Deco, zufrieden gegeben, der viel in Europa herumreiste und deshalb oft telefonisch nicht erreichbar war. Als ich bei Tisch erwähnte, dass ich beruflich recht häufig nach Paris führe, hatte sie allerdings eingehakt. Wenn ich das nächste Mal dorthin reiste, wolle sie unbedingt mit. Ich würde mächtig Ärger kriegen, wenn sie mitbekäme, dass ich die nächste Reise nach Paris ohne sie plane.

Svenja bestand darauf, die Rechnung zu übernehmen, schließlich sei ich als Gast in „ihrer“ Stadt. Ich könne mich ja revanchieren, wenn sie mich demnächst mal in Deutschland besuchte. Ich versuchte möglichst locker zu wirken, als ich ihrem Vorschlag fröhlich zustimmte, obwohl ich gedachte, dieses „demnächst“ so weit nach hinten wie möglich zu schieben. Wieder beschlich mich die Sorge, dass mein Konstrukt irgendwann unweigerlich zusammenbrechen und der ganze Schwindel auffliegen würde. Sollte ich ihr nicht gleich reinen Wein einschenken? Aber ich war ja in offizieller Mission unterwegs und fürchtete außerdem, damit den romantischen Abend kaputt zu machen. Der richtige Moment würde schon noch kommen.

Als wir das Restaurant verließen, mein Arm auf Svenjas Schulter ruhte und ich ihren Arm warm um meine Hüfte spürte, waren diese Gedanken wieder verschwunden. Fest aneinander gedrückt, gingen wir durch die kopfsteingepflasterten Gassen. Svenja deutete auf den Weg und erklärte mir, dass die Steine auf Schwedisch „kullerstänar" hießen. Sie lachte sich halb tot, als ich das Wort wiederholt falsch aussprach und korrigierte mich ein paar Mal. Mein Schwedisch machte nur langsam Fortschritte. Während wir uns Svenjas Wohnung näherten, schaute ich mich gelegentlich um.

„Was hast Du denn – werden wir verfolgt"?

„Unsinn ... ist nur so eine Marotte von mir."

„Marotte – na so langsam erfahre ich ja mehr über Dich", meinte sie mit einem amüsierten Seitenblick.

„Ich hoffe, Du bist nicht zu sehr schockiert?", versuchte ich abzulenken.

„Wenn´s weiter nichts ist ...", lachte sie.

Das wäre eigentlich die Gelegenheit, auf die ich gewartet hatte. Doch da standen wir schon vor ihrer Haustür. Etwas benommen saß ich kurze Zeit später, meine mitgebrachte Flasche Rotwein zwischen den Knien, wieder auf der Couch, die mir von meinem letzten Besuch noch vertraut war. Quietschend zerrte ich den Korken aus dem Hals der Flasche und füllte mit leicht zitternder Hand zwei dickwandige Wassergläser, die einzigen Gläser, die Svenja besaß. Sie kam aus der Küche und setzte sich dicht neben mich. Wir stießen an und sahen einander lange in die Augen. Dann küssten wir uns, erst kurz, dann noch einmal. Wir stellten die Gläser ab und nahmen einander in die Arme. Jede Berührung, jeden Kuss empfand ich mit einer lange nicht gekannten Intensität und mein wachsendes Verlangen war schon bald nicht mehr zu übersehen. Irgendwann waren wir beide nackt und fielen eng umschlungen auf Svenjas breites Bett. Wir liebten uns langsam und doch leidenschaftlich und ließen erst in den frühen Morgenstunden selig und erschöpft voneinander ab.

Als ich am nächsten Morgen erwachte, brauchte ich ein paar Sekunden, um mir klar zu werden, wo ich war. Im Halbdunkel des kleinen Schlafzimmers in der Fjällgatan im Stockholmer Studentenviertel war die Zimmerluft noch immer erfüllt von Pheromonen und der Wärme unserer Körper. Neben mir schlief Svenja mit tiefen regelmäßigen Atemzügen. Ich schaute sie an und hätte sie gerne geküsst, wollte sie aber nicht wecken. Vorsichtig verschränkte ich die Arme hinter dem Kopf und genoss diesen köstlichen Augenblick.

Der innere Frieden währte nicht lange. Schon bald schlichen sich wieder die alten Sorgen in meinen Kopf. Wie sollte das Ganze hier nun weitergehen? So verliebt, wie ich war, hätte ich im Moment eher meinen Job aufgegeben, als diese Frau. Nicht einmal mit Yvonne war es zu Beginn derart intensiv und schön gewesen. Aber ich musste Svenja endlich sagen, wie ich wirklich hieß und wer mein Gehalt bezahlte. Würde sie das verstehen und mir mein falsches Spiel verzeihen? In der Firma müsste ich Svenja dann irgendwann als meine neue Lebensgefährtin melden und leider Gottes auch von der Sicherheit überprüfen lassen. Diesmal wollte ich kein Risiko eingehen. Um die Sache zu verharmlosen, könnte ich ja behaupten, ich hätte meine neue Freundin auf dem Oktoberfest kennengelernt und es hätte sich schon nach kurzer Zeit eine feste Beziehung entwickelt.

Max würde sich totlachen ...

Und wenn Svenja doch sauer wäre, dass ich sie zu Beginn so dreist belogen hatte? Wieder fiel mir Max ein, der kürzlich etwas Ähnliches erlebt hatte. Er hatte eine Frau kennengelernt – eine Psychologin, die ihm überaus gut gefiel und auf Anhieb sehr sympathisch war. Nachdem er ein paar Mal mit ihr im Kino, in diversen Restaurants und schließlich wohl auch im Bett gewesen war, vertraute er ihr an, wo er tatsächlich arbeitet, sie dürfe darüber aber um Himmels Willen mit niemandem reden. Die Frau hatte diese Aussage scheinbar beiläufig zur Kenntnis genommen, so dass Max erleichtert glaubte, es spiele keine große Rolle für sie. Umso verwunderter war er, als sie ihn plötzlich nicht mehr anrief und immer, wenn er mit ihr etwas unternehmen wollte, eine neue Ausrede fand, warum sie gerade heute verhindert sei. Irgendwann stellte er sie zur Rede und erfuhr zu seinem nicht geringen Erstaunen, dass sie ihn schlicht für verrückt hielt und daher den Kontakt beenden wollte. Sie bekomme nämlich die Geschichte vom heimlichen Doppelleben als Geheimagent in ihrer Arbeit im Bezirkskrankenhaus wöchentlich mindestens zwei- bis dreimal von ihren Patienten aufgetischt. Nicht, dass sie etwas gegen Schizophrene oder Paranoiker hätte, immerhin lebte sie von solchen Leuten, aber als festen Freund hätte sie sich dann doch jemand anderen vorgestellt.

Max war völlig perplex gewesen und hatte gar nicht erst versucht, die Sache richtig zu stellen. Er meinte damals, er hätte es nur noch schlimmer gemacht, wenn er auf seiner Geschichte bestanden hätte. Die reine Wahrheit war eben in der Regel am Unglaubwürdigsten – wer sollte das besser wissen als ich.

Svenja regte sich räkelnd und blinzelte mich an.

„Es gibt Dich ja wirklich, gerade habe ich von Dir geträumt."

Dann schlang sie ihre Arme um mich und zog mich zu sich.

„I think, I want some more Paul before breakfast."

„Oh Gott", dachte ich und beschloss, wenigstens noch für diese nächste halbe Stunde „Paul" zu bleiben.

Mahmuts Antwort

Mein lieber, teurer Freund, lieber Yusuf,

ich war erfreut, traurig und erschrocken gleichzeitig, als Dein Schreiben mich erreicht hat. Erfreut, weil ich so lange nichts von Dir gehört hatte und nun weiß, dass Du lebst und in – relativer – Sicherheit bist. Traurig, weil ich nicht weiß, ob und wann wir uns jemals wieder sehen werden. Und erschrocken, weil Du Dich und Deine Familie in große Gefahr zu bringen scheinst. Von mir will ich gar nicht sprechen – meine Position schützt mich, andererseits unterliege ich natürlich auch einer besonderen Überwachung, deren Prinzipien ich aber zu kennen und daher zu beherrschen glaube. Dennoch muss ich Dich bitten, die Finger von der angesprochenen Sache zu lassen. Ich kann Dir die gewünschten Informationen nicht liefern, zum einen, weil ich selbst nicht direkt mit dem Projekt befasst bin, zum anderen ist alles in diesem Zusammenhang streng klassifiziert. Ich bin ein loyaler Mann – als Offizier gegenüber meinem Land, als Ehemann gegenüber meiner Frau, die letztes Jahr leider gestorben ist, und als Freund gegenüber meinen Freunden. Als solchen bitte ich Dich auch, mich hier nicht in einen Konflikt zu bringen. Nur wenn es unabweisbare Gründe gäbe, die mit Dir unmittelbar zu tun haben, würde ich meine Loyalitäten vielleicht überdenken. Aber in der gegebenen Situation kann ich Deinem Wunsch nicht nachkommen. Ich bitte Dich auch noch einmal, aus der Sache, auf die Du Dich eingelassen zu haben scheinst, auszusteigen. Bestimmte Leute verstehen da keinen Spaß und ihr Arm reicht weit – das weißt Du besser als ich.

Für alle Fälle gebe ich Dir eine Telefonnummer, auf der Du mich erreichen kannst. Am besten rufst Du natürlich von einer Telefonzelle aus an; melde Dich als „Kujar" und ich rufe Dich dann von einer sicheren Leitung in derselben Telefonzelle zurück. Aber wie gesagt – nur im äußersten Notfall. Ich hoffe sehr, dass die Dinge irgendwann so liegen, dass wir uns wieder unbesorgt treffen können.

Pass´ gut auf Dich und Deine Familie auf, vor allem aber auf meinen Patensohn. Sag´ Ali liebe Grüße von mir, auch wenn er mich nicht mehr kennen wird. Er war ja damals fast noch ein Baby, als Du weg musstest. Ich vermisse Euch,

Dein Dir ergebener Freund,
Mahmut

Yusuf faltete den Brief und wischte sich die Tränen aus den Augen.

Vortragskünstler Dehning (24. November 1979)

Ein grauer Nebelvorhang hing vor meinem Bürofenster. Ich blätterte zerstreut durch die „Süddeutsche". Meine Gedanken waren, wie so häufig in letzter Zeit, mal wieder in Stockholm. Ich war ein Idiot! Warum nur hatte ich es beim letzten Besuch wieder nicht fertig gebracht, meiner neuen Liebe zu gestehen, wo und wie ich wirklich mein Geld verdiente? Gottlob schien Svenja das mit dem Kunsthändler geschluckt zu haben. Sie stellte wenig Fragen und wenn, dann solche, die ich mit meinem kunsthistorischen Halbwissen halbwegs überzeugend beantworten konnte. Aber diese wunderbare Frau in einem so zentralen Punkt wie meiner tatsächlichen beruflichen Tätigkeit und meiner wahren Identität zu belügen, war nichts, worauf ich besonders stolz war. Sie hatte beschlossen, sich ein eigenes Telefon zuzulegen, damit wir öfter sprechen konnten. Das war einerseits schön, aber insofern auch problematisch, als Svenja mich nur während der Bürozeiten würde erreichen können. Sowohl vom Kölner Büro der Tarnfirma von Paul Narvik, als auch von dessen Wohnung in Oberhausen, gab es eine Rufumleitung auf meinen Pullacher Apparat, nicht aber in meine private Wohnung in Obergiesing. Da konnte ich schon mal anfangen, mir Ausreden für Svenja auszudenken, warum ich denn am Abend überhaupt nie zu erreichen sei. Zweifellos würde das nicht für einen besonders soliden Lebenswandel sprechen.

Es klopfte. Max stand in der Tür.

„Wir soll´n alle um zwei im Besprechungsraum sein. Der Stocker sagt, dass der Dehning an Vortrag hält – Thema: „Informanten-Typologie und Theorie der Quellenführung“ – oder so ähnlich.“

Ich verdrehte die Augen.

„Sehr witzig. Ausgerechnet Dehning, der operative Ober-Trockenschwimmer, will uns was über unseren Job erzählen? Wäre besser, er würde sich endlich mal der Praxis widmen und ein paar gute iranische Informanten anschleppen, anstatt sich mit theoretischen Fragen zu befassen.“

Max zuckte mit den Schultern.

„Es is halt, wie´s is. Dem Stocker g´fällt so was ... leider.“

Seufzend machte ich mich mit Max auf den Weg zum Besprechungsraum. Die anderen saßen schon da, es war ziemlich kühl im Zimmer, die Heizung arbeitete sich seit Mitte Oktober erst langsam an ihre Höchstleistung heran, die sie gegen Weihnachten erreichen und dann bis weit in den April beibehalten würde, bevor es den Klempnern von der Liegenschaftsverwaltung gelingen würde, sie wieder komplett stillzulegen.

Dehning stand – herausgeputzt wie ein Konfirmand – vor der Wand des Versammlungsraums, neben sich ein sogenanntes Flipchart, eine ganz neue Errungenschaft unserer Dienststelle, auf die Stocker sehr stolz war. Wir waren gehalten, das Ding künftig immer bei unseren operativen Planungen zu nutzen, und Dehning weihte es sozusagen mit seinem Auftritt ein. Das hatte ihm bei Stocker weitere Pluspunkte eingebracht. Auf den großkarierten, riesigen Papierbogen war eine seltsame Kurve gemalt. Dehning drehte nervös einen schwarzen Filzstift in den Händen, er wirkte wie ein Rennpferd kurz vor dem Start – zitternde Flanken und bebende Nüstern, schon vor dem Rennen nassgeschwitzt. Zunächst aber war Stocker dran.

„Meine Herren, guten Tag. Ich möchte, dass sie sich den Vortrag ihres Kollegen aufmerksam anhören. Herr Dehning hat in unermüdlicher Arbeit neben seinen alltäglichen Obliegenheiten eine – wie ich finde – bemerkenswerte Theorie der operativen Quellenführung entwickelt, die er Ihnen jetzt vorstellen möchte. Herr Kollege, Sie haben das Wort.“

„Betonung liegt auf „Theorie““, murmelte ich in Richtung Max, der neben mir saß und schmunzelte. Stocker rief uns mit einem Zischen zur Ordnung – Dehning räusperte sich und begann.

„Wie Sie ja sicher wissen, weisen unsere Quellen ein ziemlich heterogenes Leistungsspektrum auf. Ich habe nach eingehender Auswertung aller bei uns im Bereich vorhandenen Informanten festgestellt, dass es einen wiederkehrenden Verlauf der Leistungskurve gibt und diesen zum besseren Verständnis in der Grafik hier dargestellt."

Er machte eine Pause und checkte die Wirkung seiner ersten Einlassungen. Schnell sprach er weiter, als er in die leeren Gesichter des Auditoriums sah.

„Ähem, also: Der ganz überwiegende Teil unserer Zulieferer braucht nach der Werbung erst eine Anlaufphase, um in die neue Aufgabe sozusagen hinein zu finden. Diese sehen sie in der Grafik hier als relativ flachen Anstieg: Der Informant wird in dieser Phase von mir als „Potential-Quelle" bezeichnet. Nach einer gewissen Zeit erreicht deren Informations-Output dann in aller Regel ein Niveau an Qualität und Quantität, das für uns zufriedenstellend ist und eine gute Quelle kennzeichnet. Ich nenne das die „High-Performance-Phase" und diese ist hier im Bild als lange, zunächst ansteigende und dann konstant auf hohem Niveau verlaufende Linie dargestellt. Analog spreche ich auf die Person des Informanten bezogen dann von einer „Liefer-Quelle."

Max und ich sahen uns an und waren uns wortlos einig: Selten so einen gnadenlos banalen Stuss gehört. Stocker aber war sichtlich begeistert.

„Sehr anschaulich, Herr Dehning. Und absolut zutreffend. Bitte – machen Sie weiter!"

Dehning ließ sich nicht zweimal bitten.

„Danke, Herr Stocker. Also. Man sieht, dass im weiteren Verlauf die Kurve absinkt. Damit ist die nach einigen Jahren in aller Regel nachlassende Leistung der meisten Quellen dargestellt. Hier gilt es dann für uns als Verbindungsführer gezielt gegenzusteuern. Das Ziel muss sein, unsere Informanten möglichst lange in der Performance-Phase zu halten."

„Donnerwetter – wer hätte das gedacht!", rutschte es mir heraus.

Stocker schaltete sich ein.

„Vielleicht lassen Sie Herrn Dehning seinen Vortrag erstmal zu Ende bringen, Herr Schreiber. Danach können Sie immer noch Ihren Kommentar dazu abgeben."

Dehning sah mich wütend an und fuhr fort.

„Wie gesagt, wir wollen Quellen, die eine möglichst lange Liefer-Phase haben. Manchmal aber helfen alle Bemühungen nicht und der Ausstoß der Informanten geht konstant zurück – hier zu sehen als erst langsam, dann schneller abfallende Linie. Ab einem bestimmten Punkt muss dann zwangsläufig über die Abschaltung der Quelle befunden und die Werbung frischer Kräfte vorangetrieben werden."

Das Ganze erzählte Dehning dann ungefähr noch dreimal in jeweils etwas anderen Worten. Ich schaltete ab und zählte innerlich rückwärts von Fünfhundert auf Null in der Hoffnung, dass es dann vorbei wäre. Es wurde knapp – Dehning war erst fertig, als ich bei „48" angekommen war.

„Vielen Dank für Ihre Aufmerksamkeit."

Hobmeier und Peters schreckten aus ihrem lebenserhaltenden Dämmerzustand hoch, als Stocker ostentativ mit den Fingerknöcheln auf den Tisch pochte, um seine Begeisterung für Dehnings Ausführungen zu zeigen.

Fassungslos schaute ich Max an. So viel pseudowissenschaftlich verbrämten Sprachmüll zur geschwätzigen Beschreibung eines im Grunde völlig simplen

Sachverhalts hatte ich seit meinen ersten Pro-Seminaren in Politikwissenschaften nicht mehr gehört. Auch Max schüttelte ungläubig den Kopf. Stocker bat um Fragen an den Referenten oder Diskussionsbeiträge – aber „konstruktive“, meinte er noch mit einem Seitenblick zu mir. Ich hatte jedoch keinen Bedarf mehr. Hier waren wirklich Hopfen und Malz verloren und gegen Dummheit kämpfen bekanntlich selbst Götter vergebens. Ich entschied, die Klappe zu halten. Auch die anderen schienen vollständig bedient – jedenfalls fragte keiner mehr nach. Gott sei Dank.

Ich hatte mich gerade wieder an meinen Schreibtisch gesetzt, als es klopfte und mir Kurz ein Kuvert herein reichte.

„Grüß Gott. Frische Post aus Schweden, Herr Schreiber“, meinte er augenzwinkernd und verschwand auch gleich wieder. Meine Freude über den neuen Brief von Svenja wich bereits nach der Lektüre der ersten Zeilen tiefer Besorgnis, schrieb Sie doch, dass Sie überlege, mich in der Vorweihnachtszeit mal in Oberhausen zu besuchen. Sie würde zu gerne mal sehen, wo und wie ich wohnte. Und die deutschen Christkindlmärkte sollten doch so romantisch sein.

Oh Gott – das fehlte gerade noch. Fieberhaft überlegte ich, wie ich die Sache abbiegen könnte, ohne meiner Liebsten allzu nahe zu treten. Es war ja schlecht möglich, den pensionierten Polizisten, der mir in meiner Rolle als Paul Narvik seine Adresse lieh, für ein paar Tage ins Hotel einzuquartieren und tatsächlich physisch bei ihm einzuziehen, wenn Svenja käme. Also antwortete ich, dass der Eigentümer meiner Wohnung eine neue Heizung einbauen müsse, einige Wochen daher überhaupt nicht geheizt werden könnte und ich solange bei einem Freund wohnen müsste. Noch eine Lüge mehr – aber darauf kam es nun auch nicht mehr an. Ich hatte mich, was Svenja betraf, schon so tief in meinem Lügenlabyrinth verlaufen, dass ich keinen Ausweg mehr sah. Ich fürchtete, sie würde mich auf der Stelle verlassen, wenn ich sie jetzt noch mit der Wahrheit konfrontierte. Der Vertrauensbruch erschien mir einfach zu groß. Deshalb schlug ich vor, dass ich wieder nach Stockholm käme und wir ein paar gemeinsame Tage vor Weihnachten zusammen verbrächten.

An Heilig Abend würde ich mich danach mit Max irgendwo vollllaufen lassen – alleine ertrug ich den Weihnachtsabend nicht. Den ersten Feiertag bräuchte ich sicher, um meinen Rausch auszuschlafen und am Tag darauf plante ich, nach Würzburg zu fahren, um meine Mutter im Heim zu besuchen. Ich hatte im Büro angeboten, in den zwei Arbeitstagen zwischen Weihnachten und Silvester Dienst zu schieben. Alle, inklusive Stocker, waren sehr dankbar gewesen, dass ich bereit war, die Stellung zu halten. So konnten die Kollegen bis weit ins neue Jahr zuhause bleiben.

Lichterfest Stockholm (21.12.1979)

Svenja winkte mir schon aufgeregt durch die Scheibe zur Ankunftshalle, während ich am Gepäckband noch auf meinen Koffer wartete. Als ich endlich den abgesperrten Bereich verließ, fiel sie mir freudig um den Hals, noch bevor ich mein Gepäck abstellen konnte. Ich ließ den Koffer einfach fallen. Fest drückte ich sie an mich und wir küssten uns lange und zärtlich.

„Was für ein Pech, das mit Deiner Heizung“, meinte Sie, als wir uns voneinander gelöst hatten und in den Zug zum Hauptbahnhof stiegen.

„Ja, kann man wohl sagen – aber Heizungen gehen eben leider bevorzugt im Winter kaputt."

„Jedenfalls merkt man da, dass sie kaputt sind", fügte sie lachend hinzu. „Aber bei mir in der Wohnung ist es mollig warm."

Ich lächelte sie vielsagend an.

„Ich glaube, wir würden auch ohne Heizung nicht frieren."

Sie knuffte mich herzhaft mit dem Ellbogen in die Seite.

„Keine Ahnung, wovon Du redest", meinte sie lachend. Wenige Minuten später rauschten wir schon, eng aneinander geschmiegt, durch die dunkle, kalte Winternacht den Lichtern Stockholms entgegen.

Nach einer ziemlich schlaflosen Nacht und einem späten Frühstück brachen wir zu einem langen Spaziergang auf. Über den Mälaren-See spannte sich ein unwirklich blauer Himmel. Hand in Hand gingen wir warm eingepackt am südlichen Hochufer entlang. Ich fühlte mich paradox: neu gebunden und doch frei. Wir meinten es beide ernst mit dieser deutsch-schwedischen Liaison und waren bereit, die damit verbundenen, besonderen Schwierigkeiten, die räumliche Distanz und die Verständigung in einer Sprache, die für uns beide nicht die Muttersprache war, erst mal zu ignorieren. Arm in Arm schlenderten wir am Ufer entlang, verweilten immer wieder für einen Kuss und ein paar zärtliche Berührungen.

„Es ist wirklich schön mit Dir, Paul. Du machst mich glücklich. Und ich finde es toll, dass Du immer wieder hierher nach Stockholm kommst. Ist ja auch nicht gerade billig."

Ich winkte ab.

„Ich komme sehr gerne nach Stockholm, wie Du vielleicht gemerkt hast. Und wegen der Kosten musst Du Dir keine Sorgen machen. Ich krieg´ das schon hin."

„Trotzdem – ich möchte mich gerne revanchieren und Dich auch bald mal in Deutschland besuchen. Ich bin neugierig, wie Du lebst."

Ich schluckte.

„Na ja – nicht besonders. Ich meine, Oberhausen ist weiß Gott nicht der allerschönste Teil Deutschlands, und meine Zwei-Zimmer-Wohnung gewinnt bestimmt keinen Einrichtungspreis – obwohl alles schwedisches Design ist ... IKEA."

Sie lachte.

„Na, da würde ich mich sicher wie zuhause fühlen."

Ich spürte, dass sie trotz ihrer positiven Reaktion enttäuscht war. Schnell machte ich einen Vorschlag.

„Wir könnten vielleicht demnächst mal zusammen in München Urlaub machen. Ein Freund von mir hat dort eine richtig nette Bude unterm Dach und ich kann dort jederzeit wohnen, wenn er selbst verreist ist."

Sie sah mich mit einem Stirnrunzeln an. Ihre Antwort kam leicht verzögert.

„Ja ... warum nicht. München soll sehr schön sein. Da gibt es doch auch dieses große Bierfest im Herbst ... warst Du da schon mal ...?"

„Du meinst das Oktoberfest? Ähh, ja ... einmal war ich schon dort ...", antwortete ich verlegen.

„Das möchte ich auch mal sehen – nächstes Jahr, mit Dir. Abgemacht?"

„Sehr gut – versprochen – spätestens im September gehen wir zusammen auf's Oktoberfest."

„Aber vorher besuch´ ich Dich in Oberhausen!", fügte sie noch trotzig hinzu.

„Meinetwegen, sonst glaubst Du ja noch, ich wollte Dich abwimmeln."

„Tust Du doch auch", meinte sie lächelnd. „Aber mich wirst Du so leicht nicht los."

„Und wehe, Du fährst ohne mich nach Paris ...", fügte sie noch hinzu und hielt mir ihre Faust drohend vor die Nase. Danach setzten wir unseren Spaziergang fort und nahmen in einem kleinen Fischrestaurant direkt am See ein frühes Abendessen zu uns.

Am nächsten Tag musste ich schon mittags zurück nach München fliegen. Svenja, die mich zum Flughafen begleitete, erzählte ich, dass ich dort geschäftlich zu tun hatte. Sie hätte sich sonst vielleicht gewundert, warum ich nicht nach Köln oder Düsseldorf flog, wenn ich doch in Köln meine Firma hatte und in Oberhausen wohnte.

Zwischen den Jahren (27. 12. 1979)

Mein Audi rollte lautlos auf dem fast leeren Parkplatz aus. Nur die beiden Fahrzeuge der Dienststelle standen, in eine dicke Decke aus Neuschnee gepackt, auf ihren zugewiesenen Plätzen vor dem Gebäude. Es war still und kalt, weit und breit keine Menschenseele. Hie und da rieselte Schnee von Sträuchern und Bäumen und verlor sich flirrend in der klirrend kalten Winterluft. Das einzige lebende Wesen, das ich auf dem Weg zum Eingang der Dienststelle sah, war ein Eichhörnchen, das aus einem Gebüsch stürzte, als ich näher kam, und mit wilden Sätzen über die offene Schneefläche zu der dicken Eiche vor meinem Fenster hastete. Ich hörte das Kratzen, als das Tier sich in die Rinde krallte und hinter dem Stamm nach oben huschte. In sicherer Höhe lugte es zu mir herunter.

Es war Donnerstag nach Weihnachten und ich schien tatsächlich der Einzige aus unserer Dienststelle zu sein, der nicht zuhause geblieben war. Die Russen waren auch nicht zu Hause geblieben – ausgerechnet am Heiligen Abend waren sie in Afghanistan einmarschiert. Allerdings war das Weihnachtsfest bei den orthodoxen Christen ja erst im Januar. Und die Angegriffenen waren muslimische Taliban-Kämpfer – denen war es feiertagsmäßig sowieso egal. Wie gut, dass Deutschland in Afghanistan nun wirklich gar keine Karten im Spiel hatte – weder historisch noch ökonomisch. Also mussten wir uns mit der neuen Entwicklung am Hindukusch auch nicht intensiv beschäftigen. Man konnte nur hoffen, dass das auch so bliebe.

In diesem Moment wurde die Tür von innen aufgestoßen und ein Taliban stolperte, mit einem Besen bewaffnet, auf mich zu. Es war Kurz, der mit seinem Bart, der gefütterten Wehrmachtsmütze mit Ohrenschutz und dem um den Hals gewickelten Wollschal durchaus einem der muslimischen Berg-Kämpfer ähnelte.

„Ah, Servus, Herr Schreiber. I glaub´, mir san heut die zwoa Oanzigen."

„Guten Morgen, Herr Kurz. Na, es reicht ja, wenn die zwei besten Mitarbeiter da sind, oder?"

Er lachte. „Da ham´s recht."

„Kommen Sie doch danach auf einen Kaffee vorbei. Ein paar Krapfen hab ich auch dabei."

Ein Strahlen ging über sein gegerbtes, bärtiges Gesicht.

„Sehr gern. Dann bis späda."

Er ging hinüber zu den Dienstwagen und begann sie mit Hilfe des Besens vom Schnee zu befreien.

„Schneebesen", dachte ich zerstreut.

In meinem Büro war es ziemlich kalt. Ich fasste an die Heizung – kaum lauwarm, obwohl der Regler voll aufgedreht war. Bis zum Ende der ersten Januarwoche wäre bestimmt niemand erreichbar, um an diesem Zustand etwas zu ändern. Gut, dass ich einen Pullover mitgenommen hatte.

Ich zog den SPIEGEL heraus, den ich mir am Montag gekauft, aber noch nicht gelesen hatte. Die ausgiebige Lektüre des Magazins würde mich über die ersten zwei Stunden dieses einsamen Arbeitstages retten. Danach müsste man mal sehen.

Titelgeschichte des Magazins war „Hundert Jahre Stalin", als ob es nichts Wichtigeres gäbe – die Verzehnfachung der Ölpreise in den letzten sechs Jahren zum Beispiel. Ich schlug das Inhaltsverzeichnis auf – immerhin gab es einen ausführlichen Artikel zu diesem Thema im neuen Heft. Außerdem las ich, dass die USA den Schah wohl endlich loswerden würden. Panama hatte sich überraschenderweise bereit erklärt, den ehemaligen Iran-Despoten aufzunehmen. Sicher zu einem entsprechenden politischen und materiellen Preis – und wahrscheinlich hatte er dort auch noch größere Mengen der Kohle gebunkert, die er sich unter den Nagel gerissen hatte.

Die Mehrheit der Amerikaner schien sich im übrigen hinter Carter und dessen Bemühungen um eine Deeskalation der Geisel-Krise in Iran zu scharen. Man war in Washington augenscheinlich bemüht, Druck aus dem Kessel zu nehmen. Hoffentlich würde das auch für die Operation mit „Kalif" gelten. Sie war bereits ein wenig in den Hintergrund gerückt und Sperber sonnte sich in dem schönen Gefühl, Recht behalten zu haben, nachdem mein Informant aus London die geforderten, belastbaren Belege für die Existenz des angeblichen Militärstützpunkts der Iraner im Südjemen schuldig geblieben war. Mir sollte es auch Recht sein. Ich legte keinen Wert auf zu viel Aufmerksamkeit für meine Operationen und die damit verbundenen Ergebnisse. Wenn eine Operation zu bedeutsam war, fingen plötzlich Leute an sich einzumischen, die vom operativen Geschäft keine Ahnung hatten, aber dann so tun mussten, als hätten sie eine. Das Resultat waren in aller Regel kontraproduktive Eingriffe in sensible Konstrukte und eingespielte Abläufe mit unerfreulichen Folgen. Ich wurde aber das Gefühl nicht los, dass die Geschichte mit „Kalif" noch nicht zu Ende und im Jemen irgendetwas Größeres im Schwange war.

Im Gebäude und auf dem Gelände war es vollkommen still. Ein Gefühl von Verlorenheit machte sich in mir breit. Ich fröstelte. Vom Fenster her vernahm ich plötzlich ein leises Geräusch, als sei etwas dagegen geflogen. Ich fand einen Marienkäfer auf dem Vorsprung des Fensterrahmens. Noch so ein Verlorener. Hier drin würde er verhungern, draußen erfrieren. Anders als bei mir. Ich würde draußen verhungern, weil ich keinen anderen Job mehr fände, und um hier drinnen nicht zu erfrieren, zog ich jetzt meinen Pullover über. Ich war gerade dabei, frischen Kaffee für Kurz und mich zu brühen und die Krapfen auszupacken, als das Telefon klingelte. Seltsam – wer, mit dem ich dienstlich zu tun hatte, war denn heute in der Zentrale?

Ich nahm ab.

„Hallo – hier Schreiber."

„Guten Morgen, Herr Schreiber. Hier ist Wimmer – von der Südost-Europa-Auswertung. Wir kennen uns von der Putsch-Sache – vor drei Jahren in Griechenland. Sie erinnern sich?"

Ich war perplex.

„Ach so, ja. Lange nichts gehört. Was gibt's denn? Hoffentlich kein neuer Putsch?"

„Nein – nicht wirklich. Ich habe gesehen, dass Sie da sind. Können wir uns bei einem kleinen Spaziergang unterhalten? Ich wollte Ihnen etwas unter vier Augen sagen, das Sie interessieren dürfte."

„Ja gerne. Sagen wir in einer Stunde?"

„Bestens – wollen wir uns am Ausgang der Fußgänger-Unterführung treffen?"

„Auf meiner oder auf Ihrer Seite?"

„Wie Sie wollen."

„Dann auf Ihrer – ist landschaftlich schöner."

„Einverstanden – bis gleich."

Nachdem ich mit Kurz bei einer Tasse Kaffee und ein paar frischen Krapfen ausgiebig geplaudert hatte, machte ich mich auf den Weg zu meiner Verabredung mit Wimmer. Es hatte etwas Komisches, wenn sich zwei Agenten konspirativ auf dem eigenen Firmengelände trafen. Ich lief quer über den geräumten Landeplatz für Hubschrauber, durchquerte ein verschneites Stück Rasen und einen kleinen Wald und erreichte den diesseitigen Eingang zur Fußgängerunterführung.

Je tiefer ich die Treppen hinunterstieg, umso kälter wurde es. Der Beton-Tunnel unter der Heilmannstraße, der die beiden Hälften des weitläufigen Geländes verband, war hoch genug, sodass ich mich nicht bücken musste. Doch wenn ich ganz aufrecht hindurch ging, konnte ich spüren, wie meine lockigen Haare oben die Decke streiften.

Als ich drüben aus dem Ausgang trat, sah ich Wimmer links davon auf dem schmalen Weg warten. Er hob seine behandschuhte Hand. Trotz des Schals vor Mund und Nase erkannte ich ihn an der Körperhaltung.

„Hallo, Herr Schreiber. Frohe Weihnachten noch."

„Ihnen auch, Herr Wimmer. Wo sollen wir lang gehen? Am Waldhaus vorbei?"

„Gerne. Es ist sehr ruhig heute. Ich bin in meinem Bereich der einzige, der da ist."

Wir folgten dem schmalen Weg, der zwischen den Spundwänden und einigen Gebäuden entlangführte, von denen das „Waldhaus", eine einfache Holzbaracke, das älteste war. Früher hatte sie den Amerikanern und Gehlen-Leuten als Kinosaal gedient, heute fanden dort die Einführungslehrgänge für die neu rekrutierten Mitarbeiter statt.

„Bin natürlich gespannt, was Sie mir zu sagen haben ..."

„Tja, ich finde, ich bin Ihnen seit der leidigen Griechenland-Sache etwas schuldig, als ich ihrem Informanten das mit dem Putsch nicht abgenommen habe. Ich bin Ihnen wirklich sehr dankbar, dass sie das nicht aufgeblasen haben, als es sich als richtig herausgestellt hat."

„Kein Problem. Ich denke, Sie wissen, wie ich darüber denke. Also ... worum gehts?"

„Ich habe neulich zufällig und unbemerkt eine Unterhaltung zwischen Sperber und Vogl mitgehört. Sperber hat sich aufgespielt, dass ihm egal sei, ob der Außenminister mehr zum Jemen wissen wolle. Die hätten da schließlich eine Botschaft – solle er doch seine dort stationierten Diplomaten fragen. In seinem Lagebild gebe es keine Veränderungen, die eine Neubewertung erforderlich machten. Was diese völlig unerprobte, neue Quelle dazu anschleppe, wüsste er längst. Und was er nicht wusste, glaube er einfach nicht. Man solle nicht denken, dass er als unabhängiger Denker und Analytiker immer gleich über jedes Stöckchen springe. Schon gar nicht, wenn es ihm jemand wie dieser verkappte Sozi Schreiber hinhalte, bei dem man sich frage, was er mit seinen politischen Ansichten hier überhaupt verloren habe. Er werde diese neue Jemen-Quelle jedenfalls austrocknen, bevor sie überhaupt richtig zu sprudeln beginne und sich daher strikt weigern, deren Informationen zu glauben und zu verarbeiten, nicht, bevor es sich nicht aus einer anderen, unabhängigen Quelle bestätigen lasse – oder es in der Zeitung stünde."

Wir hatten inzwischen den Swimmingpool erreicht, dahinter lagen die beiden Tennisplätze. Im Sommer war beides in der Mittagszeit und nach Ende der Kernarbeitszeit ausgiebig frequentiert – jetzt lagen die Freizeiteinrichtungen still und verlassen da.

„Interessant, Herr Wimmer. Und gut zu wissen. Vielen Dank für die Nachrichtenbeschaffung ... jetzt muss ich das Ganze nur noch analysieren", lächelte ich.

„Es versteht sich, dass Sie das nicht von mir haben?"

„Sicher – aber ich habe auch in diesem Fall nicht vor, es in irgendeiner Weise an die große Glocke zu hängen. So, wie Beschiss auf den Tisch kommt, kommt irgendwann auch ans Licht, ob diese neue Quelle Quatsch erzählt. Ich möchte versuchen, ihr noch etwas Zeit zu geben. Mal sehen, wie lange die Operation auch ohne positive Rückmeldung seitens der Auswertung läuft."

Wir liefen zurück in Richtung des Auswertergebäudes und sahen in einiger Entfernung auf dem Dach der dunklen Holzbaracke einen Mann mit einer Pudelmütze auf dem Kopf, der gerade dabei war, konzentriert mit einem Besen Schnee herunter zu schaufeln. Ein anderer Mann schaute kopfschüttelnd von einem Fenster zu ihm hoch und rief, was er als promovierter Jurist denn da oben mache. Der Typ mit dem Besen antwortete, dass ihn der

Chef hochgeschickt habe, um die Dachrinnen mal gründlich sauber zu machen, bevor es wieder zu tauen begänne.

Seltsame Sitten und Gebräuche gab es hier – manchmal wurde selbst ich noch überrascht.

Ich bedankte mich noch einmal bei Wimmer für den kleinen Einblick in Sperbers Gedankenwelt und machte mich auf den Rückweg zu meinem Büro.

Jahreswechsel (03.01.1980)

Yusuf betrachtete die Neujahrskarte, die ihm Paul geschickt hatte. Über ein Jahr stand er nun schon in Diensten der Deutschen und das Zusatzeinkommen aus seiner Agententätigkeit hatte eine spürbare Verbesserung seines Lebensstandards bewirkt. Er überlegte sogar, in eine größere Wohnung umzuziehen, denn Ali musste irgendwann einmal ein eigenes Zimmer haben. Der Geheimdienst an der südjemenitischen Vertretung hier in London und allgemein in Europa schien die Direktive bekommen zu haben, still zu halten. Jedenfalls waren ihm schon länger keine Übergriffe gegen Landsleute mehr zu Ohren gekommen. Auch ihn selbst und seine Familie hatte man seit dem Vorfall im Supermarkt nicht mehr behelligt. Ob das nur eine Finte war oder einen Wechsel der Politik des Regimes darstellte, vermochte er nicht zu sagen. Seine Nebenbeschäftigung blieb dennoch ein gefährliches Spiel, doch Yusuf hatte das Gefühl, dass er es immer besser beherrschte, je länger er es spielte. Und dieser Paul schien zu wissen, was er tat, und er tat es gut. Yusuf spürte inzwischen ein tiefes Vertrauen zu dem Mann.

Gescheiterte Befreiung (25. April 1980)

Das Taxi vom Flughafen setzte mich vor meiner Haustür ab. Ich bezahlte den Fahrer und stieg mit meinem Koffer die Treppen hoch. Mein spontaner, einwöchiger Urlaub in Stockholm mit meiner Liebsten war viel zu kurz gewesen, aber wichtig. Ich hatte es nicht mehr ausgehalten. Svenja und ich hatten uns seit Weihnachten nicht gesehen und die wenigen Telefonate waren schwierig und teuer. Die vielen, langen Briefe, die wir einander schrieben, bewirkten allerdings eine ganz besondere Intensität der Beziehung zwischen uns. Der schriftliche Gedanken- und Gefühlsaustausch hatte etwas sehr Verbindliches und Verbindendes, denn Geschriebenes konnte nicht so einfach korrigiert oder relativiert werden wie Gesagtes.

Ich schaltete als erstes den Fernseher ein. Gleich käme die „Tagesschau", die ich nicht verpassen wollte – aus dem Radio des Taxis hatte ich auf der Fahrt nach Hause mitbekommen, dass irgendeine Kommandoaktion der Amerikaner im Iran gründlich in die Hose gegangen sein musste.

Der Sprecher begrüßte mich mit ernstem Gesicht. Die Story von der US-Militäraktion war der erwartete Aufmacher der Sendung. Nach einigen erklärenden Worten sah man Bilder der ausgebrannten Kadaver zweier Kampfhubschrauber – Modell „Sea Stallion", wenn ich mich nicht irrte. Es waren Aufnahmen des iranischen Staatsfernsehens. Man sah die Wracks jetzt in Großaufnahme, die Bezeichnungen und Hoheitszeichen auf den verkohlten Trümmern wiesen sie eindeutig als amerikanisches Kriegsgerät aus. Der iranische Kommentar lief mit, der Sprecher ergötzte sich hörbar an diesen Bildern, den einzigen, die es von den Ereignissen in der im Südosten des Landes gelegenen Großen Salzwüste gab. Der Versuch Washingtons, die Geiseln in der Teheraner US-Botschaft durch ein militärisches Kommando-Unternehmen zu befreien, war dramatisch gescheitert. Woran genau, wusste noch niemand zu sagen und ich hielt es für wenig wahrscheinlich, dass die Öffentlichkeit die Wahrheit je erfahren würde.

Ich nahm einen tiefen Zug aus der Augustiner-Flasche und machte den Fernseher lauter. Der Sprecher berichtete von acht Helikoptern und mindestens zwei Transportflugzeugen vom Typ C-130, die in der Nacht zum 25. April in den Iran eingedrungen waren, um die Geiseln aus ihrer über sechsmonatigen Tortur zu befreien. Jetzt lagen acht tote US-Soldaten und die Glaubwürdigkeit der US-Regierung im Sand des trostlosen Landstrichs. Noch im Dezember hatte Carter versprochen, keine militärische Befreiung zu erwägen, assistiert von seinem Außenminister Cyrus Vance. Offenbar hatten sich nun doch die anderen Kräfte durchgesetzt. Carter zeigte auf den letzten Metern seiner ersten Amtszeit Schwächen und die Republikaner nutzten diese eiskalt aus. Sollte also demnächst tatsächlich ein Schauspieler und Westernheld das mächtigste Land der Welt regieren? Was bei uns undenkbar wäre, war in Amerika, dem Land der kaum begrenzten Unmöglichkeiten, durchaus vorstellbar.

Der Tagesschausprecher erklärte gerade, dass die USA nun überlegten, die bereits im Dezember beschlossenen Sanktionen weiter zu verschärfen. Nun, das würden Chomeini und Co. sicher nicht unbeantwortet lassen und die Eskalationsspirale würde sich weiterdrehen. Da käme wahrscheinlich eine Menge Arbeit auf uns zu, nicht zuletzt, weil die deutsche Regierung nach wie vor eine zentrale Vermittlerrolle zwischen den tief verfeindeten Parteien innehatte – ob sie wollte oder nicht. Der Druck auf uns würde also weiterwachsen. Und dass wir mit dem Kollegen Dehning als Speerspitze der operativen Iran-Aufklärung die Erwartungen der Regierung hinsichtlich nachrichtendienstlich gewonnener Hintergrundinformationen würden erfüllen können, erschien mir ausgesprochen unwahrscheinlich. Also würden vermutlich wieder Hobmaier, Max und meine Wenigkeit mit den bescheidenen, indirekten Zugängen unserer vorhandenen Informanten in Richtung Iran in die Bresche springen müssen.

Eine heikle Fracht (10. Mai 1980)

In einem abgeriegelten und uneinsehbaren Teil des Hafens von Bandar e Abba standen die mit einem gefleckten Tarnanstrich versehenen Tieflader Stoßstange an Stoßstange dicht neben dem schwarzen Hafenbecken. Die schwüle Abendluft lag schwer auf dem brackigen Wasser. Mit laufenden Motoren und eingeschalteten Standlichtern warteten die Fahrer müde darauf, dass sie an die Reihe kamen. Einen Container hatten Soldaten in olivgrünen Overalls mithilfe zweier Hubwagen bereits entladen: Zehn Holzkisten, etwa mannshoch und annähernd würfelförmig, standen am Kai in Greifnähe des Kranarmes. Die erste Kiste verschwand gerade im Bauch des rostigen Frachters, der für die Container zu klein gewesen wäre. Das Schiff zerrte an den dicken Seilen, mit denen man es vertäut hatte, als könne es nicht erwarten loszufahren. Der entladene LKW jagte eine rußige Dieselwolke in die Dunkelheit, setzte sich in Bewegung und machte Platz für den nächsten.

Rauchend beobachteten zwei Pasdaran-Offiziere aus dem Halbschatten einer Baracke heraus das Verladen der

Kisten. Auf der Fassade der Lagerhalle hinter ihnen prangte – von einem einsamen Scheinwerfer schwach beleuchtet – das überdimensionale Porträt des obersten Imam und Revolutionsführers, der grimmig über die Szenerie zu wachen schien. Die Farben waren noch frisch. Mahnend hielt er einen Zeigefinger erhoben, als wollte er daran erinnern, dass die wenige Monate alte Revolution aufmerksam bewacht und beschützt werden musste. Die beiden Offiziere waren ihrem politisch-militärisch-religiösen Führer treu ergeben und hatten sich freiwillig für die heikle Mission gemeldet. Ihr Befehl lautete, die brisante Fracht zu begleiten und zu bewachen, bis die Ladung am Zielort gelöscht und von den bereits im Südjemen stationierten, iranischen Spezialkräften übernommen worden war. Bevor sie an Bord des Frachters gingen, würden sie zivile Kleidung anlegen, gegenüber der Besatzung würden sie als Angestellte der staatlichen Schifffahrtsgesellschaft auftreten, die eine Inspektionsreise machten. Ihre russischen Makarov-Pistolen trugen sie unsichtbar in Schulterholstern unter der Kleidung.

Gerade wurde die zweite Kiste auf einer Palette über die Kaimauer gehievt. Bis Tagesanbruch mussten sie alle verstaut und unter einer Lage von Zementsäcken verschwunden sein, mit der die Fracht getarnt werden sollte, falls man unterwegs angehalten würde. Sie hatten noch knapp neun Stunden – zehn Minuten waren pro Kiste kalkuliert worden. Es blieb also kaum eine Stunde, um den Zement noch vor Sonnenaufgang auf die eigentliche Ladung zu packen, bevor der erste amerikanische Satellit die Region überflog. Das war zu schaffen – mit den Säcken müsste man beim Verladen nicht so vorsichtig sein wie mit den Kisten. Nur die beiden hochrangigen Offiziere kannten deren wahren Inhalt, und sie versuchten nicht daran zu denken, was passieren würde, sollte einer der Würfel aus allzu großer Höhe auf den Boden knallen.

Die Fahrer der LKWs und die übrigen Soldaten glaubten, dass sie die Teile eines Feldlazaretts und einer Feldküche verluden, mit der der Imam die südjemenitischen Brüder in ihrem Kampf gegen den Norden unterstützen wollte, dessen Regierung mit den saudischen und amerikanischen Erzfeinden im Bund stand. Wenn bei Tagesanbruch die ersten US-Satelliten über die Stadt am Persischen Golf hinwegzögen, würden deren Aufnahmen nur einen im Auslaufen begriffenen Frachter mit Zement zeigen, der für den Ausbau des Hafens von Aden bestimmt war. So stand es auch in den Frachtpapieren.

Langley: SAT-Bild-Aufklärung (11. Mai 1980)

Jeff Walters musterte die letzten Aufnahmen der maßgeblichen iranischen Häfen, die gegen 6:30 Uhr Ortszeit, kurz nach Sonnenaufgang, geschossen worden waren. Weisungsgemäß sah er sich die Bilder von Bandar e Abba genauer an. Es lagen mehrere Frachter im Hafen, diverses Schüttgut, Holz, landwirtschaftliche Produkte, Fischerboote. Der Kahn links vorne war auf der gestrigen Aufnahme auch schon da gewesen und schien jetzt eindeutig tiefer im Wasser zu liegen. Die Hälfte des Laderaums war bereits mit Planen abgedeckt, die Ladung in dem noch einsehbaren Bereich konnte er nicht genau erkennen. Er vergrößerte den Ausschnitt und sah, dass es irgendwelche Säcke waren. Nach einer weiteren Vergrößerung konnte er auch die Aufschrift darauf identifizieren – allerdings war es in der Landessprache geschrieben – natürlich. Einer der Kollegen im riesigen Kontroll-Zentrum war mit einer Perserin verheiratet und konnte ein bisschen Farsi. Man rief ihn herbei und er übersetzte den Aufdruck mit „Zement".

Da hatten die Iraner also extra eine Nachtschicht eingelegt, um den Pott mit Zement zu beladen? Verdächtige Eile für so eine banale und unverderbliche Ware. Allerdings sah Jeff auf den Bildern der Wettersatelliten, dass sich eine Schlechtwetterfront über den Persischen Golf auf die iranische Hafenstadt zuschob. Vielleicht wollten die einfach vermeiden, dass das Zeug nass wurde. Bei Zement durchaus verständlich. Es klopfte. Greg steckte den Kopf herein und fragte, ob Jeff mit zum Essen käme. Nur zu gerne, rief er über die Schulter. Sein Magen knurrte ihn schon seit heute Morgen grimmig an. Er hatte einen Streit mit seiner halbwüchsigen Tochter gehabt, sich verspätet und war deshalb ohne Frühstück ins Büro gefahren. Nachdem er die Bilddateien von Bandar e Abba gespeichert und geschlossen hatte, zog er seine Zugangskarte aus dem Schlitz des riesigen Computers und folgte Greg in die Kantine.

Tod auf dem Meer (12. Mai 1980)

Das Schiff war in den letzten 24 Stunden zügig vorangekommen. Habib und Ali standen an der Reling und rauchten nach dem Abendessen noch eine Zigarette. Schweigend sahen sie zu, wie im Westen die Sonne blutrot in das Wasser des Persischen Golfs tauchte. Dann gingen sie in ihre kleine Kajüte. Die Luft war stickig, sie versuchten erneut, das Bullauge zu öffnen, doch es klemmte hartnäckig; irgendwann gab Habib auf, verwünschte das Bullauge und legte sich seufzend in seine Koje. Er und Ali hatten während ihrer Ausbildung und in diversen Einsätzen gelernt, in jeder Lage und auch unter den widrigsten Umständen zu schlafen.

Irgendwann erwachte Habib völlig durchgeschwitzt. Seine Armbanduhr zeigte, dass es kurz nach Mitternacht war. Die Luft war inzwischen zum Schneiden. Auf der anderen Pritsche schnarchte Ali mit dem Dieselmotor um die Wette – beneidenswert. Habib entschied, an Deck zu gehen, um etwas frische Luft zu schnappen und eine Zigarette zu rauchen. Außerdem hatte er Durst. Auf dem Rand der Koje sitzend, schlüpfte er in Hosen und Schuhe. Dann tastete er unter dem Kopfkissen nach seiner Pistole. Er überlegte kurz, sie da zu lassen, aber die Vorschriften besagten, dass Waffen nie unbeaufsichtigt bleiben durften, wenn man sie nicht am Mann trug. Und als Aufpasser war der schnarchende Ali im Moment kaum geeignet. Also steckte er die Makarov in die Innentasche seiner Leinenjacke, die er über den nackten Oberkörper warf. Er schob das Päckchen mit den Zigaretten und das Feuerzeug in die Hosentasche und schlich lautlos aus der Kabine.

Eine salzig-frische Brise Meeresluft empfing ihn, als er das Oberdeck betrat. Niemand war zu sehen. Hoch über ihm auf der Brücke zeigte ein schummrig beleuchtetes Fenster an, wo der diensthabende Offizier und sein Steuermann das Schiff durch die Schwärze der Nacht auf Kurs hielten.

Habib fand zwischen zwei Rettungsbooten eine Nische, in die er gut hineinpasste und auch nicht gleich gesehen werden konnte. Er hatte keine Lust auf irgendwelche Gespräche mit einem der regulären Besatzungsmitglieder, falls einer von denen vorbei käme. Auf einem Haufen zusammengerollter Seile ließ er sich nieder und zündete sich eine Zigarette an. Er hatte sie kaum halb geraucht, als er aus der Luke zum Laderaum ein Knirschen hörte, dann ein

Quietschen, wie wenn Nägel aus Holz gezogen würden. Er drückte die Kippe an der Bordwand aus und schlich zu der Tür, die hinunter in den Laderaum führte. Langsam öffnete er sie, eine schmale Metallleiter führte in den Bauch des Frachters. Er lauschte in die Dunkelheit. Die Geräusche waren verstummt, dennoch kletterte er vorsichtig, die Pistole in der Hand, die Leiter hinunter. Am Ende des Laderaums glaubte er einen schwachen Lichtschein zu sehen, der sich bewegte. Er schlich zwischen den mannshohen Kisten in Richtung des Lichts. Jetzt hörte er wieder das quietschende Geräusch, gleich darauf eine gedämpfte, wütende Männerstimme, die einen Fluch ausstieß. Eine zweite Stimme zischte, er solle leise sein. Habib schob sich eine Kistenreihe weiter und spähte durch einen Spalt zwischen den Kistenstapeln. Er sah zwei Männer, die er als Mitglieder der Crew wiedererkannte. Sie schienen unbewaffnet – bis auf das Brecheisen in der Hand des einen und den Hammer in der des anderen. Offenbar hatten sie gerade eine der Kisten aufgestemmt – auf dem Boden vor dem offenen Behälter lag jede Menge Holzwolle und Styropor. Ungläubig starrten sie auf das schwarz glänzende Ding darin, von dem nach allen Seiten metallene Zapfen weg standen.

„Na, da werden unsere Auftraggeber Augen machen", meinte der eine.

„Und bestimmt gut bezahlen. Los, mach´ die verdammten Fotos!", blaffte der zweite sichtlich nervös zurück.

„Danach vernageln wir die Scheiß-Kiste wieder und dann nichts wie weg."

Habib wartete, bis er den Verschluss der Kamera klicken hörte. Noch in der Bewegung lud er die Pistole durch und stand vor den verblüfften Männern, mit der Waffe auf deren Körpermitte zielend.

„Runter auf die Knie, Hände hinter den Kopf! Und die Kamera zu mir herüber schieben."

Die Männer waren völlig perplex, zögernd gehorchten sie. Während er die beiden in Schach hielt, zog er mit einem Bein die Kamera zu sich heran.

„Hübsches, handliches Modell – bekommt man in Teheran nicht so leicht; hoffentlich ist Euer Schnappschuss was geworden."

Der Frachter erreichte Aden fast zwölf Stunden später als geplant in den frühen Abendstunden. Der Zwischenfall hatte sie aufgehalten. Sie hatten ihre Position während der Befragung der beiden Spione gehalten, bis aus Teheran die Entscheidung gekommen war. Der Imam selbst hatte angeblich angeordnet, die Verräter unmittelbar zu exekutieren. Habib und Ali erledigten das mit Genickschüssen. Der Kapitän war eingeweiht und sorgte dafür, dass niemand dabei störte, als die beiden blutgetränkten Pakete in der folgenden Nacht über Bord geworfen wurden. Der Mannschaft erklärte man, die beiden neu angeheuerten Matrosen seien krank geworden und gestorben. Da sie an einer möglicherweise ansteckenden und gefährlichen Infektion gelitten hatten, habe man sie isoliert und nach ihrem Tod die Körper sicherheitshalber im Meer entsorgt.

Nach dem Anlegen in Aden gab der Kapitän der Mannschaft einen Tag frei und die Männer verschwanden umgehend in der Stadt, um sich zu amüsieren. Nach den verschwundenen neuen Kollegen fragten sie nicht mehr.

Im Hafen von Aden hatten die iranischen Kameraden von Ali und Habib die Nacht auf Säcken mit Katblättern in einem Lagerhaus verbracht, während sie auf den Frachter mit den Holzkisten warteten. Keiner wusste, wann genau das Schiff mit der brisanten Ladung einlaufen würde, und entsprechend mies war die Stimmung, als das Schiff endlich anlegte. Das Entladen verlief dann zügig. Die tarnenden Zementsäcke wurden der Einfachheit halber um einen größeren Schuppen herum gestapelt, die würfelförmigen Holzkisten verlud man vorsichtig auf alte, russische Armeelastwagen und zurrte dicke Segeltuchplanen darüber fest.

In der allgemeinen Hektik bemerkte niemand den stummen Beobachter der Szenerie, der hinter einem Stapel Bauholz verborgen in der Dunkelheit kauerte.

Die Aktion war abgeschlossen, als die Morgendämmerung hinter dem Küstengebirge erschien und einen Eimer rosa Farbe über das Meer goss. Erleichtert sahen die beiden iranischen Offiziere den letzten Lastwagen nach, die das Hafengelände verließen. Etwa vier Stunden westlich von Aden lag das erste Ziel des Konvois: ein gut gesichertes und getarntes Militärareal, direkt an der Küste gelegen. Und nur wenige Seemeilen davor, fast in der Mitte der Meerenge, befand sich die Endstation der Minen – Perim Island. Im winzigen Hafen eines kleinen Fischerdorfs, das man schon vor Monaten von seinen wenigen Bewohnern evakuiert hatte, lagen zwei größere Fischerboote. Ihre mit dem Legen von Minen vertraute iranische Besatzung hielt sich meistens unter Deck oder in einem der verlassenen Fischerhäuser auf. Sie würden im Schutz der Dunkelheit aufs Meer hinausfahren, sobald aus Teheran der Befehl dazu käme. Die Ungläubigen würden es noch bereuen, den neuen und einzigen Gottesstaat herausgefordert zu haben.

Ein Minenfeld

Yusuf biss sich auf die Unterlippe. Er konnte fast nicht glauben, was Yassir da schrieb. Nachdenklich legte er die eng bedruckten Seiten beiseite. Sicher, die Amerikaner hatten das neue Regime in Iran mit dem Embargo und dem missglückten Befreiungsversuch massiv provoziert. Aber ob Chomeini wirklich so weit ginge, Seeminen in diesen angeblichen iranischen Stützpunkt bringen zu lassen, dessen Existenz ja auch noch nicht bewiesen war? Schwer vorstellbar. Und ob diese Minen tatsächlich im Roten Meer ausgebracht werden sollten, war noch eine ganz andere Frage.

Yusuf beschloss, die neuen Informationen nicht schriftlich, sondern zunächst mündlich beim nächsten regulären Termin an Paul weiter zu geben. Um ein Sondertreffen mit Paul einzuberufen, war Yusuf selbst zu skeptisch, was die Glaubwürdigkeit der Information betraf. Woher sollte Yassir oder jemand aus seiner beruflichen Umgebung schon wissen, was wirklich in den Kisten war? Die Analytiker in Pauls Haus hielten ihn ja schon jetzt für unglaubwürdig – das mit den Minen würden sie ihm noch viel weniger abkaufen, als die Geschichte mit dem iranischen Stützpunkt. Und man konnte eigentlich nur hoffen, dass sie Recht behielten.

Feindliche Übernahme – ein Versuch

Ich arbeitete gerade an dem Bericht zu meinem letzten Treffen mit „Cohiba“, als das Telefon klingelte. Es war Nessel: „Sie möchten doch bitte gleich mal zu Herrn Stocker kommen.“

Was er wohl jetzt schon wieder wollte? Seufzend stand ich auf und machte mich auf den Weg. Nessel tat so, als sei sie schwer beschäftigt, als ich an ihr vorbei zu Stockers Bürotür ging und klopfte.

Ein gedämpftes „Ja, bitte“ war zu hören. Ich drückte die Klinke und betrat den Thronsaal.

Stocker nickte mir hinter seinem Schreibtisch huldvoll zu, davor, an dem halbhohen Tisch mit den niedrigen Stühlen für Besucher, saß Dehning und raschelte mit irgendwelchen Papieren, die offenbar zu wichtig waren, als dass er hätte hochblicken können.

„Guten Morgen, Herr Schreiber. Setzen Sie sich doch.“

Wortlos nahm ich Platz, den Blick misstrauisch auf Stocker gerichtet. Dehning übersah ich konsequent.

„Alsoooooo. Herr Schreiber ... der Kollege Dehning hätte da einen Vorschlag, den ich gerne in ihrem Beisein kurz besprochen hätte.“

„Ein Vorschlag – so ... interessant. Ich höre.“

Dehning hatte den Blick ein wenig besorgt auf Stocker gerichtet, als dieser sprach, und fingerte dabei an seinen albernen Manschettenknöpfen herum.

„Nun, Herr Dehning meint – wie ich finde nicht ganz zu Unrecht – dass die Quelle „Kalif“ doch inzwischen einen erkennbaren Schwerpunkt zu Iran bei ihrer Berichterstattung hat. Insofern glaubt er, dass die Sache eher in seine Zuständigkeit gehört und bei ihm besser aufgehoben wäre.“

Ich spürte, wie meine emotionale Magmakammer ins Brodeln geriet.

„So, glaubt er das, der Kollege Dehning?“

Ich versuchte mich zu beherrschen, aber es war zu spät. Ich wurde ziemlich laut.

„Soll ich Ihnen mal sagen, was ICH glaube? Der geschätzte Kollege Dehning bekommt allmählich Panik, weil die Beurteilungsrunde näher rückt und er in jetzt fast zwei Jahren auf seinem Posten noch keine einzige Quelle angeworben hat. Und damit er irgendwas vorweisen kann, versucht er mir jetzt meinen Informanten unter dem Arsch weg zu ziehen!“

„Aber Herr Schreiber ...“

Jetzt schrie ich.

„Ich bin noch nicht fertig. Sie können dem Ansinnen des schlauen Kollegen Dehning gerne nachkommen, aber dann können Sie sich auch gleich nach einem Ersatz für mich umschauen. Ich wechsle dann nämlich umgehend die Dienststelle. Und der Kollege Dehning wird Ihnen in dem Moment von der Fahne gehen, wo er irgendeine Stelle bei irgendeinem bescheuerten Stab bekommt, egal in welcher Abteilung.“

Wütend lehnte ich mich mit verschränkten Armen zurück und fixierte das Bild des Bundespräsidenten an der Wand, der mich verständnisvoll anlächelte.

Stocker und Dehning dagegen sahen mich fassungslos an. So hatte mich hier noch keiner erlebt.

Stocker rang sichtlich um eine Lösung. Er schwankte zwischen dem Wahren seiner Autorität und der pragmatischen Erwägung, das gute Ergebnis seines Bereichs, zu dem ich mit meinen Quellen einen erheblichen Teil beitrug, nicht zu gefährden. Dann räusperte er sich.

„Nun, äähem ... ich verstehe natürlich auch Ihren Standpunkt, Herr Schreiber.“

Zu Dehning gewandt fuhr er fort.

„Ihr Kollege hat da ja vielleicht auch nicht ganz Unrecht. Es ist tatsächlich immer ein heikler Moment, wenn in einer Einsatzführung der Verbindungsmann wechselt. Das sollte man nur im Notfall machen, das verstehen Sie vor dem Hintergrund ihrer operativen Erfahrung doch sicher, Herr Dehning ...?“

Dehning nickte resigniert. Immerhin erkannte er, wann er verloren hatte. Auch eine wichtige Voraussetzung für eine ungeknickte Karriere. Das hatte er mir voraus – ich hatte die fatale Neigung, auch aussichtslose Kriege zu führen, gerne auch mit stärkeren Gegnern.

„Na dann ... gehen wir doch alle wieder an die Arbeit, nicht wahr?“ Stocker war um einen jovialen Ton bemüht.

„Auf Wiedersehen, meine Herren.“

Wie ein Furz entwich Dehning aus Stockers Büro und schlich den Gang hinunter. Meine bisherige vage Antipathie gegenüber dem hinterfotzigen Kollegen war offener Feindschaft gewichen. Aber immerhin wusste ich jetzt, wie ich mit ihm dran war. Wer hielt nur seine schützende Hand über Dehning, dass er bisher mit allem davonkam?

Langley (13. Mai 1980)

Jeff Walters warf einen Blick auf die neuen Bilder von der Westküste der arabischen Halbinsel. Aufgrund der aktuellen Weisungslage schaute er sich den Hafen von Aden, die dortigen Einrichtungen und Schiffe genauer an, insbesondere solche, die kürzlich aus dem Iran angekommen sein könnten.

„Ach, da bist Du jetzt“, meinte er, als er den Frachter wieder erkannte, der vorgestern noch im Hafen von Bandar e Abba gelegen hatte. Das Schiff befand sich in einem abgelegenen Teil der Hafenanlagen und war offenbar während der Nacht komplett entladen worden, denn der Rumpf des Schiffes lag mindestens einen Meter höher über der Wasseroberfläche als vor dem Ablegen im Iran. Ihm fiel auch auf, dass rund um ein unscheinbares, flaches Gebäude neben der Mole, Säcke gestapelt waren, die auf den gestrigen Aufnahmen des Hafens von Aden nicht zu sehen waren. Wegen des Sonnenstands konnte er die Aufschriften auf den Säcken allerdings nicht lesen. Aller Wahrscheinlichkeit nach handelte es sich um die Zementsäcke aus dem Frachter, die da zwischengelagert wurden – das war die plausibelste Erklärung für das neue Bild. Vor Regen musste man sie dort nicht schützen – es war der Höhepunkt der Trockenzeit im Jemen. Na, darüber mussten sich ohnehin andere den Kopf zerbrechen. Er schoss schnell ein paar Fotos von der Szenerie für die geplante Besprechung und beugte sich wieder über seine Angel-Zeitschrift.

Angriff zur Verteidigung (15. Mai 1980)

In einem Besprechungsraum des Weißen Hauses war eine größere Zahl von hochrangigen militärischen und politischen Amtsträgern zu einer außerordentlichen Sitzung zusammen gekommen. Brzezinski, der nationale Sicherheitsberater, leitete die Versammlung. Präsident Carter hätte teilgenommen, wäre er nicht auf Wahlkampftour in Kalifornien gewesen, um seinem Herausforderer auf dessen eigenem Territorium im Vorwahlkampf Paroli zu bieten, und der Vize-Präsident war immer noch krank.

Großformatige Satellitenbilder gingen von Hand zu Hand und wurden mit hochgezogenen Augenbrauen begutachtet. Nur CIA-Direktor Turner rührte sie nicht an – er kannte sie auswendig.

Schließlich ergriff Brzezinski das Wort.

„Haben sich alle die letzten Satellitenbilder vom Hafen in Aden genau angesehen?“

Die Männerrunde nickte stumm.

„Und, Turner? Was meinen ihre Fachleute dazu?“

„Sie sind sich nicht ganz einig. Doch die meisten sagen, im Grunde sei nur die normale Hafen-Infrastruktur zu sehen. Nichts, was einen Angriff rechtfertigen würde.“

Brzezinski nickte mit versteinerter Miene.

„Und die Generalität? Was denken sie zum Beispiel General Curtis?“

„Meine Meinung spielt hier keine Rolle. Ich habe die Pflicht, den Vorgaben der Politik zu folgen.“

Der nationale Sicherheitsberater lächelte.

„Schon klar, Curtis. Also, dann frage ich Sie jetzt mal nach Ihrer Meinung. Was sehen Sie persönlich auf diesen Bildern, die gestern und heute morgen aufgenommen wurden?“

„Wenn man die beiden Aufnahmen von gestern und heute vergleicht, fällt auf, dass das quadratische Gebäude hier in der Mitte massiv mit Sandsäcken befestigt wurde. Das könnte darauf hin deuten, dass die Jemeniten dort etwas lagern, das sie schützen wollen.“

„Aha. Ganz meiner Meinung. Und ich denke, wir wissen auch alle, was das ist“, antwortete Brzezinski mit nun deutlich erhobener Stimme. Er blickte in fragende Gesichter.

„Ich werde es Ihnen sagen: Meiner Meinung nach lagern die Jemeniten dort im Auftrag der Iraner die See-Minen, auf die wir schon vor einiger Zeit Hinweise bekommen haben und die dort gestern angekommen sein müssten. Auch wenn unsere gemeinsame Operation mit den Israelis, die Licht ins Dunkel bringen sollte, möglicherweise gescheitert ist. Unser Mann in Teheran sagt, er habe keinen Kontakt mehr zu den beiden Agenten, die er auf den Frachter schmuggeln konnte.

Und soll ich Ihnen noch was sagen? Wir werden unsere Cruise Missiles demnächst mitten in diesen Schuppen hineinjagen. Im Grunde ist mir scheißegal, was da drin ist

– Hauptsache, es bleibt nichts davon übrig. Wir müssen den Brüdern da unten mal einen Schuss vor den Bug geben und zeigen, dass sich eine Weltmacht nicht verschaukeln lässt."

General Beckwith meldete sich zu Wort.

„Sir, es würde mich wundern, wenn die Iraner die angeblichen Minen mitten in diesem Hafen lagern würden. Soweit ich weiß, haben wir doch auch Hinweise auf einen möglichen Stützpunkt der Iraner irgendwo westlich von Aden an der Küste. Wenn ich ein iranischer Befehlshaber wäre, würde ich daher eher versuchen, dort oder sogar auf einer der vorgelagerten Inseln ..."

Brzezinski schnitt ihm das Wort ab.

„Interessant, wie gut Sie sich in unsere Feinde hinein versetzen können, General Beckwith. Bei ihrem kleinen Lapsus in der iranischen Wüste neulich scheint das ja nicht so gut geklappt zu haben. Da haben Sie wenig professionell agiert und nicht unwesentlich zum Scheitern der Kommandoaktion und zum Tod von acht tapferen amerikanischen Soldaten beigetragen."

Beckwith schnappte nach Luft.

„Sir, das ist ungeheuerlich. Die Hintergründe, die zum Absturz der Hubschrauber geführt haben, werden gerade erst ermittelt. Ich denke man sollte nicht vor Abschluss der ..."

„Solange können wir aber nicht warten. Mir ist auch scheißegal, wie genau Sie das verbockt haben. Entscheidend ist, dass Sie es verbockt haben, verdammt. Das amerikanische Volk will jetzt Blut sehen und zwar zur Abwechslung mal kein amerikanisches, sondern das unserer Feinde. Und wissen Sie, was? Ich auch und der Präsident auch – er darf es nur nicht zugeben!"

Chuck Warner vom State Department schaltete sich ein.

„Wir sind gerade in einer delikaten politischen Phase. Ich weiß nicht, ob so eine Aktion jetzt besonders klug wäre und ob der Präsident wirklich ..."

„Danke, für den Hinweis, Warner. Wie Sie vielleicht wissen, will der Präsident wieder gewählt werden. Ich konnte ihn vor seiner Abreise überzeugen, dass er den Amerikanern seine Führungsstärke nicht mit noch mehr nutzlosem, diplomatischem Gefasel, sondern mit einem militärischen Schlag beweisen müsse. Zur Abwechslung mal mit einem gelungenen."

Er warf einen Seitenblick auf General Beckwith, der betreten den Blick senkte.

„Keine Sorge. Wir kriegen grünes Licht von ganz oben – ich habe alles abgestimmt."

Und an den unglücklichen Beckwith gewandt, sagte er.

„Wenn hier wieder was schief geht, sind Sie dran, Beckwith. Das ist ja wohl klar."

Es war keine Frage, sondern eine Feststellung.

„Das war´s – die Sitzung ist beendet. An die Arbeit, meine Herren."

Ruhe nach dem Sturm (16. Mai 1980)

Während ich am Gate 07 des Riemer Flughafens auf den Abendflug nach Oslo wartete, verfolgte ich kopfschüttelnd den Ticker, der am unteren Bildschirmrand durch die BBC-Nachrichtensendung auf dem Monitor an der Wand gegenüber lief.

„US-*Raketenangriff auf Hafen von Aden ...*"

Waren die Amis jetzt vollends durchgedreht? Was immer sie damit militärisch erreichen wollten, eines hatten sie sicher geschafft: Die südjemenitische Regierung würde nun den ganz engen Schulterschluss mit Teheran suchen.

Ich würde „Kalif" bei unserem Treffen morgen Mittag natürlich dazu befragen, erwartete mir allerdings keine allzu tiefschürfenden Erkenntnisse von seiner Seite. Viel wichtiger war, dass ich Svenja wiedersehen und übermorgen mit ihr mit dem Zug von Oslo nach Bergen fahren würde, um dort gemeinsam ein langes Wochenende zu verbringen. Stocker hatte einen guten Tag gehabt, als ich ihn bat, die Dienstreise zum Treffen mit Yusuf privat verlängern zu dürfen. Er stimmte zu – nur Mehrkosten für den Dienst dürften nicht entstehen. Das ließe sich machen.

Bergen galt zwar als regenreichste Stadt Europas, für mich war sie aber auch eine der schönsten. Was den Regen betraf, war ich unbesorgt. Svenja und mir würde es sicher auch bei Dauerregen nicht langweilig werden.

Am nächsten Tag erwachte ich nach einem erholsamen Schlaf im Hotel „Rosenkrantz", das zentral und doch ruhig in der Nähe des Königlichen Schlosses von Oslo lag. Ich frühstückte ausgiebig und wollte mir vor dem Termin mit „Kalif" noch den Frogner-Park ansehen. Es herrschte herrliches Frühlingswetter, zahlreiche Passanten schlenderten gutgelaunt durch den kleinen Schlosspark, Vögel zwitscherten in den Zweigen, aus denen das erste zarte Grün zu sprießen begann. Der Frogner-Park lag eine knappe halbe Stunde zu Fuß entfernt und gehörte mit seinen zahlreichen Skulpturen von Vigeland, dem norwegischen Bildhauer, zu einer der Hauptattraktionen von Oslo. Schon von weitem sah ich inmitten der weitläufigen Grünanlagen eine hoch aufragende Säule aus grauem Stein, um die herum andere überdimensionale Menschen-Skulpturen gruppiert waren. Im Näherkommen erkannte ich, dass auch die Säule aus plastischen Darstellungen von Menschen in Alltagssituationen bestand: arbeitend, feiernd, lachend, trauernd. Trotz ihrer Schlichtheit wirkten die aus dem Granit heraus modellierten, ausgelassen tanzenden Paare, die hart arbeitenden Männer mit ihren angespannten Muskeln, die trauernden Witwen und Waisen neben unbeschwert spielenden Kindern überaus lebendig. Fasziniert von den Skulpturen verschoss ich einen ganzen Film und gönnte mir danach noch ein absurd teures Bier in einem Cafe´ neben dem Park. Dann wurde es Zeit, zurück zu gehen. Um ein Uhr stand mein Treffen mit „Kalif" an.

Wir waren im „Eik Annen Etage" verabredet, einem der anerkannt besten Restaurants von Oslo. Es lag im obersten Stockwerk des 24-stöckigen Continental-Hotels. Von den Tischen am Fenster hatte man einen atemberaubenden Blick über die Stadt und den Oslofjord. Die Tische mit Aussicht waren natürlich besonders begehrt, deshalb hatte ich noch letzte Woche aus München telefonisch zwei Fensterplätze reserviert.

„Kalif" trat pünktlich aus der mittleren Kabine des Hotellifts, der direkt ins Restaurant führte und den ich von meinem Tisch aus gut im Blick hatte. Er wirkte munter und ausgeruht. Ich erhob mich und wir begrüßten uns mit Handschlag.

Er setzte sich und bewunderte die Aussicht.

„Phantastischer Blick von hier. Wirklich schön."

„Es freut mich, dass Sie kommen konnten. Alles in Ordnung zuhause?"

„Vielen Dank. Wenn Sie mit „zuhause" London meinen, dann ja. Aber in meiner alten Heimat sieht´s wohl bald anders aus, nachdem die Amerikaner uns offenbar als militärischen Gegner betrachten."

„Darüber wollte ich auch mit Ihnen reden. Uns interessiert natürlich, was die Amerikaner zu diesem drastischen Schritt veranlasst haben könnte ...".

„Kalif" unterbrach mich.

„Na, dann fragen Sie doch Ihre US-Kollegen?", meinte er sarkastisch.

Ich ging nicht auf die Provokation ein.

„... und welche politischen und gegebenenfalls militärischen Folgen der US-Raketenangriff haben könnte? Können Sie dazu vielleicht jetzt schon etwas sagen?"

„Kalif" setzte zu einer Antwort an, unterbrach sich aber, als der Kellner an den Tisch kam, um unsere Getränkewünsche entgegen zu nehmen. Zu meiner Überraschung bestellte mein Gegenüber auch ein Bier.

„Da staunen Sie, was? Nun, gelegentlich genehmige ich mir ein Bier … wenn ich angespannt bin."

Ich schmunzelte. „Im Koran ist schließlich nur vom Wein die Rede, der Muslimen verboten ist. Aber wie Sie wissen, verschmähe ich den auch nicht konsequent."

Als die Gläser kamen, stießen wir an und tranken.

„Sie sagten, Sie seien angespannt ... warum?"

„Ich komme gleich dazu. Was ich von meinem Mann vor Ort auf die Schnelle bei einem riskanten Telefonat erfahren habe: Es gab bei dem Raketenangriff mindestens sechzig Todesopfer, alles Zivilisten, meist Hafenarbeiter und Seeleute. Die Berichte in den US-Medien über die Zerstörung eines Waffenlagers und etwa einem Dutzend getöteter Soldaten – mutmaßlich iranischer Pasadaran-Kämpfer – sind schlicht falsch. Zerstört wurden ein paar Gebäude, insbesondere eine alte Lagerhalle, wo eine große Menge Zement gelagert war. Deshalb hat der Einschlag eine immense Wolke ausgelöst. Ach ja, ein Fisch-Trawler wurde auch versenkt."

„Aber warum ...?“, hob ich an zu fragen.

„Kalif“ zuckte mit den Schultern.

„Vielleicht haben die Amis Wind von dieser ominösen Spezial-Lieferung bekommen, vielleicht wussten sie sogar, was drin war. Aber die Kisten waren noch in der Nacht vor dem Angriff weggebracht worden – vermutlich zu dem Stützpunkt der Iraner.“

„Was für Kisten denn, um Himmels willen?“

„Das wollte ich Ihnen ja gerade erklären. Mein Informant hat beim Entladen eines iranischen Frachters zugesehen, der seinen Verdacht erregt hatte, weil er nicht offiziell im Hafen angemeldet worden war. Laut den Frachtpapieren hatte er Zement geladen, aber tatsächlich wurden nach einer Schicht Zementsäcke etwa fünfzig große Kisten ausgeladen, die noch in derselben Nacht auf Lastwagen verladen und weggebracht wurden.“

„In den Stützpunkt der Iraner?“

„Ich wüsste nicht, wohin sonst. Auch wenn er nach Ansicht Ihrer Fachleute nicht existiert.“

Den Hieb kassierte ich unkommentiert. Auch wenn ihn andere verdient hatten.

„Und was zur Hölle ist in diesen Kisten?“

„Kalif“ sah mich an – er zögerte mit seiner Antwort.

„Na sagen Sie schon.“

„Mein Informant hat sich in militärischen Kreisen, die ihm nahestehen, umgehört und Gerüchte aufgeschnappt, dass es sich um einen neuen Typ von Seeminen handeln könnte – offenbar eine Eigenentwicklung der Iraner, mit ein wenig technischer Hilfe durch die Russen. Man kann sie angeblich bis zu einem gewissen Grad fernsteuern und in die Nähe von Zielen manövrieren. Die eigenen Schiffe können die Minen orten und umfahren – andere Schiffe nicht. Teheran will die Dinger womöglich zu gegebener Zeit in der Meerenge ausbringen und sich damit wohl für das Embargo und vor allem für den jüngsten militärischen Befreiungsversuch der Amerikaner bedanken. Auch wenn er krachend gescheitert ist. Außerdem sind die Iraner wütend, dass man sie bei der CIA-Operation mit den Kanadiern an der Nase herum geführt hat, mit der sieben US-Geiseln aus dem Land geschmuggelt wurden, die bei den Kanadiern untergetaucht waren. Der Angriff auf den Hafen in Aden dürfte das Fass nun zum Überlaufen bringen – schätze, das Regime lässt den Iranern spätestens jetzt vollkommen freie Hand."

„Es fällt schwer, mir das vorzustellen – das mit den Minen, meine ich."

„Mir auch. Man wird ja sehen. Spätestens, wenn demnächst irgendwo im Bereich des Bab al Mandeb, wo das Rote Meer sich zum Indischen Ozean hin verengt, das erste Schiff in die Luft fliegt, wissen wir Bescheid."

Der Kellner fragte nach unseren Wünschen. Wir hatten die Speisenkarten noch nicht einmal angerührt. Ich entschuldigte mich und bat den Mann, in ein paar Minuten wieder zu kommen.

„Na, das wäre ja ein Ding. Die Sache könnte sich zu einer großen internationalen Krise auswachsen. Und so langsam mache ich mir auch ernsthaft Sorgen um Ihre Sicherheit, Yusuf."

„Kalif" zuckte mit den Schultern.

„Keine Sorge – ich passe schon auf mich auf. Wirklich Sorgen muss man sich um meinen Informanten machen. Der ist bei seinem Bemühen, mir zu helfen, möglicherweise weiter gegangen, als ich gedacht hätte."

Ich sah ihn nachdenklich an.

„Der US-Angriff könnte tatsächlich ein Beleg sein, dass Ihre Erst-Informationen, die Sie zu dem Stützpunkt gemacht haben, stimmen. Und das mit den Minen würde auch ins Bild passen."

„Ich hoffe nur, dass Ihre Auswerter das auch so sehen. Ich habe keine Lust, mich und meine Zuträger vor Ort zu gefährden, nur um weiter als Aufschneider beschimpft zu werden."

Was für ein Mist! Ich konnte „Kalif" ja unmöglich sagen, dass der zuständige Auswerter sich tatsächlich vorsätzlich weigerte, seine Informationen ernst zu nehmen. Die schöne Operation „Sturmfalke" wäre dann hier und jetzt zu Ende gewesen – und ich hätte es meiner Quelle nicht verdenken können.

„Meine Unterstützung haben Sie – ich denke, das wissen Sie. Aber mein Einfluss ist begrenzt."

„Kalif" lächelte mich süffisant an.

„Na, dann machen Sie doch endlich mal Karriere."

Ich seufzte und lächelte über den Tisch.

„Wenn das so einfach wäre ...".

Wir wandten uns dem fulminanten Speiseangebot auf der Karte zu. Ich freute mich auf ein gutes Essen, doch noch viel mehr freute ich mich auf Svenja, die ich morgen um diese Zeit von der Fähre aus Stockholm abholen würde. Am nächsten Tag wollten wir mit dem Zug von Oslo über den Finse-Pass in 1.200 Meter Höhe nach Bergen fahren. Die Fahrt ging zweimal durch verschiedene Vegetationszonen und Landschaftsformen und war eine der schönsten Zugstrecken, die ich kannte. Sie in Begleitung meiner neuen, großen Liebe wieder zu erleben, machte das Ganze natürlich noch schöner.

Bergen (21. Mai 1980)

Ich lag noch im Bett, wohlig erschöpft vom vorangegangenen morgendlichen Liebesakt. Svenja stand nackt am Fenster unseres Hotelzimmers, von wo man den Hafen von Bergen mit dessen berühmter Reihe aus uralten, bunt bemalten Holzhäusern sehen konnte. Im Hafenbecken dümpelten Fischkutter, schicke Segeljachten und einige Ausflugsboote für Exkursionen in die Fjorde der Umgebung.

„Gott, ist das eine schöne Aussicht hier", rief sie freudig.

„Ganz meine Meinung", erwiderte ich und bekam gleich darauf den Korken der Sektflasche, die wir gestern bei der Ankunft getrunken hatten, mit erstaunlicher Präzision an den Kopf geknallt, bevor Svenja wie ein Tiger fauchend auf mich zu hechtete.

Nach einem sehr späten Frühstück machten wir uns auf den Weg hinauf zum Floyen-Berg, von dessen höchster Stelle man einen sagenhaften Blick über die malerische kleine Hafenstadt und das tiefblaue Meer des Fjords hatte.

Dort oben lagen wir jetzt von der Frühlingssonne gewärmt im Gras, Svenjas Kopf auf meiner Schulter. Ich roch den Duft ihres Haares, spürte das Pochen ihres Herzens ganz nah bei meinem. Mit geschlossenen Augen genoss ich diesen Moment puren Glücks. Diese vier Tage gehörten uns ganz alleine und ich würde sie mir von keinem Geheimdienst der Welt streitig machen lassen – nicht mal von dem, für den ich selbst arbeitete. Normalerweise hätte der Hinweis auf die angeblichen Seeminen natürlich umgehend weitergegeben werden müssen. Aber seit mir Wimmer bei unserem Weihnachts-Spaziergang erzählt hatte, dass Sperber offenbar fest entschlossen war, meiner Jemen-Quelle nicht zu glauben, würde auch diese neue und brisante Information Pullach nicht verlassen, weil es aus Prinzip keine Berichterstattung dazu geben würde – egal wie schnell ich sie nach Hause brächte. Und vielleicht hatte Sperber ja sogar recht.

Nüchtern betrachtet gab es ja letztlich auch nur die mündliche Aussage von „Kalif", der irgendwelche Gerüchte zitierte und irgendeinen angeblichen Augenzeugen, der irgendwelche Kisten gesehen haben will, von denen niemand wusste, was wirklich drin war. Wirklich sehr unwahrscheinlich das Ganze mit den Minen.

Svenjas Atem ging ruhig und regelmäßig – sie war eingeschlafen.

Wie schön, dachte ich noch, bevor ich selbst eindöste.

Explosion (28. Mai 1980, 04.00 Uhr morgens)

Die „M.S. Skagerak" lief mit halber Kraft durch die Dunkelheit. Mit etwa acht Knoten schob sich der dänische Frachter dem Ausgang des Roten Meeres entgegen, um danach Kurs auf Bombay zu nehmen. Kapitän Kastrup hatte vor etwa vier Stunden das Kommando an seinen ersten Offizier Jensen übergeben, der gerade versuchte, sich mit einer weiteren Tasse Kaffee wach zu halten, seiner sechsten, seit er auf der Brücke stand. Neben ihm stopfte Olsen, der dritte Offizier, seine Pfeife neu. Die Mannschaft lag in ihren Kojen und schlief.

Die Detonation hob den Bug des Schiffes mehrere Meter aus dem Wasser, für den Bruchteil einer Sekunde schien das vordere Drittel des Schiffs in der Luft zu verharren, bevor der stählerne Rumpf mit gewaltiger Wucht zurückklatschte. Jensen wurde zu Boden geschleudert. Er rieb sich mit schmerzverzerrtem Gesicht die Schulter und kam mühsam wieder hoch. Die anderen auf der Brücke starrten einander an. Jensen konnte von oben sehen, wie der Kapitän – nur mit Boxershort und T-Shirt bekleidet – auf das Deck hinausstolperte und ein Stück in Richtung des Explosionsorts rannte. Er beugte sich über die Reling und schüttelte heftig den Kopf. Dann stürmte er die Stahltreppe hoch, die zur Brücke führte. Kurz darauf stand er keuchend vor ihnen. Seine rechte Augenbraue war aufgeplatzt, Blut lief ihm über Auge und Wange. Außer den Unterhosen trug er nur seine Turnschuhe, die Schuhbänder waren noch offen. Er sah in die Runde und schrie:

„Was zur Hölle war das? In der Steuerbordwand klafft ein Loch – groß wie ein Scheunentor. Wir saufen ab!"

Wie zur Bestätigung krängte der Frachter ruckartig nach Steuerbord und nahm eine gefährliche Schräglage ein. Jensen verlor das Gleichgewicht, doch Olson fing ihn auf. Kastrup klammerte sich an einer Stange fest. Noch unter Schock, aber routiniert, gab der Kapitän jetzt die entsprechenden Anweisungen. Teile der Mannschaft, die meisten nur in Unterwäsche, rannten auf die Brücke zu. Jensen lief nach draußen, um die Crew zu instruieren und alles für die Evakuierung vorzubereiten. Jacobsen funkte, unbeirrt von der zunehmenden Schieflage, S.O.S.-Rufe mit der Position des Schiffes hinaus in die Nacht, während die schwarze See noch immer gierig in das Innere des waidwunden Schiffes strömte und es in eine sanfte, aber tödliche Umarmung nahm.

Es kann nicht sein, was nicht sein darf (28. Mai 1980)

Während ich am offenen Fenster meines Büros eine Zigarette rauchte, schaute ich den zahllosen Faltern zu, die über das Meer aus Margeriten auf der ungemähten Wiese vor dem Gebäude tanzten.

Es versprach, ein ruhigerer Tag als gestern zu werden. An meinem ersten Arbeitstag nach meiner Rückkehr aus Bergen hatte ich alle Hände voll zu tun gehabt. Als erstes hatte ich Stocker über das Treffen mit „Kalif" in Oslo und dessen Hinweis auf die Seeminen unterrichtet. Angesichts dieser möglichen Zuspitzung der Lage schlug ich erneut vor, unsere Abteilungsleitung in einer Vorlage schriftlich darüber zu informieren. Er hatte erst wieder gezögert, später aber doch zugestimmt. Ihm war eingefallen, dass der Münchner CIA-Resident letzte Woche in einem Briefing nach dem Angriff auf den Hafen von Aden behauptet hatte, die US-Regierung sei mit dem erfolgreichen Raketenbeschuss einer unmittelbar bevorstehenden Bedrohung der internationalen Schifffahrt durch die Iraner zuvorgekommen. Man habe ein umfangreiches Waffendepot zerstört. Die gewaltige Wolke, die die Explosion ausgelöst hatte, sei auf den Aufnahmen der Satelliten deutlich zu sehen gewesen. Der „Job" sei erledigt – jetzt wäre erstmal wieder Ruhe da unten. Von irgendwelchen Seeminen sei jedoch nicht die Rede gewesen.

Auf meine Nachfrage hin erklärte Stocker, er habe dem CIA-Mann gegenüber unsere Hinweise auf den iranischen Stützpunkt lieber nicht erwähnt, weil Dr. Steinberg, der Leiter der Analyse-Abteilung, auch an dem Briefing teilgenommen hatte und das ja dessen Job gewesen wäre. Er wollte der Auswertung nicht „ins Handwerk pfuschen", wie er es ausdrückte, schon gar nicht in Gegenwart der Amerikaner. Außerdem habe er den Eindruck, dass man in den Führungsetagen unseres Hauses wohl zu der Auffassung neige, die Geschichte nach dem Eingreifen der US-Regierung als erledigt zu betrachten.

„Aber schaden kann es ja nicht, wenn wir die Abteilungsleitung diesmal kurz unterrichten", meinte er schließlich. „Dann sind wir auf der sicheren Seite."

Ich verdrehte die Augen. Das war auch eine von diesen intern häufig bemühten Standard-Formulierungen, die ich nicht mehr hören konnte.

Nachdem ich die Vorlage zu den angeblichen Minen für unseren Abteilungsleiter geschrieben hatte und Frau Nessel im Vorzimmer nicht vorfand, legte ich das Papier einfach in die blaue Unterschriftenmappe in Stockers Fach.

Danach rief ich widerwillig noch bei Sperber an, der mir erwartungsgemäß den brisanten Ersthinweis auf die Minenlieferung aus Teheran nicht abkaufte und mich unter einem Vorwand abwimmelte. Über Sperbers tatsächliches Motiv für das vorsätzliche Ignorieren der „Kalif"-Informationen rätselte ich immer noch. Gut – er mochte mich persönlich nicht besonders und hielt mich politisch für fehl am Platz, was ich ja manchmal selbst so empfand. Aber war es wirklich nur das? Gönnte er mir etwa den operativen Erfolg nicht oder wollte er vielleicht nur zeigen, dass er am längeren Hebel saß? Oder er hatte einfach nur keine Lust auf die mit der Berichterstattung verbundene Arbeit? Das hätte ich noch am ehesten verstanden.

Es war mir eigentlich auch egal, warum der seltsame Kollege sich so verhielt, nur fand ich, dass die sture Verweigerung der Auswerter-Diva, die Hinweise meiner Quelle aufzubereiten und weiter zu geben, nachdem sogar die Amerikaner militärisch reagiert hatten, nicht nur fragwürdig, sondern auch ein wenig anmaßend war. Wenn dort unten was im Busch war, hatten die Amerikaner vielleicht doch nicht ganz ohne Grund darauf geklopft. Es ging immerhin um die Sicherheit der Schifffahrt an einer neuralgischen Stelle der Haupttransportrouten für das Rohöl aus dem Golf nach Europa und die USA. Für Sperber und seine Vorgesetzten, die entweder von ihm bisher nicht informiert worden waren oder ihn trotzdem weiter gewähren ließen, konnte es eng werden, wenn doch was an der Sache dran war und „Kalif" nicht lediglich einem Gerücht oder einer Desinformation aufgesessen war. Da konnte schnell die Reputation des ganzen Pullacher Ladens auf dem Spiel stehen.

Ich drückte die Zigarette aus und ging zu der Detailkarte des Horns von Afrika, die ich mir kürzlich besorgt und an die Tür gepinnt hatte. Nachdenklich betrachtete ich das „Tor der Tränen" und die jemenitische Küste.

Man konnte natürlich andererseits auch nicht ausschließen, dass der US-Angriff auf die Hafenanlagen in Aden weniger auf gesicherten militärischen Erkenntnissen basierte, sondern der beginnenden Endphase des Präsidentschafts-Wahlkampfs geschuldet war. Die politische Führung in Washington wollte womöglich schlicht ihre Entschlossenheit demonstrieren, und die militärische Führung war sicher dankbar für die Gelegenheit, nach diversen Fehlschlägen ihre Kampfkraft und Zuverlässigkeit beweisen zu können, vor allem, um die Scharte auszuwetzen, die der kläglich gescheiterte Versuch in der Öffentlichkeit hinterlassen hatte, die US-Geiseln in der Teheraner Botschaft zu befreien. Denkbar war in der Politik einiges – vor allem so kurz vor Wahlen.

Ich merkte, dass ich Hunger bekam, und fing an, mir mit dem Baguette, dem San Daniele-Schinken, den eingelegten Auberginen und den getrockneten Tomaten aus dem italienischen Feinkostladen, der auf meinem Weg zur Arbeit lag, ein Sandwich zu machen.

Letztlich war ich Sperber für dessen strikte Weigerung, „Kalifs" Informationen nach Bonn weiter zu berichten, aus dem ganz banalen Grund eher dankbar, dass er mir als dem Führer der einschlägigen Quelle eine Menge Druck und Stress ersparte, auf den ich alles andere als scharf war. Nicht zuletzt deshalb hatte ich frühzeitig entschieden, die Sache nicht über meinen Freund Heinz direkt in Bonn einzuspeisen, damit eventuell mal jemand aus einer der höheren politischen Etagen danach fragte und den Laden auf Trab brachte. Rein formell hätte ich damit ja auch einen Verrat begangen und belangt werden können, selbst wenn ich die strategisch wichtige Information zu dem Stützpunkt und den Minen, die bei uns aus einem banalen Grund verschimmelte, dann lediglich an meine eigene Regierung verraten hätte.

Ob unser Präsident bisher von der Sache Wind bekommen hatte, wusste ich nicht. Mir jedenfalls war keine Reaktion seinerseits bekannt. Aber es wäre ja nicht das erste Mal, dass ein Leiter dieser Behörde von wichtigen Vorgängen in seinem weit verzweigten, komplexen Imperium nicht unterrichtet wurde und Teile davon ein Eigenleben entwickelten. Das konnte er unmöglich schon alles überblicken. Schließlich war der Mann noch ziemlich neu im Geschäft und wahrscheinlich wanzten sich gerade alle möglichen Einflüsterer an ihn heran, um ihn von ihrem Genie und ihrer unbedingten Eignung für höher dotierte Posten zu überzeugen.

Unter dem Strich klang die ganze Geschichte von den Seeminen, mit denen das Rote Meer an seiner südlichen Engstelle von den Iranern verseucht werden sollte, wirklich ein wenig abenteuerlich. Und es war tatsächlich ein echtes Dilemma: Hätten wir eine derartige potenzielle Bedrohung der Schifffahrt für das Rote Meer unserer Regierung gemeldet, hätte diese handeln müssen. Man hätte die internationale Handelsschifffahrt gewarnt, die Route vielleicht gesperrt und Minensucher losgeschickt. Und wenn sich das Ganze dann irgendwann als Falschinformation erwiesen hätte, wären Reedereien, Exportunternehmen und Journalisten der Regierung an die Gurgel gegangen und das Kanzleramt anschließend uns – wie wir nur so blöde hatten sein können, diesen Quatsch zu glauben. Später hätte man uns in bewährter Manier zum Sündenbock gemacht. Schließlich war die Rolle des Fußabstreifers, falls die Regierung außenpolitisch in einen Haufen trat, nicht die unwichtigste Funktion dieser Behörde, auch wenn wir in diesem Fall den Haufen selbst hinterlassen hätten.

Wie auch immer – ich hatte jedenfalls meinen Teil getan, und wenn die Sache anbrannte, konnte mir keiner an den Karren fahren. Dafür hatte ich gesorgt.

Ob die Geschichte mit den Minen nun stimmte oder nicht – ich war erleichtert, dass zumindest während meines kurzen Liebesurlaubs mit Svenja in Bergen nichts passiert war – jedenfalls war meines Wissens nach noch kein Schiff am „Tor der Tränen“ in die Luft geflogen.

Genüsslich biss ich in mein inzwischen fertig gestelltes Sandwich.

In diesem Moment wurde die Tür aufgerissen und Max stürzte in mein Büro. Er wedelte aufgeregt – ganz gegen seine sonstigen Gepflogenheiten – mit einem Papier in der Luft herum und streckte es mir entgegen. Es war eine aktuelle Reuters-Meldung – direkt aus dem Ticker.

„Des muast lesen! Hat mir grad der Kurti aus der Auswertung vorbei bracht!“

Ich überflog den Text:

„Dänischer Frachter sinkt nach Explosion“

Heute in den frühen Morgenstunden sank unter noch ungeklärten Umständen der unter dänischer Flagge fahrende

Frachter „Skagerak“ vor der eritreischen Küste. Die von einem polnischen Handelsschiff aus dem Roten Meer geretteten Seeleute berichteten von einer gewaltigen Explosion am Bug des Schiffes. Bis auf drei Mann, die noch vermisst werden, konnte die Besatzung sich in einem Rettungsboot in Sicherheit bringen. Über die Ursache der Explosion wird derzeit von Experten noch gerätselt. Ein Sprecher des dänischen Marinekommandos nannte eine Seemine als wahrscheinlichste …

Kauend und etwas fassungslos schaute ich in Max′ besorgte Miene.

„Schaut so aus, als hätt′ dei Spezi aus London doch keinen Schmarrn erzählt.“

„Gut möglich … schätze, das müssen wir gleich Stocker …“

Das Klingeln meines Telefons unterbrach mich.

Es war Sperber.

„Sprengen Sie jetzt schon Schiffe in die Luft, um Recht zu haben?“

Ich ignorierte den missglückten Scherz und stellte mich blöd.

„Wovon reden Sie denn?“

„Ach, natürlich. Ich hatte vergessen, dass Sie ja keinen Zugriff auf Agenturmeldungen haben. Nun, im Roten Meer ist heute früh ein dänischer Frachter gesunken – nach einer Explosion.“

„Sehr bedauerlich, aber was habe ich damit zu tun?“

Sperber schnappte nach Luft.

„Es war doch ihre Quelle, die diesen Quatsch mit den Seeminen aus dem Iran gemeldet hat?!“

„Ach so, ja – aber wie Sie schon sagten: Vermutlich alles Quatsch.“

„Nun, ich muss zugeben, dass es ein seltsamer Zufall

ist, dass dieser Pott gerade jetzt auf Höhe der jemenitischen Küste in die Luft fliegt. Aber das heißt noch lange nicht, dass ihr Mann Recht hat."

„Wie viele Schiffe müssen denn nach Ihrer Einschätzung explodieren, bevor die Auswertung die Informationen ernst nimmt?"

Sperber schwieg. Ich hielt den Hörer zu und sagte leise zu Max:

„Sperber kommt ins Grübeln."

„Mir würde es auch langsam mulmig werden an seiner Stelle", flüsterte er zurück.

Ich nickte, den Hörer am Ohr.

„Was sagen Sie? Vielleicht einen Warnhinweis? Auf der Grundlage der Minenmeldung meiner Quelle? Jetzt schon? Na, Sie sind der Analytiker, Herr Sperber, Sie werden es schon wissen."

Ich stellte das Telefon auf laut und grinste Max an.

Sperbers Näseln erfüllte den Raum.

„Allerdings! Außerdem muss diese Quelle jetzt zielgenau und professionell gesteuert werden. Sollte sich herausstellen, dass an der Sache mit den Minen doch etwas dran ist, wäre der Vorgang zu brisant, als dass man das Weitere lediglich einem einzelnen operativen Mitarbeiter überlassen könnte … da bräuchte man wohl Teamarbeit unter engster Einbeziehung unserer Expertise."

Dieser kleine Wichser. Ausgerechnet er! Mühsam gelang es mir, meine aufschäumende Wut zu beherrschen.

„Danke, Herr Sperber. Sehr rücksichtsvoll. Ich werde meinen Chef bitten, mich von der komplexen Aufgabe zu entlasten und sich dann mit Ihrem Vorgesetzten kurz zu schließen. Die sollen entscheiden, wie´s weitergeht – dafür werden die ja schließlich um einiges besser bezahlt als wir kleinen Würstchen. Ich muss leider Schluss machen."

Ich legte auf, ohne Sperbers Reaktion abzuwarten und schaute Max nachdenklich an.

„Manchmal wäre es besser, nicht Recht zu haben."

„Schöne Scheiße", murmelte Max

Das Telefon klingelte erneut. Ich zischte, ein „Ja – was denn noch?" in den Hörer, weil ich dachte, es sei wieder Sperber. Aber diesmal war es Stocker. Ich solle sofort in sein Büro kommen. Max sah mich an.

„Ich muss zu Stocker."

„Hat er´s auch schon mitgekriegt?"

„Sieht ganz danach aus."

Stocker war sichtlich nervös, als ich eintrat. Er blinzelte mit den Augen und drückte unablässig den Knopf des Kugelschreibers in seiner Hand.

„Da sind Sie ja endlich, Schreiber. Wie reden Sie denn mit mir am Telefon? Machen Sie mal die Tür zu."

Er bot mir keinen Stuhl an, also blieb ich stehen.

Knips, knaps, knips, knaps. Stockers Daumen traktierte immer noch den Kugelschreiber.

„Also – was ist da los, Schreiber? Alle spielen verrückt wegen dieser Schiffs-Explosion im Roten Meer. Ich habe vorhin den Bericht der Dänen aus unserer Station in Kopenhagen bekommen. Die gehen wohl nicht von einem Unfall aus."

„Halte ich auch für unwahrscheinlich – wie gut, dass wir gestern noch den Abteilungsleiter über „Kalifs" Ersthinweis bezüglich der Minen informiert haben. Sie haben keine Änderungen in meiner Vorlage mehr gehabt?"

Stocker erbleichte.

„Welche Vorlage?"

„Ich habe gleich nach unserem Gespräch gestern den Entwurf wie besprochen erstellt und kurz vor der Mittagspause in die Mappe in Ihrem Fach gelegt, damit Sie den

Text gegenlesen und für die Abteilungsleitung freigeben können. Frau Nessel war gerade nicht an ihrem Platz gewesen."

Stocker wurde noch blasser.

„Frau Nessel hat gestern ab Mittag für zwei Tage frei genommen – deshalb habe ich die Mappe nicht mehr bekommen."

Mein Gott, Stocker! Er hatte tatsächlich sein Fach seit gestern nicht mehr selbst geleert. Ohne eine von einer Sekretärin befüllte und am Schreibtisch servierte Mappe schien er nicht arbeitsfähig zu sein.

„Dann liegt die Information für den Abteilungsleiter wohl noch in Ihrem Fach", sagte ich so ruhig und sachlich wie möglich.

Stocker sprang auf, umkurvte in erstaunlicher Geschwindigkeit seinen Schreibtisch und rannte ins Vorzimmer. Hastig schlug er die blaue Kladde auf, nachdem er sie aus seinem Fach gerissen und dabei die restliche Post auf dem Boden verstreut hatte.

„Da ist die Vorlage – Datum von gestern. Herrje. Was machen wir denn jetzt? Wie sieht das denn aus, wenn wir das erst heute weiter geben."

„Soll ich eine neue schreiben – mit heutigem Datum? Ist ja im Grunde egal – hatten wir eben Pech, dass die Wirklichkeit mal ausnahmsweise schneller war als wir."

Er überhörte den Sarkasmus.

„Meinen Sie?" In seine Stimme mischte sich Hoffnung.

„Klar. Wir können doch nichts dafür, wenn uns eine entscheidende Information, die ein Ereignis erklärt, erst nach dem Ereignis erreicht. Schöner wäre es natürlich gewesen, der Abteilungsleiter hätte das gestern schon bekommen. Ich meine ... rein von der Dramaturgie."

Ehrlich gesagt, plagte mich immer noch ein schlechtes Gewissen, weil ich die Minen-Information wegen des Bergen-Ausflugs ja auch ein paar Tage verschleppt hatte.

„Dann machen wir das so – und kein Wort darüber bitte. Ja?"

„Selbstverständlich, Herr Stocker."

Ich begann die Post vom Boden aufzusammeln.

„Ich habe den Hinweis auf die Minen übrigens gestern am Telefon auch mit der Analyse besprochen und gefragt, ob ich daraus eine Meldung machen soll."

„Und ...?"

„Der Kollege Sperber hat nur gelacht. Meine rechthaberische Quelle wolle sich nun wohl mit allen Mitteln interessant machen, hat er mich beschieden. Danach habe ich sogar Felsing angerufen. Aber der hat auch abgewunken. Wenn Herr Sperber der Sache keinen Glauben schenken und nicht für die Berichterstattung aufgreifen wolle, sei das für ihn in Ordnung – er sei der Experte."

Stockers Faust fiel hörbar auf den Schreibtisch von Frau Nessel.

„Warum haben Sie mir das denn nicht gesagt? Ich hätte mit Felsing von Chef zu Chef ein ernstes Wort geredet."

Wenn ich ehrlich sein wollte, müsste ich Stocker sagen, dass ich das nicht getan hatte, weil er mich garantiert mit der Auskunft beschieden hätte, dass wir uns nicht in die Arbeit der Auswertung einmischen, ganz wie es das heilige Schottenprinzip der strikten Trennung von Analyse und Beschaffung gebot. Ich zuckte daher nur mit den Schultern.

„Ich weiß nicht – schätze, ich dachte, es reicht, wenn wir unsere Abteilungsleitung informieren."

„Schade – na, der hätte was erleben können, dieser Felsing. Gibt es denn inzwischen schon wieder irgendetwas Neues von „Kalif" in der leidigen Angelegenheit?"

„Heute noch nicht, er ist aber an der Sache weiter dran. Er hat für die nächsten Tage neue Erkenntnisse in Aussicht gestellt."

„Das ist gut. Lassen Sie nicht locker. Und halten Sie mich über jede neue Entwicklung auf dem Laufenden, Schreiber. Verstanden!"

In mein Nicken hinein klingelte sein Telefon.

Stocker ging schnell zurück zu seinem Schreibtisch, hob ab und sprach, ohne abzuwarten, ziemlich ungehalten in den Hörer.

„Ja, bitte? Ich habe hier gerade eine Bespr... Ach, so, Sie sind es, Herr Lombarth, Guten Morgen. Was? Ob ich Kenntnis von der Explosion im Roten Meer habe? Aber sicher. Wir kümmern uns bereits mit Nachdruck ... Wie bitte? Ein zweites Schiff, vor einer halben Stunde? Äh, nein – davon weiß ich nichts. Ja natürlich. In einer Viertelstunde bei Ihnen ...? Ja, mache ich. Bis gleich Herr Lombarth."

Stocker sah mich fast ein wenig vorwurfsvoll an, als er aufgelegt hatte.

„Ein zweiter Frachter ist explodiert. Nicht weit vom ersten. Unser Abteilungsleiter glaubt nicht, dass das ein Zufall ist."

„Da könnte Herr Lombarth sogar richtig liegen", sagte ich, konnte mich über meine ironische Bemerkung aber nicht so richtig freuen. Die Sache wurde zu ernst.

Stocker trommelte mit den Fingern der rechten Hand auf dem Tisch.

„Also gut. Wir machen jetzt umgehend eine neue Version der Vorlage von gestern mit dem heutigen Datum. Die nehme ich dann gleich mit zum Abteilungsleiter. Schaffen Sie das in zehn Minuten?"

Ich nickte. Stocker sah mich streng an.

„Wir sind uns einig, dass die Informationen zu den Minen erst heute Morgen gekommen sind?"

„Sicher, Herr Stocker. Keine Sorge."

„Und dann legen Sie mir alle Meldungen von „Kalif" zu dem möglichen iranischen Stützpunkt vor und was die Auswertung jeweils dazu gesagt hat. So gut Sie es eben aus dem Gedächtnis und aus Ihren Treffberichten noch zusammen bekommen. Ich hoffe, Sie kriegen das noch bis heute Abend hin?"

„O.k. – ich mache mich gleich dran. Die Vorlage mit neuem Datum zuerst. Dann erstelle ich die „Kalif"-Übersicht – ich bringe sie Ihnen so schnell wie möglich."

„Gut – beeilen Sie sich, ich will mich noch ...".

Wieder das Telefon.

Diesmal nahm Stocker nachgerade im Sitzen Haltung an, nachdem er sich gemeldet hat. Fehlte nur noch, dass er salutierte.

„Jawohl, Herr Eglinger. Eine Dringlichkeits-Sitzung ... mit dem Präsidenten? Wegen der Schiffsexplosionen im Roten Meer. Gleich morgen früh um neun – ja ... natürlich bereiten wir die Sitzung inhaltlich ordentlich vor ... ausführlich – selbstverständlich, Herr Eglinger. Was? Auch mit den Operateuren, deren Quellen zum Thema aussagefähig sein könnten? Sicher – ich kümmere mich darum – dann bis mor ..."

Ich hörte, wie Eglinger auflegte. Stockers „dann bis morgen" hatte der Stabsleiter bestimmt nicht mehr gehört. Mein Chef sah mich mit schreckgeweiteten Augen an.

„Das war Stabsleiter Eglinger. Es gibt eine Dringlichkeits-Sitzung unter Leitung des Präsidenten. Gleich morgen früh um neun. Sie sollen auch teilnehmen ... wegen „Kalif".

„Um was soll es denn gehen?“, fragte ich bewusst naiv und um Stocker ein bisschen zu testen.

Er wurde laut.

„Das fragen Sie noch? Um den Mist im Roten Meer natürlich. Da haben Sie uns mit ihrem Informanten und seinen Scheiß-Minen ja was Schönes eingebrockt.“

So konnte man es natürlich auch sehen.

Dringendes vor der Dringlichkeits-Sitzung (28. Mai 1980)

Ich war nach einer schlaflosen Nacht schon seit sieben Uhr im Büro für den Fall, dass vor dem Termin beim Präsidenten noch etwas zu schreiben wäre. Außerdem wollte ich Stocker in dieser Situation nicht alleine lassen. Wer weiß, was er sonst wieder angestellt hätte.

Aus einem komischen Gefühl heraus, hatte ich gleich zu Beginn der Operation mit „Kalif“ jede Meldung und die jeweilige Reaktion der Auswertung laufend dokumentiert – nicht erst nach der Warnung von Wimmer. Alles war fein säuberlich in einem Schnellhefter abgelegt, den ich Stocker gestern noch vorgelegt hatte.

Er schien ziemlich beeindruckt von meiner weisen Voraussicht und hatte sich ausdrücklich für die „ausgezeichnete Dokumentation“ bedankt. Allerdings ersparte er mir den Hinweis nicht, dass ich damit eigentlich formell gegen geltende Sicherheitsbestimmungen verstoßen hatte.

Mein Blick fiel auf den übervollen Karton für die zu vernichtenden Papiere am Boden des abschließbaren Blechschranks. Ich nahm ihn zusammen mit dem Abfalleimer für den normalen Müll und schritt zum Aktenvernichter am Ende des Flurs, der sich brüllend über die in seinem

Schlund verschwindenden Dokumente hermachte. Dann ging ich mit dem Mülleimer hinunter, um ihn in die Tonne vor dem Haus zu leeren. Ich war auf dem Rückweg ins Gebäude, als Kurz mit dem kackbraunen Kadett auf den Parkplatz fuhr. Er kam gerade vom morgendlichen Leeren der Postfächer am Hauptbahnhof zurück. Im Aussteigen rief er nach mir und eilte, einen Umschlag in der Hand, leicht humpelnd wegen seiner Kriegsverletzung, auf mich zu.

„Hallo, Herr Schreiber. Da is was für Sie dabei. Vielleicht brauchen´s des noch für den Auftritt beim Präsi."

Erstaunlich – beim Geheimdienst schien auch wirklich nichts geheim zu bleiben.

„Woher wissen Sie denn das schon wieder?"

Kurz winkte ab.

„Is doch wurrscht."

Ich nahm das Kuvert entgegen und bedankte mich.

„Danke, Herr Kurz. Gute Arbeit. Gott sei Dank stehen Sie immer so früh auf."

Er schüttelte den Kopf.

„Des macht mir nix aus. I war ja scho um fünf in die Isarauen und hab Morcheln gsuacht."

Ich hob die Augenbrauen.

„Und – haben Sie welche gefunden?"

„Freili – Woll´n Sie´s seh´n?"

Eigentlich hatte ich es eilig wegen der Sitzung, aber Kurz hatte mich neugierig gemacht. Ich liebte jede Art von Pilzen – und Morcheln waren die einzigen, die um diese Jahreszeit wuchsen.

„Gerne! So viel Zeit muss sein."

Ich folgte ihm zu seinem VW Variant. Verschwörerisch öffnete er die Luke des alten Kombis und zog vorsichtig eine Decke weg. Und da lagen sie in einem Erdbeerkorb: lauter wunderschöne, herrlich duftende Morcheln.

„Da schaun´s gell. Sind ned leicht zum Finden."

Ich war ehrlich beeindruckt.

„Wollt ich grade fragen. Wo gibt's denn bei uns so schöne Morcheln?"

Kurz schenkte mir einen mitleidigen Blick.

„Ja, mei, Herr Schreiber. Schaun´s, einen Schwammerlplatz verrät man doch ned. Des is vui geheimer als der ganze Schmarren hier herin. Den gibt man höchstens auf dem Sterbebett an seine Enkel weiter."

Ich musste lachen.

„Natürlich. Blöde Frage."

„Aber wenn´s welche woll´n – ihnen geb ich´s für fünf Mark as Pfund. Am Viktualienmarkt zahlen´s mindestens doppelt so viel – wenn´s überhaupt welche kriegen."

„Abgemacht! Nach der Prunksitzung beim Präsidenten melde ich mich bei Ihnen. Ein Pfund nehm´ ich auf jeden Fall."

Kurz schlug den Deckel des Kofferraums wieder zu und streckte mir seine schwielige Hand entgegen. Ich schlug ein.

Auf dem Weg in mein Büro dachte ich, wie beruhigend es doch war, dass es in diesem aufgepeitschten Meer aus künstlicher Aufgeregtheit noch jemand wie Walter Kurz gab, der in aller Seelenruhe Pilze suchen ging, bevor er möglicherweise brisante Geheim-Informationen zu einer internationalen Krise aus einem Postfach am Hauptbahnhof holte.

In meinem Büro öffnete ich das Kuvert und überflog den Inhalt. Es war eine gute, eine schlechte und eine ganz schlechte Nachricht. Die schlechte war, dass neben den kürzlich ausgebrachten zehn Minen angeblich weitere vierzig schon im Jemen waren und auf ihren Einsatz warteten. Die gute, dass zunächst keine neuen Lieferungen geplant waren und die restlichen Minen frühestens in zwei bis drei Monaten gelegt werden sollten.

Mein Gott! Woher konnte „Kalif" denn solche Details wissen? Hatte er nun doch die Quelle im Stützpunkt selbst angezapft, von der er immer gesprochen hatte? Riskierte er etwa Kopf und Kragen, um uns Informationen zukommen zu lassen, die hier eh keiner glaubte – bisher jedenfalls? Ich hoffte, dass er sich das ganze haarsträubende Zeug wirklich nicht einfach aus den Fingern saugte, um sich interessant zu machen, und wünschte mir andererseits, dass das alles nicht wahr wäre. Ich las weiter und bekam weiche Knie. Das war die ganz schlechte Nachricht:

„Dies war im Übrigen der letzte Bericht, den ich Ihnen schicke – sozusagen mein Abschiedsgeschenk. Ich steige aus. Das Ganze kostet mich zu viel Zeit und ich habe nicht das Gefühl, dass man meinen Aufwand und das Risiko, dem ich mich und meine Familie aussetze, angemessen würdigt. Mein Sohn und meine Frau wurden kürzlich erneut bedroht. Ich muss nicht erwähnen, wer meiner Ansicht nach dahinter steckt.

Man hat mir eine halbe Stelle als Dozent im Institut angeboten, und mit ein paar Artikeln und zusammen mit den Einkünften meiner Frau kann ich davon halbwegs über die Runden kommen. Mit Ihnen hat das nichts zu tun – wenn Sie es wünschen, bin ich gerne zu einem letzten Treffen bereit, um Ihnen die Lage persönlich zu erläutern."

Ihr ergebener Freund

Ich entschied, Stocker das mit den Minen noch vor der Sitzung beim Präsidenten mitzuteilen, die Sache von „Kalifs" geplantem Ausstieg aber zunächst für mich zu behalten. Frau Nessel machte heftige, abwehrende Bewegungen, als ich im Vorzimmer erschien.

„Nein, nein! Das geht jetzt nicht – Herr Stocker muss sich dringend noch auf die Sitzung beim Präsidenten vorbereiten. Ich habe strikte Weisung, niemand vorzulassen.“

Ich zuckte mit den Achseln.

„Tja, da kann man wohl nichts machen“, meinte ich ungerührt, drehte mich um und ging. Nessel blieb – wie mir schien, ein wenig enttäuscht – zurück. Vielleicht hatte sie mehr Widerstand erwartet.

Auf dem Gang begegnete ich Max, der mich gut gelaunt grüßte. Dann starrte er auf meinen Hals.

„Was schaust Du denn so? Hab´ ich da was?“

„Im Gegenteil – NIX hast Du da. Du hast doch jetzt glei die Besprechung beim Präsi?“

„Hab ich auch?“

„Ohne Krawatt´n?“

Ich erschrak. Daran hatte ich überhaupt nicht gedacht. Es gab nun mal Situationen, wo man um eine Krawatte einfach nicht herum kam, und das war so eine.

Kurzerhand nestelte sich Max seinen Schlips vom Kragen, ohne den Knoten ganz aufzumachen, und gab ihn mir.

„Da – b´sonders gut zu Deim Sakko passt´s ned – aber besser als gar nix.“

Ich nahm das gewagt gemusterte Ding, streifte es über den Kopf und zurrte es an meinem Hals fest.

„Mann, Max – Du hast echt was gut bei mir.“

„Ein Weißbier reicht.“

Ich sah auf die Uhr. Zeit für die Sitzung.

„Ich muss los. Wenn´s vorbei ist, bring´ ich Dir das gute Stück gleich zurück.“

Max winkte ab.

„Pressiert ned. So schön is der Schlips auch wieder ned.“

Krisensitzung (29. Mai 1980)

Ich hatte den Präsidenten bisher nur bei der Veranstaltung zu dessen Amtsantritt im Januar letzten Jahres leibhaftig zu Gesicht bekommen. Gerade betrat der Behördenleiter, der mich in Statur, Physiognomie und mit seiner etwas zu großen Hornbrille an den Filialleiter des Tengelmann-Marktes bei mir um die Ecke erinnerte, den holzgetäfelten Besprechungsraum im ersten Stock seines Palais, emsig umschwärmt von diversen Stabs-Schranzen wie eine Bienenkönigin von ihren Arbeiterinnen. Der Schwarm kam zum Stehen, die Drohnen empfingen noch ein paar gemurmelte Anweisungen von Eglinger, dem Leiter des Präsidenten-Stabes. Dann schwirrten die jungen Anzugträger ab. Eglinger schloss die Tür und folgte seinem Herrn, der neben dem für ihn reservierten Stuhl am Kopfende des langgestreckten, ovalen Konferenztisches stand und noch in einem Papier las.

Die anderen Teilnehmer standen hinter ihren Stühlen, ihre Hände wie Hündchen die Pfötchen auf den Lehnen, und warteten darauf, dass ihr Herrchen am Kopfende sich setzte. Erst dann würden auch sie Platz nehmen. Ein albernes Ritual, das ich nur sehr widerwillig mitspielte. Allerdings brachte ich es nicht über mich, wie alle anderen brav die Hände auf die Stuhllehne vor mir zu legen. Stattdessen verschränkte ich sie hinter meinem Rücken, wie ein Soldat bei der Befehlsausgabe. So standen wir da und warteten auf das Senken des präsidentiellen Gesäßes.

Ich sah mich ohne den Kopf zu bewegen in der Runde um. Ausschließlich Männer – die meisten glatzköpfig oder grauhaarig. Gewöhnlich gut unterrichtete Sicherheits-Greise, dachte ich amüsiert. Neben dem Dienstchef und seinem Stabsleiter waren im Raum: Brigadegeneral Keil,

Leiter der militärischen Auswertung, mit seinem Marinebearbeiter, Dr. Alfred Steinberg, Abteilungsleiter Analyse II, zuständig für Afrika und den Nahen und Mittleren Osten, flankiert von seinem Unterabteilungsleiter Mittelost, Walter Müschwitz, unser eigener Abteilungsleiter, Heinz Lombarth, dessen Unterabteilungsleiter Mittelost, Peter Wegmann, Bereichsdirektor Stocker und sein Pendant auf der Auswerteseite, Dieter Felsing, mit Delegation, bestehend aus meinem Erzfeind Ernst Sperber und seinem für Iran zuständigen Kollegen und speziellen Freund Thorsten Vogl. Ich stand zur Rechten Stockers, der Stuhl rechts von mir blieb frei.

Dann nahm der Präsident Platz und wartete huldvoll, bis das Scharren der Stühle und Räuspern seiner sich setzenden Mannschaft verklungen war. Er richtet seinen Blick ostentativ nach vorne.

„Guten Tag, meine Herren – Damen sind ja leider wie üblich keine zugegen", witzelte er in seiner leicht schwäbelnden Diktion.

Die versammelten Alpha-Männchen lachten pflichtgemäß und feixten in Richtung ihres höchsten Vorgesetzten.

„Der Anlass für diese Sitzung ist durchaus beunruhigend. Die Fakten sind vermutlich den meisten bekannt. Ich möchte dennoch den zuständigen Abteilungsleiter bitten, die Sachlage zunächst kurz zusammen zu fassen – bitte, Herr Lombarth."

„Äh, ja, Danke, Herr Präsident. Wenn Sie erlauben, würde ich gerne meinem Mitarbeiter, Herrn Stocker, die Gelegenheit geben, die Vorgänge aus seiner Sicht zu schildern. Als zuständiger Bereichsdirektor ist er mit den Details am besten vertraut."

Der Präsident nickte.

„Gut – bitte sehr, Herr Stocker."

Stocker schien kurz davor zu stehen, ohnmächtig zu werden. Aus seinem Gesicht war sämtliche Farbe gewichen. Er räusperte sich mehrfach, scharrte mit den Füßen, schaute leicht panisch um sich und blickte in ebenso erwartungsvolle wie gehässige Gesichter.

„Äh, ja also, natürlich ... gerne. Nun die Sache ist die:

Wie vielleicht die meisten schon wissen, ist vorgestern gegen vier Uhr morgens Ortszeit ein dänischer Frachter am Ausgang des Roten Meeres zum Indischen Ozean gesunken. Nach einer Explosion. Die tatsächliche Ursache ist noch nicht bekannt. Von unserer Residentur in Kopenhagen wissen wir, dass die Dänen nicht an einen Unfall glauben, sondern vermuten, dass eine Seemine die Explosion verursacht hat. Eine Bombe an Bord oder ein Torpedo wären natürlich auch möglich. Bislang hat sich aber niemand zu einem gezielten Angriff auf das Schiff bekannt."

„Das Schiff wurde also nicht gezielt angegriffen, sondern wurde zufälliges Opfer von ‚was oder wem auch immer'?"

„Ja, Herr Präsident, so sieht es im Moment aus. Aber wir versuchen natürlich mit Hochdruck zusätzliche Informationen zu beschaffen."

„Und was ist mit dem zweiten Frachter, der gestern Vormittag in die Luft geflogen ist? Ein griechisches Schiff, wie ich gerade eben noch gelesen habe."

„Nun, ich kenne bisher nur den Hergang beim ersten Vorfall genauer, aus dem Briefing, das unser Vertreter in Kopenhagen vom dänischen Partner bekommen hat. Wir hatten allerdings ..."

Stocker zögerte.

Die präsidentiellen Augenbrauen hoben sich kaum merklich.

„... was hatten Sie?"

„Nun, wir hatten schon länger Hinweise auf einen angeblichen iranischen Stützpunkt an der jemenitischen Küste. Und erst gestern ging ein operativer Hinweis ein, dass der Iran Seeminen in den Südjemen verbracht haben soll, um den südlichen Zugang zum Roten Meer zu verminen. Möglicherweise als Reaktion auf das verschärfte US-Handelsembargo und die gescheiterte Geiselbefreiung."

„Sehr schön. Leider höre ICH das Ganze zum ersten Mal ..."

In der Stimme des Präsidenten lag nun ein unüberhörbares Unverständnis. Unter den Anwesenden entstand leichte Unruhe. Ich schaute hinüber zu Sperber – er betrachtete zufrieden seine Fingernägel. Noch schien er sich nicht sonderlich unwohl zu fühlen. Stocker hingegen fing nun an, zu stammeln und zu rudern – so sehr, dass unser Abteilungsleiter Erbarmen hatte und ihm zu Hilfe kam.

„Die Hinweise auf diesen angeblichen iranischen Stützpunkt stammen ausschließlich von einer nachrichtendienstlichen Verbindung, die erst vor kurzem geworben worden war."

Der Präsident fixierte Lombarth.

„Ach – und allein deshalb glauben wir, solche Informationen ignorieren zu können?"

„Tja, Herr Präsident – da müssen Sie wohl die Kollegen von der Analyse fragen."

Die Augenbrauen des Präsidenten standen knapp unterhalb seines Haaransatzes, als sich sein Kopf jetzt wie ein Geschützturm in Richtung der Analyse-Vertreter drehte. Sperber drehte seinen teuren Kugelschreiber in den Händen und wirkte von dieser Aufgabe voll und ganz absorbiert. Sein Chef Felsing schien die Aufhängung des altmodischen Kronleuchters über dem Konferenztisch interessanter zu finden, als die laufende Diskussion. Sperbers direkter Vorgesetzter war eine schmächtige, etwas blasse Erscheinung, mit braunen, lockigen Haaren – kaum älter als Mitte Dreißig. Er war eigentlich Mitarbeiter des Auswärtigen Amtes, aber vor etwa einem halben Jahr unter nicht ganz klaren Umständen an uns abgegeben worden. Es hieß, Felsing habe auf seinem letzten Auslandsposten irgendeinen größeren, undiplomatischen Mist gebaut, genieße aber durch irgendwelche persönlichen Verbindungen Protektion. Vielleicht war es ja unser neuer Präsident selbst, der schützend die Hand über ihn hielt – schließlich kamen sie aus demselben Ministerium. Es war diese Ungewissheit, die bisher noch die Hyänen auf Distanz zu Felsing hielt. Angeblich sollte er sogar auf seiner aktuellen Stelle bei uns befördert werden und nach einer Abklingzeit von drei oder vier Jahren wieder zurück ins Außenministerium wechseln. Solche Sachen gab es immer wieder und sie sprachen sich natürlich schnell herum.

Der Kollege aus dem Außenministerium hatte seinen Laden hier offensichtlich noch nicht in den Griff bekommen. Kein Wunder – der Kombination aus geradezu brachialem Gleichmut und aus allen Poren triefender Arroganz seines Untergebenen Sperber und dessen Fanclub im Referat wären wahrscheinlich ganz andere Leute nicht gewachsen gewesen. Und wahrscheinlich galten im Außenministerium andere Spielregeln als hier – vielleicht ging es da anständiger zu.

Alle Augen waren auf Felsing gerichtet. Der wirkte wie ein Prüfling mit Blackout – er schien wie gelähmt und schwieg immer noch beharrlich. Sein Abteilungsleiter Dr. Steinberg merkte, dass er eingreifen musste.

„Das ist richtig, Herr Präsident. Bis zu diesem Vorfall im Roten Meer jedenfalls. Die ersten Hinweise, auf den angeblichen iranischen Stützpunkt erschienen uns vor dem

Hintergrund unseres Lagebildes ziemlich unglaubwürdig, weshalb der Sachverhalt bisher nicht für die Berichterstattung aufgegriffen wurde. Die Quelle berichtet wohl erst seit wenigen Monaten über die in Rede stehenden Vorgänge und wir können ihre Zuverlässigkeit noch nicht so richtig einschätzen. Von den Seeminen haben wir auch erst gestern Mittag erfahren."

Hut ab, dachte ich. Sperber schien beim vermutlich erst kürzlich erfolgten Briefing für seinen Chef ganze Arbeit geleistet zu haben.

„Na, so ganz verkehrt schien das mit den Minen wohl nicht zu sein ... um was für eine Quelle handelt es sich denn da eigentlich?"

Der Präsident wirkte allmählich ungehalten.

Stocker druckste herum, bis ihn Lombarth mit einem strengen Blick zum Reden brachte.

„Ähem ... ein ehemaliger jemenitischer Journalist, der in London lebt."

„Süd- oder Nordjemenit?"

Ich musste ein Grinsen unterdrücken. Den Präsidenten würde Stocker wegen dieser Frage wohl nicht so anblaffen wie mich in der Sitzung damals.

„Ein Südjemenit, Herr Präsident. Wir haben ihn im letzten Frühjahr im Zuge einer damals vom Außenminister persönlich angestoßenen, verstärkten Aufklärung des Jemen angeworben."

„Ach, diese Geschichte – ich erinnere mich dunkel. Na, da hat der neue Außenminister ja nachgerade hellsichtige Fähigkeiten bewiesen."

Ich spürte, dass die Aussage vor Sarkasmus troff.

„Und ihr Bereich hat so schnell reagiert und in der kurzen Zeit diesen Jemeniten geworben ... sehr beachtlich."

Stocker nickte eifrig.

„Und die Auswertung hat das alles nicht ernst genommen, oder wie? Wer hier im Raum ist denn dort eigentlich unmittelbar zuständig? Sind das nicht Sie, Herr Felsing?"

Jetzt gab es kein Entkommen mehr für Felsing. Der gefallene Nachwuchs-Diplomat wand sich wie ein Wurm, der an den Angelhaken kommt, als er antwortete.

„Nun, äähh ... ich stecke natürlich nicht so in den Details wie meine Fachleute, vielleicht wäre es daher besser, wenn ... also wenn der zuständige ..."

Darauf hatte Sperber offenbar schon gewartet. Er fiel seinem Chef ins Wort, was dieser erleichtert geschehen ließ. Der Präsident runzelte die Stirn.

„Sehr gerne. Mein Name ist Sperber, Ernst Sperber, Herr Präsident. Ich bin der zuständige und federführende Referent und stellvertretender Sachbereichsleiter ..."

Fehlt nur noch, dass er ihm auch noch seine Personalnummer nennt, dachte ich.

„... zur Sache, bitte!"

„Natürlich, Herr Präsident. Wie Herr Dr. Steinberg schon ausgeführt hat – die bisherigen Meldungen dieser neuen Quelle waren alles andere als überzeugend, Herr Präsident. Wir hatten daher keinen Anlass, die Geschichte von den angeblichen iranischen Minen ernster zu nehmen, als die Geschichten über diesen angeblichen Stützpunkt. Aus unserer Sicht wollte sich da eine ziemlich neue Quelle nur interessant machen und ein wenig aufplustern. Vermutlich, um im Geschäft zu bleiben oder um mehr Geld zu bekommen."

Das musste man ihm lassen – selbst im Moment höchster Gefahr verließ ihn sein unerschütterliches Selbstvertrauen nicht.

Der Präsident lehnte sich zurück und sah Sperber mit leicht zur Seite geneigtem Kopf an. Felsing blickte starr geradeaus, vielleicht hoffte er, er wäre unsichtbar geworden war.

„Felsing in der Brandung", dachte ich amüsiert.

Es knallte laut, als der Präsident plötzlich mit der flachen Hand auf den Tisch schlug. Die meisten Anwesenden zuckten zusammen, vor allem die, die innerlich bereits dabei waren, abzuschalten. Das klang schon anders als bei Stocker. Aber der Präsident rangierte ja auch ein paar Gehaltsklassen über meinem Chef. Vielleicht hatte er das kräftige Auf-den-Tisch-Hauen in einem Führungskräfte-Seminar gelernt und geübt. Er schien jetzt ernsthaft sauer zu werden.

„Ist Ihnen denn der zweite gesunkene Frachter Anlass genug, die Informationen ernst zu nehmen?"

Als die präsidentielle Hand auf die Tischplatte klatschte, war auch Sperber zusammengezuckt und hatte begonnen, eifrig auf seinem Notizblock herum zu kritzeln. Felsing schaute verängstigt und flehend zu Dr. Steinberg. Er schien seine gesamte noch vorhandene Energie zu brauchen, um so etwas wie Haltung zu bewahren. Zum Antworten reichte es offenbar nicht mehr. Vogl war immer tiefer in seinen Stuhl gesackt. Erkennbar widerwillig griff Dr. Steinberg erneut ein, bevor der Schaden für seinen Bereich allzu groß wurde.

„Herr Präsident, meine Herren. Im Lichte der aktuellen Ereignisse wäre es sicher geraten, eine Neubewertung vorzunehmen. Aber wir brauchen umso dringender zusätzliche, bestätigende Informationen von der Beschaffung. Nach Möglichkeit Fotos von den Minen und der Anlage ... und genaue Koordinaten für die amerikanischen Satelliten – irgendwo muss das Zeug aus den angeblichen Kisten schließlich gelandet sein. Wegen der Satellitenbilder werden wir wohl die Kollegen der CIA in unser Aufkommen einweihen müssen. Leider haben sie ihr Wissen, das sie zu dem Angriff auf den Hafen von Aden veranlasst haben könnte, nicht mit uns geteilt. Denkbar, dass sie ähnliche Hinweise wie wir hatten. Vielleicht hätten wir unsere Informationen doch schon früher weiter geben sollen."

Lombarth blickte leicht betreten auf die Tischplatte.

„Das Gefühl habe ich allerdings auch", knurrte der Präsident.

Er schaute ungehalten in die Runde.

„Ich nehme an, wir haben keine Ahnung, wie viele dieser Minen bereits im Roten Meer schwimmen?"

Zunächst antwortete ihm allgemeines Schweigen. Dann meldete ich mich zu Wort.

„So wie es aussieht, im Moment wohl noch acht."

Eigentlich hätte ich wie üblich lieber die Klappe gehalten, aber ich konnte die Information aus Yusufs letztem Schreiben in dieser Situation ja weißgott schlecht für mich behalten.

Die Köpfe ruckten in meine Richtung. Auch der Präsident nahm mich zum ersten Mal erkennbar wahr.

„Wie meinen ... Wer sind SIE denn?"

Stocker ergriff das Wort.

„Das ist einer meiner Verbindungsführer, Herr Präsident. Oberregierungsrat Schreiber. Er hat die Jemen-Quelle geworben und führt sie auch."

„Danke, aber ich denke, das hätte Herr Schreiber mir auch selber sagen können."

Stocker zuckte zusammen, ein paar der Anwesenden grinsten schadenfroh. Ich tat so, als hätte ich die Bemerkung nicht gehört.

Der Präsident sah mich an.

„Was haben Sie zu sagen, Herr Schreiber?"

„Nun, unmittelbar vor dieser Besprechung sind neue

Informationen von der besagten Quelle eingetroffen. Wir haben sie übrigens „Kalif“ getauft. Ihren Zugängen zufolge sind etwa Mitte Mai zunächst nur zehn Minen gelegt worden. Vermutlich, um zu testen, wie sie funktionieren und wie die internationale Gemeinschaft reagiert. Weitere vierzig sollen schon vor Ort bereitliegen. Ob es Planungen für weitere Lieferungen gibt, ist „Kalif“ nicht bekannt, aber es gibt entsprechende Gerüchte.“

Der Präsident fixierte mich regungslos.

„Irgendein Hinweis, wann die den Rest der vorhandenen Minen ausbringen wollen?“

„Es hieß, auf jeden Fall noch in diesem Jahr. Wahrscheinlich im Herbst, wenn wegen des bevorstehenden Winters das Volumen saudischer Öllieferungen Richtung Europa zunimmt. Die will man wohl bevorzugt treffen. Ich persönlich denke, die Iraner wollen damit vielleicht auch einen Trumpf für Verhandlungen in der Hand haben.“

Der Präsident schüttelte skeptisch den Kopf.

„Kann Ihr Mann das alles wirklich wissen? Und glauben Sie ganz persönlich, was diese Quelle Ihnen da erzählt?“

„Wissen wäre sicher zu viel gesagt. Ich habe aber nicht den Eindruck, dass sich „Kalif“ diese Dinge nur ausdenkt. Und es sieht so aus, als sei sein Informant im Jemen tatsächlich so platziert, dass er an derartige Informationen gelangen könnte.“

„Um wen handelt es sich denn da, beziehungsweise wo genau sitzt dieser Informant?“

Ich zögerte kurz, bevor ich antwortete.

„Mit Verlaub, Herr Präsident, ich habe da auch nur eine Vermutung. Aber die möchte ich in einer so großen Runde nicht äußern.“

Die versammelten Führungskräfte schnappten empört nach Luft, vielstimmiges Gemurmel erfüllte den Raum.

Eine Handbewegung des Präsidenten beendete die allgemeine Unruhe.

„Nun, ich gehe davon aus, Herr Schreiber, dass Sie mir persönlich ihre Vermutung nicht vorenthalten würden?"

„Selbstverständlich nicht."

„Dann schlage ich vor, Sie kommen zusammen mit ihrem Chef und Herrn Lombarth im Anschluss noch in mein Büro. Sagen wir in einer Stunde."

„Vorschlag" ist gut, dachte ich. Wer kann einen Vorschlag des obersten Behördenchefs schon ablehnen. Ich nickte stumm.

Stocker sah mich an, als würde er mich am liebsten erwürgen. Dabei sollte er sich doch lieber geschmeichelt fühlen. Endlich würde er auch mal zu einem der intimen Zirkel gehören, die der Präsident von Fall zu Fall um sich scharte. Das wäre vielleicht seine Chance, doch noch mal weiter zu kommen. Ich sah, dass neben ein paar mitleidigen auch einige durchaus neidische Blicke auf Stocker und mich gerichtet waren.

Der Präsident ordnete seine Papiere wie ein Tagesschau-Sprecher und schaute dabei geradeaus.

„Wir machen zunächst einen Sonderbericht für das Kanzleramt auf der Basis der bisherigen Meldungen. Soll man dort entscheiden, wen man beteiligen und wie weit man die Sache streuen will. Das war´s für´s Erste, meine Herren. Vielen Dank."

Ich lächelte ein wenig schadenfroh in mich hinein. Nun musste Sperber auf Geheiß von ganz oben was zu den „Kalif"-Meldungen schreiben. Unwahrscheinlich, dass er mir und meiner Jemen-Quelle jetzt mehr Sympathie entgegen bringen würde, aber immerhin musste er deren Informationen jetzt auf Weisung ernst nehmen. Nun – er hätte es auch einfacher haben können.

Simultan mit dem Präsidenten erhoben sich die anderen Teilnehmer der Besprechung und strebten nach draußen. Rasch nahm ich die breite Treppe mit dem roten Läufer und verließ das Palais des Präsidenten als Erster. Ich hatte schon während der Besprechung gemerkt, dass es in meinem Magen rumorte und jetzt musste ich wirklich dringend zur Toilette. Plötzlich hörte ich ein lautes Schnaufen hinter mir – Stocker hatte sich an meine Fersen geheftet und schloss mühsam zu mir auf.

„Das nutzt Ihnen auch nichts, vor mir davon zu laufen, Schreiber", keuchte er, während er kurzatmig neben mir herging.

Ich verzichtete auf nähere Erläuterungen der Ursache für meine erhöhte Schrittgeschwindigkeit.

„Was meinen Sie denn, Herr Stocker?", fragte ich weiter eilend. Für jeden meiner Schritte musste Stocker zwei machen.

„Das wissen Sie ganz genau! Haben Sie eigentlich den Verstand verloren, Schreiber? Wieso haben Sie mir diese neuen Informationen zu den Minen nicht vor der Sitzung noch weiter gegeben? Wie stehe ich denn jetzt da?"

Ich schluckte die Bemerkung hinunter, dass ich bezüglich meines Verstandes immerhin was zu verlieren hätte.

„Tut mir leid, Herr Stocker. Ich wollte ja, aber Frau Nessel hat sich streng an Ihre Weisung gehalten, Sie nicht zu stören. Das habe ich so akzeptiert."

Stocker sah mich böse von der Seite an.

„So, so. Sonst tun Sie das ja auch nicht immer. Haben Sie Frau Nessel auf die Dringlichkeit und den Zusammenhang mit der Besprechung beim Präsidenten hingewiesen?"

Ganz blöd war er doch nicht.

„Ich bin mir nicht sicher – aber ich denke schon. Zumindest körpersprachlich."

„So – körpersprachlich, ja? Passen Sie mal auf, Schreiber. In Zukunft will ich über jede schwerwiegende Lageveränderung umgehend unterrichtet werden. Und zwar mündlich oder schriftlich und nicht körpersprachlich. Ist das klar?“

„Selbstverständlich Herr Stocker“, antwortete ich und versuchte, möglichst kleinlaut zu klingen. Ich musste inzwischen wirklich dringend aufs Klo. An einer Eskalation dieser Debatte war mir daher nicht gelegen und ich erhöhte noch einmal das Tempo. Aus den Augenwinkeln sah ich Stockers misstrauischen Seitenblick. Fürs Erste schien die Diskussion gottlob beendet. In versöhnlichem Ton wechselte er jetzt das Thema, während er mühsam weiter Schritt hielt.

„Dieser Felsing hat ziemlich alt ausgesehen, finden Sie nicht? Na ja – diese Diplomaten-Muttersöhnchen sind halt die rauen Gewässer hier beim Geheimdienst nicht gewöhnt. Das ist halt was anderes als Cocktails schwenken im Zweireiher, nicht wahr?“

Nach Zustimmung heischend schaute er seitlich zu mir hoch.

„Da haben Sie wohl recht“, antwortete ich, bedächtig nickend, ganz auf die Kontrolle meiner Darmtätigkeit konzentriert.

Ich war erleichtert, als wir endlich unser Dienstgebäude erreichten. Nachdem Stocker mich noch einmal ermahnt hatte, ja den Termin beim Präsidenten nicht zu vergessen, hetzte ich den Gang in Richtung Toilette hinunter. Fast rannte ich Max um, der eben aus seinem Zimmer trat und gerade noch ausweichen konnte.

„Eha, zu Dir wollt ich grade. Wie war denn die Dringlichkeits-Sitzung?“, rief er mir nach.

„Erzähl´ ich Dir gleich. Muss nur noch rasch zu einer anderen dringenden Sitzung.“

„Viel Erfolg – aber rauskommen tut bei den Sitzungen hier drin meistens dasselbe", plärrte er mir noch hinterher, während ich die Tür zur Toilette aufriss.

Noch mehr Nachrichten…

Ich war kaum zurück im Büro, als das offizielle, interne Telefon klingelte. Am Klingelton war zu erkennen, dass es ein Anruf von außerhalb war – von einer anderen Behörde. Mit einem unguten Gefühl nahm ich ab.

Ich hörte das Fiepen und Blubbern, während die verschlüsselte Leitung sich aufbaute.

„Hallo, wer spricht?"

„Da bist Du ja endlich. Ihr seid wirklich die einzige Behörde, wo sich die Leute nur mit „Hallo" melden", verkündete Heinz´ Stimme am anderen Ende. Ich war erleichtert.

„Servus, Heinz. Welch seltener Gast in dieser Leitung. Schätze, Du rufst nicht nur zum Plaudern an? Gibt´s was Wichtiges?"

„Ich glaube, ja. Es geht um diese Geschichte mit den Minen im Roten Meer, von denen Du mir neulich erzählt hast. Es gibt doch jetzt schon zwei explodierte Schiffe da unten in dieser Meerenge, diesem „Bab al Dingsda" ..."

„Bab al Mandeb?"

„... genau. Ich dachte, es interessiert Dich vielleicht, dass keine halbe Stunde nach der zweiten Explosion die Amis dem Kanzleramt offenbar mächtig auf die Füße gestiegen sind. Die scheinen irgendwie mitbekommen zu haben, dass ihr irgendwas dazu wisst, und fühlen sich von Euch hintergangen. Sie wollen jetzt sofort alle verfügbaren Details zu der Sache haben. Euer Oberboss kriegt wahrscheinlich demnächst einen Anruf von einem sehr unleidigen Kanzleramts-Minister, dem ein noch schlechter gelaunter Kanzler im Nacken sitzt."

„Ich fürchte, den hat er schon bekommen. Wir hatten nämlich vorhin eine Dringlichkeits-Sitzung genau zu diesem Thema, und unser Oberchef war tatsächlich ziemlich mies gelaunt."

Ich musste zugeben, dass ich von den schauspielerischen Fähigkeiten des Präsidenten beeindruckt war. Wie er den wahren Grund für die Sitzung und den enormen Druck, unter dem er stand, vor den anderen Teilnehmern verborgen hatte, war bühnenreif.

„Sag´ mal Heinz, woher wissen eigentlich die Amis, dass wir Hinweise auf diese Minen-Geschichte hatten?"

„Das wollte ich eigentlich Dich fragen, Du bist schließlich der Geheimagent. Aber solche Informationen nehmen ja meistens ziemlich unerforschliche Wege. Vielleicht haben die bei euch einen US-Guillaume an geeigneter Stelle platziert oder auch nur ein paar Mikrofone."

„Ich bitte Dich! Die Amerikaner würden doch uns niemals ausspähen – wir sind doch Verbündete."

Heinz lachte laut.

„Ja – manchmal schon."

„Eins ist jedenfalls sicher – von unserer eigenen Auswertung haben sie´s bestimmt nicht. Die hat sich nämlich bislang konsequent geweigert, die Geschichte zu glauben, und daher wurde auch nichts nach Bonn weiter gegeben."

„Na, das dürfte sich bald ändern."

„Das hat es schon. Die beiden Explosionen in Verbindung mit der Demarche der Amis haben die Glaubwürdigkeit meines Kontakts und von dessen Informationen schlagartig erhöht. Danke übrigens für die Vorwarnung, auch wenn sie etwas zu spät kam."

„Schon gut. Ich hab´ Dir doch gleich gesagt, man weiß nie, wofür´s gut ist, als Du diesen jemenitischen Knaben an Land gezogen hast. Aber versuch´ lieber, Dich so weit wie möglich von diesem Minenfeld fern zu halten. Das Ganze könnte wirklich unangenehm werden."

Ich schluckte.

„Dafür ist es leider schon zu spät, fürchte ich."

„Gib´ mir Bescheid, wenn ich was tun kann. Und lass´ Dich mal wieder hier in Bonn blicken. Du solltest Dir wirklich überlegen, bei uns einzusteigen. Du kannst doch mehr als diesen Spionage-Kram. Du könntest weit kommen – weiter als bei denen jedenfalls."

„Das hab´ ich schon mal gehört – von Yvonne. Ich denk´ drüber nach. Versprochen."

Heinz lachte.

„Machst Du ja doch nicht. Aber es passt schon. Bis bald."

Ich legte auf und sah auf meine Uhr. In einer guten halben Stunde war das Anschluss-Gespräch beim Präsidenten. Ich ging nochmal zum Waschraum, um mich zu erleichtern, und checkte im Spiegel Frisur und Krawattenknoten.

Als ich herauskam, lief ich Stocker in die Arme.

„Na dann wollen wir mal", rief er gespielt unbeschwert, aber ich konnte riechen, dass er Angst vor dem Treffen hatte – diesmal war sie möglicherweise sogar berechtigt.

„Moment ... ich bin gleich wieder da." Er verschwand auf dem Klo.

Ich hörte, dass das andere Telefon in meinem Zimmer klingelte. Das für operative Anrufe über die Umleitung in der Kölner Scheinfirma. Mit einem unguten Gefühl rannte ich in mein Zimmer und nahm ab.

„Ja – Global Consulting Group – Narvik. Was kann ich für Sie tun?"

„Hallo – hier ist Svenja."

Ich erschrak – Svenja hatte mich noch nie im Kölner Büro angerufen. Ihre Stimme klang belegt – irgendetwas stimmte nicht.

„Hallo Svenja – Das ist ja eine Überraschung", sprach ich halblaut in den Hörer.

„Ist alles ok? – Sorry, ich kann nicht lange reden. Muss gleich zu einer wirklich dringenden Besprechung."

Am anderen Ende der Leitung blieb es stumm.

„Sag´ doch – was gibt's denn?"

Svenja schien ein Schluchzen zu unterdrücken.

„Ich glaube, ich bin schwanger …"

Ich schloss die Augen und versuchte meine aufkommende Panik in den Griff zu bekommen.

„Bist Du sicher?"

„Ziemlich sicher."

Es klopfte und Stocker steckte unaufgefordert seinen Kopf zur Tür herein.

„Mensch Schreiber, wir müssen zum Präsidenten und Sie telefonieren hier in aller Ruhe – geht's noch?"

Ich verscheuchte Stocker ohne Nachzudenken mit einer Handbewegung und einem gezischten „Es ist dringend … was Operatives!"

Stocker sah mich mit großen Augen an, gehorchte aber.

„Ok – aber machen Sie es kurz. Wir müssen wirklich los."

„Hallo Paul – bist Du noch dran …?"

Ich hatte den Hörer zugehalten, als ich mit Stocker sprach.

„Ja sicher Svenja. Hör zu – ich muss wirklich dringend weg. Aber ich rufe Dich heute Abend an, sobald es geht. Wir reden darüber – ich liebe Dich … mach Dir keine Sorgen – alles wird gut".

„Ok – bitte melde Dich … bald …“, kam es mit brüchiger Stimme aus dem Hörer.

„Versprochen – ich muss los. Bis dann.“

Draußen stand Stocker und schaute auf seine Armbanduhr.

„Na endlich – Sie haben vielleicht Nerven, Schreiber.“

29. Mai 1980 – Neue Direktiven

Im Büro des Präsidenten war ich vorher noch nie gewesen. Die Vorzimmerdame hatte die gepolsterte Doppeltür geöffnet und uns mit einem Finger an den Lippen den Zutritt gewährt. Hinter einem wuchtigen Eichen-Schreibtisch thronte, unter einem riesigen Ölgemälde, das den Drachentöter Sankt Georg, die Symbolfigur des Dienstes, bei seiner Hauptbeschäftigung zeigte, der Präsident, den Blick fest in eine Unterschriften-Mappe geschraubt. Er sah nur flüchtig hoch, als wir hereinkamen, bat noch um einen Moment Geduld und wies dabei auf die Leder-Sitzgruppe in der Ecke. Erst nach einer gebührend angemessenen Wartezeit zum Unterstreichen seiner Autorität stand er auf und kam herüber. Er nahm in dem Ledersessel an der Stirnseite des niedrigen Tisches Platz, in dessen Mitte ein mit Mustern verzierter Silberteller stand, vermutlich das Gast-Geschenk eines befreundeten Dienstes. Der Teller wurde als Obstschale zweckentfremdet, neben drei schon etwas fleckigen Bananen lagen ein roter und ein grüner Apfel, eine Orange sowie eine Dolde roter Weintrauben, von der einige fehlten. Das Stillleben aus Früchten war das einzig wirklich Lebendige im Raum – ansonsten wirkte das penibel aufgeräumte Büro mit seiner spartanischen Einrichtung fast aseptisch.

Ich saß neben Stocker auf dem Sofa und wartete auf das, was da wohl kommen würde. Abteilungsleiter Lombarth füllte den zweiten Sessel komplett aus.

„Zwanzig Kilo weniger würden dem auch nicht schaden", dachte ich und sah mich in diesen Betrachtungen jäh vom Präsidenten unterbrochen, der sich nach einer knappen Begrüßung der Runde zu meiner Überraschung gleich an mich wandte. Ich spürte das Missfallen der beiden anderen Teilnehmer. Verwundert stellte ich fest, dass er sich sogar meinen Namen gemerkt hatte.

„Ich darf gleich mal mit Ihnen anfangen, Herr Schreiber. Sie führen also den Mann, der die detaillierten Informationen zu diesem Stützpunkt und der Minen-Operation der Iraner besorgt hat? Was ist das denn für ein Typ?"

„Ein Exilant aus dem Südjemen, etwas über 40 Jahre alt, der in London lebt. Er war Journalist und Oppositioneller, saß zwei Jahre im Gefängnis, bevor ihm vor etwa drei Jahren die Flucht gelang."

„O.k. Und welche Zugänge hat er vor Ort genau?"

„Laut „Kalif" gibt es zwei Informanten: einen in der Adener Hafenbehörde und einen weiteren, der wohl von südjemenitischer Seite direkt in dieser ominösen Militärbasis stationiert ist – ein Marineoffizier, soweit ich weiß. Den wollte „Kalif" aber nur im äußersten Notfall nutzen."

„Warum?"

„Ich glaube, es handelt sich bei dem Mann um einen sehr guten Freund der Quelle – er will ihn wohl nicht unnötig gefährden."

„Für wie glaubwürdig halten Sie Ihren Kontakt und dessen aktuelle Informanten im Jemen?"

„Das bisher gelieferte Material war zweifellos authentisch, die eigenen Kommentare der Quelle zu den Informationen analytisch präzise und aus meiner Sicht weitgehend zutreffend. Ich hatte bisher keinen Grund, an „Kalifs" Ausführungen zu zweifeln ..."

„Die Auswertung offenbar schon ...?", meinte der Präsident und schaute Lombarth an.

„Haben Sie denn nicht versucht, diesen Berichten mehr Gehör bei den Analytikern zu verschaffen, Herr Lombarth? Sie kannten die einschlägigen Informationen doch ...? "

Man konnte sehen, wie gerne Lombarth auf die letzte Frage seines Chefs einfach pauschal mit „Nein" geantwortet hätte, aber das wäre schnell als Lüge aufgeflogen. Wir hatten ihn ja leider nachweislich und frühzeitig über die Informationen hinsichtlich des iranischen Stützpunkts im Jemen unterrichtet – wenngleich zunächst nur telefonisch. Aber dafür gab es zwei Zeugen: Stocker und mich.

„Das mit den Minen habe ich aber aus dem Bereich von Herrn Stocker erst am Tag nach der ersten Explosion erfahren", sagte er fast ein wenig trotzig.

Stocker schaltete sich postwendend ein.

„Wir haben unmittelbar nach Eintreffen des ersten Hinweises auf die Minen eine Vorlage zur Unterrichtung der Abteilungsleitung geschrieben – leider wurden wir von der Wirklichkeit überholt ...".

Erstaunlich, wie frech und überzeugend Stocker schwindeln konnte, dachte ich trotz der ernsten Situation leicht belustigt.

„Aber die Hinweise auf den iranischen Stützpunkt sind Ihnen schon länger bekannt gewesen, Herr Lombarth?"

„Nun ... schon ... in sehr allgemeiner Form – aber wissen Sie ... wenn den Analytikern etwas unterkommt, das nicht in ihr bisheriges Lagebild passt, ist es immer ein bisschen ... nun, wie soll ich sagen ... schwierig ..."

„So, so ... schwierig? Und mit schwierigen Themen glaubt man, mich wohl nicht befassen zu müssen, oder wie?"

Lombarth presste die Lippen zusammen und schürzte sie zugleich kaum merklich. Mehr tat er vorsichtshalber nicht. Der Präsident beugte seinen Oberkörper ein Stück nach vorne.

„In Zukunft bitte ich mir aus, dass ich über derartige, brisante Informationen vorab unterrichtet werde – egal, wie die Auswertung darüber denkt. Ich bilde mir manchmal ganz gerne selbst ein Urteil. Ist das angekommen?"

Der Abteilungsleiter nickte zerknirscht.

„Sicher, Herr Präsident."

Es würde mich zwar wundern, wenn Lombarth tatsächlich versucht haben sollte, „Kalifs" Berichten bei der Auswertung mehr Beachtung zu verschaffen, aber der Präsident schien es geschluckt zu haben. Er wandte sich wieder in meine Richtung.

„Was denken Sie? Könnte Ihre Quelle über die vorhandenen Zugänge noch mehr harte Facts liefern – Koordinaten der Basis, Bauart und aktuelle Anzahl der Minen, eventuell Angaben, wann und wo weitere Minen gelegt werden sollen?"

Ich überlegte, ob ich den Präsidenten von „Kalifs" Kündigung unterrichten sollte, entschied aber, es vor allem aus Rücksicht auf Stocker erst mal nicht zu tun; ich wollte ihn nicht schon wieder bloßstellen. Da er von „Kalifs" Entscheidung, aus der Operation auszusteigen, noch nichts wusste, wäre er erneut ziemlich blöd dagestanden. Bevor ich antworten konnte, grätschte mein Chef beherzt in die kurze Denkpause.

„Die Zuträger der Quelle meines Mitarbeiters sind nach meinem Kenntnisstand gut platziert. Ich denke, es sollte möglich sein, hier tiefer zu bohren. Wir werden jedenfalls umgehend das Nötige ..."

Der Präsident unterbrach Stocker und sah mich an.

„Ich hatte Herrn Schreiber gefragt. Und .. .was meinen Sie dazu?“

Stocker schwieg indigniert und warf mir einen vorwurfsvollen Blick zu – als ob ICH ihn unterbrochen hätte.

„Die von Ihnen angesprochenen Informationen liegen zum Teil schon vor. Bisher wurden demnach fünfzig Minen geliefert, von denen zehn ausgebracht wurden. Wo die restlichen lagern und wann sie gelegt werden sollen, ist bisher nicht bekannt. Wie schnell es gelingt, da einen Schritt weiter zu kommen, weiß ich nicht. Ein Problem dabei ist der Meldeweg. Es ist wohl ziemlich kompliziert, die Informationen sicher nach London zu bekommen. Immerhin funktioniert es bisher – wenn auch mit erheblicher zeitlicher Verzögerung. Die Informationen sind schon mal eine Woche bis zehn Tage unterwegs.

„Das ist zu lang“, erklärte der Präsident knapp.

„Mag sein – aber ich sehe keine Möglichkeit, daran etwas zu ändern, ohne die Sicherheit der Beteiligten zu gefährden. Telefonische Nachfragen im Jemen sind der Quelle wohl nur sehr eingeschränkt möglich – und wenn, dann sehr risk ...“

Eilig fiel mir Stocker gleich nochmal ins Wort.

„Wir klären das, Herr Präsident. Da fällt uns bestimmt etwas ein.“

Der Präsident nickte.

„Sehr gut. Die Sache hat höchste Priorität. Nehmen sie so bald wie möglich wieder Kontakt mit dem Mann auf, geben Sie ihm die neuen Instruktionen – meinetwegen auch mehr Geld. Daran soll´s wie immer nicht scheitern.“

Ich zog eine Augenbraue hoch und schaute hinüber zu Lombarth. Das war eine Steilvorlage, um endlich mal an höchster Stelle darauf hinzuweisen, dass diverse operative Vorhaben seit der Etablierung einer sogenannten „Controlling-Einheit" im Stab des Präsidenten, die er kurz nach seinem Amtsantritt veranlasst hatte, genau daran gescheitert waren. Die beiden schneidigen Herren, die sich für diese Stellen erfolgreich beworben hatten, waren operativ unerfahrene, dafür aber umso ehrgeizigere Kollegen – natürlich Juristen. Sie betrachteten die operative Abteilung seit ihrer Versetzung auf die neuen Posten wie die Produktion bei einer x-beliebigen Staubsaugerfabrik. Um ihre Existenz zu rechtfertigen, mischten sie sich ständig ein und nervten das operative Personal, das einfach nur seine Arbeit machen wollte, mit sichtlich ahnungslosen Einwänden. Sie wollten schnelle, messbare Erfolge, die wenig kosteten, und es interessierte die verbeamteten Verschlanker nicht, dass der organische Aufbau und Ausbau einer soliden und nachhaltigen Operation auch einmal mehrere Jahre dauern konnte, bis sie wirklich Früchte trug. Unter den bei uns derzeit herrschenden Voraussetzungen wäre ein Günther Guillaume noch nicht mal Ortsvereins-Vorsitzender der SPD geworden.

Von Stocker wusste ich, dass Lombarth sich schon mehrfach über die beiden neuen „Sparkünstler auf dem Präsidentenschoß", wie er sie nannte, aufgeregt hatte. Ich wartete gespannt, ob mein Abteilungsleiter die günstige Gelegenheit wahrnehmen würde, um auf diesen hausgemachten Missstand hinzuweisen, der ihm schon mehrere gut angelegte Operationen vermasselt hatte. Aber er machte keinerlei Anstalten dazu – Lombarth war eben ein Profi. Er hatte gerade schlechte Karten und wusste, wann es besser war, zu schweigen.

Dann beendete der Präsident die Besprechung.

Nachdenklich verließ ich das Palais und machte mich auf den Rückweg – ohne Stocker, denn den hatte Lombarth im Anschluss noch mit in sein Büro genommen.

Schon komisch, dass die Amis hier gleich über die politische Schiene, also das Kanzleramt, gekommen waren und nicht die CIA erst bei uns geklopft hatte. Aber es hieß, dass das Verhältnis unseres neuen Präsidenten mit dem amerikanischen Dienstchef nicht das Beste war. Hatte er in der Besprechung vorhin vielleicht deshalb erneut unerwähnt gelassen, dass Druck der Amerikaner der wirkliche Grund für das plötzliche, hochrangige Interesse an „Kalif" und seinen Zugängen war?

Mir fiel ein, dass ich Stocker demnächst mit der Tatsache konfrontieren musste, dass „Kalif" aussteigen wollte. Er wäre sicher nicht begeistert. Und ich musste mich heute möglichst schnell verpissen, um Svenja anzurufen. Mein Gott – musste denn wirklich immer alles gleichzeitig schiefgehen.

Stocker sieht rot (immer noch 29. Mai 1980)

Eine Stunde später saß ich in Stockers Büro auf einem der niedrigen Besuchersessel aus den fünfziger Jahren und schaute konzentriert auf das Kalenderbild links an der Wand – glückliche Kühe auf einer blumenübersäten Bergweide.

Hinter seinem Schreibtisch brüllte mein Chef wie ein Ochse.

„Und seit wann wissen Sie das?"

Ich drehte meinen Kopf langsam in seine Richtung, so als hätte ich ihn nicht gut gehört. Mir lag schon ein „Was haben Sie gefragt" auf der Zunge, doch angesichts meines jetzt mit hochrotem Kopf und angstgeweiteten Augen in seinem Büro herum irrlichternden Chefs, schien es mir ratsam, ihn nicht unnötig zu provozieren, sondern abzuwarten, bis er sich wieder halbwegs beruhigt hatte.

„Ich habe es eben erst aus „Kalifs“ letztem Schreiben erfahren. Herr Kurz hat es mir vorhin gerade mit der Nachmittagspost gebracht.“

„Und was soll ich jetzt Lombarth sagen, oder gar dem Präsidenten?“, schrie er.

„Vielleicht die Wahrheit?“, antwortete ich so ruhig wie möglich.

„Die Wahrheit? Wann kapieren Sie eigentlich endlich, dass man hier drin mit der Wahrheit nicht weit kommt, verdammt?! Für die Wahrheit kann man sich bei uns nichts kaufen.“

Da hatte er zweifellos Recht. Ich versuchte weiterhin ein konstruktives, kooperatives Gesicht zu machen, obwohl ich schreiende Vorgesetzte lächerlich fand.

„Und was sollen wir jetzt machen?“, fragte ich mit unverändert ruhiger Stimme

„Was ICH mache, muss ich mir noch überlegen. Aber SIE werden jedenfalls umgehend nach London fliegen und sich dort mit „Kalif“ treffen. Bringen Sie den Mann dazu, weiter zu machen; wie Sie das schaffen, ist mir egal. Bieten Sie ihm mehr Geld an ... was weiß ich ... aber er muss uns auf schnellstem Wege die gewünschten Informationen liefern, sonst ...“

Ich hob den Kopf. „Ja ...?“

Stocker sah mich streng an und holte Luft.

„... sonst sehe ich ziemlich schwarz für Ihre Karriere.“

Ach Stocker, dachte ich. Das war nun wirklich so ziemlich das ungeeignetste Mittel, mich zu motivieren. Er müsste eigentlich inzwischen wissen, dass es mich weder interessierte, ob ich schnell, noch ob ich überhaupt befördert wurde. Dass er dennoch versuchte, mich auf diese armselige Art zu erpressen, zeigte nur das ganze Ausmaß seiner Ratlosigkeit und Panik. Stocker hatte sich inzwischen abgewandt und begann, in seinem Panzerschrank nach etwas zu suchen. Ich räusperte mich.

„Ich finde, ein Treffen ausgerechnet in London wäre mit Blick auf die Sicherheit von „Kalif" nicht wirklich ratsam."

„Sie wollen wohl lieber wieder nach Stockholm, was? Man könnte ja fast meinen, Sie hätten da irgendwas am Laufen, Schreiber", kam es dumpf aus dem Metallschrank.

Ich spürte, wie mein Kopf heiß wurde und hoffte, dass Stocker die Verfärbung in meinem Gesicht nicht bemerkte. Der aber wühlte immer noch im Tresor herum.

„Wie meinen Sie denn das?", fragte ich leicht verunsichert.

„Vergessen Sie´s. Das sollte ein Witz sein. Aber wir dürfen keine Zeit verlieren. Jetzt machen wir eben mal „Wirkung vor Deckung", statt umgekehrt wie sonst. Ach – da ist sie ja."

Als er wieder aus dem Panzerschrank auftauchte, hielt er seine Pistole in der Hand. Ich stutzte. Wollte mein Chef mich jetzt mit der Knarre zur Räson bringen? Ich sah zu, wie er mit fahrigen Bewegungen das Schulterhalfter vom Garderobenständer angelte, es umschnallte und die Waffe in den Holster schob. Er schaute mich an – sein Blick hatte etwas Entschlossenes.

„Sie treffen „Kalif" in London, das geht am schnellsten. Machen Sie´s eben so unauffällig wie möglich, das haben Sie ja gelernt. Ich muss jetzt zum Schießen. Wenn ich zurückkomme, erwarte ich Ihren Dienstreiseantrag auf meinem Tisch. Flug und Hotel können sie schon buchen – meinetwegen auch ein teures."

Ich atmete auf. Schon der Ausblick auf das Schießen schien Stocker wieder in bessere Stimmung zu versetzen. Das Geballer hatte zweifellos eine entspannende Wirkung auf ihn. Mich machten Waffen eher nervös. Und ich fand, dass ein Agent, der gezwungen war, eine Pistole zu benutzen, vorher so viel falsch gemacht hatte, dass es auch schon egal war. Aber das war wieder viel zu weit gedacht – den meisten Kollegen mit Waffenschein ging es eh nicht um die Waffe an sich, sondern um´s Ego; so eine Kanone machte aus jedem noch so harmlosen Beamten einen gefährlichen Geheimagenten.

„In Ordnung, Herr Stocker. Geld bräuchte ich natürlich auch, als Anreiz für „Kalif". Wären 5.000 Pfund o.k.?"

Ich hielt den Atem an. Normalerweise wäre er bei dieser Summe ausgerastet. Und immerhin war er gerade bewaffnet.

Er wedelte mit der Hand, als verscheuche er eine Fliege.

„Ja, ja. Sie haben ja gehört, was der Präsident gesagt hat. Ich muss jetzt los."

Im Hinausgehen zog er sich das Jackett an und setzte seine Sonnenbrille auf.

„Bin in einer Stunde wieder da", knurrte er in Richtung von Frau Nessel.

Ich folgte ihm auf den Gang und sah zu, wie James Bond Stocker, den Oberkörper leicht nach vorne geneigt und etwas breitbeiniger als sonst, zum Ausgang strebte.

Treffen wider Willen (02. Juni 1980)

Draußen zog die hügelige, frühsommerlich grüne Landschaft Mittel-Englands vorbei. Ich saß im Salonwagen des Express-Zuges London-Edinburgh, der Kellner brachte mir mein zweites Bier.

Ich dachte an Svenja. An jenem Abend nach dem turbulenten Tag in der Zentrale hatte ich sie von meiner Wohnung aus angerufen. Zum ersten Mal. Vorher hatte ich immer Telefonzellen benutzt, da ich fürchtete, unsere interne Sicherheit könnte auf diese Weise hinter meine problematische amouröse Verbindung nach Schweden kommen und mir unangenehme Fragen stellen, oder – schlimmer noch – Mithörer aus dem MfS auf den Plan rufen, die ihr oder mir dann auf die Pelle rücken würden. Doch das war angesichts der neuen Umstände eher zweitrangig. Es musste während meines Kurzurlaubs im April passiert sein – wir waren zugegebenermaßen nach der langen Trennung eher leidenschaftlich als vorsichtig gewesen.

„Kalif" hatte sich gestern Nachmittag endlich auf meinem Büroapparat gemeldet, nachdem ich ihn einen Tag davor aus einer Telefonzelle in Schwabing auf seinem privaten Anschluss angerufen und um einen baldigen Rückruf gebeten hatte. Er hatte die Bitte um das Not-Treffen und dessen Modalitäten spürbar reserviert entgegengenommen. Ich bat ihn unter Nutzung unserer zeitlichen Codierung ab Kings Cross den 07:18-Zug nach Edinburgh zu nehmen. Ich würde später zusteigen und dann im Speisewagen auf ihn warten, er solle sich aber nur zu mir setzen, wenn er sicher war, dass ihm niemand gefolgt war. Ansonsten solle er an der Rezeption des „Witchery by the Castle"-Hotels in Edinburgh eine Nachricht in einem Kuvert hinterlassen, wann und wo ich ihn treffen könne.

Ich selbst war vorhin in Peterborough in den Zug gestiegen und saß nun seit einer Viertelstunde im Speisewagen. Als ich an meinem Bier nippte, sah ich über den Rand des Glases hinweg, wie „Kalif" sich vom hinteren Zugende näherte. Er schob die Tür zum Speisewagen auf, näherte sich meinem Tisch, grüßte knapp und fragte mich höflich, als sei ich ein Fremder, ob er sich dazu setzen könne. Ich bat ihn Platz zu nehmen und schaute in müde, rotgeränderte Augen – offenbar hatte er in letzter Zeit nicht viel geschlafen.

„Ich weiß nicht, ob es so eine gute Idee war, mich auf die Schnelle hier in England zu treffen. Ich hoffe, Sie haben einen guten Grund dafür?"

„Vielleicht darf ich zu meiner Entschuldigung anmerken, dass diese Idee nicht von mir stammt, sondern von meinem Vorgesetzten. Außerdem haben wir England vor etwa zehn Minuten verlassen; wir befinden uns bereits auf schottischem Gebiet."

Mein Versuch, die Situation aufzulockern, ging ziemlich schief.

„Mag sein. Das macht es aber auch nicht besser. Können wir es kurz machen?"

„Wenn Sie meinen. Sie wissen, warum ich hier sitze?"

„Ich kann es mir denken."

„Hat es irgendeine Aussicht auf Erfolg, Sie überreden zu wollen – mit Geld zum Beispiel? 5.000 Pfund hätte ich zufällig dabei."

„Kalifs" rechte Augenbraue hob sich. Er sah mich ein paar Sekunden schweigend an, bevor er antwortete.

„Nein. Meine Entscheidung steht. Und wir Jemeniten gelten in unserer Gegend der Welt als ziemlich stur."

„Wir Bayern auch. Aber keine Sorge. Ich vermute, Sie haben Ihre Gründe und ich werde nicht versuchen, Sie umzustimmen. Oder unter Druck zu setzen – wozu ich von meinen Vorgesetzten ziemlich deutlich aufgefordert worden bin."

„Kalif" lächelte.

„Das haben schon ganz andere probiert, mit anderen Mitteln."

„Kann ich mir vorstellen."

Ich trank einen Schluck Bier, der Kellner brachte den Tee, den „Kalif" vorhin bestellt hatte.

An den spärlich besetzten Nebentischen unterhielten sich die Fahrgäste leise. Niemand schien sich für uns zu interessieren. Für einen Moment glaubte ich, am anderen Ende des Speisewagens im Durchgang zu den hinteren Waggons ein Gesicht bemerkt zu haben, das auftauchte und gleich wieder verschwand. Vielleicht hatte ich mich aber auch getäuscht.

Ich räusperte mich.

„Ich fände es persönlich schade, wenn unsere gute Zusammenarbeit so endete. Was halten Sie davon, wenn wir die Sache stilvoll bei einem schönen Abendessen in Edinburgh ausklingen lassen? Falls Sie es selbst für vertretbar halten, was Ihre Sicherheit angeht."

Er schaute aus dem Fenster, wo eine in ihrer Eintönigkeit schöne, waldlose Grashügellandschaft vorbeizog.

„Also gut", antwortete er, ein Lächeln andeutend.

„Ich bin sicher, Sie wissen auch in Edinburgh, wo man besonders gut speist. Und das Risiko, dass ich in Edinburgh mit Ihnen von den falschen Leuten gesehen werde, ist gering. Ich glaube, ich habe meine treuen Begleiter aus der jemenitischen Botschaft spätestens in der U-Bahn in London abgehängt."

„Haben Sie ein Hotel in Edinburgh gebucht?"

„Dazu war keine Zeit. Ich werde versuchen, im Travelodge Edinburgh Central in der Queen Street unter zu kommen. Ist ein großer Laden – müsste eigentlich klappen."

„Dann kommen Sie doch um 20.00 Uhr ins Restaurant „Castle Terrace". Ich steige eine Station vor Edinburgh in Dunbar aus und nehme ein Taxi zu meinem Hotel. Man muss uns ja nicht unbedingt an der Endstation aus dem selben Zug aussteigen sehen."

Ich zahlte und wir gingen in verschiedene Richtungen zu unseren jeweiligen Abteilen zurück, zwei Fremde, die sich zufällig im Speisewagen kennengelernt und ein wenig geplaudert hatten – zumindest für einen nicht eingeweihten Beobachter.

Während des Halts am Bahnhof von Newcastle beobachtete ich durch das Abteilfenster, wie ein arabisch aussehender Mann, der mir irgendwie bekannt vorkam, vom Schaffner unseres Zuges an zwei Polizisten übergeben wurde. Ob das einer von Yusufs Verfolgern war? Na – dann wäre der Typ zumindest für eine Weile erst mal anderweitig beschäftigt. Dennoch, überlegte ich, sollten wir das mit dem Abendessen in Edinburgh vielleicht doch lieber bleiben lassen. Ich hoffte, „Kalif" in dem Hotel, das er mir genannt hatte, erreichen zu können, um ihm die Sache zu erklären. Wenn er ohnehin vorhatte aufzuhören, wäre es das Risiko dieses letzten Abendessens nicht wert, da unsere Gegenspieler möglicherweise entgegen unserer Annahme seine Spur aufgenommen hatten.

Botschaft Südjemen London – am selben Tag

„Der streunende Hund ist also in den Zug nach Edinburgh gestiegen? Wer von euch ist mitgefahren?"

Der Mann knetete seine fleischigen, schwarz behaarten Hände und schaute etwas betreten zu Boden.

„Wahib und Amal hatten nicht genug Geld für die Fahrkarte. Offenbar haben sie vorher den Wagen vollgetankt und nur einen Hunderter dabei. Davon waren danach nur noch dreißig Pfund übrig, das Zugticket hätte vierzig gekostet."

Der Mann hinter dem ausladenden Schreibtisch sah zur Decke und rollte mit den Augen.

„Warum muss ich mit solchen Amateuren arbeiten, Allah? Er ist Euch also entwischt?“

Dahab, der Leiter des Londoner Observations-Teams, schüttelte den Kopf.

„Nein – Amal hat den abfahrenden Zug gerade noch erreicht.“

„Aber ohne Fahrkarte?“

„Ähem ... ja. Er wollte versuchen, dem Kontrolleur so lange wie möglich aus dem Weg zu gehen und feststellen, ob der Hund sich vielleicht schon im Zug mit jemandem trifft oder vorher aussteigt.“

„Und wenn er erwischt wird, stellt er sich dumm?“

„So in etwa.“

„Na, das mit dem dumm stellen dürfte Amal nicht allzu schwer fallen.“

Dahab verzog keine Miene.

„Und Wahib ist mit dem Wagen unterwegs nach Edinburgh, nehme ich an?“

„So ist es. Er wird Amal dort wieder auflesen, falls der Köter bis zur Endstation fährt. Amal würde versuchen heraus zu finden, wo er absteigt und sich dann am Bahnhof mit Wahib treffen.“

Der Mann hinter dem Schreibtisch nickte.

„Na immerhin dürfte das Benzin bis Edinburgh reichen. Wenigstens habt ihr nicht alles falsch gemacht. Wann kann man damit rechnen, von Amal zu hören?“

„Der Zug wird gegen 14.30 Uhr in Edinburgh ankommen. Dann ruft er hier an, sobald er kann – aber er muss natürlich zunächst an der Zielperson dran bleiben.“

In diesem Moment klingelte das Telefon.

Der Leiter des jemenitischen Dienstes in London nahm

ab. Es war die Dame von der Telefonvermittlung der Botschaft.

„Entschuldigen Sie, Sir – ich habe hier jemand von der Polizeistation in Newcastle. Kann ich durchstellen?“

Abdullah Masri schluckte.

„Worum geht es?“

„Der Beamte sagt, sie hätten jemand in Gewahrsam, der behauptet, Diplomat unserer Botschaft in Belgien zu sein. Man hat ihn ohne Fahrkarte im Zug nach Edinburgh aufgegriffen – und ohne Papiere.“

Der Mann hob die Augen erneut zur Decke.

„Oh Allah – warum strafst Du mich so hart?“

„Was sagten Sie, Sir? Nehmen Sie nun das Gespräch?“

Masri seufzte.

„Ja – ich nehme es. Stellen Sie durch.“

Eskalation (5. Juni 1980)

„Waaas sagen Sie da? Er hat das Geld nicht genommen?“ Stocker sah mich an, als sei ich ein besonders unappetitliches Insekt.

„Also Schreiber – ich muss schon sagen, ich bin wirklich enttäuscht.“

„Glauben Sie mir, ich habe es mehrfach versucht, Herr Stocker. Aber der Mann war nicht umzustimmen.“

„Da hätte ich Ihnen wirklich mehr zugetraut. Wissen Sie, ich kenne diese Typen. Die brauchen eine straffe Führung, dann spuren die auch. Als ich noch Ihren Job gemacht habe, haben mir meine Sowjet-Quellen aus der Hand gefressen, das kann ich Ihnen sagen.“

Er machte eine Pause und verzog sein Gesicht, als hätte er auf etwas Unangenehmes gebissen.

„Das wird Konsequenzen haben.“

„Fragt sich nur für wen“, dachte ich und versuchte, meinen zerknirschten Gesichtsausdruck beizubehalten. Auf Stockers angebliche operative Heldentaten ging ich nicht ein. Jeder wusste, dass er auch einer von denen war, die sich in dieser Phase ihrer Karriere nicht gerade mit Ruhm bedeckt hatten, aber umso lieber darüber parlierten.

„Welche Konsequenzen meinen Sie denn?“

„Wir werden die Quelle wohl den Amerikanern überlassen müssen. Die wollen „Kalif“ nämlich, wie ich höre, so bald wie möglich selbst kontaktieren und befragen. Schätze, die wissen besser, wie man so jemand dazu bringt, zu kooperieren.“

Ich spürte kalte Wut in mir hochsteigen.

„Ich nehme an, das ist nicht Ihre persönliche Entscheidung, sondern kommt von weiter oben. Aber es wäre ein Armutszeugnis für uns als Dienst, wenn wir so mit unseren Informanten verfahren.“

„Ich betrachte das Gespräch an dieser Stelle als beendet“, murmelte er und begann in irgendwelchen Papieren auf seinem Tisch zu wühlen.

„Arschloch!“, dachte ich und verließ grußlos das Büro. Doch mir war klar, dass man Stocker ziemlich unter Druck gesetzt haben musste, dass er sich so beschissen benahm. Wahrscheinlich hatten die Amerikaner über das Kanzleramt unseren Präsidenten erneut in den Schwitzkasten genommen. Stocker war nur das vorletzte Glied in einer langen Kette.

Was mich am meisten nervte, war, dass „Kalif“ wahrscheinlich vermuten würde, ich stünde dahinter, wenn plötzlich ein paar amerikanische „Kollegen“ vor ihm stünden, um ihn zu einer Kooperation zu „überreden“.

Es war ein schrecklicher Gedanke. Eigentlich sollte ich zumindest versuchen, ihn irgendwie vorzuwarnen.

Ein folgenreicher Ausflug (06. Juni 1980)

Die ganze letzte Woche hatte es geregnet, heute endlich zeigte sich die Sonne wieder. Es war ein herrlicher Frühsommertag und Yusuf war schon früh mit Ali unterwegs zu dem neuen, großen Abenteuer-Spielplatz, der unlängst im Greenwich-Park eröffnet worden war. Nach einer kurzen Fahrt mit der U-Bahn und einem etwa zehnminütigen Fußmarsch standen sie vor der neuen Landschaft aus Klettergerüsten, Rutschbahnen, Sandkisten, Schaukeln, Wippen und anderen Attraktionen. Ali war nicht zu bremsen und machte sich gleich daran, das größte der Gerüste zu erklimmen, ein aus dicken, netzartig miteinander verbundenen, roten Tauen bestehendes Konstrukt, das an seiner höchsten Stelle etwa sechs Meter hoch war. Mehrere wabenförmige Unterschlupfe aus schwarzem Plastik, in die vielleicht drei oder vier Kinder passten, waren in verschiedenen Höhen darin untergebracht. Das erste hatte Ali schon bald erreicht. Er kroch hinein und winkte Yusuf lachend aus einem der Löcher, die man als Fenster hineingeschnitten hatte.

„Du bist ja ein Kletterkünstler", rief Yusuf seinem begeisterten Sohn zu.

„Aber pass auf, wenn Du weiter kletterst ..."

„Das solltest Du besser auch tun", knurrte ihn von hinten eine Stimme an und im selben Moment traf Yusuf ein mächtiger Hieb in den Nacken. Er ging zu Boden. Über ihm stand breitbeinig der Mann, der ihn schon einmal angegriffen hatte.

„Wir haben Dich gewarnt Freundchen. Aber Du scheinst uns nicht ernst zu nehmen."

Ein schmerzhafter Fußtritt in die Seite – Yusuf blieb die Luft weg.

„Wir können noch ganz anders."

Der Mann zog Yusuf am Kragen seines Polohemds hoch und holte zu einem Faustschlag aus, als ein spitzer Schrei ertönte. Ali hatte die Szene vom höchsten Punkt des Gerüsts, wo er inzwischen angelangt war, mit angesehen. Im selben Moment rutschte er ab, stürzte mehrere Meter tief und schlug hart auf dem Tartanboden auf, wo er reglos liegen blieb.

Yusuf begann laut um Hilfe zu schreien und versuchte sich loszureißen, um Ali zu helfen. Ein Fausthieb des Mannes traf ihn mitten ins Gesicht.

Durch Alis Schrei war eine Gruppe von Punks, die rauchend auf dem Rasen des Parks mit ihren Hunden abhingen, auf das Geschehen am Spielplatz aufmerksam geworden. Noch während Yusuf von der Wucht des Schlages rücklings über die Bank fiel, rannten sie los, um zu Hilfe zu eilen.

Als der bullige Angreifer die vier jungen Männer auf sich zukommen sah, lief er los, während der größere der Punker-Hunde, ein Rottweiler-Mischling, auf ein scharfes Kommando seines Herrn hin dem Mann hinterher hetzte. Sein Besitzer und einer seiner Kumpel setzten dem Tier und dem Mann nach. Der Flüchtige durchbrach eine Hecke, hinter der er kurz strauchelte, kam aber schnell wieder auf die Beine und erklomm erstaunlich flink die Böschung, hoch zum Charlton Way. Noch bevor er den dort wartenden Wagen erreichen konnte, erwischte ihn der Hund am Bein. Der Kerl schrie auf vor Schmerz. Die Tür des wartenden Wagens ging auf und ein Mann richtete eine Pistole auf den Hund. Erschrocken rief der Besitzer das Tier zurück, der gebissene Angreifer rettete sich in die dunkle Limousine, die mit quietschenden Reifen losfuhr. Sekunden später war der Wagen schon im dichten Vormittagsverkehr verschwunden.

Einer der beiden anderen Punks hatte sich inzwischen um Yusuf gekümmert, dessen rechtes Auge zugeschwollen war. Aus der aufgeplatzten Lippe quoll Blut und tropfte auf Yusufs weißes Hemd.

„Mein Sohn", schrie er. „Was ist mit meinem Sohn?"

Der andere junge Mann kniete neben Ali und sprach ihn an, aber er reagierte nicht. Er untersuchte ihn kurz und legte ihn dann vorsichtig in eine stabile Seitenlage.

„Soweit ich das beurteilen kann, hat er Puls und atmet, aber er ist bewusstlos!"

Yusuf taumelte hinüber zu Ali und wollte sich zu ihm beugen, aber in seiner Seite gab es dabei einen derart stechenden Schmerz, dass er stöhnend verharrte. Dann wurde ihm schwarz vor Augen.

Einer der jungen Männer rannte zu einer Telefonzelle, während die anderen bei Yusuf und Ali blieben, die beide reglos auf dem Spielplatz lagen.

Brisanter Kontakt (07. Juni 1980)

Mit zitternden Fingern wählte Yusuf die Zahlen auf dem zerknitterten Zettel in seiner Hand. Er stand in der Telefonzelle schräg gegenüber dem Krankenhaus und hatte den Hörer unter das Kinn geklemmt. Man hatte seine Lippe mit vier Stichen geflickt, sein verletztes Auge war versorgt worden und mit einer Augenklappe geschützt. Die Schmerzen in seiner Brust von den gebrochenen und geprellten Rippen waren fast unerträglich. Er hatte sich aus seinem Zimmer davon geschlichen, um diesen Anruf zu machen, der nun unausweichlich schien.

Er musste lange warten, bis er hörte, dass es am anderen Ende der Leitung läutete. Nach sieben Mal Läuten nahm jemand ab.

Eine Männerstimme meldete sich – Allah sei Dank. Es war Mahmut selbst.

Kurz darauf läutete das Telefon der Telefonzelle. Yusuf riss den Hörer an sich.

„Hallo Abn Awaa, es ist gut Dich zu hören. Ich brauche nun doch Deine Hilfe ... dringend ...“

Lissabon (11. Juni 1980)

Das Flugzeug neigte sich leicht, als der Pilot mit einer langen Rechtskurve die Endphase des Anflugs auf den Lissabonner Flughafen einleitete. Wir glitten über das silberne Meer der Tejo-Mündung, vorbei an der Brücke des 25. April mit der Jesusstatue und überflogen schon kurz darauf in niedriger Höhe die westliche Innenstadt. Ein Ruck ging durch das Flugzeug, als das Fahrwerk ausgeklappt wurde.

Den Flug in die portugiesische Hauptstadt hatte ich gleich nach „Kalifs“ Anruf vor vier Tagen gebucht. Gut, dass ich die Notfall-Nummer, die er gleich zu Beginn der Operation erhalten hatte, nach seiner „Kündigung“ nicht sofort deaktiviert hatte, wie es Vorschrift gewesen wäre. „Kalif“ war völlig aufgelöst gewesen. Offenbar hatte sein Sohn beim Spielen im Park einen Unfall gehabt und lag seitdem auf der Intensivstation eines Londoner Krankenhauses. Er wäre zu allem bereit, hatte er nur gemeint. Wenn er nur seinen Sohn retten könne, denn die Operation und die nachfolgende Behandlung würden teuer werden ... sehr teuer. Alles andere würde ich bei unserem Treffen erfahren. Am Telefon hatte ich den 13.06. um 12:00 Uhr vorgeschlagen, was gemäß unserer alten, verabredeten Codierung (einen Tag davor, sechs Stunden danach) bedeutete, dass wir uns tatsächlich am 12.06. um 18:00 Uhr treffen würden.

Ich hatte „Kalif" gebeten, in der Lobby des Corpo Santo Hotels, einem schönen, alten Hotel in der Nähe des Chiado, auf mich zu warten.

Die Maschine setzte auf, die Turbinen brüllten noch einmal los, als der Pilot Gegenschub gab, um abzubremsen. Nach wenigen hundert Metern schwenkte er nach rechts und wir rollten auf das graue, hässliche Abfertigungsgebäude zu.

Ich hatte 10.000 Pfund in bar dabei sowie eine Minox Spezialkamera, die aktuell kleinste Profi-Kamera der Welt, sowie fünf Filme dafür. Es war diesmal erstaunlich schnell gegangen, Stocker von der hohen Summe zu überzeugen, die aber auch nur eine Anzahlung auf die tatsächlichen Behandlungs-Kosten seines Sohns sein würde. Auch die Beschaffung der Mini-Kamera aus unserer technischen Abteilung lief erstaunlich unkompliziert. Es hatte auch seine Vorteile, wenn eine Operation die wohlwollende Aufmerksamkeit der Leitung des Hauses genoss.

Vor dem Flughafen stand eine lange Reihe Taxis, alle von Mercedes und in der landestypischen Lackierung – schwarzes Chassis, mintgrünes Dach. Ich musste ein paar Minuten auf einen frei werdenden Wagen warten, während derer ich die umstehenden Passanten unauffällig musterte. Ob man mir auf den Fersen war, würde schwer festzustellen sein. Man hatte erwogen, mir ein fünfköpfiges Observationsteam mitzugeben, das das Treffen zwischen mir und „Kalif" absichern und überwachen sollte. Doch ich konnte Stocker überzeugen, dass es besser – weil unauffälliger – wäre, die Sache alleine durchzuziehen. Nach dem letzten, folgenschweren Übergriff gegen „Kalif" würden seine Widersacher erstmal eine Weile auf Tauchstation gehen. Hoffte ich jedenfalls.

Da ich kein Portugiesisch konnte, nannte ich dem Fahrer, einem älteren Mann mit wettergegerbtem Gesicht und einer speckigen, braunkarierten Schildmütze, auf Französisch mein Ziel. Ein unscheinbares Hotel im Bairro Alto, nicht weit von dem Hotel, wo ich „Kalif" morgen hoffentlich um 18:00 Uhr treffen würde.

So traurig und dramatisch die Umstände dieses Treffens nach „Kalifs" Kündigung auch waren – ich freute mich, wieder mal in Lissabon zu sein, dieser vergessenen Schönheit am Rande unseres Kontinents. Und ich freute mich auf eine große Portion frischer Percebes mit einem gut gekühlten Vinho Verde in meinem Lieblings-Fischrestaurant unten an den Docas, wo man so schön im Schein der sinkenden Sonne sitzen konnte.

Letzte Instruktionen (12. Juni 1980)

Yusuf betrat das Hotel einige Minuten vor der angegebenen Zeit. Erleichtert sah er, dass Paul schon in einem der wuchtigen Ledersessel in einer Ecke der Lobby saß. Er rauchte und hatte den unvermeidlichen Whisky vor sich stehen. Der Agent schien ein bisschen viel zu trinken, fand Yusuf – nicht nur aus muslimischer Sicht. Aber er hatte ja auch keinen ganz einfachen Job. Die Einsamkeit, die Pflicht, über alles, was seinen Beruf betraf zu schweigen oder zu lügen, die häufigen Reisen, die Anspannung, wenn es, wie in seinem Fall, gefährlich wurde, die ständige Ungewissheit – es war, wie er fand, wirklich keine normale Arbeit.

Yusuf empfand inzwischen ein fast schon persönliches Verhältnis zu seinem Agentenführer. Er fühlte sich bei ihm in guten Händen und vertraute ihm – ohne diesen Paul wäre er schon viel früher aus der Sache ausgestiegen.

„Guten Abend, Paul. Danke, dass Sie es so schnell einrichten konnten."

„Kein Thema. Nehmen Sie doch bitte Platz. Das klang ja dramatisch am Telefon – was genau ist denn ihrem Sohn passiert? Und Sie scheinen ja auch ganz schön was abgekriegt zu haben ... sieht nicht so aus, als seien Sie auch gestürzt?"

„Ich bin mit einem blauen Auge und drei angebrochenen Rippen davon gekommen ... und meine Lippe musste genäht werden."

Dann schilderte Yusuf ausführlich den Vorfall im Park, der zu Alis Sturz geführt hatte.

„Wir kamen beide ins St. James-Krankenhaus. Meine eigenen Verletzungen waren sichtbar und schmerzhaft, aber nicht gefährlich. Ali sah unverletzt aus, musste aber notoperiert werden, als sich sein Zustand plötzlich rapide verschlechterte. Eine Blutung im Gehirn. Seitdem liegt er im künstlichen Koma. Es sieht so aus, als müsste er noch einmal operiert werden ... danach weiß man noch nicht genau, wie es weitergeht."

Paul sah ihn ernst an.

„Diese Typen scheinen vor nichts mehr zurückzuschrecken. Ich wünschte, ich hätte Sie damals im Institut gar nicht erst angesprochen und in diese Sache hineingezogen."

„Dazu gehören zwei. Ich habe mich ja auch hineinziehen lassen. Sie haben das übrigens ziemlich geschickt angestellt – wollte ich mal gesagt haben."

Paul schaute verlegen zu Boden. Offenbar war er es

nicht gewohnt, für seine Arbeit gelobt zu werden, dachte Yusuf.

„Danke für die Blumen. Ich nehme an, Ihr Sinneswandel hat mit den Kosten für Alis Behandlung zu tun?"

„So ist es. Es geht vor allem um die Kosten für die Rehabilitation. Es wird dauern, bis Ali wieder ganz gesund ist."

„Über wieviel reden wir?"

„Mindestens 40.000 Pfund. Soviel Geld habe ich nicht, wie Sie sich denken können."

„Wir schon – und wir würden es Ihnen auch geben. Die Bedingungen können Sie sich vermutlich denken?"

Yusuf nickte.

„Natürlich."

Paul bestellte noch einen Whisky bei einem Kellner, der in diskreter Distanz bereit stand. Yusuf orderte einen Orangensaft.

„Ich habe 10.000 Pfund dabei – eine Anzahlung auf den Rest. Wir übernehmen die Kosten für Alis Behandlung und legen für Sie auch noch etwas drauf. Spesen gehen natürlich extra. Sie bekommen von mir heute eine spezielle Minox-Kamera und fünf Filme. Ich werde Ihnen später in meinem Hotelzimmer die Handhabung erklären. Sehen Sie eine Chance, die Kamera in absehbarer Zeit an ihren Innen-Kontakt zu übergeben?"

„Ja – es gibt eine Möglichkeit. In exakt einer Woche. Ich konnte ihn erreichen. Es sieht so aus, als könnten wir uns in Djibouti treffen. Ich denke, er macht es – für Ali. Nicht für mich oder für Sie. Und schon gar nicht für die Amerikaner."

„Gut – ich will gar nicht wissen, wie Sie das mit dem Treffen genau bewerkstelligen. Vielleicht später Mal, wenn alles vorbei ist. Was wir wollen, dürfte klar sein: genaue Koordinaten zur Lage des iranischen Stützpunkts und des

Orts, wo die Minen gelagert werden, die noch auf ihren Einsatz warten, falls die Stelle außerhalb des Stützpunkts liegen sollte. Und so viele technische Details wie möglich zu den Minen selbst – Fotos, Baupläne, technische Beschreibungen ... sofern es so etwas gibt ..."

„Schon klar."

„Können Sie ihren Mann denn auch danach wieder treffen, ich meine, wenn er das Gewünschte besorgt hat und noch nicht erschossen oder geköpft wurde?"

„Er meinte ja – aber Genaues erfahre ich erst bei dem Treffen in Djibouti."

„Wenn Sie von Djibouti zurück nach London fliegen, müssen Sie ohnehin in Paris umsteigen. Ich schlage vor, wir machen die Übergabe des Materials dort. Aber nicht am Flughafen, da sie wahrscheinlich aus dem internationalen Transitbereich nicht rauskämen. Außerdem sind dort überall Kameras. Am besten wäre ein gut erreichbarer, belebter Ort in der Stadt, wo wir beide in einem Heer von Touristen untergehen und unsere Widersacher vom jemenitischen oder iranischen Dienst sich hoffentlich nicht zuzuschlagen trauen, sollten sie an Ihnen oder mir dran sein."

„Wo genau ... und wie soll das ablaufen?"

„Wir treffen uns unter dem Arc de Triomphe. Sie geben mir telefonisch Bescheid, mit welcher Maschine Sie kommen wie üblich mit einer Codierung für Tag und Uhrzeit, die wir später im Hotel noch neu vereinbaren. Wir tun so, als würden wir uns nicht kennen. Sie stecken mir den verpackten Film im Vorbeigehen in meine Sakkotasche. Wie ein Taschendieb – nur umgekehrt. Dann machen wir uns beide schleunigst aus dem Staub."

„Und das restliche Geld?"

„Dafür treffen wir uns später noch einmal. Wenn klar ist, dass die beschafften Informationen die Kriterien erfüllen. Sorry – aber in diesem Geschäft wird einem nichts geschenkt."

Yusuf nickte ernst.

„Bei keinem echten Geschäft wird einem irgendwas geschenkt."

Einladung nach Schweden (13. Juni 1980)

Ich war am nächsten Morgen mit der ersten Maschine nach München zurückgeflogen und entgegen meiner sonstigen Gepflogenheit vom Flughafen gleich ins Büro gefahren. Ich nahm die S-Bahn von Riem in die Innenstadt und stieg am Hauptbahnhof in die S7, die ich an der Station Großhesselohe wieder verließ. Vom Bahnhof zum Hauptquartier lief ich mit meinem Rollkoffer im Schlepptau zu Fuß. Der Weg führte erst durch eine stille Vorortstraße, vorbei an Einfamilienhäusern mit Gärten hinter hohen Hecken, dann ging es auf einem Trampelpfad quer über eine Wiese. Ein brauner, grasloser Streifen zeugte von dessen täglicher Nutzung durch die vielen Kollegen, die mit dem Zug zur Arbeit kamen.

Im Wachhäuschen des Fußgänger-Eingangs in der Heilmann-Straße saß ein Wachmann, den ich gut kannte. Ich erklärte ihm meine Situation und er ließ mich auch ohne Ausweis herein. Den solle ich mir dann aber so schnell wie möglich am Haupttor abholen. Ich versprach es und steuerte dann das Haus an, in dem unsere Dienststelle untergebracht war.

Stocker schien meine Ankunft geahnt oder beobachtet zu haben, denn er wartete schon am oberen Ende der Treppe, die in den ersten Stock zu meinem Büro führte.

„Morgen, Schreiber. Und ... hat alles geklappt ...?"

Ich sah, wie Nessel ihre rothaarige Rübe neugierig aus dem Vorzimmer streckte.

„Guten Morgen, Herr Stocker. Hallo, Frau Nessel", sagte ich laut in Richtung des Vorzimmer-Drachens.

Der Nessel-Kopf verschwand.

„Ja – „Kalif" hat die Kamera und das Geld. Es ist alles gut gegangen. Ich müsste gleich noch meinen Tor-Ausweis ... "

Stocker winkte ab.

„Ach was – das hat Zeit. Kommen Sie doch gleich mal mit in mein Büro."

Ich stellte den Rollkoffer ab und dackelte meinem Chef hinterher.

Mit Genugtuung registrierte ich Nessels schmollenden Blick, als ich an ihr vorbei Stocker in sein Büro folgte und die Tür hinter mir schloss.

Ausführlich erklärte ich Stocker, was gestern in Lissabon besprochen worden war.

„Jetzt können wir nur warten und hoffen, dass das Treffen zwischen „Kalif" und seinem Zuträger funktioniert und er möglichst bald die gewünschten Ergebnisse zurückbekommt."

„Denken Sie denn, dass das wirklich klappt?"

Ich hob die Schultern.

„Das Leben seines Sohns steht auf dem Spiel. An „Kalif" wird die Sache bestimmt nicht scheitern."

„Also gut – bitte umgehend den Bericht zum Treffen schreiben. Lombarth wartet darauf."

„Natürlich."

Bevor ich in mein Büro zurück ging, leerte ich noch mein Fach – alles nur interne Post.

„Da kommen ja gar keine Briefe mehr von ihrem Informanten in Schweden...", meinte Nessel süffisant hinter ihrem Schreibtisch hervor.

Ich ignorierte die Bemerkung, wusste ich doch, dass Kurz mein „postillion d´amour" über meinen privaten Schriftverkehr wachte.

Tatsächlich klopfte es kurz darauf an meiner Tür und Kurz reichte mir augenzwinkernd ein Kuvert herein.

„Is erst gestern kommen. Die Nessel hat mi schon g´fragt, ob denn gar keine Post mehr für Sie kommt. Des Luada, des hinterkünftige."

Ich dankte Kurz, der gleich wieder diskret verschwand, und öffnete den Brief.

Svenja schrieb, dass sie mich sehr vermisse – jetzt noch mehr als vor der Schwangerschaft. Sie freue sich schon auf meinen nächsten Besuch, den ich ihr für Ende Juni versprochen hatte. Wir könnten das Sommerhäuschen ihrer Eltern in den Wochen nach Mittsommer haben – sie seien auf einem längeren Verwandtenbesuch in den Staaten. Es wäre doch viel schöner, wenn wir uns dort treffen könnten, nicht in ihrer kleinen Stockholmer Wohnung.

Ich war zerknirscht. Liebend gerne hätte ich ihr sofort zugesagt, aber ich musste zunächst die Nachricht von „Kalif" abwarten, wann er das gewünschte Material bekäme und die Übergabe in Paris stattfinden könnte. Ich würde Svenja gleich in der Mittagspause von einer Telefonzelle außerhalb des Geländes anrufen und sie um etwas Geduld bitten, wieder einmal.

Unter meiner internen Eingangspost war auch ein Brief der Personalabteilung. Ich öffnete ihn und fand eine Kurzmitteilung, in der ich für den 20. Juni zu einem Auswahlgespräch gebeten wurde. Erstmals seit meinem Eintritt in den Dienst vor zwölf Jahren hatte ich mich vor einigen Wochen für eine Auslandsstelle beworben, genauer, die des Leiters unserer Station in Stockholm. Sie sollte nächsten Sommer neu besetzt werden. Da Svenja absehbar nicht aus

Schweden wegkonnte, wollte ich auf diese Weise versuchen, in ihrer Nähe zu sein – als Repräsentant unserer Behörde in Schweden. Ich rechnete mir jedoch keine großen Chancen aus. Dafür hätte ich in den vergangenen Jahren zu den richtigen Leuten netter sein müssen; vor allem zu Frau Dr. Miesner, der allmächtigen Leiterin des Personalbereichs.

Das Wiedersehen (19. Juni 1980)

Es war heiß. Auch der vom Meer her wehende Wind brachte keine Kühlung. Seit über zwei Stunden saß Yusuf schon im Schatten eines kümmerlichen Baumes auf dem Rest einer Steinmauer, die den oberen Teil eines Hügels einfriedete. Von dort hatte er einen exzellenten Ausblick auf die weitläufigen Hafenanlagen von Djibouti. Wenn seine Augen gerade nicht den Horizont absuchten, sah er den ankommenden und abfahrenden Frachtern und Tankern zu, zwischen denen zahlreiche Dhaus träge dahin segelten, bauchige Segelschiffe, wie sie seit jeher von Fischern und Kaufleuten entlang der Küsten der Arabischen Halbinsel und Afrikas Ostküste benutzt wurden.

Das Patrouillenboot, das Mahmut befehligte, sollte im Laufe des Spätnachmittags eintreffen. Im Rahmen eines gemeinsamen See-Manövers mit der djiboutischen Marine würde es eine Nacht im militärischen Teil des Hafens liegen. Schon am frühen Morgen des nächsten Tages müssten sie wieder auslaufen, um mit den lokalen Verbänden die eigentliche Übung abzuhalten.

Mahmut hatte Yusuf gebeten, am Abend der Ankunft seines Schiffs in der Nähe des einzigen Zugangs zum militärischen Sperrbezirk des Hafens irgendwo im Verborgenen zu warten. Er würde dort am frühen Abend unter einem Vorwand das Gelände verlassen. Yusuf solle ihm dann unauffällig in größerem Abstand folgen, bis er von ihm ein Signal mit einer Taschenlampe bekäme.

Yusuf hob den Kopf, als er im Osten einen grauen Punkt am Horizont bemerkte, der sich rasch näherte. Wenige Minuten später konnte er erkennen, dass es ein graues, mittelgroßes Kriegsschiff war, und als es die Einfahrt zum Hafen ansteuerte, sah er auch, dass an seinem Heck die südjemenitische Fahne flatterte. Dunkel gekleidete Männer wuselten an Deck herum und bereiteten offenbar das Anlegemanöver vor.

Auf der Brücke stand ein einzelner, großgewachsener Mann in weißer Uniform, der mit einem Fernglas das Ufer absuchte. Yusufs Herz überschlug sich fast, als er seinen Freund aus Kindheitstagen, Fluchthelfer, Taufpate seines Sohns und jetzt womöglich dessen Lebensretter wiedersah. Er stand auf, trat aus dem Schatten und musste sich zwingen, nicht wie verrückt zu winken. Stattdessen führte er lediglich langsam die rechte Hand mehrfach zu seinem Herzen.

Der Mann auf dem Schiff hielt in der Bewegung mit dem Feldstecher für einen winzigen Augenblick inne, als er Yusuf erfasste. Dann setzte er das Glas ab, gab ein Kommando und die Schiffssirene stieß drei kurze Signale aus, während das graue Patrouillenboot langsam in den Hafen glitt. Nach kurzer Zeit entschwand es hinter anderen Schiffen aus Yusufs Blick.

Träumereien (19. Juni 1980)

Ich kettete mein Fahrrad an einem freien Baum fest, zog meine Turnschuhe aus und watete durch das knietiefe, eiskalte Wasser hinüber zur Flaucherinsel, wo meine Lieblingsstelle war. In meinem Rucksack hatte ich die übliche Isar-Ausrüstung verstaut: ein großes Handtuch, drei Flaschen Augustiner-Bier, Zigaretten, Feuerzeug, keine Badehose und ein Buch. Aber nicht irgendein Buch. Kessels Roman war vor kurzem erschienen. Ich war erst vorgestern dazu gekommen, ihn mir zu besorgen, und freute mich auf die Lektüre. Bei unserem letzten privaten Treffen irgendwann im Februar im Weißen Bräuhaus hatte mir der schreibende Kollege davon erzählt. Das Buch würde in Teilen auch von unserem Arbeitgeber handeln, natürlich in stark verfremdeter und überzeichneter Weise, wie er sagte. Und es sei sowieso eher die Geschichte einer verlorenen und wieder gefundenen Liebe; er habe sich aber sehr bemüht, dass das Ganze nicht irgendwie zu schnulzig würde.

Kessel war seit ein paar Wochen nicht mehr im Dienst. Er hatte eine kleine Erbschaft gemacht und lebte jetzt auf Ibiza, um sich hauptsächlich dem Schreiben zu widmen und „ein bisschen Landwirtschaft" zu betreiben, wie er mir in einer Postkarte geschrieben hatte, die ich vor einer Woche in meinem Briefkasten fand. In Kessels Fall vermutete ich, dass er sich wohl primär mit dem Hanfanbau beschäftigen würde, denn meistens hatte er sich, wenn wir uns trafen, nach den ersten Gläsern Bier eine veritable Tüte gedreht, von deren Rauch allein mir schon schummrig wurde.

Zwei der Bierflaschen legte ich jetzt in das kühlende Wasser und hinderte sie mit einem großen Stein am Wegschwimmen. Die dritte öffnete ich mit dem Feuerzeug. Mit einem lauten „Flupp" flog der Kronenkorken in hohem Bogen durch die Luft und landete zwischen den Steinen.

Ich genoss den ersten, tiefen Schluck, stellte die Flasche ab und zündete mir eine Zigarette an.

Aufhören, Schreiben und ein bisschen Landwirtschaft ... keine schlechte Idee, dachte ich. Fehlte nur noch die Erbschaft. Seufzend ließ ich mich auf die warmen Steine sinken, den Kopf im Schatten eines jungen Weidengebüschs, von wo ich dem Rauch meiner Zigarette nachschaute, der sich in der flirrenden Luft rasch verlor.

Wie schön, wenn Svenja jetzt hier wäre. Leider wusste ich immer noch nicht, wann ich endlich nach Schweden in ihr Sommerhaus fahren könnte. Sie hatte es verstanden, dass ich mit meiner Zusage noch warten musste, aber ich hatte am Telefon auch ihre Enttäuschung gespürt. Hoffentlich meldete sich „Kalif" bald mit der Nachricht, wann die Übergabe des entscheidenden Materials in Paris stattfände.

Was mein Informant wohl gerade machte?

Die Begegnung (19. Juni 1980)

Seit etwa einer Stunde kauerte Yusuf hinter einem Mauervorsprung, hinter den er nach Einbruch der Dunkelheit unbeobachtet geschlüpft war. Die Stelle, neben der Zufahrt zu einem Lagerhaus, hatte er während des Tages ausgekundschaftet. Man konnte ihn dort im Dunkeln nicht sehen, er aber hatte den bewachten Zugang zum militärischen Bereich des Hafens mit dem Wachhäuschen und der Schranke bestens im Blick.

Es waren nur noch vereinzelte Passanten unterwegs, vermutlich Angestellte des Hafens, die länger gearbeitet hatten und jetzt nach Hause gingen. Der Lastwagen, der vor einer Viertelstunde vorbei gekommen war, blieb bislang das einzige Fahrzeug, seit Yusuf seinen Posten bezogen hatte.

Dann näherte sich ein Mann von innen dem Wachhäuschen. Er sprach mit dem uniformierten Bewacher und signierte etwas in einer Art Buch. Die Schranke öffnete sich und die in traditionelle arabische Gewänder gekleidete Gestalt verließ das Militärgelände. Obwohl Yusuf das Gesicht des Mannes nicht erkennen konnte, war er sicher, dass es Mahmut war. Er musste sich sehr beherrschen, um nicht gleich auf den geliebten Freund zuzurennen und ihn in die Arme zu schließen. Mit angehaltenem Atem wartete er, bis Mahmut vorbei war und folgte ihm dann in einem Abstand von etwa hundert Metern.

Nach etwa zehn Minuten erreichten sie eine etwas belebtere Straße mit Läden, Cafe´s und Restaurants. Mahmut betrat eine Apotheke und Yusuf schloss auf der anderen Seite der Straße soweit auf, dass er schräg in das Geschäft hineinsehen konnte. Sein Freund sprach mit einem älteren Mann hinter der Theke und bekam von diesem schließlich einige kleinere Schachteln ausgehändigt, vermutlich Arzneien. Zum Abschied kam der Mann hinter seiner Theke hervor, umarmte Mahmut und gab ihm links und rechts einen Wangenkuss. Offenbar kannten sich die beiden.

Mahmut verließ die Apotheke, wandte sich nach rechts und ging die belebte Straße hinunter, ohne Yusuf eines Blickes zu würdigen. Nach etwa zweihundert Metern bog er in eine kleine Seitengasse ab. Yusuf beschleunigte kaum merklich seine Schritte, um Mahmut nicht zu verlieren. Er querte die belebte Straße und folgte seinem Freund in die schmale Schlucht zwischen den Häusern, aus denen kaum Licht in die Gasse fiel. Yusuf erschrak, weil er Mahmut plötzlich nicht mehr sah. Er zwang sich, nicht loszurennen, sondern ging im bisherigen Tempo weiter. Hinter einer leichten Biegung erkannte er im Schein des trüben

Lichts am Ende der Gasse Mahmuts Silhouette wieder. Er schaute sich kurz um, ob ihnen vielleicht jemand folgte, doch die Gasse hinter ihm war leer. Dann beschleunigte er seinen Schritt. Als er das Ende der Gasse erreichte, sah er, dass sie auf einen kleinen Park mündete, in dem einige antike Mauerreste standen. Unter niedrigen Bäumen konnte Yusuf im Halbdunkel ein paar Bänke erkennen. Erleichtert sah er das Aufblinken eines Lichts weiter hinten im Park und ging darauf zu. Mahmut wartete unter einem gemauerten antiken Torbogen, hinter dem sich ein kleiner Palmenhain erstreckte. Die Männer umarmten einander stumm und pressten ihre Körper fest aneinander, während die Tränen über ihre Gesichter rannen.

Beim Personalentwicklungsdienst (20. Juni 1980)

Die Person an der Spitze des „Referats für Personal- und Statusangelegenheiten des höheren Dienstes" war eine der wenigen Frauen, die es auf diese relativ hohe Ebene der Hierarchie geschafft hatte. Frau Dr. Miesner war eher klein und unscheinbar geraten. Man hätte sie leicht übersehen können. Das einzige, äußerlich auffällige Merkmal war ihr pechschwarz gefärbtes Haar, das so kurz geschnitten war, dass es nach allen Seiten borstig in die Luft starrte. Wegen dieser sehr speziellen Frisur kursierten diverse Spitznamen für die Inhaberin der einflussreichen Position. Von denen gehörten der „Personal-Igel" zu den netteren, „Satans Scheißbesen" – wie man in Bayern zu einer Klobürste sagt – zu den Gröberen, eine Bezeichnung, für die der Beinahe-Theologe Max nicht ohne Stolz die Urheberschaft beanspruchte.

Dr. Hiltrud Miesner hatte sich über Jahre hart den Ruf erarbeitet, das hinterhältigste und abgefeimteste Geschöpf zu sein, das es in eine gehobene Position der Organisation geschafft hatte. Während ich vor der Höhle der bekannt bösartigen Löwin wartete, studierte ich das Schwarze Brett, das im Flur des Personalbereichs hing. Neben einem vergilbten Flucht- und Notfallplan, einer Einladung zum Tag der offenen Tür des Betreuungswerks und einer ausführlichen juristischen Darlegung der Arbeitszeit-Regelung, gab es auch Hinweise auf Kulturelles:

„Unterm Edelweiß", las ich da und weiter „Musikalische Höhepunkte von Marschmusik über Stub´n-Musi bis Alphornzauber". Geboten wurde all dies vom „Gebirgsmusikkorps Garmisch-Partenkirchen". Dass es bei Miesner im Büro gleich auch so zünftig zugehen würde, bezweifelte ich. Die Tür des Vorzimmers ging auf und Fräulein Elfinger, deren Deckname zu ihrer auffallend hübschen Erscheinung passte, bat mich herein.

„Frau Dr. Miesner wäre jetzt frei. Sie lässt bitten."

Ich bedankte mich und schenkte Fräulein Elfinger ein Lächeln, das sie scheu erwiderte.

„Schöner Ausdruck", dachte ich. „Bitten lassen" war in punkto Arroganz und Machtbewusstsein nicht leicht zu toppen. Die Pforte zu Miesners Reich war nur angelehnt.

„Lasst, die ihr eingeht, alle Hoffnung fahren", ging es mir durch den Kopf.

Ich klopfte sachte und schob die Tür vorsichtig auf. Parallel zum Öffnen der Tür, als wäre sie mit einem Seilzug mit ihr verbunden, erhob sich Dr. Miesner, umrundete etwas ungelenk ihren Schreibtisch und kam gefährlich flink auf mich zu. Mit den leicht angewinkelten Armen erinnerte sie an eine etwas dick geratene Fangheuschrecke.

Ich war auf der Hut, aber schon schnellte die rechte Hand auf mich zu und die sich zurückziehenden, blutrot geschminkten Lippen entblößten zwei gelblich schimmernde Zahnreihen.

Ich erschrak, stellte dann aber fest, dass Miesner nur ein Lächeln versucht zu haben schien. Mit zuckersüßer Stimme hieß Sie mich willkommen.

„Ich grüße Sie, Herr Schreiber. Schön, dass Sie da sind."

Zögernd nahm ich die entgegen gestreckte Rechte, während durch meinen Kopf Bilder der Heinz-Sielmann-Sendung von letzter Woche liefen, wo Gottesanbeterinnen in Großaufnahme und Zeitlupe genüsslich Fliegen gefressen hatten. Ich war erleichtert, als Miesner mich wieder los ließ. Ihr zweiter Fangarm zeigte auf die Polstergruppe in der Ecke.

„Setzen Sie sich doch. Wollen Sie einen Kaffee?"

Ich lehnte dankend ab, wer weiß, was die Hexe mir da reinmischen würde. Miesner schaute mich beinahe fröhlich an, aber ich war auf der Hut. Ich spürte, dass hinter der Munterkeit der Personalplanerin eine unberechenbare Boshaftigkeit lauerte.

„Ich nehme an, Sie wissen, warum ich Sie habe herrufen lassen?"

Was war das denn für eine Frage?, dachte ich.

„Vielleicht geht es um meine Auslandsbewerbung?", antwortete ich vorsichtig und erschrak im selben Moment, weil ich mich an Max´ Warnung erinnerte, dass das sofortige Erraten und Hinausposaunen des korrekten Vorladungsgrunds bei Miesner bereits als vorlaut galt. Und vorlaute Bewerber mochte sie nicht.

Die Oberpersonaltante sah mich aus zusammengekniffenen Augen an.

„Das stimmt. Na dann, erzählen Sie doch mal. Warum wollen Sie denn eigentlich ausgerechnet nach Schweden? Haben Sie da vielleicht irgendeinen persönlichen Bezug?“

Touche´. Was sollte ich jetzt sagen? Wusste die Hexe etwa irgendwas von Svenja? Das Lügenzentrum in meinem Gehirn begann auf Hochtouren zu arbeiten.

Erst nach über einer Stunde war die peinliche Befragung durch die borstige Verhörspezialistin vorbei und ich ging ein wenig belämmert den Gang hinunter zum Ausgang des Gebäudes. Ich hatte mich für meine Verhältnisse maximal gedemütigt, indem ich auch noch auf den letzten Schwachsinn eingegangen war, den mir Miesner als Frage vorsetzte. Am Ende bekam ich die Auskunft, dass es natürlich eine ganze Reihe von Bewerbern für die begehrte Stelle gebe und sie noch weitere Gespräche führen müsse. Ich hätte aber ganz gute Chancen. Dabei bleckte sie wieder gefährlich die Zähne. Ausdruckslos hatte ich mich verabschiedet. Es gelang mir einfach nicht, dieses verlogene Geschöpf freundlich anzusehen. Zwar musste auch ich bei meiner Arbeit regelmäßig lügen, um meine Quellen, die Belange der Behörde und mich selbst zu schützen – aber bei Miesner musste das Lügen irgendwann zu einer Leidenschaft geworden sein. Sie schien aufzublühen, wenn sie Leute vorführen und sich an der Angst derer, die von ihrem Wohlwollen abhängig waren, weiden konnte. Dutzende von Mitarbeitern hatten wegen ihr bereits entnervt gekündigt – die einen buchstäblich, andere nur innerlich. Ich tat der falschen Schlange den Gefallen nicht, mich vor ihr zu fürchten, und was meine angeblich guten Chancen betraf, glaubte ich ihr kein Wort.

Rückweg nach London (21. Juni 1980)

Yusuf wurde in seinen Sitz gedrückt, als der Pilot Schub auf die Turbinen gab. Mit festem Griff umklammerte er die Armlehnen, den Blick angespannt auf Alis schützendes Schüttelbild gerichtet, das er in das kleine Netz an der Rückenlehne vor ihm geklemmt hatte. Die Maschine verlor den Boden unter den Rädern und begann, summend in den Morgenhimmel über Djibouti zu steigen.

Er dachte an den grausamen Moment vor zwölf Stunden, als Mahmut wieder zu seinem Schiff musste. Ihr Wiedersehen war so kurz gewesen, es hätte so viel zu erzählen gegeben, aber Mahmut konnte nicht länger bleiben, um keinen Argwohn zu erregen. Er traute niemandem – nicht einmal den Männern seiner Crew.

Als er von Alis kritischem Zustand erfuhr und hörte, wie Yusuf die nötigen Mittel für die Rehabilitation seines Sohnes aufzubringen gedachte, hatte er eine Weile nachdenklich geschwiegen. Dann fragte er nach der Kamera und ließ sich von Yusuf konzentriert deren Handhabung erklären. Die einzige Frage, die er noch stellte, war, ob Yusuf für die Amerikaner arbeite. Jedenfalls nicht wissentlich, hatte er seinem Freund geantwortet. Mahmut versprach, das ihm Mögliche zu tun. Die belichteten Filme würde er gut verpackt bei einer seiner routinemäßigen Patrouillenfahrten auf dem Bab al Mandeb dem befreundeten Kapitän einer Dhau anvertrauen, der vorgab Fischer zu sein, aber eigentlich vom Schmuggel lebte und mit seinem Schiff regelmäßig zwischen dem Jemen und dem afrikanischen Festland hin und her kreuzte. Er würde ihn zum Schein kontrollieren, das Päckchen in einem unbeobachteten Moment übergeben und die Kamera bei der ersten Gelegenheit über Bord werfen.

Wenn alles gut ginge, könne Yusuf das Päckchen ab dem 05. Juli bei dem alten Mann in der Apotheke abholen, wo er heute Abend die Medikamente gekauft habe. Schneller würde es nicht gehen.

Mahmut hatte noch düster angefügt, dass er sich vorstellen könne, wozu man die gewünschten Angaben brauche, und wenn in dem geheimen Stützpunkt nicht ausschließlich Iraner wären, würde er sich nicht darauf einlassen. Er und seine Besatzung seien die einzigen jemenitischen Soldaten im Umfeld des Stützpunkts, und er würde versuchen, das Schiff in den nächsten Tagen weiter entfernt ankern zu lassen. Außerdem habe er schon seit längerem vor, sich selbst abzusetzen; die Sache mit Yusuf habe seine Entscheidung nun beschleunigt – seine Flucht sei für den 15. Juli geplant. Nach dem Mittagessen schrieb Yusuf den kurzen Brief mit den Instruktionen für Paul auf dem kleinen Klapptisch im Flugzeug. Er würde ihn in Paris am Flughafen aufgeben, während er auf den Weiterflug nach London wartete. Dadurch wäre die wichtige Nachricht besonders schnell bei ihrem Adressaten.

Es wird ernst (24. Juni 1980)

„Servus, Herr Schreiber ... heut´ is was kommen!"
Kurz streckte mir schon beim Aussteigen aus dem Wagen einen Umschlag entgegen. Er wusste, dass ich eine dringende Nachricht erwartete und hatte offenbar auf dem Parkplatz auf mich gelauert. Mit zittrigen Fingern öffnete ich den Umschlag aus Oberhausen und fand ein stark verklebtes Kuvert, das in Paris abgestempelt war – vermutlich hatte „Kalif" die Nachricht beim Umsteigen am Flughafen aufgegeben.

„Vielen Dank, Herr Kurz. Das muss ich wohl in meinem Büro aufmachen, da habe ich eine Scher …"

Es klickte und Kurtz hielt plötzlich ein Messer in der Hand.

„Geben´s her – mei Schnackelmesser is scharf wia a Rasierkling."

Und schon schlitzte Agent Kurz das Kuvert auf. Zum Vorschein kam ein mehrfach gefaltetes und verklebtes Blatt Papier. Behutsam durchtrennte Kurz die Klebstreifen und gab mir den Zettel, den ich nervös auseinander faltete. Kurz entfernte sich diskret und fing an, den Parkplatz zu fegen.

Ich erfuhr, dass „Kalifs" erstes Treffen erfolgreich war und er „die Ware" voraussichtlich spätestens am 07. Juli in Besitz habe. Er könne also nach jetzigem Stand am späten Vormittag des 08. Juli in Paris landen und zur vereinbarten Zeit am vereinbarten Ort sein. Sollte es Änderungen geben, würde er sich wieder melden.

P.S.: Ich ersuche Sie DRINGEND, auf etwaige dritte Parteien einzuwirken, mit irgendwelchen militärischen Aktionen bis nach dem 15. Juli zu warten. Mein Informant und Freund plant, sich bis dahin selbst abzusetzen und in den Westen zu fliehen.

Ihr ergebener Freund Y.

Ich ging mit dem Zettel zum Vorzimmer und fragte Nessel, ob Stocker gerade frei sei.

„Der Chef hat gerade aufgehört zu telefonieren, aber lassen Sie mich …".

Ich ignorierte Nessels Versuch, sich wichtig zu machen, klopfte und trat ein, ohne das gestresste Stocker-"Herein" abzuwarten. Erschrocken starrte er mich an, als ich plötzlich in seinem Büro stand.

„Schreiber? Können Sie nicht anklopfen? Was gibt's denn so Dringendes?"

„„Kalifs" Nachricht ist eben gekommen. Die Übergabe der brisanten Aufnahmen ist für den 08. Juli in Paris geplant. Ich möchte gleich die Flüge buchen wegen der Ferienzeit und weil ich davor noch ein paar Tage Urlaub machen wollte.

„Ja, sicher – machen Sie das. Ich gehe davon aus, Sie sind rechtzeitig zurück. Wo ist das Problem?"

„Ich möchte, dass Sie mir gestatten, zwei Rückflüge von Paris zu buchen, zeitlich um drei oder vier Stunden versetzt. Falls bei der Übergabe irgendetwas schief geht, will ich einen Zeitpuffer haben und eine zweite Option, um schnell verschwinden zu können."

„Übertreiben Sie da nicht etwas? Das ist doch nicht nötig."

„Es ist nur ein Gefühl ... aber ich würde mich wirklich bedeutend wohler fühlen, wenn ich für den Fall, dass irgendwas dazwischen kommt, diese Möglichkeit hätte. Schließlich halte ich meinen Kopf hin."

„Na, na – ich trage immerhin die interne, formelle Verantwortung für die Operation."

„Das ist sicher sehr schwer für Sie."

Stocker sah mich prüfend an, vielleicht um Anzeichen für Sarkasmus in meinem Gesicht zu finden. Vergeblich.

„Also gut – dann machen Sie das eben so. Aber wenn der Abteilungsleiter wegen der Kosten meckert, bin ich derjenige, der es ihm wieder erklären muss."

„Zweifellos haben Sie den unangenehmeren Teil bei der Geschichte. Ich möchte wirklich nicht mit Ihnen tauschen."

Das Klingeln des Telefons rettete mich. Diesmal hätte mein Gesichtsausdruck dem forschenden Blick meines

Chefs wahrscheinlich nicht standgehalten. Stocker nahm den Hörer ab.

„Ach, Herr Lombarth. Ich grüße Sie ... wie es um die Jemen-Sache steht ... nun, wir kommen gut vorwärts, eben habe ich das entscheidende Treffen in Paris genehmigt ... ja, ja, genau, alles läuft bestens, ich habe alles im Griff. Wie bitte? ... Es wurde von oben abgelehnt, die Franzosen einzuweihen? Na – ist vielleicht auch besser so ... die könnten uns die Sache auf den letzten Metern sonst noch vermasseln, nicht wahr? Aber sicher halte ich Sie auf dem Laufenden, das versteht sich doch von selbst, Herr Abteilungslei ..."

Ich hörte, wie am anderen Ende der Leitung aufgelegt wurde.

„Also gut, Schreiber. Sie müssen die Sache also alleine durchziehen. Aber das machen Sie ja eh am liebsten. Veranlassen Sie alles Nötige – meinetwegen buchen Sie auch die zwei Rückflüge."

„Da ist noch etwas."

„Ja? Was denn?"

Ich reichte ihm den Zettel hinüber.

„Können wir den letzten Abschnitt in „Kalifs" Mitteilung möglichst bald an die Amerikaner kommunizieren?"

Stocker las „Kalifs" Nachricht.

„Mmmh. Denke, das lässt sich machen. Aber ich bezweifle, dass sich die US-Regierung an irgendwelche Absprachen zwischen uns und der CIA halten würde."

„Das habe ich schon befürchtet."

Stocker gab mir den Zettel zurück.

„Versuchen kann man´s aber zumindest."

Mit gemischten Gefühlen verließ ich Stockers Büro.

Als ich nach dem Schlüssel für den Escort fragte, hielt mir Nessel die des potthässlichen, kackbraunen Kadett vor die Nase. Ich bestand auf dem Escort, was ich nach einem lästigen Disput auch durchsetzen konnte. Verrückt, um was für Scheiß man mit irgendwelchen Idioten hier so täglich streiten musste und womit man seine Zeit verschwendete, nur weil jeder das bisschen Macht, das ihm von Amts wegen verliehen war, auskosten wollte. Ich trug mich rasch in die Benutzer-Liste ein, holte meine Narvik-Papiere bei Frau Wiesmayer und machte ich mich auf den Weg in die Stadt, um die Flüge nach Paris und zurück zu buchen.

Und im Anschluss würde Herr Narvik unter seinem richtigen Namen in seinem Obergiesinger Reisebüro auch gleich den nächstmöglichen Flug nach Stockholm reservieren.

Im Sommerhaus (27. Juni 1980)

Die riesige Küche des zweistöckigen Holzhauses war urgemütlich eingerichtet. Neben der steinernen Spüle, einer dicken Arbeitsplatte aus Granit und einem alten Gasherd brummte ein riesiger, roter Kühlschrank vor sich hin. Ein derb gezimmerter Holztisch aus alten Schiffsplanken bot Platz für mindestens zehn Personen. Svenja hatte mir kurz das Haus gezeigt und war dann nach oben gegangen, um das Bett in unserem Zimmer zu beziehen. Mein Hilfsangebot hatte sie zurückgewiesen und mich stattdessen mit einer kühlen Flasche Bier in der Küche zurückgelassen. Ich solle erst Mal in Ruhe ankommen und mich ein wenig umsehen.

Als ich mein Sakko aufhob, das von meiner Reisetasche auf den Boden gerutscht war, fielen drei bedruckte, schmale Zettel aus der Innentasche. Erschrocken stellte ich fest, dass es sich um das Flugticket für mein Treffen mit „Kalif“

in Paris handelte – mit den beiden Rückflugoptionen und dem Voucher für mein Hotel. Ich hatte das Jackett an dem Tag getragen, als ich in verschiedenen Reisebüros beide Flüge gebucht hatte – die Dienstreise nach Paris und den Flug nach Schweden – beides unter meinem Tarnnamen Narvik. Die Taschen des Jacketts hatte ich in der Eile vor der Abreise nicht gecheckt und nun auch die Reiseunterlagen für das Treffen mit „Kalif" aus Versehen mitgenommen. Svenja durfte das auf keinen Fall sehen, denn sie hätte sicher wenig Verständnis gehabt, dass ich ihr diese erneute Paris-Reise verschwieg, obwohl ich versprochen hatte, dass wir das nächste Mal gemeinsam fahren würden. Während ich angestrengt überlegte, wo ich die Paris-Dokumente am besten verstecken könnte, rief Svenja von oben, ich solle doch mal hochkommen, sie müsse mir etwas zeigen. Rasch faltete ich die Tickets und den Voucher, steckte sie zurück in die Innentasche meines Sakkos und hängte es über einen der Stühle. Dann stieg ich mit der umgehängten Reisetasche die schmale Holztreppe nach oben. Eine der drei Schlafzimmertüren war offen und als ich eintrat, fand ich Svenja nackt auf dem frisch bezogenen Bett. Sie nippte aus ihrer Bierflasche.

„Keine Sorge … alkoholfrei!", sagte sie schmunzelnd. Durch das Fenster wehte ein warmer Wind von der Ostsee.

„Was wolltest Du mir denn zeigen?", fragte ich gespielt naiv. „Ich sehe nichts, was ich nicht schon kennen würde. Du hast Dich nicht verändert."

Tatsächlich zeigte Svenjas zierlicher Körper noch keine Anzeichen der Schwangerschaft.

„Dumhuvud!", lachte sie und stellte die Flasche auf das Nachtkästchen.

Soviel Schwedisch verstand ich schon.

„Wieso Blödmann?“

Sie winkte mich mit ihrem Zeigefinger heran wie die Hexe im Märchen die Gretel, während mein Hänsel bereits halb erwacht war. Ich verhedderte mich beim Ausziehen in meiner Hose und fiel auf das Bett, wo Svenja mich zügig von meinem Beinkleid befreite. Glücklich umarmte ich ihren nahtlos gebräunten Körper und genoss die lange vermisste Nähe. Schon nach kurzer Zeit flüsterte sie mir ins Ohr, dass ich zu ihr kommen solle.

„Mehr als schwanger kann ich ja nicht werden …“, lachte sie.

Wie von selbst fand ich in sie hinein und fing an, mich langsam zu bewegen. Svenjas leises Stöhnen an meinem Ohr machte mich halb wahnsinnig. Sie schlang ihre Beine um meine Hüften und wir liebten uns seufzend und hemmungslos in einer bisher nicht gekannten Intensität.

Danach lagen wir schweißgebadet nebeneinander, Svenjas Gesicht an meine Schulter geschmiegt, während ich sie im Arm hielt und sanft über ihr Haar strich.

„Wegen des Babys…“, sagte ich nach einer Weile.

„Ja…?“ Sie richtete sich auf und sah mich an.

„Wir haben noch nie richtig darüber geredet … ich meine … wenn Du es möchtest, … also Du sollst wissen, dass ich jede Entscheidung von Dir akzeptiere …“.

Ihr Blick ruhte sanft und abwartend auf meinem Gesicht.

„Aber eigentlich fände ich den Gedanken schön, ein Kind mit Dir zu haben …“

Sie legte sich auf mich und sah mir direkt in die Augen.

„Das macht mich sehr glücklich, Paul. Weißt Du, ich habe mich im Grunde schon lange entschieden, das Kind zu bekommen … es geht mir übrigens erstaunlich gut. Mir war bisher nur ein paarmal schlecht.“

Sanft legte ich meine Arme um sie.

„Das ist gut, Liebling ... das ist sehr gut."

„Ich hatte mir auch überlegt, dass ich in Deutschland zu Ende studieren könnte? Ich habe nachgesehen – an der Uni in Köln gibt es auch Slavistik. Das ist doch nicht weit von wo Du wohnst? Vielleicht könnten wir ja sogar zusammen nach Köln ziehen, wenn es in Oberhausen nicht so schön ist – wie Du immer sagst."

Ich nickte.

„Du hast recht ... keine schlechte Idee", sagte ich, während ich nachdachte.

Wenn nicht jetzt, wann dann sollte ich Svenja die Wahrheit sagen, was meine Identität und meinen Job betraf. Ich setzte gerade zu meiner Beichte an, als von draußen eine weibliche Stimme Svenjas Namen rief.

„Hei, Svenja – wo seid Ihr? Kommt endlich mal aus dem Bett, wir wollen am Wasser grillen. Ingmar hat heute Morgen einen schönen Dorsch gefangen und ich habe ein paar Dutzend Krebse gesammelt. Fleisch haben wir auch – Rentiersteaks."

„Wer ist das denn", fragte ich leicht irritiert.

„Das sind Ingmar und Ilvy – Freunde von mir. Du kennst sie sogar. Wir haben sie letztes Mal in Stockholm getroffen, als wir spazieren gingen. Erinnerst Du Dich?"

Ich nickte mechanisch und merkte, wie mein Mut zum Geständnis sich im Handumdrehen verflüchtigte. Es spielte auch keine große Rolle mehr, wann ich mich offenbarte, hatten wir uns doch offenbar entschieden ... füreinander und für das Kind. Warum die wenigen Tage hier am Meer mit diesem Geständnis belasten.

„Ach ja – Ingmar und Ilvy. Was machen die denn hier?"

„Ingmars Eltern haben das Haus neben uns. Man kann es nicht sehen, es sind fast dreihundert Meter Wald dazwischen. Sie kommen fast jedes Wochenende hier raus. Ich hab´ Ihnen erzählt, dass Du mich besuchst und sie wollten Dich auch gerne wieder treffen. Aus irgendeinem Grund scheinen sie Dich zu mögen."

Sie grinste und steckte ihren Kopf aus dem kleinen Giebelfenster, während ich ihren unverhüllten, makellosen Hintern bewundern durfte.

„Hei, Ihr zwei – kaum zu glauben, dass Ingmar auch mal was fängt. Geht doch schon voraus, wir kommen gleich nach."

Sie kniete sich vor mich auf das Bett und strahlte mich an.

„Und? Soll ich mich nun in Köln bewerben um einen Studienplatz?"

Ich stellte eine Gegenfrage.

„Gäbe es Slavistik auch in München?"

Überrascht sah sie mich an.

„Wieso fragst Du?"

„Nun, es könnte sein, dass ich demnächst vielleicht nach München ziehe – beruflich bedingt."

„Schön, dass ich das auch mal erfahre", sagte sie lächelnd, mit gespieltem Ärger in der Stimme.

„Ich wollte es Dir ja gerade erzählen. Ist für mich auch ziemlich neu."

„Ach so. Na, ja, keine Ahnung – aber ich schätze schon, dass es auch an der Uni in München ginge."

„Ich frage nach, wenn ich zurück bin. Jetzt müsste ich aber dringend mal wo hin …"

„Kein Problem, Du weißt ja, wo unser Freiluft-Klo ist. Ich ziehe mir nur rasch was an und packe noch die Getränke für den Grillabend in die Kühlbox."

Ich schlüpfte in meine Unterhose und die Jeans und eilte hinunter und hinaus zu dem kleinen Holz-Häuschen inmitten des Birkenhains, etwa zwanzig Schritte vom Haupthaus entfernt. Als ich zurückkam, war Svenja gerade in der Küche dabei, ein langes Baguette in Scheiben zu schneiden.

„Kannst Du mir die Knoblauchbutter aus dem Kühlschrank bringen?"

„Ja, sicher."

„Und vergiss´ später den Aquavit nicht, den Du mitgebracht hast … auch wenn ich nichts davon trinken kann", seufzte sie bedauernd.

„Das holen wir ein anderes Mal nach", versuchte ich sie aufzumuntern.

Ich holte die Flasche, die ich im Riemer Duty-Free-Laden gekauft hatte, aus dem Tiefkühlfach des Kühlschranks und legte sie zu den anderen Getränken in die tragbare Eisbox. Dann half ich Svenja, die Baguettescheiben mit Knoblauchbutter zu bestreichen.

Ilvy und Ingmar saßen auf dem großen Granitblock, direkt am Wasser, in dessen Mitte in einer natürlichen Mulde bereits ein schönes Feuer prasselte. Als Sitze dienten in passender Höhe abgesägte Teile eines Baumstammes.

„Na – wo wart ihr denn so lange?", fragte Ingmar augenzwinkernd, während er neugierig die Box mit den Getränken öffnete.

„Aah – Bier, Wein und sogar Aquavit. Großartig! Wir dachten schon, ihr lasst uns hier verdursten."

Es wurde ein warmer, heiterer Abend, der gegrillte Fisch, die Steaks und die Krebse, in einem einfachen Sud aus Salzwasser und Dill gekocht, schmeckten herrlich. Wir saßen lange am Feuer, redeten über Gott und die Welt und lachten umso lauter, je betrunkener wir wurden. Da es gleichbleibend hell war, hatte ich keine Ahnung, wann wir schlafen gingen.

Die folgenden Tage verbrachten Svenja und ich entweder am oder im Wasser oder im Bett. Abends lagen wir am Ufer auf einem der glatten, von der Sonne noch warmen Granitfelsen, schwammen manchmal noch einmal nackt hinaus in die glatte Weite der Ostsee, liebten uns schweißgebadet in dem aufgeheizten Dachkämmerchen. Ich wünschte mir, dass diese Tage und Nächte nie enden mögen. Und mit jeder Minute in Svenjas Nähe verliebte ich mich mehr in sie.

Als ich am Abreisetag niedergeschlagen meine Tasche packte, brachte Svenja mir mein Sakko aus der Garderobe.

„Das solltest Du auf keinen Fall vergessen", sagte sie in einem gedämpften Ton, den ich auf ihre Traurigkeit wegen meiner Abreise zurückführte. Mir ging es ja genauso. Ich fühlte mich ebenfalls niedergeschlagen; deshalb fragte ich auch nicht weiter nach. Svenja fuhr mich im Wagen ihrer Eltern zum Flughafen. Während der dreistündigen Fahrt redeten wir nur wenig. Der Abschied am Auto auf dem Besucherparkplatz war schwer. Wir drückten einander stumm und traurig. In Svenjas Augen standen die Tränen, die ich mit Mühe unterdrückte, als wir uns voneinander lösten.

Erst im Flugzeug begann ich unkontrolliert loszuheulen.

Nur fünf Stunden später packte ich in meiner Wohnung missmutig meine Reisetasche aus. Als ich die Taschen meines Sakkos leeren wollte, das dringend in die Reinigung musste, sah ich, dass etwas aus dessen rechter Innentasche lugte. Es waren die Paris-Tickets und der Voucher, an die ich nicht mehr gedacht hatte, seit ich sie bei Ankunft im Sommerhaus gefaltet in die Tasche gesteckt hatte. Ich zog sie hervor – sie waren aufgefaltet, aber der Karton der Ausdrucke war geknickt. Ich dachte, ich hätte die Papiere gefaltet in die Tasche gesteckt, als Svenja mich rief; spielte mir mein Endorphin getränktes Hirn einen Streich?

Absage fürs Ausland (06. Juli 1980)

Als ich am nächsten Morgen im Büro eintraf und ins Vorzimmer ging, um mein überquellendes Fach zu leeren, hielt mir Nessel feixend ein Schreiben der Personalabteilung entgegen. Es war an mich persönlich adressiert.

„Das ist, glaube ich, wichtig – wollte ich Ihnen persönlich geben."

Komisch. Wusste die gehässige Kuh etwa, was da drin stand? Möglich war es, denn Nessel war in die überwiegend weibliche Besatzung der Personalabteilung hinein gut vernetzt, wo bekanntermaßen viel getratscht wurde. Schließlich saß man dort an einer nie versiegenden Quelle für vertrauliche, personenbezogene und daher hochinteressante Informationen. Ich nahm den Umschlag und packte ihn auf den Stapel aus meinem Fach. Zurück in meinem Zimmer öffnete ich als erstes das Schreiben der Personalabteilung.

Sehr geehrter Herr Schreiber,

ich bedauere, Ihnen mitteilen zu müssen, dass die Wahl für die Nachfolge der Stelle des Residentur-Leiters in Stockholm nicht an Sie gefallen ist.

Mit freundlichen Grüßen,
Dr. Hiltraud Miesner

Diese scheinheilige Vogelscheuche! Wahrscheinlich war von Anfang an klar gewesen, wer den Posten bekommen würde. Und ich Idiot hatte mir tatsächlich eine Zeit lang eingebildet, vielleicht eine echte Chance zu haben. Ich ärgerte mich über meine Naivität, hakte die Sache aber schnell ab und schmiss das Schreiben in den Karton für das tägliche Reißwolf-Futter; zum Glück konnte Svenja ja nach Deutschland kommen, nach Stockholm käme ich vielleicht beim nächsten Anlauf – dann wäre die fiese Miesner auch schon im Ruhestand.

Ich fing an, meine restliche Post zu öffnen.

Morgen ging es los: Ich würde nach Paris fliegen, um am nächsten Tag „Kalif" zur Übergabe des Filmmaterials zu treffen. Mir war mulmig. Irgendwie hatte ich kein gutes Gefühl. Aber es würde schon schiefgehen, beruhigte ich mich selbst.

Die Übergabe - Paris (08. Juli 1980)

Zischend wie giftige Schlangen wichen die Hälften der automatischen Hoteltür zur Seite und gaben den Weg hinaus auf die Rue Jenner frei. Es war schon zu dieser frühen Stunde überraschend schwül und heiß. Paris würde sich im Laufe des Tages in einen Backofen verwandeln. Aus dem Gulli vor mir roch es faulig. Mir war übel. Ich ging ein paar Schritte und atmete einige Male tief ein und aus.

In etwas mehr als einer Stunde sollte mir „Kalif" unter dem Arc de Triomphe die Minox-Filmrolle mit den Koordinaten und Fotos des Stützpunkts im Jemen, der Minen sowie der dazu gehörigen, einschlägigen Dokumente zustecken. Danach würde ich auf schnellstem Weg zum Flughafen fahren, um die 15-Uhr-Maschine zurück nach München zu erwischen. Ich hoffte, dass ich den Platz in der späteren Maschine nicht brauchen würde, denn das würde bedeuten, dass bei der Übergabe etwas schief gegangen wäre. Und ich wollte auf keinen Fall länger als nötig mit diesem brisanten Zeug in der Tasche in Paris festsitzen.

So ähnlich hatte ich mir diesen Job am Beginn meiner Agentenlaufbahn mal vorgestellt – aber mir nie gewünscht, in so eine Situation zu kommen. Ich war kein Held. Inständig hoffte ich, dass das Ganze ohne Zwischenfall vonstatten ginge. Den wirklich gefährlichen Part hatte ohnehin „Kalif" bei der Geschichte.

Und Stocker natürlich, der die Kosten der Operation gegenüber seinen Vorgesetzten vertreten musste.

Ich ging ein Stück die Straße hinunter und winkte ein Taxi aus dem fließenden Verkehr, um sicher zu stellen, dass der Fahrer nicht jemand war, der schon auf mich gewartet hatte. Am Steuer des Peugeot saß ein älterer Mann mit Hakennase und nach hinten gekämmtem Silberhaar. Nach einem iranischen oder jemenitischen Geheimdienst-Schergen sah er nicht aus, aber er konnte natürlich auch ein gedungener Helfershelfer sein. Ich verdrängte die paranoiden Gedanken und stieg ein. Die lederne Umhängetasche mit meinen Habseligkeiten legte ich neben mich auf den Rücksitz. Darin war mein ganzes Gepäck: die zerlegbare Reisezahnbürste, eine halbleere Tube Zahnpasta, mein Rasierzeug sowie meine gebrauchte Wäsche von gestern in einem Stoffbeutel.

Der Blick des Fahrers und meiner trafen sich im Rückspiegel.

„Wo soll´s denn hingehen, Monsieur?", fragte er durch das Chanson-Gedudel aus dem Radio.

„Zum Trocadero. Und fahren Sie doch bitte an der Seine entlang."

Als der Wagen losfuhr, drehte ich mich kurz um und checkte routinemäßig, was hinter mir passierte. Eine Frau mit rotem Kopftuch, roter Handtasche und einer übergroßen Sonnenbrille fiel mir auf, die in einiger Entfernung gerade hektisch in ein anderes Taxi stieg. Sah aus wie eine normale Touristin, könnte aber auch Teil einer Observation sein. Doch die hätte ja wohl einen eigenen Wagen benutzt. Oder die Typen waren besonders smart und benutzten Schein-Taxis für die Observation ...

Oh Gott – ich musste dringend aufhören, mich selbst verrückt zu machen, indem ich mir alles Mögliche einbildete. Die realen Risiken dieses Vorhabens waren schon groß genug. Letzte Nacht hatte ich kaum geschlafen. Mit beiden Händen rieb ich meine geschwollenen Augen.

Ob bei „Kalif" alles gut gegangen war? Vom Hotel aus hatte ich vorhin noch am Flughafen angerufen und die Auskunft erhalten, dass die Maschine aus Djibouti planmäßig gelandet war – fragte sich nur, ob mit oder ohne meinem Informanten, und ob der die begehrten Informationen dabei hatte oder nicht. Vom Trocadero würde ich zu Fuß zum Arc de Triomphe laufen. Ziemlich weit, aber es war besser, in Bewegung zu bleiben – ich kannte mich: Wenn ich irgendwo blöd herum stünde und wartete, würde ich nur immer nervöser werden. Und etwaige Verfolger konnte ich zu Fuß am besten erkennen. Ich zündete mir eine Salem an, ihr Rauch mischte sich mit den Gitanes-Schwaden aus dem Mund des Fahrers.

Auf meiner Nase und Stirn bildeten sich kleine Perlen. „Beamtenschweiß – die seltenste Flüssigkeit der Welt." Uralter Witz. Doch zum Lachen war mir nicht. Die bevorstehende Aktion war die ernsteste in meinem bisherigen, überwiegend von Routine bestimmten Agentenleben. Und auch die mit Abstand wichtigste – konnte sie doch womöglich über ein militärisches Eingreifen der Amerikaner gegen diesen vermaledeiten iranischen Stützpunkt, damit vielleicht über Krieg und Frieden in der Region, die freie

Durchfahrt in das Rote Meer, zumindest aber über das Leben zahlreicher Menschen entscheiden. Für einen kurzen Moment hatte ich das Gefühl, ein bedeutsamer Teil der Geschichte zu sein. Und ich musste zugeben, dass mir der Gedanke irgendwie gefiel.

Edith Piafs Stimme aus dem Radio erfüllte plötzlich den Wagen. Die Sängerin ließ die Welt wissen, dass sie nichts von dem bedauere, was sie getan hatte. Genau wie ich. Eher bedauerte ich Dinge, die ich nicht getan hatte. Zum Beispiel, dass ich wieder nicht ehrlich zu Svenja gewesen war, als Sie mich vor drei Tagen am Telefon fragte, was ich denn am Wochenende so vor hätte. Ich hatte etwas von Biergarten, Kumpels und Badeausflügen gefaselt, den dienstlichen Ausflug nach Paris zum entscheidenden Treffen mit „Kalif" verschwieg ich weiter. Sie hatte nochmal nachgehakt, ob ich mir da ganz sicher sei, mit dem Biergarten und den Kumpels, und auf meine Gegenfrage, wie sie denn das jetzt meine, hatte sie nur gelacht. Ahnte sie, dass ich sie anlog, meinte sie vielleicht, dass ich noch eine andere Freundin hatte? Ich blieb dennoch eisern bei meiner erschwindelten Geschichte und fragte im Gegenzug nach ihren Plänen für das Wochenende. Sie erzählte, sie wolle verreisen und auf meine Frage, wohin denn, meinte sie nur, sie habe auch ihre kleinen Geheimnisse. Ich machte noch einen letzten Versuch, ihr zu entlocken, was sie denn vor hatte, aber sie wechselte das Thema. Am Ende des Gesprächs wollte ich wissen, wann wir uns wieder sehen könnten, und sie hatte nur kryptisch gemeint, manchmal sehe man sich früher wieder, als man denke. Während das Taxi entlang des Seine-Ufers in westliche Richtung rauschte, rätselte ich zum wiederholten Male, was sie damit habe andeuten wollen.

Rechts vorne kam jetzt der Eiffelturm in Sicht, der seine Spitze in die schwüle Luft schraubte. Immer wieder ein imposanter Anblick, fand ich – auch nach einem guten Dutzend Paris-Besuchen. Der Fahrer wechselte die Spur, um weiter vorne vom Quai Branly links auf die Point d'Iena abbiegen zu können, die an dieser Stelle den Fluss querte und hinüber zum Parc de Trocadero führte.

„Sie können mich dann oben am Marinemuseum raus lassen."

Der Fahrer nickte.

„Oui, Monsieur. Comment vous voulez."

Das Unheil naht

Es wirkte wie eine einstudierte Choreographie, als die vier iranischen Agenten in ihrer Hotelsuite gleichzeitig die Patronen in die Magazine drückten, die vollen Magazine in die Griffe ihrer Pistolen schoben, sie einrasten ließen, dann die Waffen durchluden und sicherten.

Sie standen mit den beiden Jemeniten in Funkverbindung, die am Flughafen die Zielperson aus Djibouti aufgenommen hatten, da sie wussten, wie der Verräter aussah. Gerade kam es quäkend aus dem Empfänger, dass der streunende Hund ein Taxi genommen hatte, dem sie jetzt in sicherem Abstand folgten. Er sei auf der A1 in Richtung Zentrum unterwegs, man bleibe dran ...

„In Ordnung, wir warten in den Autos und schließen uns an geeigneter Stelle an, wenn ihr das innere Stadtgebiet erreicht."

„Verstanden – wir geben regelmäßig unsere Position durch."

Ich gab meinem Fahrer ein großzügiges Trinkgeld, was ihn sichtlich freute. Leider war der Wagen schon ein ganzes Stück weg, als mir einfiel, dass ich vergessen hatte, um eine Quittung für meine Abrechnung zu bitten. Achselzuckend warf ich das Leinen-Jackett über die Schulter und machte mich auf den Weg zum Triumphbogen. Ich überquerte den Kreisverkehr vor dem Trocadero und bog in die Avenue Raymond Poincare´ ein. Scheinbar ziellos bewegte ich mich im Bummeltempo eines Touristen durch die Straßen, unauffällig darauf achtend, ob ich vielleicht observiert würde. Einmal glaubte ich, eine Frau mit Kopftuch hinter mir in einem Hauseingang verschwinden zu sehen. Sollte mir etwa die Frau mit dem Taxi von vorhin doch gefolgt sein? Aber Frauen mit Kopftüchern dürfte es mehr als eine in dieser Stadt geben. Ich sah schon Gespenster ...

Nach etwa vierzig Minuten erreichte ich die Place Victor Hugo. Dort wandte ich mich nach rechts, folgte der gleichnamigen Avenue und näherte mich von der Seite dem hoch vor mir aufragenden Koloss des Arc de Triomphe. Als ich den großen Kreisverkehr erreichte, zog ich das Sakko trotz der Hitze an, damit mir „Kalif" später den Film in die Tasche stecken konnte. Dann reihte ich mich in die Menschenmenge ein, die an der Champs Elysee´ die Treppe hinunter in die Fußgänger-Unterführung strömte, und ließ mich von der Touristenherde durch den Tunnel hinüber zum Triumphbogen schieben. Drüben angekommen, schaute ich erneut auf die Uhr. Viertel vor elf – immer noch zu früh.

Damit ich beim Warten auf „Kalif" nicht auf zu viele der Photos geriet, die die wild um sich knipsenden Leute von dem Bauwerk und sich selbst machten, lehnte ich mich an eine Wand des Triumphbogens, die im Schatten lag. Von dort hatte ich den Ausgang des Tunnels gut im Blick. Wenn alles klappte, müsste er demnächst hier hoch kommen, sich mir grußlos nähern und im Vorbeigehen die winzige Filmrolle in die Tasche meines Jacketts gleiten lassen. Hoffentlich ging alles gut. Ich spürte, wie der Adrenalinpegel in meinem Blut noch einmal stieg.

Tödliches Treffen

Yusuf ließ den Fahrer kurz vor dem Kreisverkehr an der Place Charles de Gaulle halten. Obwohl er im Flugzeug kaum geschlafen hatte, war er hellwach. Den kleinen, wasserdicht verschließbaren Plastikbeutel mit den Minox-Filmen hatte er seit Abflug in Djibouti in seiner Socke versteckt gehabt. Während der Fahrt mit dem Taxi hatte er ihn unauffällig hervor geholt und in seine Hosentasche geschoben, um ihn im entscheidenden Moment griffbereit zu haben. Yusuf bezahlte, nahm seine blaue Reisetasche und stieg aus. Es war fünf vor elf – Punktlandung. Sein Blick glitt an dem gigantischen Torbogen nach oben, dann auf den endlosen Strom von Autos und Mopeds, der die Sehenswürdigkeit umtoste. Wie sollte er da hinüber kommen? Weiter vorne sah er den Eingang zu einer Unterführung, die der einzige Zugang zum Platz zu sein schien. Er konnte Paul von hier nicht sehen, hoffte nur inständig, dass er schon da war und er ihn schnell fände. Wenn es nur schon vorbei wäre, dachte er, und fühlte nach Alis glückbringendem Schüttelbild. Es beulte die linke Tasche der Ziegenlederjacke, die er sich in Djibouti gekauft hatte. Seine rechte Hand kroch in die Hosentasche und schloss sich fest um den Beutel mit dem Film.

„Der streunende Hund steigt gerade aus einem Taxi am Triumphbogen – an der Einbiegung zur Avenue Marceau.

Er hat eine blaue Reisetasche dabei, schwarze Hose, dunkelbraune Lederjacke, darunter ein weinrotes Polohemd."

„Wir haben ihn. Reza und Amon – ihr bleibt dran. Habt ihr das mitbekommen, Reza?"

„Ja, verstanden."

„Die beiden anderen halten sich im Hintergrund. Ihr bleibt auf dieser Seite und sichert den Ausgang der Unterführung, falls der Hund oder sein möglicher Kontaktmann abhaut und wir noch nicht haben, was wir wollen. Dario und ich ziehen mit, sobald klar ist, wo unser Freund hingeht."

„Verstanden. Wir bleiben in sicherer Distanz und nehmen Position ein."

Ich musterte das bunte Gemisch von Menschen, das aus dem Untergrund nach oben drängte. Zwei kräftige Männer mit orientalischem Aussehen fielen mir auf. Die beiden gingen nah an mir vorbei, ohne mich zu beachten. Für einen Augenblick ließ ich den Tunnelausgang aus den Augen und sah den beiden Figuren nach; sie steuerten den Schalter an, wo man Karten für den Zutritt zum Dach des Arc de Triomphe kaufen konnte. Normale Touristen offenbar. Einigermaßen beruhigt wandte ich mich wieder dem Treppenaufgang zu.

Er sah mich im selben Moment wie ich ihn. Ziemlich gut, wie er das machte. Keine Reaktion in seinem Gesicht verriet, dass wir uns kannten. Scheinbar absichtslos bewegte er sich inmitten der anderen Touristen auf mich zu, seine rechte Hand steckte in der Hosentasche. Als er auf meiner Höhe war, schaute er nach oben, so als bewundere er die Architektur des gewaltigen Torbogens. Ich spürte etwas an meiner rechten Seite, „Kalif" war langsam weiter gegangen. Ich fasste in die Jacketttasche und erfühlte einen Plastikbeutel, in dem ein kleiner Gegenstand verpackt war. Erleichtert wollte ich mich davon machen, als mein Zuträger einige Schritte entfernt von zwei Männern, die aus dem Nichts aufgetaucht waren, rüde zu Boden gerissen wurde. Unsere Blicke trafen sich – er schüttelte den Kopf und machte eine verscheuchende Geste mit der Hand in meine Richtung. Die Menschen auf dem Platz waren erschrocken zurückgewichen, einige machten einen Polizisten auf den Vorfall aufmerksam, der jetzt ohne zu zögern dem Angegriffenen zu Hilfe eilte. Im selben Moment schrie jemand „Attention!" Einer der Typen hatte blitzschnell eine Pistole unter seiner Blouson-Jacke hervorgezogen und richtete sie auf den Beamten. Ein paar Leute warfen sich schon auf das Pflaster. Dann peitschten Schüsse durch die Luft. Noch während er zu Boden ging, hatte der Polizist seine Waffe gezogen und das Feuer erwidert.

Flucht!, schrie mein Stammhirn – bloß weg hier! Die Faust in der Jackentasche um die winzige Filmrolle in der Zellophanhülle geballt, rannte ich, was meine Beine hergaben. Rücksichtslos sprang ich über am Boden kauernde Menschen, durchbrach den Ring aus Besuchern, die an den Rand des Platzes geflohen waren, vor dem Fußgängertunnel drängelten sich die Menschen in haltloser Panik. Am Kreisverkehr blieb ich stehen und schaute kurz zurück. Der Typ, der geschossen hatte, lag reglos am Boden, während drei andere Männer versuchten, Yusuf etwas aus der Hand zu winden. Auch der Polizist bewegte sich nicht mehr. Ein Stück hinter ihm, unter dem Torbogen des Arc de Triomphe, sah ich noch jemand auf dem Kopfsteinpflaster liegen, daneben eine rote Handtasche. Die Frau von vorhin vor dem Hotel fiel mir ein, und absurderweise ging mir „Kullarstänar" durch den Kopf – das schwedische Wort für Kopfsteinpflaster. Dann rannte ich los.

Hassans Stimme kam keuchend aus dem Funkgerät. „Scheiße, Reza hat´s erwischt. Aber wir haben das Ding und hauen ab – sonst hatte der Hund nichts dabei. Treffpunkt wie vereinbart. Der andere Typ läuft gerade auf die Straße – beiges Leinenjacket, hellbraune Chino-Hose, Schnauzbart, Locken, Sonnenbrille – ihr kennt ihn von den Fotos aus Köln. Knöpft ihn Euch vor und stellt sicher, dass er sauber ist. Falls das Zeug doch nicht in dem Souvenir steckt."

Ohne nachzudenken überquerte ich die Place Charles de Gaulle. Der Verkehr stand komplett. Von allen Seiten kamen Polizisten angerannt, die ersten Sirenen heulten. Ich umkurvte einige der Autos, wich der auf mich zuspringenden Kühlerhaube eines Renault, dessen Fahrer offenbar von der Kupplung rutschte, gerade noch aus und erreichte die andere Seite. Für einen Moment blieb ich stehen und schaute nach Luft ringend zurück. Zwei Männer, ein bulliger Glatzkopf und ein drahtiger Typ mit dunklem Kraushaar, lösten sich aus der Menge am Ausgang der Unterführung und kamen zügig auf mich zu. Panisch begann ich erneut zu rennen. Ich schaute nicht zurück, hörte aber die Absätze meiner Verfolger auf den Asphalt des Trottoirs knallen. Ich wusste, dass ich Ihnen nicht entkommen würde. Als Fußballer hatte ich früher immer einen starken Antritt gehabt, aber alles, was über fünfzig Meter hinausging, war für mich schon Langstrecke gewesen. Verzweifelt suchte ich nach einem Ausweg. An der nächsten Straßenecke bog ich links ab, hetzte über die Straße, begleitet vom wilden Gehupe der Fahrer, die ich zum Bremsen zwang. Vor mir ragte eine Kathedrale auf, ihr mächtiges Eingangsportal war vielleicht noch fünfzig Meter entfernt, die Verfolger nur noch wenige Dutzend Schritte hinter mir. Mehrere Stufen auf einmal nehmend stürzte ich die steinerne Treppe nach oben, zerrte die schwere Holztüre auf und taumelte keuchend in das Halbdunkel dahinter.

Sanfte Orgelmusik und würziger Weihrauchgeruch empfingen mich – die Sonntagsmesse war gerade bei der Kommunion angelangt. Eine lange Reihe von Gläubigen stand wartend im Mittelgang, aus den Bänken rutschten die Kirchgänger zur Mitte, um sich ebenfalls anzustellen. Kurzentschlossen ging ich nach vorne und stellte mich schwer atmend an das Ende der Schlange, die hinter mir rasch länger wurde.

Aus den Augenwinkeln verfolgte ich, wie die Kirchentüre aufging und meine Verfolger zögernd eintraten. Sie sahen mich, blieben aber im Eingangsbereich stehen. Ich war für den Moment in Sicherheit, saß aber in der Falle. Fieberhaft dachte ich nach, was ich tun konnte.

Am Triumphbogen kam Yusuf mit Hilfe eines Polizisten wieder hoch. Seine Jacke war an der rechten Schulter zerrissen und er blutete aus einer Schramme an der Stirn.

„Ist soweit alles in Ordnung, Monsieur?“

Yusuf nickte. „Ja, danke, ich glaube schon.“

Inzwischen war ein halbes Heer von Polizeibeamten am Triumphbogen eingetroffen. Der Platz war geräumt, die Schaulustigen hinter eine improvisierte Absperrung gedrängt worden. Die drei überlebenden Angreifer waren verschwunden. Sie hatten Yusuf das Schüttelbild entwunden, das er mit aller Kraft festgehalten hatte – sein Portemonnaie und die Reisetasche waren auch weg. Man hatte alle seine Taschen gefilzt, sein Hemd und seine Hose waren zerrissen.

Über den vierten Mann hatte jemand eine Decke gebreitet, ebenso über die Frau, die ein Stück entfernt auf dem Pflaster lag. Der angeschossene Polizist war hinter den Sanitätern und Ärzten, die neben ihm knieten, nicht zu sehen. Die Luft vibrierte vom Knattern eines Hubschraubers, der rasch näher kam.

„Wir bräuchten Ihre Personalien, Monsieur. Sehen sich in der Lage dazu?"

Yusuf sah den Beamten an und nickte.

„Ja, natürlich. Es geht schon wieder."

„Kommen Sie mit da rüber – wir müssen Platz machen für den Helikopter."

Unheilige Kommunion

Es war seit meiner frühen Kindheit die erste Kommunion, an der ich teilnahm. Ich kniete vor dem Priester nieder und öffnete den Mund. Er schien von dem, was er sah, ziemlich irritiert. Dann erkannte er die Panik in meinen nach oben verdrehten Augen und folgte meiner angedeuteten Kopfbewegung nach hinten mit seinem Blick. Ich betete, dass er verstünde, was los war, und wurde offenbar erhört. Ohne zu zögern, nahm der Kirchenmann das Zellophan-Tütchen mit dem eingeschweißten Inhalt aus meinem Mund und ließ es geschickt im Kelch mit dem Messwein verschwinden, während er mir gleichzeitig eine Hostie auf die Zunge und dann seine Hand segnend auf mein verschwitztes Haar legte.

Nachdem ich den Segen empfangen hatte, stand ich auf und verließ zügig den Altarbereich. Ich ging rechts an den Bankreihen vorbei und beobachtete aus den Augenwinkeln, wie der Glatzköpfige sich langsam in meine Richtung bewegte – der andere war nicht mehr zu sehen. Es waren nur noch wenige Schritte bis zum Seitenausgang, mit einem

Satz war ich dort, stemmte mich gegen das Portal, das gottlob nicht abgeschlossen war, und stürzte ins Freie. Ich wollte losrennen, wurde aber von hinten gepackt, zwei muskulöse Arme umklammerten mich wie ein Schraubstock.

„Halt still, Du Idiot, dann passiert Dir nichts", zischte mir jemand auf Englisch ins Ohr. Ich sah den tätowierten Krummdolch auf dem Unterarm. Wie auf dem Arm des Kellners, damals im „Juliette", bei meinem ersten Treff mit „Kalif". Es war aber nicht der Kellner. Vielmehr erkannte ich entsetzt, dass es der Mann aus dem Nachtzug von Brüssel nach München war, ein, nach allem, was ich wusste, kaltblütiger Killer. Panisch schrie ich ihn an, so laut ich konnte.

„Was wollen Sie von mir – Geld?"

In dem Moment trat der vierschrötige Glatzkopf aus der Kirche.

„Nicht doch. Wir wollen nur mal sehen, ob Sie etwas dabei haben, was Sie besser nicht dabei hätten."

„Lassen Sie mich in Ruhe", brüllte ich.

Während mich der Arm mit dem Krummdolch weiter in einer eisernen Umklammerung hielt, fingerte der Bullige durch die Taschen meines Sakkos und meiner Hose, wobei er mir brutal an den Eiern herum fuhrwerkte. Er durchsuchte meine Brieftasche, leerte den Inhalt meiner Umhängetasche auf den Boden, scharrte mit den Füßen darin herum, ich musste Schuhe und Socken ausziehen, alles wurde begutachtet. Dann sollte ich auch die Hose ausziehen. Ich hatte gerade den Gürtel geöffnet, als die Türe hinter mir aufging und der Priester nach draußen trat, eine Gruppe kräftiger, männlicher Gottesdienstbesucher hinter ihm. Der Geistliche hielt ein Stuhlbein in der Hand und baute sich drohend vor meinen Peinigern auf. Ich war überrascht, als er sie in bestem Englisch anknurrte:

„Sie lassen jetzt diesen Mann los und verschwinden. Die Kirche und der Platz darum ist das Haus und der Garten Gottes. Und ich bin sein Hausmeister und Gärtner. Zwingen Sie mich lieber nicht, von meinem Hausrecht Gebrauch zu machen."

Dabei ließ er das Stuhlbein mehrfach in seine offene, riesige Handfläche klatschen.

Der selbstbewusste Auftritt dieses Pariser Don Camillo verfehlte seine Wirkung nicht. Obwohl die Typen bewaffnet und skrupellos waren, entschieden sie angesichts der Übermacht und wohl auch wegen der näher kommenden Polizeisirene den Rückzug anzutreten. Im Laufschritt machten sie sich aus dem Staub. Ich dankte dem Mann, während ich mir die inzwischen nach unten gerutschte Hose hochzog und wieder in mein zerrissenes Hemd und ohne Socken in die Schuhe schlüpfte. Dann sammelte ich meine verstreuten Habseligkeiten ein. Mit einer Geste bedeutete der Priester seinem Hilfstrupp, dass die Sache erledigt sei. Die Männer gingen zurück in die Kirche, wo die anderen Gläubigen gerade, von Orgelmusik begleitet, dabei waren, die Kathedrale durch den Haupteingang zu verlassen.

Dankbar wandte ich mich an den Priester:

„Sie hat buchstäblich der Himmel geschickt. Vielen Dank für Ihr Eingreifen, Pater."

„Danken Sie nicht mir, danken Sie Gott."

Ich nickte und verstaute meine verstreuten Sachen wieder in der Tasche.

„Ach ja", meinte er. „Hier sind noch Ihre Urlaubsfotos."

Lächelnd hielt er mir zwischen Daumen und Zeigefinger das Zellophan-Tütchen mit dem Mikrofilm entgegen.

„Geweiht im heiligen Wein der amerikanisch-anglikanischen Kirche von Paris. Gott schütze Sie, wer immer Sie auch sind."

„Das ist etwas kompliziert … aber ich komme öfter nach Paris. Ich verspreche, ich melde mich."

„Würde mich freuen, Mister …?"

Ich sah ihn an und schwieg. Er winkte ab.

„Ist ja egal. Gute Reise."

An der Avenue George V hielt ich ein Taxi an, dessen Fahrer mich wegen meines ramponierten Aussehens ein wenig skeptisch musterte. Ich holte ein paar Scheine aus meiner Brieftasche und wedelte damit vor seiner Nase herum.

„Keine Sorge – ich kann den Fahrpreis zahlen. Wenn Sie mich in einer halben Stunde zum Flughafen bringen, gibt's ein dickes Trinkgeld obendrauf."

Ich wurde ziemlich in den Sitz gedrückt, als der Mann Gas gab. Dann nahm ich eine Zigarette aus der halbleeren Schachtel und zündete sie an. Gierig sog ich den ersten Zug in meine Lungen. Für das sommerlich-entspannte Paris, das am Fenster vorbei rauschte, hatte ich keinen Blick.

Nach einer halsbrecherischen Fahrt kaufte ich mir am Flughafen im nächstbesten Kleidergeschäft rasch ein neues Hemd, um bei der Einstiegs- und Passkontrolle nicht unangenehm aufzufallen. Ich zog es gleich im Laden an, das kaputte warf ich in einen Mülleimer. Alles ging gut, obwohl die Kontrollen – vermutlich wegen der Vorfälle am Arc de Triomphe – bereits verschärft worden waren. Angespannt durchlief ich den Check-in und die Sicherheitskontrolle, aber niemand hielt mich auf. Wenig später sank ich erleichtert in den Sitz 17A am Fenster der 18:00 Uhr-Maschine nach München – der 15:00-Uhr Flug war ohne Herrn Narvik gestartet. Meine Umhängetasche klemmte ich zwischen mich und die Bordwand. Die Plastikfolie mit dem Film hatte ich vorhin in der Umkleidekabine in meine Zigarettenpackung geschoben, die, während ich durch die Kontrollen ging, in der Brusttasche meines Hemdes steckte. Vorsichtig zog ich eine Salem aus der Packung und vergewisserte mich, dass der Film noch da war. Dann tastete ich nach den Streichhölzern in meinem Jackett. Sobald es erlaubt wäre, würde ich mir die Kippe anzünden. Das Flugzeug setzte sich mit einem leichten Ruck in Bewegung und fuhr rückwärts aus seiner Parkposition.

Hoffentlich war Yusuf nichts Schlimmeres passiert – ich musste so bald wie möglich Kontakt mit ihm aufnehmen. Und natürlich mit Svenja – ich würde sie für die Woche vor dem Oktoberfest nach Paris einladen und ihr dort endlich und ein für allemal die Wahrheit sagen, was meinen Job und meine Identität betraf. Die Lügerei musste endlich ein Ende haben.

Bittere Wahrheit (Mitte August 1980)

Ich machte mir Sorgen. Svenja hatte auf keinen meiner drei letzten Briefe reagiert und ans Telefon ging sie auch nicht. Hatte Sie irgendwie herausgefunden, dass ich erneut ohne sie in Paris gewesen war, und war mir böse? Aber wie hätte sie es erfahren sollen?

Das zweite Todesopfer von Paris – neben dem iranischen Agenten, der in den Zeitungen entweder bewusst falsch oder mangels besseren Wissens als gewöhnlicher Krimineller tituliert wurde – war eine Touristin … angeblich aus Schweden. Als ich das las, dachte ich für einen winzigen Moment das Undenkbare, aber alles in mir weigerte sich zu glauben, dass ausgerechnet Svenja jene Frau mit der roten Tasche gewesen sein soll. Wenn ich nur irgendjemanden aus ihrer Familie gekannt hätte, aber ich hatte bisher weder ihre Eltern noch ihren Bruder getroffen und keinerlei Erreichbarkeit. Selbst dass die Amerikaner früher als abgesprochen die geheime Militätbasis bombardiert hatten, interessierte mich in diesem Moment nicht.

Es klopfte. Kurz erschien in der Tür und reichte einen Brief herein.

„Schweden schreibt wohl endlich wieder“, meinte er lächelnd.

Ich sah den Stockholmer Poststempel, wusste aber sofort, dass der Brief nicht von Svenja kam. Als Kurz die Tür zugemacht hatte, riss ich mit zitternden Händen den Umschlag auf. Eine mit Schreibmaschine geschriebene Seite kam zum Vorschein. Nichts Gutes ahnend, begann ich zu lesen.

Sehr geehrter Herr Narvik,

ich kenne Sie nicht, aber da Sie meiner Schwester Svenja sehr nahe gestanden zu haben scheinen, will ich Ihnen auf diesem Wege mitteilen, dass Svenja nicht mehr lebt. Sie ist am 08. Juli an den Folgen der Verletzungen, die sie bei einer mysteriösen Schießerei in Paris unter dem Arc de Triomphe erlitten hat, verstorben. Niemand weiß, was dort genau passiert ist, noch was Svenja dort wollte oder wen sie dort zu treffen beabsichtigte oder getroffen hat; sie hat ein ziemliches Geheimnis um diese Reise gemacht. Wir wussten nur, dass Sie nach Paris fahren wollte und vorhatte, jemand dort zu überraschen. Das hat sie jedenfalls unserer Mutter gegenüber einmal angedeutet. Ihrem letzten Schreiben, das ich vor drei Tagen aus dem Briefkasten meiner Schwester geholt habe, entnahm ich, dass Sie für September geplant hatten, Svenja nach München einzuladen. Vielleicht waren Sie es ja auch, mit dem Svenja sich in Paris treffen wollte. Wenn Sie mehr wissen, wären wir dankbar für eine Erklärung. Wir sind alle fassungslos. Die Beerdigung war vor einer Woche auf dem Stockholmer Skogskyrkogarden-Friedhof. Wie Sie sich denken können, war ich sehr beschäf-

tigt, weshalb ich erst jetzt dazu komme, Ihnen diese Zeilen zu schreiben. Ich hoffe, Sie haben dafür Verständnis.

Melden Sie sich gerne, wenn Sie uns etwas zu sagen haben.

Mit freundlichen Grüßen,

Ole Norquist

Ich konnte nicht weinen, ich konnte nicht schreien. Stattdessen schlug ich meine Stirn immer wieder auf die Schreibtischplatte, meine linke Augenbraue platzte auf, als ich die Kante traf, die Tür wurde aufgerissen, jemand kam herein. Blut lief mir in die Augen, tropfte auf Tisch, Hemd und Boden. Als Max näher kam, schlug ich nach ihm, geschickt wich er aus. Er rief nach Kurz, der gerade nachsehen wollte, was los war. Ich hörte die Tür zufallen. Dann bändigten mich die Kollegen mit vereinten Kräften. Max hielt mich in einem eisernen Ringer-Griff, aus dem es kein Entkommen gab. Er brüllte mir ins Ohr.

„Ich bringe Dich jetzt zu einem Arzt, kapiert! Und irgendwann erzählst Du mir vielleicht, was los ist!"

„Svenja", würgte ich heraus, „Svenja, ... sie ist tot ... und es ist meine Schuld, verstehst Du? Ganz allein meine Schuld ..."

Vergeblich bäumte ich mich nochmals auf.

„Erwin, lass´ den Brief verschwinden. Das geht keinen etwas an", hörte ich Max sagen.

Kurz schob den Brief in die Innentasche seines Arbeitskittels. Er sammelte auch die Papiere auf meinem Schreibtisch zu einem Paket und stellte es in den Aktenschrank, den er sorgfältig absperrte. Den Schlüssel steckte er ein. Auf ein Nicken von Max hin öffnete er die Tür und ich wurde hinaus auf den Gang gezerrt, vorbei an der kalkweißen Frau Nessel, die Treppe hinunter zum Parkplatz, Kurz folgte dicht dahinter. Sie brachten mich zu Max´ Matra

Simca und zwängten mich auf den mittleren Sitz des dreisitzigen Sportcoupes. Kurz behielt mich misstrauisch im Auge, jederzeit bereit mich zu bändigen, aber der Schub an Aggression, den der Schmerz vorhin aktiviert hatte, war vorbei. Als Max losfuhr, war ich schon kraftlos im Sitz zusammengesackt. Mit hoher Geschwindigkeit raste er in Richtung Hauptzufahrt, brachte den Wagen genau vor dem Lautsprecher des Wachhäuschens zum Stehen und erklärte dem erschrockenen Beamten im Glaskasten, dass dies ein Notfall sei und wir deshalb unsere Ausweise nicht dabei hätten. Der Mann sah meinen blutverschmierten Kopf und winkte uns durch.

Wochen später (Anfang Oktober 1980)

Man hatte mich auf Anraten des Arztes nach der Versorgung meiner Platzwunde für drei Nächte in die geschlossene Abteilung des Bezirkskrankenhauses im Osten der Stadt zur Beobachtung gebracht. Danach war ich fünf Tage auf einer anderen Station mit minder schwer Gestörten. Nach meiner Entlassung wurde ich zunächst für sechs weitere Wochen krankgeschrieben.

Während ich zuhause war, saß ich meistens auf dem Sofa und starrte vor mich hin. Ich zwang mich, nicht zu trinken. Man hatte mir in der Klappse auf den Kopf zugesagt, dass ich ein beginnendes Alkoholproblem hätte, mit ersten Anzeichen einer pathologischen Abhängigkeit. Das Oktoberfest begann und endete ohne mich, obwohl ich diesmal nicht einmal Urlaub dafür hätte nehmen müssen. Doch mir war nicht nach alkoholischen Exzessen im Bierzelt, und nach sexuellen Abenteuern mit irgendwelchen angesoffenen Wies´n-Besucherinnen schon gar nicht.

Ich lag herum, schlief viel und versuchte dazwischen die Bücher zu lesen, die Max mir vorbei gebracht hatte. Schon nach wenigen Seiten legte ich sie aber wieder weg. Ich konnte mich nicht konzentrieren. Max rief mich beinahe täglich an und schaffte es zweimal, mich zu einem längeren Spaziergang an der Isar zu überreden.

Kurz hatte ihm einmal frische, selbst gesuchte Steinpilze für mich mitgegeben – was mich riesig freute, auch wenn ich sie nur mit wenig Appetit verzehrte.

Oft saß ich stundenlang stumpfsinnig vor der Glotze, ohne richtig mitzukriegen, was ich anschaute. Ich schrieb mehrere lange Briefe an Svenja, die ich sogar frankierte, nur um sie dann in den Schuhkarton zu den Briefen zu legen, die mir Svenja seit unserer ersten Begegnung geschrieben hatte. Ich hatte sie alle aufgehoben. Es half mir, diese Briefe an die für immer verlorene Liebe zu schreiben … und an mein nie geborenes Kind.

An meinem ersten Arbeitstag nach der Krankschreibung zog ich mich nach dem Betätigen der Stechuhr rasch in mein Büro zurück. Die Dienststelle war fast menschenleer. Stocker war im Urlaub, Frau Nessel krank und Peters auf Dienstreise. Nur Hobmaier, Max und Kurz waren da, eine glückliche Fügung, die mir den Wiedereintritt in die Atmosphäre des Arbeitsalltags erleichterte. Max klopfte und kam herein.

„Servus, Karl. Und – wie geht's. Bist Du wirklich schon wieder fronteinsatztauglich?"

Ich zuckte mit den Schultern.

„Keine Ahnung. Fronteinsatz wäre wahrscheinlich das Beste im Moment. Ein Reiter, der vom Pferd fällt, soll sich ja auch den Staub abklopfen und gleich wieder aufsteigen."

„Aber nur, wenn er nicht verletzt ist."

Max sah mich an.

„Bist Du denn wirklich unverletzt?“

Ich schüttelte den Kopf.

„Nein, ich glaube nicht. Und meine Zweifel am Sinn dessen, was ich hier mache, sind auch nicht gerade kleiner geworden. Du hast mal gesagt, ich müsse meine Zweifel ernst nehmen – aber was soll ich denn machen? Welche normale Firma will schon einen gebrauchten Agenten? Was kann ich einem anderen, normalen Arbeitgeber schon bieten? Und hier drin war das Beschaffen der Informationen immer der einzige Job, der für mich in Frage kam. Jetzt weiß ich nicht, ob ich weiter machen kann.“

Max versuchte es mit einem Scherz.

„Willkommen zurück im Kuckucksnest, McMurphy. Vielleicht geht es Dir ja nach der Medikamentenausgabe besser ...“

Er stockte und wurde rot.

„Oh, sorry – ich hab´ ganz vergessen ... wahrscheinlich musst Du ja tatsächlich noch irgendwelche Tabletten nehmen?“

„Kein Problem – sogar gut, dass Du mich erinnerst. Die erste Ration des Tages ist nämlich fällig.“

Ich öffnete das Röhrchen und schüttelte zwei Desipramin in meine Hand.

„Warte – ich hol´ Dir ein Wasser.“

Max verschwand und ich blätterte gleichgültig durch den Stapel mit der Post, den ich vorhin aus meinem vollgestopften Fach geholt hatte. Gehaltsabrechnung, Reisekosten-Abrechnung, anderes Verwaltungszeug – und ein Kuvert von der Personalabteilung, an mich persönlich adressiert. Ich schlitzte es auf, nahm den zweifach gefalteten Bogen heraus und las.

Sehr geehrter Herr Schreiber,

ich freue mich, Ihnen mitteilen zu können, dass es in Anerkennung Ihrer Verdienste im Zusammenhang mit einer wichtigen, von Ihnen geführten Operation, nun doch möglich ist, Sie als künftigen Leiter unserer Station in Stockholm einzusetzen. Ihr Dienstantritt in Schweden ist schon für das kommende Frühjahr vorgesehen.

Die Zeit bis dahin, sollte für die Erledigung aller formellen Erfordernisse ausreichend bemessen sein.

Mit freundlichen Grüßen,

Dr. Hiltraud Miesner

Max kam mit einem Glas Wasser zurück. Ich nahm es, warf die beiden rosa Pillen in meinen Rachen und spülte sie hinunter.

Dann zerriss ich das Miesner-Schreiben.

„Was war das denn?“, wollte Max wissen.

„Nichts Wichtiges – nur blöder Verwaltungskram.“

„Wenn ich sonst noch was für Dich tun kann ...?“

„Im Moment nicht. Aber Danke, Max. Wo ist eigentlich Dehning?“

Max seufzte.

„Hat in den Leitungsstab gewechselt, ist dort jetzt als Referent zuständig für operative Angelegenheiten.“

Ich nickte.

„Förderlich, nehme ich an?“

„Selbstverständlich.“

„Na, dann kann ja operativ nichts mehr anbrennen.“

„Im wahrsten Sinne des Wortes, weil kaum einer mehr was kochen darf. Ich lass´ Dich mal alleine. Du weißt ja, wo Du mich findest.“

„Ist o.k. Danke schon mal.“

Als Max gegangen war, holte ich einen Dienstreise-Antrag aus meiner Schublade und begann, ihn auszufüllen. In die Zeile „Reiseziel“ schrieb ich „Stockholm“. Das letzte Treffen mit „Kalif“ ... es war überfällig.

Und ich wollte mich von Svenja persönlich verabschieden.

Letzte Reise nach Stockholm (Mitte Oktober 1980)

Schweigend standen wir nebeneinander am Ufer des Mälaren-Sees und schauten hinaus auf die weite Wasserfläche. Es waren nur wenige Boote draußen, an einem nahen Kai lagen einige Segelboote vertäut, die sich im ölig-schwarzen Wasser spiegelten wie in einem Manet-Gemälde.

„Danke, Paul ...“, sagte „Kalif“ leise, während er den Umschlag mit den 50.000 Pfund in seinem Mantel verstaute.

„Schon o.k. Ich hoffe, es ist nicht zu spät für die Bezahlung der Klinik-Rechnungen für Alis Behandlung? Aber ich konnte nicht früher kommen – war sozusagen selbst eine Weile behandlungsbedürftig.“

„Etwas Ernstes? Ich sehe eine Narbe an Ihrer Stirn.“

Ich schüttelte den Kopf.

„Ja und Nein. Aber ich werde es überleben.“

„Allah möge sie schützen.“

„Ich hätte nichts dagegen ...“, meinte ich, ein Lächeln versuchend.

„Aber danken müssen Sie mir nicht – schon gar nicht für das Geld.“

„Vielleicht für Ihre Offenheit.“

Ich schnaubte laut durch die Nase und zog dabei die Mundwinkel nach unten.

„Meine Offenheit …? Wäre ich wirklich offen gewesen, würde jemand noch leben, der mir sehr viel bedeutet hat."

Ich drehte mich zu dem kleinen Mann in dem dunkelbraunen Kamelhaarmantel und sah ihn an.

„Auch ihr Freund hätte nicht sterben dürfen – nicht auf diese Weise. Die Amerikaner haben uns belogen. Der Raketenangriff gegen die iranische Militärbasis auf diesen Inseln war zu früh erfolgt – entgegen der zwischen uns und den US-Vertretern getroffenen Absprache. Sonst hätte ihr Freund es wahrscheinlich geschafft. Es macht mich traurig und wütend, dass der Mann ausgerechnet durch die Hände derjenigen sterben musste, für die er die maßgeblichen Daten und Koordinaten beschafft hat. Es war Spezialisten sogar möglich, mit den ausführlichen technischen Daten und Bildern des Innenlebens der Steuerungseinheit auf dem Film das Innenleben der Minen so weit zu analysieren, dass diese jetzt von jedem Schiff geortet werden können. Jedenfalls bis sich Russen, Iraner oder wer auch immer was Neues einfallen lassen."

Yusuf sah mich nachdenklich an, bevor er leise antwortete.

„Mahmut war immer ein mutiger Mann gewesen. Ihm war das Risiko bewusst und so wie ich ihn kenne, hätte er die Rolle des Verräters und Deserteurs nicht lange ertragen. Mit seinem Einsatz hat er seinem Patensohn das Leben gerettet. Das zählte für ihn – und das war es ihm wert. „Der Tapfere stirbt einmal, der Feige jeden Tag", hat er mir damals in Djibouti zum Abschied noch gesagt."

Ich schaute betreten zu Boden und dachte an Svenja.

„Das ist verdammt wahr. Ich hoffe sehr, dass es ihrem Sohn mit der richtigen Behandlung bald besser geht."

„Die Ärzte sind sicher, dass er sich erholen und wieder ganz gesund wird. Am Schlimmsten ist für Ali im Moment, dass seine Schneekugel weg ist. Schätze, die Iraner haben sie mitgenommen, weil sie dachten, wir hätten das, wonach sie suchten, darin versteckt."

Ich schob die Hand in die rechte Tasche meines Mantels.

„Schon möglich. So Geheimdienstleute kommen ja auf die seltsamsten Ideen. Ich habe hier übrigens was für Ali. Hat mir ein guter Freund aus Paris mitgebracht."

Ich zog das kleine Paket hervor, das ich in Geschenkpapier verpackt hatte und reichte es ihm hinüber.

Yusuf sah mich überrascht an.

„Nur eine Kleinigkeit."

Er nahm es und entfernte behutsam das Papier. Die Schneekugel mit den Männern, dem Jungen und den Kamelen, die zu dem Tor vor dem Schneesturm flohen, kam zum Vorschein. Es war die von meinem Pullacher Schreibtisch.

„Oh, Paul ... das ... das ist ja großartig. Ali wird überglücklich sein."

„Das wäre schön."

Bevor ich es verhindern konnte, umarmte mich mein Informant. Ohne dass ich es bewusst steuerte, bewegten sich meine Arme und schlossen sich um dessen Rücken.

„Danke nochmals für alles, Paul!"

Ich räusperte mich – gerührt und verlegen zugleich.

„Gern geschehen. Das Beschaffen von wichtigen Dingen ist mein Job."

Wir lösten uns voneinander.

Ich schaute auf meine Armbanduhr.

„Sie müssen los, Yusuf. Schätze, ihr Flugzeug wartet nicht auf Sie."

Er drückte meine Hand.

„Dann leben Sie wohl.“

„Sie auch – machen Sie´s gut und passen Sie auf sich auf ... und auf das Schüttelbild ... es war mein letztes.“

Yusuf schmunzelte.

„Versprochen!“

Er drehte sich um und ging langsam in Richtung der großen Kreuzung bei Slussen, wo Autos aus allen Richtungen zusammen- und wieder auseinanderflossen. Er winkte, kurz darauf hielt ein Taxi neben ihm. Im Einsteigen hob er noch einmal die Hand und nickte mir zu. Dann fuhr der Wagen los und meine ehemalige Jemen-Quelle verschwand im steten Strom des Verkehrs.

Abschied von Svenja

Langsam ging ich durch die Grabsteinreihen und inspizierte die frischen Gräber. Schließlich fand ich sie. Svenjas Grab lag an einem Nebenweg des weitläufigen Friedhofs unter zwei Birken, die ihre gelbblättrigen Äste wie goldene Girlanden über den Hügel aus schwarzer Erde spannten. Gelegentlich löste sich ein Blatt, taumelte nach unten zu den anderen, die begonnen hatten, eine gelbe Decke über die welkenden, von der Beerdigung verbliebenen Kränze und eine Tonschale mit frischen, violetten Astern zu weben. Ich ging in die Knie, setzte die mitgebrachte Rose und den kleinen Teddybären vorsichtig neben der Blumenschale ab und schloss die Augen: Der magische Moment beim Konzert, der erste Kuss, die erste Nacht, die herrliche Woche im Sommerhaus ... es war alles wieder da.

Ein Räuspern hinter mir, ließ mich zusammenzucken.

„Verzeihung, ich wollte sie nicht erschrecken.“

Eine weiche, weibliche Stimme – ich drehte mich um und erschrak. Für einen verblüfften Augenblick meinte ich in Svenjas Gesicht zu schauen. Nur kleine Fältchen um Augen und Mund der schwarz gekleideten Frau deuteten an, dass sie um Einiges älter sein musste. Ganz offensichtlich stand Svenjas Mutter vor mir.

„Sind Sie ein Freund von Svenja? Ich glaube, auf der Beerdigung habe ich Sie nicht gesehen?"

Mein Schwedisch war inzwischen gut genug, dass ich verstand, was die Frau sagte. Beim Sprechen war ich aber immer noch unsicher. Ich antwortete deshalb auf Englisch.

„Nein, ich war nicht dort. Ich war beruflich unterwegs."

„Ach so, entschuldigen Sie – ich wusste nicht, dass Sie kein Schwedisch sprechen."

„Kein Problem. Ich verstehe das meiste, nur Reden fällt mir schwer ..."

Sie musterte mich ernst. Dann sprach sie auf Englisch weiter.

„Svenja hat nie viel über die Männer in ihrem Leben gesprochen, aber es gab seit längerem einen Deutschen, einen gewissen „Paul", der ihr sehr viel zu bedeuten schien. Sie wollte ihn wohl in Paris überraschen, rief mich sogar noch an, meinte, dass sie sich auf das Gesicht freue, das er machen würde, wenn sie plötzlich vor ihm stünde."

Sie runzelte die Stirn, ein forschender Blick traf mich. Sie deutete auf den Teddybären.

„Sie wussten, dass Svenja schwanger war? Kann es sein, dass Sie ... ich meine, sind Sie vielleicht ...?"

Etwas zu unwirsch fiel ich der Frau ins Wort.

„Nein – tut mir leid. Ich bin zwar Deutscher, aber ich bin nicht Paul."

Sie sah mich erschrocken an.

Ich schämte mich und fühlte mich unsagbar elend. Meine Nase fühlte sich an, als sei sie voll beißender Ameisen. Schnell sprach ich weiter.

„Entschuldigung. Ich wollte nicht schroff wirken. Ich habe Ihre Tochter ganz gut gekannt, wenn auch noch nicht lange. Und ich wünschte, ich hätte die Zeit gehabt, Svenja ein echter Freund zu werden."

Svenjas Mutter nickte abwesend – vielleicht hielt sie mich für einen zurückgewiesenen Verehrer ihrer Tochter.

„Trotzdem schön, dass Sie zu ihrem Grab gekommen sind."

Sie kniete sich mit einem Bein auf den Boden und begann mit sanften Bewegungen ihrer rechten Hand die Birkenblätter von den Astern und aus der Blumenschale zu entfernen.

„Meine Tochter war ein wundervoller Mensch, wissen Sie. Und sie hatte noch so viele Pläne."

„Unsere Pläne", dachte ich, sagte aber nichts. Wie gelähmt stand ich da und sah Svenjas Mutter unentschlossen zu.

„Ich glaube, ich muss gehen", sagte ich schließlich.

Sie blickte hoch, ihre Augen, dasselbe Torfbraun wie bei Svenja, schimmerten feucht. Mir kam es vor, als könne sie durch mich hindurchschauen.

„Ja natürlich – schön, dass Sie hier waren. Und Danke für die Rose. Svenja hat Rosen sehr gemocht."

Ich würgte das „Ich weiß" hinunter, das mir schon auf der Zunge lag.

Sie stand auf und drückte sachte meine Hand. An ihrem Knie klebte etwas Erde und ein gelbes Birkenblatt.

„Leben Sie wohl, Herr ...?"

„Häusler – Karl Häusler."

Ohne zu überlegen, hatte ich ihr meinen richtigen Namen genannt.

Abrupt wandte ich mich um und entfernte mich eilig. Planlos lief ich durch die Gräberreihen, wollte nur weg. Verschwommen sah ich in einiger Entfernung einen Nebenausgang des Friedhofs und hielt darauf zu. Als ich das Tor erreichte, klammerte ich mich wie ein verzweifelter Gefangener an die schmiedeeisernen Stäbe des Gatters.

„Schuldig – lebenslänglich", flüsterte ich immer wieder, die Stirn schluchzend an die kalten Stäbe des Tors gepresst, während mir Tränen über die Wangen liefen. Erst als ich ein vielstimmiges Krächzen über mir hörte, löste ich mich von dem Gatter und schaute nach oben. Ein gewaltiger Schwarm Krähen webte einen dunklen Schatten in den purpurfarbenen Himmel, am Horizont hetzte ein stürmischer Wind eine Herde dunkelgrauer Wolken in Richtung Küste.

Mit dem Mantelärmel wischte ich über mein nasses Gesicht. Ich schaute den rasch dahineilenden Wolken und den Krähen nach, wünschte, ich könnte mit ihnen fliegend fliehen und in fernen, unbekannten Ländern als ein anderer ankommen – weit, weit weg von mir selbst und diesem falschen Leben.

- - -